AF482544

Octave Mirbeau

Gesammelte Werke

e-artnow 2018

Conrad Ferdinand Meyer
Gesammelte Werke: Historische Romane + Gedichte + Novellen (323 Titel in einem Buch): Das Amulett + Der Schuß von der Kanzel + ... + Gustav Adolfs Page und viel mehr...

G. K. Chesterton
Gesammelte Werke: Romane + Kriminalgeschichten + Essay (20 Titel in einem Buch): Der Mann, der Donnerstag war + Menschenskind ... + Der Unsichtbare und andere Krimis)

Stendhal
Gesammelte Werke: Romane + Erzählungen + Essays + Memoiren + Tagebücher: 61 Titel in einem Buch: Rot und Schwarz + Napoleon ... + Biografie von Marie-Henri Beyle und mehr

Walter Benjamin
Gesammelte Werke: Essays + Aufsätze + Satiren + Kritiken + Autobiografische Schriften (Über 600 Titel in einem Buch): Goethes Wahlverwandtschaften ... + Über den Begriff der Geschichte und mehr

Felix Dahn
Gesammelte Werke: Historische Romane, Erzählungen, Sagen & Gedichte (Über 200 Titel in einem Buch): Odhin's Trost, Attila, Wallhall, ... und die Söhne, Herzog Ernst von Schwaben...

Wilhelm Raabe
Gesammelte Werke: Romane, Erzählungen und Novellen (49 Titel in einem Buch): Die schwarze Galeere + Die Chronik der Sperlingsgasse … Großen Kriege + Keltische Knochen und mehr

Anton Pawlowitsch Tschechow
Gesammelte Werke: Novellen + Kurzgeschichten + Dramen (78 Titel in einem Buch): Die Dame mit dem Hündchen + Drei Schwestern … Mohikanerin und viel mehr von Anton Cechov

Wilkie Collins
Gesammelte Werke: Der Mondstein, Das Duell im Walde, Blinde Liebe, Die Frau in Weiß, John Jagos Geist, Ein Tiefes Geheimnis, … Willen, Fräulein Morris und der Fremde…

Nikolai Semjonowitsch Leskow
Gesammelte Werke

Gustav Freytag
Gesammelte Werke: Romane + Gedichte + Historische Werke + Bühnenwerke + Autobiografie: Die Ahnen + Soll und Haben + Die verlorene … des Großen + Erinnerungen aus meinem Leben

Octave Mirbeau

Gesammelte Werke

Der Garten der Qualen + Der Herr Pfarrer + Der billige Tod +
Zeitgemäße Pantomine + Letzte Reise + Der Interviewer + Vor der
Galavorstellung + Bauernmoral + Meine Hütte und mehr

e-artnow, 2018
Kontakt: info@e-artnow.org

ISBN 978-80-268-8951-9

Inhaltsverzeichnis

Der Garten der Qualen

Widmung

Den Priestern, Soldaten, Richtern,
den Menschen, die Menschen erziehen,
leiten und beherrschen,
widme ich diese Blätter,

voll von Mord und Blut.

O. M.

Einleitung

Mehrere Freunde waren eines Abends im Hause eines unserer berühmtesten Schriftsteller vereint. Nachdem sie ein köstliches Diner genommen hatten, stritten sie über das Thema des Mordes, ich weiß nicht aus welchem Anlaß, wahrscheinlich ohne jeden Grund. Es waren alles Männer; Moralisten, Dichter, Philosophen, Ärzte, kurz ausnahmslos Leute, die sich frei aussprechen durften, wie es ihnen ihre Phantasie, ihr Tollpunkt oder ihr Widerspruchsgeist eingab, ohne befürchten zu brauchen, daß sie plötzlich jenes Entsetzen und Verblüfftsein zu sehen bekämen, das schon der geringste, ein wenig gewagte Gedanke auf dem bestürzten Gesicht eines Notars malt. – Ich sage Notar, wie ich Advokat oder Portier sagen könnte, durchaus nicht in verächtlichem Sinne, sondern um die mittlere Norm des französischen Denkvermögens anzuführen. Ein Mitglied der Akademie der moralischen und politischen Wissenschaften bemerkte mit vollkommener Seelenruhe, als ob es sich darum gehandelt hätte, seine Meinung über die Vorzüge der Zigarre, die er rauchte, zu äußern:

– Meiner Treu! … ich glaube allerdings, daß der Mord am meisten die Menschheit in Anspruch nimmt und beherrscht und alle unsere übrigen Thaten davon abzuleiten sind …

Man machte sich auf eine lange theoretische Begründung gefaßt. Er aber verstummte.

– Selbstverständlich! … stimmte ein gelehrter Darwinianer bei … Der Grundsatz, den Sie da aufstellen, mein Lieber, ist eine jener ewigen Wahrheiten, wie sie der sagenhafte Herr de La Palisse tagtäglich entdeckte … Da Mord sogar die Basis unserer sozialen Einrichtungen, folglich auch die dringendste Nothwendigkeit des civilisierten Lebens ist … Wenn es keinen Mord mehr gäbe, würden auch keinerlei Regierungen mehr bestehen, infolge der bewunderungwürdigen Thatsache, daß das Verbrechen im Allgemeinen, der Mord im besondern, nicht nur für sie eine Entschuldigung, sondern sogar ihre alleinige Daseinsberechtigung vorstellt … Wir würden sonst in vollster Anarchie leben, in einem Zustande, den man sich gar nicht vorstellen kann … Infolge dessen ist es unerläßlich, weit davon entfernt den Mord zu vernichten, ich sage, es ist unerläßlich ihn mit Verständnis und Ausdauer zu pflegen … und ich kenne kein besseres Culturmittel als Gesetze.

Und als Jemand Einspruch erhob, äußerte der Gelehrte, in fragendem Tone:

– Aber ich bitte Sie! sind wir unter uns, und sprechen wir ohne Rückhalt und Heuchelei, oder nicht?

– Um des Himmelswillen! … bemerkte der Hausherr beruhigend … benutzen wir ausgiebig die einzige Gelegenheit, da es uns gestattet ist, unsere heimlichen Gedanken zum Ausdruck zu bringen, da ich in meinen Büchern und Sie in Ihren Collegien dem Publikum nur Lügen vorsetzen dürfen.

Der Gelehrte schob sich noch tiefer in die Polster seines Sessels, streckte die Beine aus, die ihm, da er sie zulange gekreuzt hatte, eingeschlafen waren und den Kopf zurückgebeugt, die Arme herabhängend, den Bauch von einer glücklichen Verdauungsthätigkeit geliebkost, blies er Rauchringe zur Decke empor und begann endlich von Neuem:

– Übrigens wird der Mord zur Genüge ganz von selbst gepflegt … genauer ausgedrückt, ist er nicht das Resultat irgend einer Leidenschaft, auch nicht die pathologische Form der Entartung. Er ist ein Lebensinstinkt, der in uns wohnt … der in allen organischen Wesen wohnt und sie gleich dem Geschlechtstriebe beherrscht … Und dies ist so wahr, daß die längste Zeit sich diese beiden Instinkte so eng verbinden, so vollkommen ineinander aufgehen, daß sie gewissermaßen nur den einen und gleichen Instinkt bilden, daß man wirklich nicht mehr weiß, welcher von beiden uns dazu treibt, Leben zu geben, oder zu nehmen, welcher Mord und welcher Liebe ist. Ich habe die Beichte eines ehrenwerthen Mörders entgegengenommen, der Frauen tödtete, nicht um sie zu berauben, sondern um sie zu vergewaltigen. Sein Sport bestand darin, daß die Verzückung der Fleischeslust des einen, genau mit der Verzückung des Todes der andern zusammentraf: »In diesen Augenblicken, sagte er zu mir, stellte ich mir vor, ich sei ein Gott und schüfe die Welt.«

– Oho! rief der berühmte Schriftsteller ... wenn Sie Ihre Beispiele von den gewerbemäßigen Meuchelmördern herbeiholen!

Der Gelehrte entgegnete sanft:

– Wir sind eben alle mehr oder weniger Meuchelmörder ... Wir haben alle im Geiste analoge Gefühle gespürt, minder heftig, das will ich allenfalls glauben ... Der angeborene Drang nach Mord wird gezügelt und seine körperliche Heftigkeit gemildert, indem ihm gesetzlich gestattete Ausflüsse zur Verfügung stehen, die Industrie, der Colonialhandel, der Krieg, die Jagd, der Antisemittismus ... Weil es eben gefährlich ist, sich ihm ohne alle Mäßigung außerhalb der Gesetze zu überliefern, und weil die moralische Befriedigung, die man dadurch erhält, schließlich das doch nicht aufwiegt, daß man sich den gewöhnlichen Folgen dieser That aussetzt, der Verhaftung ... den Unterredungen mit den Richtern die stets ermüdend und jedes wissenschaftlichen Interesses bar sind ... schließlich der Guillotine ...

– Sie übertreiben, unterbrach ihn der Mann, der zu erst gesprochen hatte ... Nur für Mörder ohne Eleganz, ohne Geist, für impulsive und rohe Patrone, die keinerlei Art von Psychologie besitzen, ist Mord eine gefährliche That ... Ein intelligenter Mensch, der nachzudenken versteht, kann mit unantastbarer Ruhe jeden Mord, der ihm gutdünkt, begehen. Er ist der Straflosigkeit sicher ... Die Überlegenheit seiner Combinationen wird stets die Routine der polizeilichen Nachforschungen erfolgreich bekämpfen und sagen wir es frei heraus, auch die Armseligkeit der kriminalistischen Verhöre, in der sich unsere Untersuchungsrichter gefallen ... In dieser Hinsicht, wie in jeder andern, müssen eben die Kleinen für die Großen die Zeche bezahlen ... Nicht wahr, mein Lieber, Sie geben sicher zu, daß die Zahl der unaufgedeckten Verbrechen ...

– Und der geduldeten ...

– Und der geduldeten Verbrechen ... das wollte ich ja eben sagen, Sie geben sicher zu, daß diese Zahl tausendmal größer ist als die der entdeckten und bestraften Verbrechen, über die die Zeitungen mit seltsamer Weitschweifigkeit und einem widerlichen Mangel von Philosophie schwätzen? ... Wenn Sie dies zugeben, müssen Sie auch einräumen, daß der Gensdarm kein Abschreckungsmittel für die Intellektuellen des Mordes ist ...

Zweifellos. Aber darum handelt es sich nicht ... Sie verschieben die Frage ... Ich sagte: der Mord ist eine normale – und keineswegs eine außergewöhnliche – Function der Natur und jeglichen Lebewesens. Es ist folglich haarsträubend, daß die Gesellschaft unter dem Vorwande die Menschen zu regieren, sich das ausschließliche Recht, sie zu tödten angemaßt hat, zum Schaden der Individualitäten, denen allein dieses Recht inne wohnt.

– Sehr richtig! ... pflichtete ein liebenswürdiger, redseliger Philosoph bei, dessen Vorlesungen in der Sorbonne allwöchentlich ein auserlesenes Auditorium herbeiziehen ... Ich glaube meinerseits nicht, daß ein menschliches Geschöpf existirt, das nicht – wenigstens geistig – etwas von einem Mörder an sich hat ... Sehen Sie: mir macht es zuweilen Spaß, in Salons, in Kirchen, auf den Bahnhöfen, auf den Terrassen der Kaffeehäuser, im Theater, kurz überall wo Menschenmengen vorbeiziehen und sich ansammeln, vom Gesichtspunkt mörderischen Aussehens, die Physiognomien zu beobachten ... Sie tragen im Blicke, auf dem Nacken, in der Schädelform, an den Kinnbacken und den Wangen, kurz an irgend einer Stelle ihres Individuums, ausnahmslos sichtlich die Merkmale jenes physiologischen Factums, das man Mord nennt, an sich ... Das ist keine Verirrung meines Geistes, wenn ich Ihnen hier erkläre, daß ich keinen Schritt thun kann, ohne Mord zu streifen, ohne ihn unter den Augenlidern aufflammen zu sehen, ohne seine geheimnißvolle Berührung an den Händen, die sich mir entgegenstreckten, zu fühlen ... Vorigen Sonntag begab ich mich nach einem Dorfe, in dem gerade Jahrmarkt stattfand ... Auf dem großen Platze, der mit Laubwerk verziert war, mit blumengeschmückten Thriumphbogen und vielfarbenen Masten, konnte man aller Arten der bei diesen Volksunterhaltungen üblichen Belustigungen finden ... und unter der väterlichen Obhut der Behörden amüsirte sich eine Menge braver Leute ausgezeichnet ... Die Karoussels, die Rutschbahnen und Schaukeln übten nur sehr wenig Anziehungskraft auf die Menge aus. Vergebens quitschten die Leierkasten ihre lustigsten Weisen und verführerischen Melodien. Andere Vergnügungen fesselten diese Menge in Festesstimmung. Die Einen schossen mit dem Gewehr, oder mit Pistolen, ja mit der alten guten

Armbrust auf Scheiben, die menschliche Gesichter darstellten. Andere brachten mit Ballwürfen Marionetten, die jämmerlich auf Holzbalken aufgestellt waren, zur Strecke; Andere schlugen mit Hämmern auf eine Platte, wodurch in patriotischer Weise ein französischer Seemann in Bewegung gesetzt wurde, der mit seinem Bajonett am Ende eines Balkens einen armen Hova oder einen bedauerlichen Dahomeyer durchbohrte … Überall gab es unter den Zelten und in den kleinen beleuchteten Buden Darstellungen des Todes, Parodien von Metzeleien, Aufführungen von Hekatomben … Und diese braven Leute waren überglücklich!

Jeder begriff, daß der Philosoph losgelassen war … Wir richteten uns so gut es eben gieng ein, um die Lawine seiner Theorien und Anekdoten über uns ergehen zu lassen. Er fuhr fort:

– Ich habe sogar bemerkt, daß diese friedfertigen Vergnügungen seit einigen Jahren ansehnlich an Ausdehnung zugenommen haben. Die Freude am Tödten ist größer geworden und hat sich mehr verallgemeinert, in demselben Maaße wie die Sitten sanfter werden – denn die Sitten werden sanfter, das läßt sich nicht bezweifeln! … Einstmals, als wir noch Wilde waren, zeigten diese Jahrmarktschießstände eine eintönige Armseligkeit, die jämmerlich anzusehen war. Es wurde nur auf Pfeifen geschossen, sowie auf ausgeblasene Eier, die auf einem Wasserstrahle tanzten. In den luxuriösesten Etablissements gab es allerdings Vögel, doch die waren aus Gips … was für ein Vergnügen kann man daran finden, frage ich Sie? … Heute hat sich der Fortschritt geltend gemacht, für jeden ehrenwerthen Mann ist es angänglich, sich für zwei Sous die köstliche und civilisatorische Aufregung eines Meuchelmordes zu verschaffen … Und überdies kann man dabei auch noch bunte Schüsseln und Kaninchen gewinnen … An Stelle der Pfeifen, der Eierschalen, der Vögel aus Gips, die in thörichter Weise zerbrachen, ohne uns eine blutige Vorstellung zu suggerieren, hat die Phantasie des fahrenden Volkes Gesichter von Männern, Frauen und Kindern gesetzt, die sorgfältigst ausgeführt und angezogen sind, wie es sich gebührt … Darauf hat man diese Figuren mit Bewegungs- und Laufmechanismen versehen … Durch eine geniale Maschinerie gehen sie glücklich hin und her, oder fliehen entsetzt. Man sieht sie einzeln oder in Gruppen, in Landschaften auftauchen, Mauern erklettern, in Burgthürme einsteigen, aus Fenstern springen und durch Fallthüren erscheinen … Sie funktioniren gleich wirklichen Menschen, sie bewegen die Arme, die Füße und den Kopf. Einzelne scheinen zu weinen … Einzelne gleichen armen Leuten … einzelne sehen wie Kranke aus … Es gibt auch welche, die mit Gold gleich märchenhaften Prinzessinnen bekleidet sind. Man kann sich wahrhaftig vorstellen, daß sie Vernunft, Willen und Seele besitzen … daß sie lebend sind! … Einige Figuren nehmen sogar pathetische, beschwörende Haltungen an … Man glaubt sie sagen zu hören: »Gnade! … Tödte mich nicht! …« Folglich ist es ein entzückendes Gefühl, sich vorzustellen, daß man Wesen, die sich bewegen, die vorwärts schreiten, die Schmerz fühlen und um Gnade flehen, tödten kann! … Und während mau auf sie das Gewehr oder die Pistole richtet, hat man im Munde einen Geschmack wie von warmem Blut … Welche Lust, wenn der Ball diese scheinbaren Menschen enthauptet! … Welcher Reiz liegt darin, wenn der Pfeil die Papierbrust durchbohrt, und die kleinen Leiber leblos zu Boden streckt, in der Lage eines Leichnams … Jeder regt sich auf, wird mordlüstern und läßt sich Muth zusprechen … Man hört nur noch Worte der Zerstörung und des Todes: »Gib' ihm nur den Rest! … Ziel' auf sein Auge … Ziel' auf's Herz … Der hat sein Theil! …« So gleichgültig diese braven Leute gegen Kreisscheiben und Pfeifen sind, so sehr begeistern sie sich, wenn das Ziel ein menschliches Bild vorstellt. Die Ungeschickten werden ärgerlich, nicht gegen ihre Ungeschicktheit, sondern gegen die Figur, die sie verfehlt haben … Sie bezeichnen sie als einen Feigling, überhäufen sie mit gemeinen Beschimpfungen, wenn sie unverletzt hinter dem Thor des Burgthurmes verschwindet … Sie fordern sie heraus: »Komm' nur, du elender Schuft!« und dann beginnen sie wieder darauf loszuschießen, bis sie sie getödtet haben … Beobachten Sie nur diese braven Leute … in diesem Augenblick sind es durchaus Mörder, Wesen, die von dem Gelüst zu tödten einzig und allein beherrscht werden. Die menschenmordende Bestie, die eben noch in ihnen schlummerte, ist vor der Illusion, daß sie ein lebendes Geschöpf vernichten könnten, erwacht! Denn das Männchen aus Pappe oder Holz, das vor der Coulisse hin- und hergleitet, ist für sie kein Spielzeug, kein Stückchen vernunftlosen Stoffes mehr … Wenn sie die Figur hin- und hergleiten sehen, leihen sie ihr unbewußt eine Bewegungsfähigkeit, ein fühlendes Nervensystem, Gedanken und Vernunft, kurz all' das, was man so wollüstig gern vernichtet, mit so köstlicher Wildheit durch Wunden, die man ihm zugefügt hat, verbluten sieht … Sie gehen sogar so weit, daß sie das Männchen mit politischen oder religiösen Meinungen ausstatten, die den ihren entgegengesetzt sind, daß sie ihm vorwerfen, ein Jude, Engländer oder Deutscher zu sein, um noch einen speziellen Haß zu diesem allgemeinen Haß gegen alles Leben hinzuzufügen und so durch eine persönliche, äußerst erquickliche Rache das instinktive Vergnügen am Tödten zu verdoppeln.

Hier legte sich der Hausherr ins Mittel, der aus Höflichkeit gegen seine Gäste, oder in der barmherzigen Absicht, unsern Philosophen und uns selbst ein wenig ausschnaufen zu lassen, lässig einwendete:

Sie sprechen nur von rohen Gesellen, von Bauern, die, wie ich zugeben will, im Banne ständiger Mordlust stehen … Aber es ist nicht möglich, daß Sie dieselben Beobachtungen an »kultivirten Geistern«, an »polizeilich geschulten Naturen,« an Mitgliedern der guten Gesellschaft zum Beispiel, gemacht haben, die in jeder Stunde ihres Daseins Siege über den Urinstinkt und die wilden Gelüste des Atavismus davon tragen.

Darauf antwortete unser Philosoph lebhaft:

– Gestatten Sie … Was sind denn eigentlich die Gewohnheiten und die bevorzugten Vergnügungen der Leute, die Sie »kultivirte Geister und polizeilich geschulte Naturen« nennen, mein Lieber? Das Fechten, das Duell, wilde Sports, das schändliche Taubenschießen, Stierkämpfe, die verschiedenen Übungen des Patriotismus, die Jagd … alle diese Dinge sind in Wirklichkeit nur Rückschritte zur Epoche des antiken Barbarenthums, als der Mensch – wenn man sich so ausdrücken darf – im Punkte seiner moralischen Kultur mit den riesigen Raubthieren, denen er nachstellte, auf gleicher Stufe stand. Man braucht sich übrigens nicht darüber beklagen, daß die Jagd die ganze schlecht umgeformte Überlieferung alterthümlicher Sitten überlebt habe. Sie ist eine bedeutende Ableitung, durch die die »kultivirten Geister und polizeilich geschulten Naturen,« all' dem was in ihnen noch immer an Zerstörungslust und blutiger Leidenschaft besteht, ohne uns damit größeren Schaden zuzufügen, freien Lauf lassen. Sonst könnten Sie versichert sein, daß »die kultivirten Geister« statt den Hirsch zu hetzen, das Wildschwein abzufangen und unschuldiges Geflügel in den Kleefeldern niederzumetzeln, auf unsere Spuren ihre Meute hetzen und daß uns die »polizeilich geschulten Naturen« lustig mit Flintenschüssen niedermachen würden, welche Bethätigung sie nie verfehlen, wenn sie durch irgend eine Art und Weise zur Macht gelangt sind; sie thun dies mit mehr Entschlossenheit und – wir müssen das freimüthig anerkennen – mit weniger Heuchelei, als die auf niedrigerer Stufe stehenden … Ach, hoffen und wünschen wir, daß das Wildpret nie aus unsern Haiden und Wäldern verschwände! … Es ist unsere Schutzwache und gewissermaßen unser Lösegeld … An dem Tage, da es plötzlich verschwinden würde, müßten wir rasch zu dem heiklen Vergnügen »der kultivirten Geister« seine Stelle einnehmen. Der Fall Dreyfus stellt uns ein bewunderungswürdiges Beispiel dafür vor, ich glaube: nie wurde die Lust am Morde und die Freude an der Jagd auf Menschen so vollkommen und cynisch offen gezeigt … Unter den außergewöhnlichen Vorkommnissen und scheußlichen Thaten, zu denen sie täglich seit Jahresfrist Anlaß gaben, bleibt die Verfolgung des Herrn Grimaux durch die Straßen von Nantes der characteristische Zug, der den »kultivirten Geistern und polizeilich geschulten Naturen« alle Ehre macht, die diesen großen Gelehrten, dem wir die hervorragendsten Untersuchungen in der Chemie verdanken, schmählichst beschimpften und mit dem Tode bedrohten … Man muß sich stets daran errinnern, daß der Bürgermeister von Clisson, auch ein »kultivirter Geist«, in einem offenen Briefe Herr Grimaux das Betreten seiner Stadt verbot und sein Bedauern darüber aussprach, daß die modernen Gesetze ihm nicht gestatten, ihn »hoch und kurz zu henken« wie es Gelehrten in den schönen Zeiten der früheren Monarchien zukam … Darin wurde der ausgezeichnete Bürgermeister von allem unterstützt, was Frankreich an entzückenden »Mitgliedern der guten Gesellschaft« zählt, die, wie unser Wirth sagt, in jeder Stunde ihres Daseins Siege über den Urinstinkt und die wilden Gelüste des Atavismus davontragen. Bemerken Sie übrigens auch, daß sich aus den Reihen der kultivirten Geister und polizeilich geschulten Naturen fast ausschließlich die Offiziere rekrutiren, daß heißt Leute, die weder schlechter noch dümmer als die andern sind und sich frei ihren – übrigens allgemein geachteten – Beruf wählten, bei dem die ganze geistige Anstrengung darin besteht, an einer menschlichen Person die verschiedensten Vergewaltigungen vorzunehmen, die vollständigsten, die sichersten Mittel für Raub, Zerstörung und Mord zu entfalten und zu vervielfachen … Gibt es nicht Krigsschiffe, die man mit den durchaus loyalen und der Wahrheit entsprechenden Namen Devastation (Verwüstung) … Furor … Terror … ausgestattet hat? … Und ich selbst? … Ja sehen Sie! … ich habe die Gewißheit, daß ich kein Scheusal bin … Ich glaube ein normaler Mensch zu sein, mit zärtlichen Neigungen, höheren Gefühlen, überlegener Kultur und dem Raffinement der Civilisation und Geselligkeit … Na also, und wie oft habe ich in meinem Innern die gewaltthätige Stimme des Mordes knurren hören! … Wie oft fühlte ich aus der Tiefe meines Lebens in einem Blutstrome nach meinem Hirn das Verlangen, das wilde, heftige und fast unbesiegliche Gelüst zu tödten, steigen! … Glauben Sie nicht, daß dieses Gelüst sich in einer leidenschaftlichen Krise offenbart habe, von überlegtem Jähzorn begleitet worden sei, oder sich durch niedrige Habsucht entwickelt habe …. Nichts von alledem … Dieses Gelüst entsteht plötzlich, kraftvoll, ohne Rechtfertigung in mir, aus keinerlei Ursache und bei keinerlei Anlaß … Auf der Straße zum Beispiel, vor dem Rücken eines unbekannten Spaziergängers … Ja, es gibt Rücken auf der Straße, die den Dolch herbeirufen … Weshalb? …

Nach diesem unvorhergesehenen Geständnis verstummte der Philosoph einen Augenblick lang und sah uns mit furchtsamer Miene an … Dann begann er von Neuem:

– Nein, sehen Sie, die Moralisten können gut reden, der Drang zum Tödten wird im Menschen zugleich mit dem Drange zu essen geboren, und verschmilzt mit diesem … Diesen instinktiven Drang, der der Motor aller lebenden Organismen ist, entwickelt die Erziehung, statt ihn einzuschränken, die Religionen heiligen ihn, statt ihn zu verfluchen; alles verbündet sich, um aus ihm die Achse zu machen, um die sich unsere bewunderungswürdige Gesellschaft dreht. Sowie der Mensch zum Bewußtsein erwacht, wird ihm der Geist des Mordes ins Hirn gehaucht, der Mord bis zur Pflicht erhoben, bis zum Heldenthum popularisiert, wird ihn durch alle Etappen seines Dasein's begleiten. Man wird ihn barocke Götter, tobsüchtige Götter anbeten lassen, die nur an Sündfluthen Gefallen finden und in reißender Wildheit Menschenleben verschlingen, Völker gleich Getreidefeldern niedermähen. Man wird ihn nur Helden achten lehren, diese ekelhaft rohen Kerle, die mit Verbrechen beladen und über und über roth von menschlichem Blute sind. Die Tugenden und Fähigkeiten, durch die er sich über seines Gleichen erheben und Ruhm, Vermögen und Liebe erringen kann, stützen sich einzig und allein auf Mord … Er wird im Kriege die höchste Form des ewigen und allgemeinen Mordwahnsinnes finden, des regelmäßigen, in Regimenter eingetheilten obligatorischen Mordes, der eine nationale Pflicht ist. Wohin er auch geht, was er auch thut, stets wird er das Wort: Mord unsterblich auf dem Schilde dieses weiten Schlachthofes, der die Menschheit ist, angeschrieben sehen. Weshalb soll also dieser Mensch, dem man von frühester Kindheit an Nichtachtung des menschlichen Lebens eingeprägt hat, den man dem gesetzlichen Morde weihte, vor einem Todtschlag zurückschrecken, wenn er dabei Nutzen oder Zerstreuung findet? Im Namen welchen Gesetzes will die Gesellschaft Mörder verurtheilen, die in Wirklichkeit sich nur den menschenmordenden Gesetzen, die sie gegeben, anpassen, und den blutigen Beispielen, die sie ihnen geliefert, folgen? … »Wie, könnten eines Tages die Mörder sagen, Ihr nöthigt uns einen Haufen von Leuten, gegen die wir keinerlei Haß spüren, die wir ja nicht einmal kennen, niederzumetzeln; je mehr wir tödten, in desto reicherem Maaße bedeckt Ihr uns mit Anerkennung und Ehren! … Eines anderen Tages, Eurer Logik vertrauend, unterdrücken wir Wesen, die uns unbequem sind, und die wir verabscheuen, weil wir ihr Geld, ihr Weib, ihre Stellung begehren, oder auch einfach nur, weil es uns Freude bereitet sie zu unterdrücken: All' das sind genaue, annehmbare und menschliche Begründungen und da kommt uns der Gensdarm, der Richter und Henker in die Quere! … Das ist eine haarsträubende Ungerechtigkeit, die sich mit dem gesunden Menschenverstande nicht vereinen läßt!« Was könnte darauf die Gesellschaft zur Antwort geben, wenn ihr auch nur das Mindeste an Logik gelegen wäre?

Ein junger Mann, der bisher noch keinen Ton von sich gegeben hatte, bemerkte nun:

– Ist dies wohl die richtige Erklärung der seltsamen Mordmanie, von der wir, wie Sie behaupten, ausnahmslos, von Natur aus und in der That befallen sind? … Ich weiß es nicht und will es auch gar nicht wissen. Das befriedigt in höherem Grade meine geistige Faulheit, die davor zurückscheut soziale und menschliche Probleme zu lösen, die übrigens ja nie gelöst werden, und das bestärkt mich in dem Gedanken, in den ausschließlich poetischen Gründen, durch die ich alles, was ich nicht begreife, zu erklären oder vielmehr nicht zu erklären versucht bin … Sie haben uns, verehrter Meister, soeben ein schreckliches Geständnis gemacht und uns Eindrücke beschrieben, die, wenn sie eine active Form annehmen würden, Sie weit führen könnten und mich desgleichen, denn ich habe diese Eindrücke auch oft genug erhalten und erst vor ganz kurzer Zeit unter folgenden, sehr banalen Verhältnissen … Aber gestatten Sie mir vorher die Bemerkung, daß ich diesen abnormalen Geisteszustand vielleicht der Umgebung verdanke, in der ich aufgewachsen bin, sowie den täglichen Einflüssen, die ohne mein Wissen auf mich wirkten … Sie kennen meinen Vater, den Doctor Trepan. Sie wissen, daß es keinen geselligeren, keinen liebenswürdigeren Menschen als ihn gibt. Es gibt aber auch keinen Menschen, aus dem sein Beruf einen rücksichtsloseren Mörder gemacht hätte … Oft genug habe ich diesen wundervollen Operationen, die ihn in der ganzen Welt berühmt gemacht haben, beigewohnt … Seine Verachtung des Lebens hat etwas wirklich Grandioses an sich. Einmal hatte er in meiner Gegenwart einen sehr schwierigen Schnitt in der Weichengegend einer Patientin ausgeführt, als er plötzlich die Kranke, die noch im Chloroformschlafe lag, nochmals genau untersuchte und vor sich hinmurmelte: »Diese Frau muß eine Affection am Magenmunde haben … wie wäre es, wenn ich ihr den Magen öffnete … Ich habe ja Zeit genug dazu.« Darauf nahm er die Operation vor; aber die Kranke hatte dort nichts. Da begann mein Vater die unnütze Wunde zuzunähen, während er bemerkte: »So habe ich mir wenigstens Gewißheit verschafft.« Diese Überzeugung war umso werthvoller, als die Patientin noch am selben Abend verschied … Ein anderesmal besuchten wir in Italien, wohin er wegen einer Operation gerufen worden war, ein Museum … Ich war begeistert. »Ach Du Dichter! … Du Dichter, rief mein Vater, der sich keinen Augenblick lang für die Meisterwerke, die mich in wahres Entzücken versetzten, interressirte … Die Kunst! … die Kunst! … Das Schöne! … Weißt Du was das ist? … Na also, mein Junge, das Schöne ist ein geöffneter, blutüberströmter Frauenbauch, mit Pinzetten darin! …« Aber ich philosophire nicht, ich erzähle nur … Sie können aus dem Bericht all die anthropologischen Folgen ziehen, die er enthält, wenn er überhaupt welche enthält …

Der junge Mann hatte eine Sicherheit in seinem Auftreten, einen schneidenden Ton in der Stimme, der uns förmlich schaudern ließ.

– Ich kam aus Lyon zurück, begann er von Neuem, und befand mich allein in einem Coupé erster Klasse. In irgend einer Zwischenstation, ich weiß nicht mehr in welcher, stieg ein Reisender ein. Der Ärger darüber, in seiner einsamen Beschaulichkeit gestört zu werden, kann wohl eine geistige Verfassung von größter Heftigkeit veranlassen, und Einen zu bedauerlichen Thaten geneigt machen, das will ich gerne zugeben … Aber ich empfand nichts dergleichen … ich langweilte mich dermaßen allein, daß das zufällige Herbeikommen eines Gesellschafters mir anfänglich geradezu angenehm war. Er ließ sich mir gegenüber nieder, nachdem er behutsam sein kleines Gepäck in dem Tragnetz untergebracht hatte … Er war ein dicker Mensch von gewöhnlichem Benehmen, dessen fette und glänzende Häßlichkeit mir ohne Verzug antipathisch wurde … Nach Verlauf von wenigen Minuten fühlte ich, wenn ich ihn ansah, etwas wie unüberwindlichen Ekel … Er war schwerfällig auf den Kissen niedergesunken und streckte die Beine auseinander, während sein riesiger Bauch bei jedem Stoß des Zuges gleich einem gemeinen Gelatinpacket zitterte und wogte. Da ihm augenscheinlich warm war, nahm er seinen Hut ab und wischte sich schmutzig die Stirn ab, eine niedrige, runzlige, knotige Stirn, die gleich Aussatz von kurzen, spärlichen, klebrigen Haaren zerfressen wurde. Sein Gesicht war nur eine Häufung von Fettklumpen; sein dreifaches Kinn, diese feige Kravatte weichlichen Fleisches, baumelte auf seine Brust herab. Um diesen unangenehmen Eindruck zu vermeiden, entschloß ich mich die Gegend zu betrachten und gab mir Mühe von der Gegenwart dieses peinlichen Gefährten vollkommen abzusehen. Eine Stunde verging … und als die Neugierde, die stärker als mein Wille war, meine Blicke wieder auf ihn gerichtet hatte, sah ich, daß er in niedrigen, tiefen Schlaf versunken war. Er schlief, in sich selbst zusammengesunken, der Kopf hing herab und baumelte auf den Schultern, seine dicken aufgedunsenen Hände lagen offen auf den Beinen. Ich bemerkte, daß seine runden Augen unter den geschlossenen Lidern zitterten, in deren Mitte, wie in einem Riß, ein Stückchen bläulicher Pupille gleich einem Eitergewächs auf einem Fetzen welken Fleisches erschien. Welch' plötzlicher Wahnsinnsgedanke durchzuckte mir das Gehirn, ich weiß es wahrhaftig nicht ... Denn wenn ich mich auch oft zur Mordlust gereizt gefühlt hatte, blieb dies doch stets im keimartigen Zustande des Verlangens und hatte noch nie die bestimmte Form einer Geberde oder einer That angenommen ... Kann ich glauben, daß nur die niedrige Häßlichkeit dieses Menschen diese Geberde und diese That herausforderte? ... Nein, es lag noch ein tieferer Grund vor, dessen ich mir nicht genau bewußt bin ... Ich stand behutsam auf und näherte mich dem Schläfer mit ausgestreckten, verkrampften und gewaltthätigen Händen, als ob ich ihn erwürgen wollte ...

Darauf machte er als ein Erzähler, der mit seinen Wirkungen wohl hauszuhalten weiß, eine Pause ... Dann fuhr er mit sichtlicher Befriedigung fort:

– Trotz meiner unansehnlichen Gestalt bin ich mit bedeutender Kraft begabt, mit einer seltenen Geschicklichkeit der Muskeln, mit außergewöhnlicher Spannkraft, und in diesem Augenblicke verdoppelte eine seltsame Hitze die Wirkungfähigkeit meiner körperlichen Eigenschaften ... Meine Hände näherten sich ganz von selbst dem Nacken dieses Mannes, ganz von selbst, ich versichere Sie, eifrig und schrecklich ... ich fühlte in mir nur eine Leichtigkeit, eine Elastizität, einen Strom nervöser Wellen, etwas gleich dem starken Rausche geschlechtlicher Wollust ... Ja, ich kann das, was ich empfand, mit gar nichts besserem vergleichen ... In dem Augenblick, als meine Hände, gleich einer unlösbaren Zwinge, diesen fettigen Hals umschlingen wollten, erwachte der Mann ... Er erwachte mit Entsetzen im Blicke und stammelte: »Was denn? ... Was denn? ... Was?...« Und das war alles! ... Ich sah wohl, daß er noch weiter wollte, aber er vermochte es nicht ... Sein rundes Auge zitterte gleich einem Flämmchen, das vom Winde bewegt wird. Dann starrte er mich unbeweglich, voll Entsetzen an ... Ohne ein Wort zu sagen, ohne eine Entschuldigung oder Erklärung zu suchen, durch die dieser Mensch beruhigt worden wäre, ließ ich mich ihm gegenüber nieder und entfaltete mit ruhiger Gewandtheit, die mich heute noch Wunder nimmt, eine Zeitung, die ich übrigens nicht las ... Mit jeder Minute wuchs das Entsetzen in den Augen des Menschen, die sich nach und nach verdrehten, ich sah wie sein Gesicht rothe Flecken annahm, sich dann bläulich färbte und starr wurde ... Bis Paris behielt der Blick des Mannes diese entsetzliche Starrheit ... Als der Zug anhielt, stieg der Mann nicht aus ...

Der Erzähler zündete eine Zigarette an der Flamme einer Kerze an, und erklärte, nachdem er den Rauch vor sich hingeblasen, mit phlegmatischer Stimme:

– Ich glaube es gern! ... Er war todt! ... Ich hatte ihn durch einen Gehirnschlag getödtet...

Dieser Bericht rief ein großes Unbehagen unter uns hervor und wir sahen uns verblüfft an ... War der seltsame junge Mann aufrichtig, hatte er uns zum Besten haben wollen? ... Wir erwarteten eine Erklärung, einen Kommentar, einen Schnörkel ... aber er schwieg ... Er rauchte ernst und bedächtig weiter und schien jetzt an etwas anderes zu denken ... Die Unterhaltung wurde von diesem Augenblick an regellos, ohne Stimmung fortgesetzt und verweilte tändelnd bei tausend unnützen Dingen in erschlaffendem Tone...

Da sagte ein Mann mit verwüstetem Gesicht, gekrümmtem Rücken, trüben Augen, vor der Zeit ergrautem Haar und Bart, mit zitternder Stimme, indem er mühsam aufstand:

– Sie haben bisher von allem gesprochen, außer von Frauen, was mir bei einer Frage, in der sie die größte Wichtigkeit besitzen, wirklich unbegreiflich erscheint.

– Sehr richtig! ... Wir wollen jetzt von den Frauen sprechen, stimmte der berühmte Schriftsteller bei, der sich nun wieder in seinem Lieblingselement befand, denn er galt in der Litteratur als jener merkwürdige Dummkopf, den man einen feministischen Meister nennt ... Es war wirklich die höchste Zeit, daß ein wenig Frohsinn diese blutigen Traumgebilde verscheuchte ... Sprechen wir von der Frau, meine Freunde, da wir in ihr und durch sie unsere wilden Instinkte vergessen, lieben lernen und uns bis zur höchsten Erkenntnis des Mitleids und Ideals erheben.

Der Mann mit dem verstörten Gesicht lachte kurz auf, in seinem Lachen kreischte Ironie, gleich einer alten Thür, deren Angeln verrostet sind.

– Die Frau als Erzieherin zum Mitleid! ... rief er ... ja ich kenne diese Melodie ... sie ist sehr im Schwunge in einer gewissen Litteratur und in den Collegien von Salonphilosophie ... Doch ihre ganze Geschichte und nicht allein ihre Geschichte, sondern auch ihre Rolle in der Natur und im Leben strafen diese durchaus romantische Behauptung Lügen ... Denn weshalb drängen sich sonst die Frauen zu blutigen Schauspielen, mit der gleichen Verzückung, wie beim Wollustrausche? ... Weshalb strecken sie, wie man sich stets überzeugen kann, auf der Straße, im Theater, in den Gerichtssälen und vor der Guillotine den Hals nach Folterscenen aus, reißen gierig die Augen auf und empfinden bis zum Ohnmächtigwerden, schändliche Freude am Tode? ... Weshalb läßt sie schon der Name eines großen Mörders bis in die tiefsten Tiefen ihres Leibes in einer Art von köstlichem Entsetzen erschaudern? ... Sie schwärmen alle, oder beinahe alle von Pranzini! ... Weshalb? ...

– Ach was! ... rief der berühmte Schriftsteller aus ... Das sind doch Dirnen ...

– Nicht im Geringsten, erwiderte der Mann mit dem verstörten Gesicht, auch große Damen und Bürgerfrauen ... Das kommt ganz aufs gleiche heraus ... In Bezug auf Frauen gibt es keine moralischen Kategorien, es gibt nur soziale Kategorien, es sind eben Frauen ... Die Frauen aus dem Volke, aus dem hohen und kleinen Bürgerstande, ja aus den höchsten Kreisen der Gesellschaft stürzen sich lüstern auf jene scheußlichen Todtenkammern und absurden Verbrechermuseen, die die Feuilletons des Petit Journal sind. Weshalb? ... Das kommt daher, weil die großen Mörder auch stets schreckliche Liebhaber waren ... Ihre geschlechtliche Kraft entspricht ihrer verbrecherischen Kraft ... Sie lieben wie sie tödten! ... Der Mord wird aus der Liebe geboren und die Liebe erhält ihre höchste Spannkraft durch den Mord ... Es ist dies die gleiche physiologische Erregtheit ... Es sind die gleichen erstickenden Geberden, die gleichen Bisse ... Und häufig fallen dabei auch die gleichen Worte in der identischen Verzückung..

Er sprach mühsam, während ein leidender Zug bei ihm bemerkbar wurde ... Je länger er sprach, desto trüber wurden seine Augen, desto deutlicher traten die Runzeln seines Gesichtes hervor ...

– Das Weib als Spenderin des Ideals und Mitleids! ... begann er vom Neuen ... Aber die schändlichsten Verbrechen sind fast stets das Werk des Weibes ... Das Weib denkt sie aus, entwickelt sie, bereitet sie vor und leitet sie ... Wenn die Frau diese Thaten nicht mit eigener, oft zu schwächlicher Hand ausführt, kann man doch in allen diesen Verbrechen ihren Charakter voll reißender Wildheit, ihre Unerbittlichkeit, ihre Geistesgegenwart, ihren Gedanken, ihr Geschlecht wiederfinden ...»Cherchez la femme!« sagt der weise Kriminalist ...

– Sie verleumden das Weib! ... widersprach der berühmte Schriftsteller, der eine entrüstete Geberde nicht zurückhalten konnte. Sie stellen uns hier als Grundsatz auf, was doch nur in sehr seltenen Ausnahmen der Fall ist ... Entartung, Neurose, Neurasthenie ... alle Wetter! ... Das Weib ist gleich dem Manne gegen seelische Krankheiten nicht gefeit ... Obwohl bei ihm diese Krankheiten eine reizende und rührende Gestalt annehmen, die uns nur noch besser die Zartheit seines köstlichen Gefühllebens begreifen läßt. Nein, mein Herr, Sie befinden sich in einem bedauerlichen, und wenn ich mich so ausdrücken darf, verbrecherischen Irrthume ... Was man am Weibe bewundern muß, ist im Gegentheil der große Sinn, die große Liebe, die es für's Leben hat, und die, wie ich vorhin sagte, ihren endgiltigen Ausdruck im Mitleid findet ...

– Litteratur! ... Das ist Litteratur, mein Herr! ... Und zwar die denkbar schlimmste.

– Das ist Pessimismus, mein Herr! ... Blasphemie!.. Unvernunft!

– Ich glaube, Sie täuschen sich alle beide, warf ein Arzt ein ... die Frauen sind weit raffinirter und verwickelter als Sie annehmen ... sie sind unvergleiche Virtuosen, großartige Künstler des Leidens und deshalb ziehen sie das Schauspiel des Schmerzes dem des Todes, die Thränen dem Blute vor. Und dies ist eine bewunderungswürdige amphibologische Thatsache, wobei jeder seine Rechnung findet, denn jeder kann daraus sehr verschiedene Schlußfolgerungen ziehen, das Mitleid der Frau übertreiben, oder ihre Grausamkeit verfluchen, gestützt auf gleich unangreifbare Begründungen kann ihr Jeder, wie er nun gerade im Augenblick gelaunt ist, Erkenntlichkeit oder Hatz zuwenden ...Und dann: wozu dienen denn alle diese unfruchtbaren Streitigkeiten? ... Da wir doch in dem ewigen Kampfe der Geschlechter stets die Besiegten sind und nichts dagegen thun können ...und da wir doch, ob wir nun Weiberfeinde oder Feministen sind, bis jetzt zur Wollust und zur Fortpflanzung kein vollkommeneres Vergnügungsinstrument und kein anderes Zeugungsmittel, als das Weib, gefunden haben?...

Aber der Mann mit dem verstörten Gesichte machte eine heftig verneinende Bewegung:

– Hören Sie mich an, sagte er: Die Zufälligkeiten des Lebens – und was für ein Leben war das meine! ...haben mich nicht einer Frau ...sondern der Frau gegenübergestellt. Ich habe sie gesehen, frei von allem Kunstwerk, von all den Heucheleien, mit denen die Civilisation ihre wahre Seele, wie mit einen Lügenschmuck verhüllt ...Ich habe sie gesehen, ihrer Laune allein überlassen, oder wenn Sie das vorziehen, unter der alleinigen Herrschaft ihrer Instinkte, in einer Umgebung wo allerdings nichts sie zügeln konnte, wo sich im Gegentheil alles verschwor, um sie aufzuregen ...Nichts verbarg mir sie, weder Gesetze, noch Moral, noch religiöse Vorurtheile, noch soziale Convenienz ...Ich habe sie in ihrer ganzen Wirklichkeit, in ihrer ursprünglichen Nacktheit, zwischen Gärten und Qualen, zwischen Blut und Blumen gesehen ...Als sie mir erschien, war ich zur niedrigsten Stufe menschlicher Herabgekommenheit gesunken – wenigstens glaubte ich es. Da schrie ich vor ihren Augen voll Liebe, vor ihrem Munde voll Mitleid, hoffend auf, und glaubte ...ja ich glaubte, daß ich durch sie gerettet werden würde. Nun also, die Dinge nahmen einen fürchterlichen Verlauf! ...Die Frau hat mich Verbrechen kennen gelehrt, die ich noch nicht kannte, Schatten, in die ich noch nicht herabgestiegen war ...Sehen Sie meine erstorbenen Augen an, meinen Mund, der nicht mehr zu sprechen weiß, meine zitternden Hände ... weil ich sie gesehen habe! ...Aber ich kann ihr nicht fluchen, ebensowenig wie ich dem Feuer fluche, das Städte und Wälder verheert, dem Wasser, das Schiffe scheitern läßt, dem Tiger, der die blutige Beute in seinem Rachen nach der Tiefe des Dschungel schleppt ...Die Frau hat in sich die weltumspannende Kraft der Elemente, einen unüberwindlichen Zerstörungsdrang, gleich der Natur ...Sie ist ganz allein an sich schon die ganze Natur! ...Da sie die Gebärmutter des Lebens ist, ist sie auch gleichfalls die Gebärmutter des Todes ...Da durch den Tod, das Leben unablässig wiedergeboren wird ...Und da den Tod abschaffen auch das Leben in seiner einzigen Fruchtbarkeitsquelle tödten hieße...

– Und was beweist das? ...bemerkte der Arzt, achselzuckend.

Jener antwortete einfach:

– Das beweist nichts ...Müssen denn die Dinge, um dem Leide oder der Freude anzugehören, bewiesen werden? ...Sie müssen gefühlt werden...

Dann zog der Mann mit dem verstörten Gesicht schüchtern und – o, Allmacht der menschlichen Eigenliebe! – mit sichtlicher Befriedigung über sich selbst, eine Papierrolle aus der Tasche, die er sorgsam entfaltete:

– Ich habe den Bericht dieses Theils meines Lebens niedergeschrieben, sagte er.. Lange zauderte ich ihn zu veröffentlichen und zaudere heute noch. Ich möchte ihn aber Ihnen vorlesen, da Sie Männer sind und nicht in die ärgste Finsterniß menschlicher Geheimnisse einzudringen fürchten ...Ach, daß Sie dennoch den blutigen Schrecken dieses Berichtes ertragen könnten!...

Er betitelt sich: Der Garten der Qualen...

Unser Wirth ließ noch Zigarren und Getränke herbeischaffen...

1. Theil: Die Forschungsreise

Ehe ich eine der furchtbarsten Episoden meiner Reise nach dem äußersten Orient berichte, ist es vielleicht von Interesse, wenn ich kurz auseinandersetze, durch was für Verhältnisse ich zu diesem Unternehmen veranlaßt wurde. Es ist ein Stück zeitgenössischer Weltgeschichte.

Allen denen, die sich vielleicht darüber wundern, daß ich in allen Punkten, die mich betreffen, grundsätzlich und ausnahmslos keine Namen nenne ... im ganzen, weiteren Verlauf dieses wahrhaften und traurigen Berichtes, sage ich nur:

»Mein Name thut nichts zur Sache! ... Es ist der Name eines Menschen, der sich und Andern viel Unheil zufügte, sich noch mehr als den andern, und der, nachdem er nach mannigfaltigen Erschütterungen bis zur Tiefe menschlichen Gelüstes herabgestiegen ist, versucht, sich eine neue Seele in der Einsamkeit und im Dunkel zu schaffen. Friede der Asche seiner Sünde.«

I.

Vor zwölf Jahren stellte ich meine Kandidatur zur Deputiertenwahl auf, da ich durchaus nicht mehr wußte, was ich anfangen sollte und durch eine Reihe von Schicksalsschlägen mich der harten Alternative, mich aufzuhängen oder in die Seine zu springen, gegenüber befand; diese Kandidatur – meine letzte Rettung – stellte ich in einem Departement auf, in dem ich keine Menschenseele kannte und in das ich nie den Fuß gesetzt hatte.

Es ist allerdings wahr, daß meine Kandidatur officiell von dem Kabinet unterstützt wurde, das nicht wußte, was es mit mir anfangen sollte und dadurch ein geniales und feinfühliges Mittel an der Hand hatte, um meine täglichen und dringlichen Quälereien los zu werden.

Bei diesem Anlaß hatte ich mit dem Minister, der mein Freund und früherer Schulkamerad war, eine gleichzeitig feierliche, sowie auch vertrauliche Unterredung.

– Jetzt siehst Du, wie nett wir zu Dir sind! … sagte dieser mächtige und freigebige Freund zu mir … Kaum haben wir Dich den Armen der Gerechtigkeit entzogen – was gar nicht so leicht durchzusetzen war – so wollen wir auch schon einen Deputierten aus Dir machen.

– Ich bin noch nicht dazu ernannt … sagte ich in griesgrämigen Tone.

– Sehr richtig! … Allein Du hast alle Chancen für Dich … Du bist ein intelligenter Mensch und hast ein verführerisches, bestrickendes Äußere, Du kannst wahre Wunder verrichten, Du bist auch ein guter Kerl, wenn es Dir Spaß macht und besitzest die majestätische Gabe zu gefallen … Die Männer, die auf die Frauen wirken, mein Lieber, sind auch stets Leute der großen Menge … Ich bürge für Dich … Es handelt sich jetzt nur darum die Lage wohl zu begreifen … Übrigens ist sie äußerst einfach …

Dann empfahl er mir:

Vor allem keinerlei Politik! … Verpflichte Dich zu nichts … Laß' Dir ja nicht vielleicht Dein Temperament durchgehen! … In dem Wahlbezirk, den ich für Dich ausgewählt habe, überragt eine Frage an Wichtigkeit alle andern: die Runkelrübe … Das Übrige zählt nicht und geht einzig und allein den Präfecten an … Du bist rein landwirthschaftlicher Kandidat … besser als das, ausschließlich Rübenkandidat … Vergiß' dies nicht … Was auch im Verlauf des Kampfes geschehen möge, halte Dich unentwegt auf dieser ausgezeichneten Basis aufrecht … Kennst Du die Runkelrübe ein Bischen? …

– Meiner Treu! nein, antwortete ich … Ich weiß nur, wie jeder gebildete Mensch, daß daraus Zucker … und Alkohol gewonnen werden.

– Bravo! das genügt, bemerkte der Minister mit beruhigender, herzlicher Würde, in beifälligem Tone … Geh' ungescheut auf dieser Basis weiter … Versprich ihnen wunderbare, märchenhafte Erträgnisse … außerordentliche und kostenlose chemische Dungmittel … Eisenbahnen, Kanäle und Straßen für den Verkehr mit diesem interessanten patriotischen Gemüse … Kündige ihnen Steuerermäßigungen an, Prämien für Landwirthe, fürchterliche Abgaben auf concurrirende Stoffe … kurz was Dir gerade einfällt! … In dieser Hinsicht gebe ich Dir alle Machtvollkommenheit und werde Dich dabei nach Kräften unterstützen … Aber laß' Dich nicht etwa in persönliche oder allgemeine Polemiken hineinreißen, die Dir gefährlich werden könnten und zugleich mit Deiner Wahl den Ruhm der Republik beschimpfen würden … Denn unter uns gesagt, alter Junge – ich mache Dir keinen Vorwurf, ich stelle es nur fest – Du hast eine ziemlich belastende Vergangenheit …

Ich war aber durchaus nicht zum Lachen aufgelegt … Über diese Bemerkung geärgert, die mir zwecklos und beleidigend erschien, erwiderte ich lebhaft, indem ich meinem Freund geradewegs in's Gesicht sah, wobei er in meinen Augen alles lesen konnte, was darin an scharfer und kalter Drohung aufgehäuft war:

– Du könntest richtiger sagen: »wir haben eine Vergangenheit …« Mir scheint, daß die Deine, mein lieber College, der meinen nichts nachzugeben hat …

– O, ich! … rief der Minister mit einem Ausdruck überlegener Nichtachtung und vornehmer Sorglosigkeit, das kommt doch nicht auf dasselbe heraus … Ich … mein Freundchen … bin eben gedeckt, mein Freundchen … bin eben gedeckt … sogar durch Frankreich selbst!

Dann kam er auf meine Wahlkandidatur zurück und fügte seinen Rathschlägen noch Folgendes hinzu:

– Ich fasse also nochmals alles zusammen ... Runkelrüben, nichts als Runkelrüben, stets nur Runkelrüben! ... Dies sei Dein Programm ... Weiche ja nicht davon ab.

Dann steckte er mir verstohlen eine kleine Unterstützung zu und wünschte mir viel Glück.

Ich folgte diesem Programm, das mir mein mächtiger Freund vorgezeichnet hatte, getreulich und hatte Unrecht damit ... Ich wurde nicht gewählt. Die vernichtende Majorität, die sich meinem Gegner zuwendete, that dies wohl, abgesehen von einigen unloyalen Manövern, hauptsächlich deshalb, weil dieser verteufelte Kerl womöglich noch unwissender als ich und eine ausgemachte Canaille war.

Im Vorübergehen soll hier nur festgestellt werden, daß eine gut zur Geltung gebrachte Schufterei in unseren Zeitläuften alle möglichen guten Eigenschaften ersetzt und die Welt geneigt ist, einem Menschen, je schandbarer er sich benimmt, desto mehr Geisteskräfte und moralischen Werth zuzuerkennen.

Mein Gegner, der heute eine der unbestreitbarsten Zierden unserer Politik ist, hatte in verschiedenen Lebenslagen gestohlen. Doch seine Überlegenheit bestand darin, daß er dies nicht verbarg, sondern sich dessen mit dem widerwärtigsten Cynismus rühmte.

– Ich habe gestohlen ... ich habe gestohlen ... brüllte er durch die Gäßchen der Dörfer, auf den öffentlichen Plätzen der Städte, und längs der Landstraße in die Felder hinaus ...

– Ich habe gestohlen ... ich habe gestohlen ... verkündete er in seinen Glaubensbekenntnissen, den Wandanschlägen und vertraulichen Rundschreiben ...

Und in den Kneipen wiederholten seine Vertrauensmänner, auf den Tonnen sitzend, voll von Wein, und vom Alkohol geröthet, in trompetendem Tone die magischen Worte:

– Er hat gestohlen ... er hat gestohlen ...

Entzückt bejubelte die arbeitsame Bevölkerung der Städte, desgleichen das brave Landvolk diesen kühnen Mann voll Leidenschaft, der tagtäglich im Verhältnis zu dem Freimuth seiner Geständnisse wuchs.

Wie hätte ich gegen einen Gegner kämpfen sollen, der eine solche Leumundsnote besaß, während ich eigentlich noch nichts auf dem Gewissen hatte und schamhaft, nur kleine Jugendsünden, wie häusliche Diebstähle, Lösegelder für Maitressen, winzige Gaunereien durch falsches Spiel, Erpressungen, anonyme Briefe, Verleumdungen und Meineide verheimlichte? ... O, Reinheit jugendlicher Unwissenheit!

Ich wäre sogar eines Abends in einer öffentlichen Versammlung fast von den Wählern todtgeschlagen worden, die wüthend darüber waren, daß ich gegenüber den schandbaren Erklärungen meines Gegners, mit dem hervorragenden Rang der Runkelrübe zugleich für das Recht auf Tugend, Moral und Redlichkeit stritt und behauptet hatte, es sei dringend nöthig, die Republik von einigen schmutzigen Individuen, die sie entehrten, zu reinigen. Man stürzte sich auf mich, faßte mich an der Kehle; ich wurde von einem zum andern geworfen und gleich einem Ball hin- und hergetrieben ... Glücklicher Weise trug ich als Folge dieses Beredsamkeitanfalles nur eine verschwollene Backe, drei verletzte Rippen und sechs ausgeschlagene Zähne davon ...

Dies war alles was ich von diesem traurigen Abenteuer zurückbrachte, zu dem mich unglücklicher Weise die Gönnerschaft eines Ministers, der mein Freund sein wollte, verleitet hatte.

Ich war entrüstet.

Ich hatte umsomehr Ursache entrüstet zu sein, als plötzlich, im heißesten Schlachtgedränge, die Regierung mich im Stiche ließ, und mir keinen anderen Schutz, als die Runkelrübe als Amulet gewährte, während sie mit meinem Gegner verhandelte und sich mit ihm in's Einvernehmen setzte.

Der Präfekt der zuerst sehr demüthig gewesen war, wurde ohne Zeitverlust höchst unverschämt, in der Folge verweigerte er mir die zu meiner Wahl nöthigen Auskünfte; endlich verschloß er mir so ziemlich seine Thür. Selbst der Minister beantwortete meine Briefe nicht mehr, bewilligte nichts von alledem, um was ich ihn angegangen hatte, und die regierungsfreundlichen Zeitungen richteten manch versteckte Angriffe und peinliche Anspielungen in höflichen und verblümten Phrasen gegen mich. Man gieng nicht soweit, mich gerade offiziell zu bekämpfen, aber dies stand für alle Welt fest … man ließ mich fallen … Ach, ich glaube wirklich, nie ist soviel Galle in die Seele eines Menschen getreten!

Als ich nach Paris zurückgekehrt war, hatte ich den festen Entschluß gefaßt Radau zu schlagen; auf die Gefahr hin alles zu verlieren forderte ich Erklärungen von dem Minister, den mein schroffes Auftreten sofort nachgiebig und entgegenkommend stimmte…

– Mein Lieber, sagte er mir, ich bedaure sehr, daß Dir dies passiert ist … Mein Wort zum Pfande! … ich bin wirklich ganz verzweifelt darüber. Aber was konnte ich thun? Ich bin doch nicht allein im Kabinet … und …

– Ich kenne aber nur Dich! unterbrach ich ihn heftig, indem ich einen Haufen Aktenstücke, der in Handweite auf seinem Schreibtisch lag, zu Boden schleuderte … Die anderen gehen mich gar nichts an … Mit den anderen habe ich nichts zu thun … Ich habe mich nur an Dich zu halten … Du hast mich verrathen; es ist niederträchtig! …

– Aber, alle Wetter! … So höre mich doch nur einen Augenblick an! beschwor der Minister. Und rege Dich nicht so sehr auf, ehe Du nicht alles weißt…

– Ich weiß nur eines und das genügt mir. Du hast mich zum Besten gehalten … Na also schön! Die Geschichte wird nicht so einfach verlaufen wie Du es Dir vorstellst … Jetzt bin ich an der Reihe.

Ich gieng in dem Arbeitzimmer auf und ab, stieß Drohungen aus und warf Stühle um…

– Aha! Du hast Dich über mich lustig gemacht! … Da wird es also einen feinen Spaß geben … Das Land soll endlich einmal erfahren was eigentlich ein Minister ist … Auf die Gefahr hin das Land zu vergiften, werde ich ihm diesen zeigen und ihm diese Seele eines Ministers weit geöffnet vorlegen … Du Dummkopf! … Hast Du denn wirklich nicht begriffen, daß ich Dich in der Hand habe, Dich, Dein Vermögen, Deine Geheimnisse und Dein Ministerportefeuille! … Also meine Vergangenheit ist Dir peinlich? … Sie geniert Dein Schamgefühl und das Mariannens? … Schön, dann warte einmal! … Morgen, ja morgen schon wird man alles erfahren…

Ich erstickte fast vor Wuth. Der Minister suchte mich zu beruhigen, nahm mich beim Arm und zog mich sanft wieder auf den Stuhl, von dem ich jählings aufgesprungen war…

– Aber sei doch nur ruhig! sagte er zu mir, indem er seiner Stimme einen beschwörenden Ton gab … Höre mich doch nur an, ich bitte dich darum! … Na also, setz' Dich doch! … Warum willst Du verteufelter Mensch denn gar nicht hören! Also Folgendes ist geschehen…

Überrascht, in kurzen, abgehackten Sätzen erklärte er mir:

– Wir kannten Deinen Gegner eben noch nicht … Er hat sich im Verlauf des Kampfes als ein sehr bedeutender Mann enthüllt … als ein wirklicher Staatsmann! … Du weißt wie beschränkt das Regierungspersonal ist … Obwohl immer wieder dieselben Leute dazu kommen, müssen wir doch nothwendiger Weise von Zeit zu Zeit der Kammer und dem Lande ein neues Gesicht zeigen … Dabei haben wir keine große Auswahl … Kennst Du vielleicht Jemanden? … Schön, das haben wir also überlegt, daß Dein Gegner ein solches Gesicht sein könne … Er besitzt all' die Vorzüge, die einem provisorischen Minister, einem Minister während einer Krise, gebühren … Schließlich war er ständigen Fußes käuflich und lieferbar, begreifst Du? … Es ist ja sehr unangenehm für Dich, wie ich gerne zugeben will … Aber vor allem andern kommen doch die Interessen des Landes…

– Mach doch keine faulen Witze … Wir sind hier doch nicht in der Kammer …. Es handelt sich hier nicht um die Interessen des Landes, auf die Du gerade so wie ich pfeifst … Es handelt sich um mich … Dank Dir befinde ich mich wieder einmal auf dem Straßenpflaster. Gestern Abend hat mir der Kassier meiner Spielhölle in unverschämter Weise fünf Francs verweigert … Meine Gläubiger, die auf einen Erfolg gerechnet hatten, sind über meine Niederlage wüthend und verfolgen mich gleich einem Hasen … Mir soll alles versteigert werden … Heute habe ich nicht einmal genug Geld zum Diner … Und Du bildest Dir so einfach ein, daß ich das ganz ruhig ertragen werde? … Du bist also blödsinnig … ebenso blödsinnig wie ein Mitglied Deiner Majorität geworden? …

Der Minister lächelte, er klopfte mir vertraulicher Weise auf die Kniee, dann bemerkte er:

– Ich bin ja vollkommen damit einverstanden – aber Du läßt mich ja gar nicht zu Worte kommen – ich bin ja ganz einverstanden Dir eine Vergütung zu verschaffen…

– Nein, eine Ent-schä-di-gung!

– Meinetwegen eine Entschädigung!

– Eine vollständige?

– Eine vollständige! Komme in einigen Tagen wieder … dann werde ich ohne Zweifel in der Lage sein, sie Dir gewähren zu können. Vorläufig nimm hier hundert Louisd'or, das ist der ganze Rest meiner geheimen Fonds…

Er fügte noch freundlich, mit vertraulicher Lustigkeit hinzu:

– Ein halbes Dutzend Schwerenöther wie Du … und dann könnte man mit dem Budget überhaupt nicht mehr zu Stande kommen…

Diese Freigebigkeit, die ich in allem Anfange nicht erhofft hatte, brachte es fertig, meine Nerven unverzüglich zu beruhigen … Ich steckte – noch immer brummend, denn ich wollte mich weder besiegt, noch zufriedengestellt zeigen – die beiden Banknoten ein, die mir mein Freund lächelnd reichte … dann zog ich mich würdig zurück…

Die drei folgenden Tage verbrachte ich in den niedrigsten Ausschweifungen…

II.

Es sei mir noch vergönnt einen kurzen Rückblick abzuhalten. Vielleicht ist es nicht gleichgültig für meine Leser, wenn ich ihnen sage, wer ich bin und woher ich stamme …Die Ironie meines Schicksals wird dadurch nur noch besser erklärt werden.

Ich bin in der Provinz in einer Familie des kleinen Bürgerthums geboren worden, dieses braven, haushälterischen und tugendhaften Kleinbürgerthums, von dem in offiziellen Reden behauptet wird, daß es die Seele Frankreich's sei …Na wahrhaftig! ich bin trotzdem nicht gerade stolz darauf.

Mein Vater war Kornhändler. Er war ein rauher, grober Mensch, der sich aber ausgezeichnet auf das Geschäft verstand. Er stand im Rufe darin sehr geschickt zu sein, und seine große Geschicklichkeit bestand darin »die Leute hereinzulegen«, wie er sich ausdrückte. Jemanden über die Qualität der Waare und das Gewicht täuschen, sich zwei Francs für einen Gegenstand, der nur zwei Sous kostete, und wenn es ohne zu großen Skandal angieng, sich zweimal zahlen zu lassen, das waren seine geschäftlichen Prinzipien. Er lieferte zum Beispiel niemals Hafer, ohne ihn vorher ganz gehörig in's Wasser getaucht zu haben. Auf diese Weise ergaben die aufgeschwemmten Körner das doppelte im Litermaaß und auch an Gewicht; besonders wenn feiner Sand hinzu gethan worden war, ein Vorgang, den mein Vater stets nach bestem Wissen und Gewissen ausführte. Er verstand es auch richtig und gerecht, Kornbrand und andere giftige Samen in die Säcke zu mischen, die beim Schwingen des Getreides ausgeschieden worden waren. Kein Mensch wußte auch besser als er verdorbenes Mehl frischem zuzutheilen, denn beim Geschäft darf nichts verloren gehen und alles wiegt schwer.

Meine Mutter, die noch wüthender hinter schlechten Gewinnsten her war, unterstützte ihn in seinen genialen Betrügereien und hielt steif und mißtrauisch die Kassa, etwa wie man einen Wachposten vor dem Feinde bezieht.

Als eifriger Republikaner und aufrichtiger Patriot – er lieferte auch für das Heer – als unbeugsamer Mann der Moral, kurz als ehrenwerther Mensch im volksthümlichen Sinne dieses Wortes, zeigte sich mein Vater mitleidslos und unerbittlich gegen die Unredlichkeit anderer, besonders wenn sie ihm selbst Nachtheil brachte. Da legte er wild über die Nothwendigkeit von Ehre und Tugend los. Eine seiner großen Ideen bestand darin, daß man in einem gut geordneten Volksstaate diese Eigenschaften obligatorisch machen müsse, gleich der Erziehung, der Steuer und dem Loosziehen für den Militärdienst. Eines Tages bemerkte er, daß ihn ein Fuhrmann, der seit fünfzehn Jahren bei ihm im Dienste stand, bestehle. Er ließ ihn ohne Weiteres verhaften. Während der Verhandlung vertheidigte sich der Kärrner so gut er eben konnte.

– Aber beim gnädigen Herrn war immer nur davon die Rede jemanden »herein« zu legen. Wenn er einem Kunden »einen tollen Streich« gespielt hatte, rühmte sich der gnädige Herr dessen, wie einer guten That. »Es liegt alles daran Geld aus den Leuten zu ziehen, sagte er, es ist nebensächlich woher und in welcher Weise man es nimmt. Das ganze Geheimnis des Geschäftes besteht darin, ein altes Kaninchen für eine schöne Kuh zu verkaufen« …Nun schön, ich habe es gerade so gemacht wie der gnädige Herr mit seinen Kunden …Ich habe ihn herein gelegt…

Dieser Cynismus wurde von den Richtern sehr schlecht aufgenommen. Sie verurtheilten den Fuhrmann zu zwei Jahren Gefängnis, nicht allein weil er einige Kilogramm Getreide unterschlagen hatte, sondern hauptsächlich, weil er eines der ältesten Kaufhäuser der Gegend …ein Haus, das im Jahre 1794 gegründet worden war, verunglimpfte, dessen althergebrachte, stramme und sprichwörtliche Ehrbarkeit von Vater auf den Sohn die Stadt verschönte.

Ich erinnere mich noch deutlich, daß am Abend nach diesem hervorragenden Urtheilsspruch, mein Vater einige Freunde an seinem Tisch vereint hatte, die gleich ihm Geschäftsleute und von dem leitenden Grundsatz durchdrungen waren, daß »die anderen herein zu legen«, die Seele des Handels sei. Sie können sich lebhaft vorstellen, wie sehr man sich über die herausfordernde Haltung des Fuhrmannes entrüstete. Bis um Mitternacht wurde überhaupt von sonst anderem nicht gesprochen und unter dem Geschrei, unter den Geistesblitzen, dem Gezänk und den Gläschen Branntwein, durch die dieser denkwürdige Abend verziert war, blieb mir diese Vorschrift im Gedächtnis, die sozusagen die Moral dieses Abenteuer's und zugleich auch das Leitmotiv meiner Erziehung war:

– Jemandem etwas fortnehmen und es behalten, ist Diebstahl … Jemandem etwas fortnehmen und es einem andern weitergeben, indem man dafür möglichst viel Geld eintauscht, das ist Handel … Der Diebstahl ist umso dümmer, als er sich mit dem einfachen, häufig gefährlichen Nutzen begnügt, während der Handel zweifellos doppelte Früchte trägt …

In dieser moralischen Atmosphäre wuchs ich heran und entwickelte ich mich, gewissermaßen allein, ohne einen andern Führer als das tägliche Beispiel meiner Eltern. Bei kleinen Handelsleuten bleiben die Kinder im Allgemeinen sich stets überlassen. Man hat nicht Zeit dazu, sich mit ihrer Erziehung zu befassen. Sie bilden sich wie sie können, je nach ihrer Natur und den verderblichen Einflüßen dieses gewöhnlich niederdrückenden und verdummten Milieu's. Aus eigenem Antriebe, ohne daß mich jemand dazu genöthigt hätte, betheiligte ich mich nachahmend, sowie auch dem eigenen Erfindungsgeiste folgend, an den Familienschwindeleien. Vom Alter von zehn Jahren an hatte ich keine andere Lebensauffassung als Diebstahl und war überzeugt – o, in recht naiver Weise, ich versichere Sie, – daß »die Leute hereinlegen« die einzige Basis aller sozialen Beziehungen bilde.

Die Schule entschied über die bizarre und gewundene Richtung, die ich in meinem Dasein haben sollte; denn dort lernte ich denjenigen kennen, der später mein Freund und der berühmte Minister Eugène Mortain wurde.

Als Sohn eines Schankwirths war er auf Politik dressirt worden, wie ich auf den Handel, durch seinen Vater, der der Hauptwahlagent der Gegend, der Vicepräsident der Gambettatreuen Vereine, der Gründer verschiedener Liguen, Widerstandsgruppen und Handwerksgenossenschaften war. Eugène bildete in sich, von der zartesten Kindheit an, die Seele eines »wirklichen Staatsmannes«.

Obwohl er eine Freistelle inne hatte, hatte er uns doch von aller Anfang an zu imponiren verstanden, sowohl durch seine sichtliche Überlegenheit in Bezug auf Frechheit und Schamlosigkeit, als auch durch eine Art von feierlicher, jedoch leerer Phraseologie, die unsere Begeisterung auf die Spitze trieb. Ferner hatte er von seinem Vater die einträgliche und beherrschende Manie des Organisierens geerbt. Im Verlaufe von wenigen Wochen hatte er die Schuljungen in alle möglichen Vereine und Untervereine, Gesellschaften und Untergesellschaften eingetheilt, zu deren Präsidenten, Sekretär und Schatzmeister er sich gleichzeitig ernannte. Es bestand da ein Verein der Ballspieler, Kreiseldreher, Bockspringer und Fußläufer, die Gesellschaft des Reckes, die Trapezliga, das Syndikat der Sackhupfer u.s.w. Jedes Mitglied dieser verschiedenen Vereinigungen war verpflichtet der Centralkasse, das heißt der Tasche unseres Kameraden, einen monatlichen Beitrag von fünf Sous zu liefern, der nebst anderen Vortheilen auch das Abonnement für ein vierteljährig erscheinendes Journal umschloß, welches Eugène Mortain zur Propaganda für die Ideen-und Interessenvertheidigung dieser zahlreichen »autonomen und solidarischen« Genossenschaften, wie er stolz erklärte, herausgab.

Schlechte Instinkte, die uns gemeinsam waren, sowie eine ähnliche Genußsucht, näherten uns beide rasch. Aus unserem engen Einvernehmen ergab sich eine wüste, beständige Ausbeutung unserer Kameraden, die stolz darauf waren, ein Syndicat an ihrer Spitze zu sehen … Ich wurde mir darüber klar, daß nicht ich der Bedeutendere in diesem mitschuldigen Verhältnis war, aber gerade auf Grund dieser Erkenntnis klammerte ich mich nur noch fester an den Glücksstern dieses ehrgeizigen Genossen. Wenn wir auch nicht redlich theilten, so war ich doch stets sicher einige Brocken zu erhaschen … Damals genügten mir diese vollständig. Leider habe ich aber immer nur Brocken von den Kuchen, die mein Freund verschlang, erhalten.

Ich traf Eugène später während einer schwierigen und schmerzlichen Periode meines Lebens wieder. Infolge des ewigen »Reinlegens der Leute« hatte sich mein Vater schließlich selbst hereingelegt, und nicht nur im bildlichen Sinne, wie er es in Bezug auf seine Kunden meinte. Eine unglückselige Lieferung, die, wenn ich mich genau erinnere, eine ganze Kaserne vergiftete, war der Anlaß dieses bedauerlichen Vorfalles, dem der vollständige Zusammenbruch unseres im Jahre 1794 gegründeten Geschäftes krönte. Mein Vater hätte vielleicht die Entehrung überlebt,

der Gefahr niemals auszusetzen. Mit ständiger Geschicklichkeit und prachtvollem Verständnis seines Manöverterrains wußte er stets den stinkenden Schmutzfleck des Strafgesetzbuches zu vermeiden, wobei so viele andere plump zu Falle kamen. Es ist wahr, daß meine Unterstützung – ich sage dies ohne falschen Stolz – ihm bei manch einem Anlaß von Nutzen war.

Im übrigen war er ein reizender Junge, ja wahrhaftig, ein reizender Junge. Man konnte ihm nur linkisches Benehmen zum Vorwurf machen, ständiges Durchleuchten seiner Provinzerziehung, und gewöhnliche Einzelheiten seiner all zu neuen Eleganz, die sich etwas protzenhaft aufdrängte. Aber all dies war nur äußerer Schein, der unzulänglichen Beobachtern alles verbarg, was sein Geist an seinen Fähigkeiten, verblüffendem Spürsinn und erstaunlicher Biegsamkeit besaß, sowie was seine Seele an wilder, schrecklicher Zähigkeit enthielt. Um seine Seele in ihrer ganzen Nacktheit zu überraschen, mußte man die beiden Falten gesehen haben – ach, wie oft bekam ich diese leider zu Gesicht? – die in gewissen Augenblicken die Mundwinkel herabfallen ließen und seinem Gesichte einen fürchterlichen Ausdruck gaben … Ach ja! er war ein reizender Mensch!

Durch geschickt veranstaltete Duelle brachte er das Übelwollen, das sich um eine neue Persönlichkeit herum geltend macht, zum Schweigen und seine natürliche Lustigkeit, sein gutmüthiger Cynismus, den man willig als ein liebenswürdiges Paradox behandelte, nicht minder auch seine einträglichen Liebesabenteuer, die viel Aufsehen machten, errangen ihm vollends einen anfechtbaren Ruf, der jedoch für den künftigen Staatsmann, der noch ganz andere Existenzen sehen sollte, ausreichte. Er besaß die wundervolle Gabe fünf Stunden lang über irgend ein Thema zu reden, ohne aber dabei auch nur einen einzigen Gedanken zu ändern. Seine unerschöpfliche Beredsamkeit ergoß sich ohne Halt zu machen, ohne müde zu werden, in dem langsamen, eintönigen, zum Selbstmord treibenden Regen des politischen Wortschatzes, ebensowohl über Fragen der Marine, als über Schulreformen, Finanzen oder die schönen Künste, über Landwirthschaft sowohl, als auch über Religion. Die Parlamentsjournalisten erkannten in ihm ihre alles umfassende Incompetenz wieder, und spiegelten ihr geschriebenes Geschwätz in seinem gesprochenen Kauderwälsch. Er war diensteifrig, wenn ihn das nichts kostete, freigebig, sogar verschwenderisch, wenn ihm dies viel einbringen konnte, anmaßend und knechtisch, je nach den Ereignißen und Menschen, skeptisch ohne Eleganz, verderbt ohne Raffinement, enthusiastisch ohne spontane Begeisterungsfähigkeit, geistreich ohne zu verblüffen, was ihn aller Welt sympathisch machte. Folglich überraschte und entrüstete sein rascher Aufschwung Niemanden. Er wurde sogar günstig von den verschiedenen politischen Parteien aufgenommen, denn Engène galt nicht als wilder Sektirer, entmuthigte keine Hoffnung, keinerlei Ehrgeiz und man wußte sehr genau, daß man sich gegebenen Falles mit ihm einigen könnte. Es kam dann eben nur auf die Höhe des Preises an.

So beschaffen war der Mann, so »der reizende Mensch«, auf den ich meine letzten Hoffnungen gesetzt hatte und der thatsächlich Leben und Tod in Betreff auf mich in Händen hielt.

Man wird bemerken, daß ich mich, in diesem flüchtig hingeworfenen Bilde meines Freundes, bescheiden versteckt habe, obwohl ich ganz gehörig und durch oft merkwürdige Mittel an seinem Glück mitgearbeitet habe. Ich könnte eine ganze Menge Geschichten erzählen, die, wie Sie mir glauben werden, nicht gerade erbaulich sind. Wozu aber eine Generalbeichte, da man doch alle meine dunklen Thaten erräth, ohne daß ich sie deutlicher zu bezeichnen brauche? Und dann blieb meine Rolle im Verhältnis zu diesem kühnen und gewiegten Schufte stets – ich will nicht gerade sagen unbedeutend, o nein! … auch nicht verdienstvoll, sonst würden Sie mir ja ins Gesicht lachen – aber sie blieb so ziemlich geheim. Gestatten Sie mir diesen Schatten zu bewahren, der doch gar nicht so diskret ist, und mit dem ich mich während der Jahre voll finsteren Kampfes und lichtscheuer Machenschaften umhüllte … Eugène »gestand mich nicht ein« … und ich selbst spürte durch einen Rest merkwürdigen Schamgefühl's zuweilen unwiderstehlichen Ekel davor, als »sein Strohmann« zu gelten.

Übrigens kam es oft vor, daß ich ihn monatelang aus dem Gesicht verlor, daß ich ihn »versetzte« wie man zu sagen pflegt, da ich in den Spielhöllen, an der Börse oder in den Toilettezimmern galanter Dämchen den nöthigen Lebensunterhalt fand, während ich mich müde fühlte die Politik auszusaugen, zumal dies meinem Geschmack für Faulheit und Unvorhergesehenes besser paßte ... Zuweilen wurde ich plötzlich von einer poetischen Stimmung ergriffen und verbarg mich in einem verlornen Winkel des Landes, athmete im Angesichte der Natur Reinheit, Schweigen und moralische Wiedergeburt ein, was leider nie von langer Dauer war .... Dann kam ich in Stunden schwieriger Krisen wieder zu Eugène zurück. Er nahm mich nicht stets mit der wohlwollenden Freundlichkeit, die ich von ihm verlangte, auf. Es war klar, daß er sich gerne meiner entledigt hätte. Doch mit einem kurzen, harten Zügelgriff rief ich ihn zur Wirklichkeit unserer gegenseitigen Lage zurück.

Eines Tages sah ich deutlich in seinen Augen eine mörderische Flamme aufleuchten. Ich beunruhigte mich nicht, legte ihm mit einer schweren Bewegung die Hand auf die Schulter, wie dies wohl der Gensdarm mit einem Diebe macht und erklärte mit ruhiger Unverschämtheit:

– Nun und dann? ... Wozu würde Dir dies dienen? ... Sogar mein Leichnam würde dich anklagen ... Sei doch nicht so dumm! ... Ich habe Dich alles erreichen lassen, was Du nur wolltest ... Niemals habe ich Dich in Deinem Ehrgeiz behindert ... Im Gegentheil ... ich habe für Dich gearbeitet ... soviel ich nur konnte ... in loyalster Weise ... nicht wahr? Glaubst Du denn, daß es mir Spaß macht, wenn ich Dich so hochgestellt sehe, wie Du Dich im Lichte brüstest, und mich, wie ich thöricht im Drecke wate? ... Und dennoch könnte ich durch ein Schnippchen dieses herrliche Vermögen, das so mühsam durch uns beide erworben wurde....

– Oho! durch uns beide ... zischte Eugène ...

– Ja, durch uns beide, Du Schuft! ... wiederholte ich, außer mir über diese falschangebrachte Berichtigung ... Ja, durch ein Schnippchen ... durch einen Hauch ... kann ich, wie Du es wohl weißt, dieses wundervolle Vermögen vernichten ... Ich brauche nur ein Wort zu sagen, Du Schurke, um Dich von Deiner Macht herab in das Bagno zu stürzen und aus dem Minister, der Du bist – ach, das ist des Schicksals bittere Ironie! – den Galeerensklaven zu machen, der Du sein solltest, wenn es noch etwas Gerechtigkeit gäbe und ich nicht der gemeinste Feigling wäre ... Nun also! ... ich thue diese Bewegung nicht, ich spreche dieses Wort nicht aus ... Ich lasse Dich die Bewunderung der Leute und die Achtung der fremden Höfe entgegennehmen ... weil ich ... siehst Du ... weil ich dies ungeheuer komisch finde ... Nur will ich meinen Antheil haben ... verstehst Du! ... meinen Theil ... Und was verlange ich denn eigentlich von Dir? Es ist ja blödsinnig unbedeutend, was ich von Dir verlange ... Ein Nichts ... Brocken ... während ich alles fordern könnte ... alles ... alles ... alles ...! Ich bitte Dich, reize mich nicht noch mehr ... bringe mich nicht zum Äußersten ... zwinge mich nicht ein possenhaftes Drama aufzuführen ... Denn an dem Tage, an dem ich genug von diesem Leben habe, genug von dem Schmutze, von diesem Schmutze – von Deinem Schmutze ... – dessen unerträglichen Gestank ich stets um mich herum rieche ... nun wohl, an jenem Tage wird Seine Exellenz Eugène Mortain nicht gerade lachen ... das schwöre ich Dir, alter Junge!

Da sagte Eugène mit verlegenem Lächeln, während seine Mundwinkel herabsanken und seiner ganzen Physionomie den doppelten Ausdruck gemeiner Furcht und machtlosen Verbrechens gaben:

– Es ist doch wahnsinnig von Dir, mir alle diese Geschichten zu erzählen ... Und aus welchem Anlaß? ... Habe ich Dir denn irgend Etwas verweigert, Du Milchgesicht? ...

Und heiter, seine Geberden und Grimassen vermehrend, mit welchen er mich betäubte, fügte er in komischem Tone hinzu:

– Willst Du das Kreuz der Ehrenlegion?

Ja wahrhaftig, er war ein reizender Mensch.

III

Einige Tage nach dem heftigen Auftritt, der meiner jämmerlichen Niederlage gefolgt war, traf ich Eugène im Hause einer Freundin, der guten Frau G ..., wo wir alle beide zum Diner eingeladen waren. Unser Händedruck, den wir tauschten, fiel sehr herzlich aus. Man hätte glauben können, daß nichts Ärgerliches zwischen uns vorgefallen wäre.

– Man sieht Dich ja garnicht mehr! ... warf er mir in jenem Tone gleichgiltiger Freundschaft vor, der bei ihm mit eine höfliche Form von Haß vorstellte ... Warst Du denn krank?

– Nicht im geringsten ... ich war nur auf der Reise nach Vergessenheit.

– Notabene ... bist Du vernünftiger geworden? Ich möchte gerne fünf Minuten mit Dir plaudern ... Nach dem Diner, nicht wahr?

– Hast Du mir denn etwas Neues mitzutheilen? fragte ich mit galligem Lächeln, wodurch ich ihm zeigen wollte, daß ich mich nicht wie ein unbedeutender Gegenstand »abfertigen«, lassen würde.

O, ich? meinte er ... nein; nichts ... ein noch gar nicht feststehender Plan ... Kurz, wir müssen davon sprechen ...

Ich hatte eine Unverschämtheit fertig auf der Zunge, als Frau G ..., ein enormes Packet von wiegenden Blumen, tanzenden Federn und lebenden Spitzen diesen Beginn einer Unterhaltung unterbrach. Sie seufzte: »Ach, mein lieber Minister, wann werden Sie sich von diesen scheußlichen Sozialisten befreien?« Dann zog sie Eugène mit sich fort, zu einer Gruppe junger Frauen, die nach der Art, wie sie in einer Ecke des Salons rangiert waren, mir den Eindruck machten, als ob sie gemiethet wären, wie im Tingltangl jene nächtlichen Geschöpfe, die mit ihrer überschwänglichen Dekolletirung und ihren geliehenen Roben den trügerischen Ausstattungsapparat verschönern.

Frau G ... stand in dem Rufe, eine bedeutende Rolle in der Gesellschaft und dem Staate zu spielen. Inmitten der unzähligen Comödien des Pariser Lebens erschien der Einfluß, den man ihr zuschrieb, nicht als einer der wenigst komischen. Die kleinen Geschichtsschreiber winziger Ereigniße unserer Zeit erzählten ernsthaft, indem sie glänzende Vergleiche mit der Vergangenheit anstellten, daß ihr Salon der Ausgangs- und Weihepunkt politischer Carrièren und litterarischen Ruhmes sei, folglich das Stelldichein jedes jungen Ehrgeizes und auch jedes alten. Wenn man ihnen Glauben schenkte, wurde dort die zeitgenössische Geschichte zusammengebraut, der Fall oder die Bildung von Kabineten beschlossen und zwischen genialen Intriguen und köstlichen Plaudereien – denn es war ein Salon wo man plaudern konnte – ebensowohl Bündnisse mit dem Auslande, wie Wahlen in die Academie Française verhandelt. Herr Sadi Carnot in eigener Person – der damals über die französischen Herzen herrschte, – war, wie man sich erzählte, zu geschickten Aufmerksamkeiten gegen diese so gefährliche Macht gezwungen und um sich dort in gutem Angedenken zu halten, schickte er ihr galant an Stelle seines Lächelns die schönsten Blumen aus den Gärten des Elysées und den Treibhäusern der Stadt ... Da Frau G ... in der Zeit ihrer oder deren Jugend, – über diesen chronologischen Punkt war sie sich nicht im Klaren – die Herren Thiers und Guizot, Cavour und den alten Metternich gekannt hatte, bewahrte diese alterthümliche Person einen Glorienschein, mit dem sich die Republik gerne schmückte wie mit seiner überlieferten Eleganz, und ihr Salon nahm an diesem glänzenden Nachruhm dieser berühmten Namen theil, die bei jeder Gelegenheit genannt wurden und sich dem Gedächtnisse der minderwertigen Wirklichkeiten der Gegenwart aufdrängten.

Man kam übrigens in diesen gewählten Salon wie auf einen Jahrmarkt, und nie habe ich – der ich doch viel gesehen habe – ein seltsameres soziales Gemisch und eine lächerlichere mondaine Maskerade erblickt. Entgleiste der Politik, des Journalismus, der Clubs, der Gesellschaft, der Theater, Kosmopoliten, sowie entsprechende Frauen wurden dort empfangen und zählten mit. Kein Mensch ließ sich durch diese Mystification reinlegen, aber jeder fand sich interessiert bei dem Gedanken, sich selbst aufzuregen, ein notorisch schandbares Milieu in Aufregung zu bringen, aus dem viele unter uns nicht nur schwer einzugestehende Einkünfte, sondern auch ihre alleinige Daseinsberechtigung zogen. Übrigens bin ich der Ansicht, daß die Mehrzahl der berühmten Salons aus früherer Zeit, wo in verschiedenen Formen der herumirrende Drang und die Gier nach Politik, sowie ungestillte Eitelkeit der Litteratur ihr Wesen trieben, dem vorliegendem ziemlich treu glichen …Es ist mir übrigens auch nicht bewiesen worden, daß sich dieser Salon wesentlich von den anderen unterscheidet, deren entzückende moralische Haltung und der schwierige Zutritt in lyrischem Enthusiasmus bei jeder Gelegenheit gepriesen werden.

Die Wahrheit ist, daß Frau G …wenn man sie von der poetischen Ausschmückung der Reklame und Märchen befreite, zu dem genauen Charakter ihrer gesellschaftlichen Individualität zurückführte, nichts als eine sehr alte Dame von alltäglichem Geiste und vernachlässigter Erziehung war; außerdem noch ungeheuer lasterhaft, pflegte sie die Blumen des Lasters, da sie sie nicht mehr in ihrem eigenen Garten ziehen konnte, in dem der anderen, mit ruhiger Schamlosigkeit, so daß man nicht wußte was man daran mehr bewundern sollte, die Frechheit oder die Ahnungslosigkeit. Sie ersetzte die gewerbsmäßige Liebe, auf die sie hatte verzichten müssen, durch die Manie außereheliche Verhältnisse und Scheidungen zustande zu bringen; es war ihre ganze Freude und Sünde, deren Verlauf zu folgen, ihn zu leiten, zu beschützen und zu bedecken und so ihr altes verschrobenes Herz durch die Berührung mit der verbotenen Glut neu zu erwärmen. Man war immer sicher im Hause dieser großen politischen Frau neben dem Segen der Herren Thiers, Guizot, Cavour und des alten Metternich, schwesterliche Seelen, vollständig vorbereitete Ehebrüche, fertig bespannte Gelüste zu finden, Liebeleien aller Art, frisch ausgestattet für eine Fahrt, für die Stunde, oder für den Monat: eine werthvolle Quelle im Falle sentimentalen Katers oder leerer Abende.

Weshalb war mir gerade an jenem Abend der Gedanke gekommen zu Frau G …zu gehen …? Ich weiß es nicht, denn ich war sehr melancholisch und keineswegs in der Stimmung mich zu zerstreuen. Mein Zorn gegen Eugène war wohl beruhigt, wenigstens für den Augenblick. Eine ungeheure Ermüdung, ein ungeheurer Ekel war an seine Stelle getreten, ein Ekel vor mir selbst, vor den Anderen, vor aller Welt. Seit dem Morgen hatte ich ernstlich über meine Lage nachgedacht und ich sah trotz der Versprechungen des Ministers, dem ich übrigens die Abrechnung nicht so leicht zu machen gedachte, keinen passenden Ausweg. Ich sah ein, daß es meinem Freunde sehr schwer fallen würde, mir eine dauernde offizielle Stellung zu verschaffen, etwas, was einem ehrenwerthen Schmarotzer passen kann, etwas wo man von Regierungswegen gut bezahlt wird, wodurch ich als allgemein geachteter Greis und Beamter in einer Sinécure friedlich meine Tage hätte enden können. Übrigens hätte ich mir wahrscheinlich eine solche Stellung rasch verdorben; dann wäre auch von allen Seiten im Namen der öffentlichen Moral und des republikanischen Anstandes Widerspruch durch eventuelle Concurrenten erhoben worden, auf die der Minister im Falle einer Interpellation keine Antwort gefunden hätte. Alles was er mir bieten konnte, war, durch vorübergehende Hilfsmittel, durch armselige Taschenspieler-Kunststücke mit dem Budget, die unausbleibliche Stunde meines Sturzes hinauszuschieben. Und dann konnte ich selbst nicht ewig auf diese winzige Gunst und Protektion rechnen, da Eugène gleichfalls nicht auf die ewige Dummheit des Publikums rechnen durfte. Zahlreiche Gefahren bedrohten damals das Kabinet, es gab mehrfach Skandale, hie und da machten Zeitungen, die mit ihrer Bezahlung aus dem Geheimfond unzufrieden waren, immer directere Anspielungen und vergifteten die persönliche Sicherheit meines Gönners …Eugène erhielt sich nur durch verschiedene Angriffe auf unpopuläre oder besiegte Parteien auf seiner Machthöhe und dadurch, daß er Geld vertheilte, das, wie ich schon damals argwöhnte und wie später deutlich bewiesen wurde, aus dem Auslande kam und jedesmal gegen ein Pfund vom Fleische des Vaterlandes eingetauscht wurde!…

Ich hatte wohl daran gedacht, an dem Sturze meines Kameraden zu arbeiten und mich geschickt bei seinem möglichen Nachfolger im Ministerium einzuschmeicheln und neben diesem neuen Mitarbeiter eine Art von sozialer Jungfräulichkeit wieder zu erringen …Alles trieb mich dazu, meine Natur, mein Interesse und auch das furchtbar köstliche Vergnügen der Rache … Aber je mehr Ungewißheit und Zufälligkeit diese Verwicklung begleitete, desto weniger Muth fühlte ich zu einem Versuch mich in solche Händel einzulassen. Ich hatte ja durch ähnliche Sachen meine Jugend zerstört. Ich war dieser gefährlichen, tollen Abenteuer müde, die mich zu nichts gebracht hatten …. Ich fühlte eine geistige Ermattung, eine förmliche Lähmung in den Gelenken meiner Thatkraft; alle meine Fähigkeiten schwächten sich, da sie durch Neurasthenie erschöpft waren. Ach! ich bedaaerte aufrichtig, nicht den geraden Weg des Lebens eingeschlagen zu haben! In jener Stunde sehnte ich mich wahrhaft nur nach dem mittelmäßigen Frieden bürgerlicher Regelmäßigkeit; ich wollte, ich konnte diese Sprünge des Glücks und das abwechselnde Elend nicht mehr ertragen, die mir keinen Augenblick des Ausruhens ließen und mein Dasein mit ständiger, quälender Angst erfüllten. Was sollte denn aus mir werden? … Die Zukunft erschien mir trauriger und verzweifelter als die Winterstimmung, die auf Krankenzimmer herabsinkt …. Und welch neue Schändlichkeit würde mir der schändliche Minister im nächsten Augenblick, nach dem Diner vorschlagen? … In welche tiefe Schlammpfütze wollte er mich stoßen, aus der ich mich nicht mehr befreien könnte und nie wieder an die Oberfläche durchringen? …

Meine Augen suchen ihn in dem Gewühl, er tändelt gleich einem Schmetterling um die Frauen herum. Nichts zeigt auf seinem Schädel oder auf seinen Schultern, welch schwere Last von Verbrechen er zu tragen habe. Er schien sorgenlos und lustig. Und als ich ihn so sah, vergrößerte sich meine Wuth gegen ihn noch durch die Gefühle der doppelten Ohnmacht, in der wir beide uns befanden, er mich aus Schande zu retten, ich ihn in Schande zu stürzen … ach ja! ihn in Schande zu stürzen!

Durch diese vielfachen peinlichen Gedanken bestürmt, konnte es nicht Wunder nehmen, daß ich mein sonstiges Geschick verloren hatte und die schönen Geschöpfe, die von Frau G …. ausgewählt und ausgestellt waren, um ihre Gäste zu erfreuen, mir keinen Eindruck machten.. Während des Diners benahm ich mich recht unliebenswürdig und richtete kein Wort an meine weiblichen Nachbarn, deren schöne Brüste unter Edelsteinen und Blumen glänzten.

Man glaubte, daß mein Mißerfolg die Ursache dieser düsteren Stummung sei, da ich mich gewöhnlich fröhlich und galant zeigte.

– Lassen Sie sich darüber keine grauen Haare wachsen … sagte man mir. Donnerwetter! … Sie sind noch jung! … Für die politische Carrière braucht man einen guten Magen … Das nächste Mal wird es besser gehen.

Auf diese banalen Trostworte, auf das einladende Lächeln, die angebotenen Brüste antwortete ich hartnäckig:

– Nein … nein … Sprechen Sie mir nicht von Politik … Das ist schandbar! … Sprechen Sie auch nicht vom allgemeinen Wahlrecht … Das ist blödsinnig! Ich will nicht … ich will nichts mehr davon hören.

Und Frau G … deren Blumen, Federn und Spitzen sich plötzlich neben mir erhoben, in vielfarbenen duftigen Wogen, hauchte mir mit gezierter Verzückung und den feuchten Koketterien einer alten Kupplerin ins Ohr:

– Es gibt doch nur noch die Liebe, sehen Sie … Die Liebe ist das einzige! … Versuchen Sie es mit der Liebe! … Sehen Sie, heute Abend ist gerade eine junge Rumänin hier … ein leidenschaftliches … ach! … und poetisches Geschöpf, mein Lieber … dabei auch Gräfin! … Ich bin überzeugt, daß sie ganz toll auf Sie ist … Erstens sind alle Frauen ganz toll auf Sie … Ich werde Sie ihr vorstellen …

Ich lehnte diese roh herbeigeführte Gelegenheit ab … und in grämlichem, nervösem Stillschweigen erwartete ich den Schluß dieses endlosen Abends …

Eugène, auf den von allen Seiten Beschlag gelegt wurde, konnte sich mir erst sehr spät widmen. Wir benützten den Augenblick, da eine berühmte Sängerin die allgemeine Aufmerksamkeit erregte, um uns in eine Art von kleinem Rauchzimmer zu flüchten, das durch den diskreten Schein einer Lampe auf langem Ständer, der mit rosigem Crepp umhüllt war, erleuchtete. Der Minister setzte sich auf's Sopha, zündete sich eine Zigarette an und sagte in würdigem Tone zu mir, während ich nachlässig ihm gegenüber rücklings auf einem Stuhle Platz nahm und die Arme auf der Lehne kreuzte:

– Ich habe während der letzten Tage viel an Dich gedacht.

Zweifellos erwartete er eine Dankesäußerung, eine freundschaftliche Regung, eine Geberde, die Interesse oder auch nur Neugier verrieth: Ich blieb jedoch gleichgültig und gab mir Mühe den Ausdruck hochmüthiger Uninteressirtheit, der fast beleidigend war, zu bewahren; ich hatte mir nämlich ausdrücklich vorgenommen, in dieser Weise die heuchlerischen Vorschläge meines Freundes entgegen zu nehmen; mit förmlicher Wuth suchte ich mir einzureden, daß diese Vorschläge eben jedenfalls trügerisch wären. Frech that ich so, als ob ich das Portrait des Herrn Thiers anschaute, das hinter Eugène die Höhe des Paneels einnahm, wobei alle dünkleren Stellen unsichtbar blieben, da sie gegen die allzustark lackirte Oberfläche nicht ankämpfen konnten, mit einziger Ausnahme des weißen Schopfes, dessen birnförmige Gestalt der einzig vollkommene Ausdruck der verschwundenen Gesichtszüge war. ...Durch den dichten Vorhang gedämpft drang der Lärm des Festes nur wie ein fernes Summen an unser Ohr ...Der Minister begann, kopfschüttelnd, von Neuem:

– Ja ich habe viel an Dich gedacht ...Nun also! ...es ist schwierig ...sehr schwierig.

Von Neuem verstummte er und schien über tiefsinnige Dinge nachzudenken...

Ich fand ein wahres Vergnügen daran, dieses Schweigen zu verlängern und mich über die Verlegenheit zu amüsiren, in die mein Freund durch diese stumme, spöttische Haltung zweifellos gebracht wurde ...Ich sollte also diesen theuren Gönner wieder einmal lächerlich und ohne Maske, vielleicht sogar flehend vor mir sehen! ...Er schien indeß ruhig und regte sich augenscheinlich in keiner Weise über die allzu sichtliche Feindlichkeit meiner Haltung auf.

– Du glaubst mir nicht? bemerkte er mit ruhiger, sicherer Stimme ...Ja, ich bin überzeugt, Du glaubst mir nicht ...Du bildest Dir ein, ich dächte daran Dich zu übertölpeln ...ganz wie die Anderen, nicht wahr? ...Na also, da irrst Du Dich gewaltig, mein Lieber ...Wenn Dich übrigens diese Unterhaltung langweilt ...so ist es ja ungeheuer leicht abzubrechen...

Dabei machte er Miene sich zu erheben.

– Das habe ich ja nicht gesagt! ...widersprach ich, indem mein Blick von der Haartolle des Herrn Thiers auf das kalte Gesicht Eugènes zurück glitt ...Ich habe gar nichts gesagt...

– So höre mich aber an.. Paßt es Dir, wenn wir ein für allemal mit allem Freimuth von unserer gegenseitigen Lage sprechen?...

– Einverstanden! ich bin ganz Ohr!...

Angesichts seiner Sicherheit verlor ich ein wenig von der meinen ...Im entgegengesetzten Verhältnis zu dem Benehmen, das ich eitel an den Tag gelegt hatte, gewann Eugène seine ganze Autorität über mich zurück ...Ich fühlte, daß er mir wieder einmal entschlüpft war ...Ich fühlte dies an seinen leichten, selbstbewußten Bewegungen, an der fast elegant zu nennenden Geschmeidigkeit seines Auftretens, an jener festen Stimme, kurz an jener Herrschaft über sich selbst, die er thatsächlich nur dann zeigte, wenn er über seine ärgsten Streiche brütete. Dann hatte er eine Art überwältigender Verführungskunst, eine Anziehungskraft, der man schwierig widerstand, selbst wenn man gewarnt war ...Ich kannte ihn doch durch und durch und habe oft genug, zu meinem Unglück, die Wirkungen dieses bösen Zaubers, der mir wahrhaftig keine Überraschung mehr bereiten konnte, erduldet ...Nun schön! Mein ganzer Kampfessinn ließ mich im Stich, mein Haß zerrann und wider Willen ließ ich mich verleiten, nochmals Vertrauen zu schöpfen und so vollkommen die Vergangenheit zu vergessen, daß ich diesen Mann, den ich bis in die verborgensten Winkel seiner schändlichen, stinkenden Seele kannte, willig wieder einmal als hochherzigen Freund, als gütigen Helden und Retter betrachtete.

Und nun – ach! ich möchte den Ausdruck von Kraft, von Verbrechen, von Ahnungslosigkeit und Grazie, den er in seine Worte legte, wiedergeben können – als er zu mir äußerte:

– Du hast das politische Leben nahe genug kennen gelernt um zu wissen, daß es eine Machtstufe gibt, wo sich auch der schändlichste Mensch, gegen sich selbst, durch seine eigenen Schändlichkeiten beschützt findet, um wie viel mehr gegen die Anderen durch die Machenschaften der Anderen ...Für einen Staasmann gibt es nur eine nicht wieder gut zu machende Eigenschaft: Ehrbarkeit! ...Die Ehrbarkeit ist thöricht und unfruchtbar, sie versteht nicht Gelüste und Ehrgeiz, die einzigen Willensänderungen, durch die etwas Dauerndes geschaffen wird, zur Geltung zu bringen. Als Beweis nenne ich Dir diesen Dummkopf von einem Favrot, der einzige ehrenwerthe Mann im Kabinet, dessen politische Laufbahn nach der allgemeinen Meinung vollständig und für alle Zeiten verpfuscht ist! ... Damit möchte ich nur sagen, mein Lieber, daß der Feldzug, der gegen mich geführt wird, mich vollständig gleichgiltig läßt ...

Auf eine unterdrückte Bewegung, die ich rasch machte, erwiderte er:

– Ja ... ja ... ich weiß ... man spricht von meiner Hinrichtung ... von meinem nahe bevorstehenden Sturz, ... von den Gensdarmen ... von Mazas! ... »Tod den Dieben!« .... Sehr richtig! ... Wovon spricht man denn auch nicht? ... Und was folgt dann daraus? ... Ich lache ganz einfach darüber! ... Und selbst Du glaubst unter dem Vorwande, daß Du Dir einbildest an einigen meiner Privatgeschichten verwickelt zu sein – wobei Du doch, im Vorübergehen gesagt, nur eine Seite der Medaille kennst – unter dem Vorwande, daß Du einige unbedeutende Schriftstücke besitzest – wenigstens schreist Du es ja über alle Dächer – im übrigen, mein Lieber, kümmere ich mich den Teufel was darum! ...

Ohne sich zu unterbrechen, deutete er auf seine erloschene Zigarette, die er sodann in einem Aschenbecher zerquetschte, der auf dem kleinen Lacktischchen, neben ihm stand ...

– So wenig kümmere ich mich darum ... Ja selbst Du ... auch Du, glaubst mich durch Angstmachen beherrschen zu können ... und Erpressungen auf mich auszuüben wie auf einen schurkischen Bankier! ... Du bist ein Kind! ... Überlege doch nur ein Bischen ... Mein Sturz? ... Sage mir doch, bitte, wer in diesem Augenblicke die Verantwortlichkeit einer solch wahnsinnigen That auf sich zu nehmen wagte? ... Jeder weiß, daß mein Sturz zu viele Dinge mit sich fortreißen würde, zu viele Leute, an die man sich ebensowenig wie an mich heran machen darf, falls man nicht von der öffentlichen Meinung vernichtet, gewissermaßen zum Tode verurtheilt werden will .... Denn nicht ich allein würde zu Falle gebracht werden ... nicht ich allein würde eine Sträflingsjacke angezogen bekommen ... Nein, es wäre die ganze Regierung, das ganze Parlament, die ganze Republik, die, was sie auch thun und lassen, an meinen sogenannten Bestechlichkeiten, Durchstechereien und Verbrechen betheiligt sind ... Sie glauben mich in der Hand zu haben ... dabei habe ich sie in der Hand! ... Sei unbesorgt, ich halte sie fest ...

Er machte eine Geberde, als ob er eine imaginäre Kehle zuschnürte ...

Der Ausdruck seines Mundes, dessen Winkel herabsanken, wurde scheußlich und auf seinen Augen erschienen purpurne Äderchen, die seinem Blick den unanfechtbaren Ausdruck des Mordes gaben ... Aber er nahm sich rasch wieder zusammen, zündete sich eine andere Zigarette an und fuhr fort:

– Das Kabinet kann man ja stürzen, einverstanden! ... ich würde sogar dabei behilflich sein ... Wir sind auch durch das Wirken dieses ehrenwerthen Favrot in eine Reihe von unmöglichen Fragen verwickelt, deren logische Lösung genau nur die ist, daß es eben keine Lösung gibt ... Eine Kabinetskrise wird nöthig, man erwartet ein nagelneues Programm ... Beherzige übrigens, bitte, daß ich diesen Schwierigkeiten fremd bin oder es wenigstens scheine .... Meine Verantwortlichkeit ist nur parlamentarisch vorgegeben ... In den Wandelgängen der Deputirtenkammer, in einem gewissen Theil der Presse löst man mich geschickt von meinen Collegen los, folglich bleibt meine persönliche Lage klar, selbstverständlich in politischer Hinsicht ... Ja noch besser ... von den Parteigruppen getragen, deren Führer ich für meinen Glückstern zu interessieren verstand, durch die Haute-finance und die großen Handelsgesellschaften gestützt, werde ich der nothwendige Mann der neuen Combination ... ich bin der Ministerpräsident, der morgen ernannt werden wird ... Und gerade in dem Augenblick, da man von allen Seiten meinen Sturz verkündet, erklimme ich den Gipfel meiner Laufbahn! ... Du mußt zugeben, mein Lieber, daß dies komisch genug ist und die Leute mein Fell noch lange nicht haben ...

Eugène war förmlich übermüthig geworden ... Der Gedanke, daß es für ihn keine Zwischenstellung zwischen den beiden Polen: Ministerpräsident zu sein oder Mazas, gab, regte seine Laune an ... Er näherte sich mir, klopfte mich vertraulich auf die Kniee, wie er es in Augenblicken der Gutmüthigkeit und Lustigkeit that, und wiederholte:

– Nein ... gestehe, daß dies zu komisch ist!

– Außerordentlich komisch! ... stimmte ich bei ... Aber was wird bei alledem mit mir?

– Mit Dir? Na also, da sind wir ja bei der Sache! ... Du mußt Dich aus dem Staub machen, mein Kleiner, und ein Jahr ... zwei Jahre verschwinden ... Das ist ja nichts so Unmögliches, Du hast es auch dringend nöthig Dich vergessen zu lassen.

Da ich mich zum Widerspruche bereit machte, schrie Eugène:

– Aber zum Donnerwetter! ... Ist es denn meine Schuld, wenn Du thörichter Weise all die wundervollen Stellungen, die ich Dir in die Hand gab, verpfuscht hast? ... Ein Jahr ... zwei Jahre ... das geht doch rasch vorüber ... Dann kehrst Du mit einer neuen Jungfräulichkeit wieder, dann werde ich Dir alles geben was Du verlangst ... Doch von jetzt bis dahin kann ich gar nichts thun ... Mein Ehrenwort! ... ich kann wirklich nichts.

Ein Rest von Wuth knurrte in mir ... aber mit nachgiebiger Stimme widersprach ich nur:

– Ach was! ... Unsinn! ... Was soll das? ...

Eugène lächelte, da er begriff, daß mein Widerstand durch diese letzten Worte erschöpft war.

– Na also, höre mich an ... sagte er gutmüthig zu mir ... mach' kein so böses Gesicht ... Ich will Dir etwas sagen ... Ich habe viel darüber nachgedacht ... Du mußt wirklich Deiner Wege gehen ... In Deinem Interesse, für Deine Zukunft habe ich nichts anderes ausfindig machen können ... Überlege nur! ... Na also, was ich Dich fragen wollte ... Bist Du ... wie soll ich sagen? ... bist Du Embryolog?

Er las meine Antwort in dem verblüfften Blick, den ich ihm zuwarf.

– Nein! ... Du bist kein Embryolog ... Das ist unangenehm! ... sehr unangenehm! ...

– Weshalb frägst Du mich das? Was soll dieser schlechte Witz?

– Ich meine nur, ich könnte in diesem Augenblick einen bedeutenden Betrag, – natürlich relativ! – aber schließlich einen ganz netten Betrag für eine wissenschaftliche Forschungsreise bewilligt erhalten, mit deren Leitung man Dich sehr gerne betrauen würde ...

Und ohne mir Zeit zu einer Antwort zu lassen, setzte er mir in kurzen, komischen Sätzen, mit neckigen Geberden, den Fall auseinander.

– Es handelt sich darum, nach Indien zu gehen, nach Ceylon glaube ich, um dort im Meere herum zu kramen ... in den Golfen ... und dabei das, was die Gelehrten den Urschleim nennen, zu studieren, verstehst Du? ... und zwischen den Gasteropoden, den Korallen, den Heteropoden, den Madreporen, den Siphonophoren, den Holoturien und den Radiolären ... was weiß ich ... die Urzelle aufzufinden ... höre mir gut zu, ... den protoplasmatischen Beginn des organischen Lebens ... kurz irgend so eine Geschichte in dieser Art ... Das ist reizend – und wie Du siehst – äußerst einfach ...

– Äußerst einfach! in der That, murmelte ich mechanisch.

– Ja, aber das ist nur die faule Geschichte ... schloß dieser echte Staatsmann ... Du bist kein Embryolog ...

Er fügte noch mit trauriger Wohlwollenheit hinzu:

– Das thut mir leid! ...

Mein Gönner dachte noch einige Minuten lang nach ... Ich schwieg, da ich mich noch nicht ganz von der Verblüfftheit, die mir dieser unvorhergesehene Vorschlag verursacht hatte, befreien konnte ...

– Mein Gott! ... begann er von Neuem ... es gäbe vielleicht eine andere Forschungsreise ... denn wir statten jetzt viele Forschungsreisen aus ... man weiß gar nicht was man mit dem Geld der Steuerpflichtigen anfangen soll ... Es würde sich darum handeln, wenn ich recht verstanden habe, nach den Fidji-Inseln und nach Tasmanien zu gehen, um dort die verschiedenen im Gebrauche befindlichen Strafverwaltungssysteme zu studieren und ihre Anwendung auf unseren sozialen Staat ... Nur ist dies weniger heiter ... und ich darf Dir auch nicht verhehlen, daß die bewilligten Gelder nicht gerade bedeutend sind ... und die Einwohner dort sind noch Menschenfresser ... weißt Du! ... Du hältst das für einen schlechten Witz, wie? ... Du glaubst, ich er zähle Dir eine Operette? ... Aber, mein Lieber, alle Forschungsreisen sind nach diesem System ausgestattet ... Ja, gewiß! ...

Eugène begann boshaft, diskret zu lachen.

– Es gäbe wohl noch die geheime Polizei ...Ha! ha! ...dabei könnte man Dir vielleicht eine gute Stellung ausfindig machen ...was sagst Du dazu?...

Bei schwierigen Verhältnissen bethätigen sich meine Geistesfähigkeiten und wirken kraftvoll, meine Energie verdoppelt sich; ich überlege blitzesschnell und habe eine Entschlußfähigkeit, die mich selbst Wunder nimmt und mir häufig gute Dienste geleistet hat.

– Ach was! rief ich ...Schließlich kann ich doch auch einmal im Leben Embryolog sein ... Was riskire ich denn dabei? ...Die Wissenschaft wird daran nicht sterben ...die hat schon ganz andere Dinge zu Gesicht bekommen! ...Also einverstanden! Ich trete die Forschungsreise nach Ceylon an.

– Da hast Du recht ...Bravo! applaudirte der Minister ...umso mehr, mein Kleiner, als die Embryologie, Darwin ...Haeckel ...Carl Vogt ...kurz alle die Geschichten im Grunde nichts als fauler Zauber sein dürften! ...Ja, mein Freundchen, Du wirst Dich da drüben nicht langweilen ...Ceylon ist herrlich. Es gibt dort dem Vernehmen nach ganz außergewöhnliche Weiber ... kleine Spitzenmacherinnen von einer Schönheit ...und einem Temperament ...Das ist das Paradies auf Erden! ...Komme morgen ins Ministerium ...wir werden da die Geschichte offiziell zum Abschluß bringen ...Vorläufig brauchst Du das nicht gerade über alle Dächer, jedermann zuschreien ...zumal ich, wie Du weißt, dabei ein gefährliches Spiel spiele, das mich theuer zu stehen kommen kann ...Wir wollen gehen!...

Wir standen auf. Und während ich am Arme des Ministers in die Salons zurückkehrte, sagte er, mit reizender Ironie:

– Nun und wie? ...wenn Du die Urzelle auffinden würdest? ...Man kann ja nie wissen? ... Berthelot würde ein Gesicht machen, glaubst Du nicht?...

Diese Combination hatte mir wieder etwas Muth und Frieden gegeben ...Sie gefiel mir nicht allzusehr ...Dem Dekret eines berühmten Embryologen hätte ich eine schöne Steuereinnehmer-Stelle zum Beispiel ...oder einen gutbezahlten Sitz im Staatsrath vorgezogen ...Aber man muß sich zu bescheiden wissen; dieses Abenteuer konnte übrrigens recht unterhaltend werden. Wurde ich nicht aus einem einfachen Landstreicher der Politik, der ich eine Minute vorher noch gewesen war, durch eine Bewegung des ministeriellen Zauberstabes der angesehene Gelehrte, der Geheimnisse an den Quellen des Lebens ergründen sollte? Diese Wandlung gieng bei mir nicht ohne einen gewissen heuchlerischen Stolz und komische Einbildung vor...

Der melancholisch begonnene Abend endete in hellem Frohsinn.

Ich näherte mich Frau G ....die außerordentlich angeregt, Liebesgeschichten in Scene setzte und den Ehebruch von Gruppe zu Gruppe, von Paar zu Paar, geleitete.

– Nun, und diese anbetungswürdige rumänische Gräfin, fragte ich sie ...ist sie noch immer toll nach mir?

– Noch immer, mein Lieber...

Sie nahm meinen Arm ...Ihre Federn waren verworren, die Blumen welk, die Spitzen zerdrückt.

– Kommen Sie nur! ...sagte sie ...Sie flirtet in dem kleinen Salon Guizot, mit der Prinzessin Onane...

– Wie, sie auch?...

– Aber, mein Lieber, erwiderte die große Politikerin ...in ihrem Alter und bei ihrer poetischen Natur ...wäre es wirklich traurig, wenn sie sich nicht in allem versucht hätte!

IV.

Meine Vorbereitungen waren rasch getroffen, ich hatte das Glück, daß die junge rumänische Gräfin, die außerordentlich von mir eingenommen war, mich mit ihren Rathschlägen und, ich sage es nicht ohne Scham, auch mit ihrer Börse, liebenwürdigst unterstützte.

Uebrigens gieng alles nach Wunsch.

Meine Forschungsreise wurde in günstigster Weise eingeleitet. Durch eine ungewöhnliche Abweichung von den bureaukratischen Sitten konnte ich acht Tage nach der entscheidenden Unterhaltung in den Salons der Frau G …, ohne irgend welchen Zwischenfall oder Verzögerung, die bewilligten Beträge erheben. Sie waren reichlich genug bemessen, was ich garnicht erhofft hatte, denn ich kannte die »Knauserei« der Regierung in solchen Angelegenheiten und die armseligen Sümmchen, mit denen man karg Gelehrte zu Forschungsreisen … die wirklichen Gelehrten … ausstattete. Ich verdankte diese unverschämte Freigebigkeit zweifellos dem Umstande, daß ich keineswegs ein Gelehrter war und deshalb mehr als ein anderer, reiche Mittel benöthigte, um die Rolle eines Gelehrten zu spielen.

Man hatte mir zwei Sekretäre und zwei Diener bewilligt, den kostspieligen Ankauf anatomischer Instrumente, von Mikroskopen, photographischen Apparaten, zusammenlegbaren Kähnen, Taucherglocken, selbst Glasbehältnisse für wissenschaftliche Sammlungen, Jagdgewehre und Käfige, in denen ich lebend die gefangenen Thiere zurückbringen sollte. Warhaftig, die Regierung hatte freigebigst ihre Schuldigkeit gethan, ich konnte sie in dieser Beziehung nur loben. Selbstverständlich kaufte ich nichts von all diesem belastenden Material, beschloß keinen Menschen mit mir zu nehmen, da ich mich klug genug fühlte, um mich in Mitten der unbekannten Wälder der Wissenschaft und Indiens zurecht zu finden.

Ich benützte meine Mußestunden dazu, um mich über Ceylon, seine Sitten und seine Landschaften zu instruiren und mir ein Bild von dem Leben zu machen, das ich dort drüben, in den furchtbaren Tropen führen sollte. Selbst wenn ich das bei Seite ließ, was die Berichte von Reisenden an Übertreibung, Prahlerei und Lügen enthielten, entzückte mich alles was ich las, ganz besonders diese Einzelheit, die von einem ernsten deutschen Gelehrten mitgetheilt worden war: es existirt nämlich im Weichbilde von Colombo, inmitten märchenhafter Gärten, am Meeresstrande, eine prachtvolle Villa, ein Bungalow, wie man diese dort zu Lande nennt, in dem ein reicher und phantastischer Engländer eine Art von Harem untergebracht hat, wo in vollkommenen weiblichen Exemplaren alle Rassen Indiens enthalten sind, von den schwarzen Tamulen bis zu den schlangenartigen Bayaderen von Lahore und den dämonischen Bachantinen von Benares. Ich nahm mir fest vor ein Mittel ausfindig zu machen, um mich bei diesem polygamen Amateur einzuführen und meine Studien vergleichender Embryologie auf sein Haus zu beschränken.

Der Minister, von dem ich Abschied nahm, wobei ich ihm meine Pläne mittheilte, billigte alle meine Maßregeln und lobte sehr lustig meine hervorragende Sparsamkeit. Als er mir Adieu sagte, äußerte er noch mit gerührter Beredsamkeit, während ich selbst unter den Wogen seiner Worte mich weich werden fühlte, rein, erfrischend und herrlich weich werden, wie dies nur ein Ehrenmann vermag:

– Geh', mein Freund und komme uns gestärkt zurück … als ein neuer Mensch, ein ruhmbedeckter Gelehrter … Deine Verbannung wirst Du, wie ich überzeugt bin, zu großen Dingen verwenden und dabei Deine Energie für künftige Kämpfe stärken … Sie wird Dich an dem Urquell des Lebens stärken, an der Wiege der Menschheit die … der Menschheit der … Geh' und wenn Du bei Deiner Rückkunft – was ich nicht annehmen kann – wenn Du bei Deiner Rückkunft, sage ich, noch immer die bösen Erinnerungen vorfindest … Schwierigkeiten … Feindseligkeiten … kurz ein Hinderniss für Deinen gerechten Ehrgeiz, … dann sei eingedenk, daß Du über das Regierungspersonal genügend kleine Papiere besitzest, um im Handumdrehen zu triumphieren … Sursum Corda! … Auf mich kannst Du übrigens rechnen. Während Du Dich dort unten als ein muthiger Pionnier des Fortschritts, als ein Soldat der Wissenschaft aufhältst … während Du die Golfe sondirst und die geheimnisvollen Zellen untersuchst für Frankreich, für unser theures Frankreich …werde ich Dich nicht vergessen …glaube mir …Geschickt und unabläßig werde ich durch die Agence Havas und meine Zeitungen Deinen jungen Embryologennamen in Mode zu bringen suchen …Ich werde bewunderungswürdige, pathetische Reclamen ausfindig machen …»Unser großer Embryolog« …»Wir erhalten von unserem jungen und berühmten Gelehrten, dessen embryologische Entdeckungen und so weiter…« »– Während er zwanzig Faden unter Wasser eine noch unbekannte Holothurie studierte, wäre unser unermüdlicher Embryolog beinahe einem Haifisch zum Opfer gefallen …Ein fürchterlicher Kampf …u.s.w.…« …Geh', geh' mein Freund …arbeite furchtlos an der Größe des Vaterlandes. Heut zu Tage ist ein Volk nicht nur groß durch seine Waffen, es ist vor allem durch seine Künste …durch seine Wissenschaften groß …Die friedlichen Erroberungen der Wissen schaft dienen der Civilisation mehr denn Feldzüge u.s.w …Cedant arma sapientiae …

Ich weinte vor Vergnügen, vor Stolz, vor Freude und Aufregung, da sich mein Gewissen an diesen ungeheueren, überwältigend schönen Plänen begeisterte. Ich hatte mein eigenes »Ich« verlassen und befand mich, ich weiß nicht wo in diesen Augenblick; ich hatte eine andere Seele, eine fast göttliche Seele, eine schöpferische und aufopferungsfreudige Seele, die Seele eines strahlenden Helden, der das höchste Vertrauen des Vaterlandes genießt, auf dem der Menschheit ganze Hoffnung ruht.

Was den Minister, diesen Banditen von einem Eugène betrifft, so konnte auch er seine Rührung kaum zurückhalten. Echte Begeisterung lag in seinem Blicke, seine Stimme zitterte vor aufrichtiger Bewegung: Zwei kleine Thränen entquollen seinen Augen …Er drückte mir krampfhaft die Hand…

Einige Minuten lang waren wir alle beide der unbewußte und komische Spielball unserer eigenen Mystification…

Ach, wenn ich daran denke!

V.

Mit Empfehlungsbriefen an die »Behörden« von Ceylon ausgerüstet, schiffte ich mich endlich an einem prachtvollen Nachmittag in Marseille auf der Saghalien ein.

Sowie ich das Packetboot betreten hatte, empfand ich unverzüglich, wieviel ein officieller Titel ausmacht und wie durch seine Wunderkraft ein gestrandeter Mensch, wie ich es damals war, in der Achtung Unbekannter und vorübergehender Bekanntschaften, folglich auch in der seinen wuchs. Der Kapitain, »der meine bewunderungswürdigen Arbeiten kannte« behandelte mich in der aufmerksamsten Weise und umgab mich mit Ehren aller Art. Die comfortabelste Kabine war für mich reservirt worden, desgleichen der beste Platz am Tische. Da sich die Nachricht von der Anwesenheit eines berühmten Gelehrten an Bord rasch unter den Reisenden verbreitet hatte, beeilte sich jeder mir seine Achtung zu bezeugen ... Ich sah auf den Gesichtern nur die Blüthe der Bewunderung. Sogar die Frauen legten mir gegenüber Neugierde und Wohlwollen an den Tag, die eine diskret, die andere charakteristischer, durch ein tapfereres Gefühl. Ein Weib fesselte ganz besonders meine Aufmerksamkeit. Es war ein herrliches Geschöpf mit schwerem röthlichem Haar und grünen goldgesprenkelten Augen, die denen eines Raubthieres glichen. Sie reiste mit drei Kammerzofen im Gefolge, wovon eine Chinesin war. Ich erkundigte mich über sie bei dem Kapitain.

– Das ist eine Engländerin, sagte er mir ... Sie heißt Miß Clara ... Sie ist das ungewöhnlichste Weib, das man sich vorstellen kann ... Obwohl erst achtundzwanzig Jahre alt, kennt sie doch bereits den ganzen Erdball ... Gegenwärtig lebt sie in China ... Sie befindet sich schon zum vierten Male an Bord meines Schiffes ...

– Ist sie reich?

– O, unermeßlich reich ... Ihr Vater, der schon seit langer Zeit todt ist, war, wie man mir erzählt hat, Opiumverkäufer in Canton. Dort ist sie selbst geboren worden ... Ich glaube, bei ihr ist nicht alles im Kopfe richtig ... aber sonst ist sie eine reizende Person.

– Ist sie verheirathet?

– Nein ...

– Und ...?

Ich legte in dieses Bindewort eine ganze Reihe von intimen und selbst frivolen Fragen ...
Der Kapitän lächelte.

– Was das betrifft ... ich weiß nichts ... ich glaube nicht ... Ich habe nie etwas bemerkt ... wenigstens hier nicht.

So fiel die Antwort des braven Seemannes aus, der mir ganz im Gegentheil viel mehr zu wissen schien als er sagen wollte ... Ich drang nicht weiter in ihn, aber ich faßte in meinem Innern meine Meinung in dem eliptischen und vertraulichem Satze zusammen: »Du, liebe Kleine ... na selbstverständlich! ...«

Die ersten Reisenden, mit denen ich mich befreundete, waren zwei Chinesen von der Botschaft in London und ein normännischer Edelmann, der sich nach Tonkin begab. Letzterer weihte mich liebenswürdig gleich in seine Pläne und Intimitäten ein ... Er war ein leidenschaftlicher Jäger ...

– Ich fliehe Frankreich, erklärte er mir ... ich fliehe so oft ich nur kann ... Seit wir Republik haben, ist Frankreich ein verlorenes Land ... Es gibt zuviel Wilddiebe dort, sie sind ja geradezu die Herren ... Stellen Sie sich vor, ich kann überhaupt kein Wildpret mehr bei mir ziehen! ... Die Wilddiebe schießen es mir vor der Nase fort und die Gerichte geben ihnen Recht ... Das ist doch wahrhaftig zu toll! ... Ich rechne dabei gar nicht mit, daß sie den Rest durch Seuchen hinraffen lassen ... folglich reise ich nach Tonkin ... Welch ein wundervolles Land für die Jagd! ... Ja, mein lieber Herr, ich begebe mich schon zum vierten Male nach Tonkin ...

– So, so! In der That? ...

– Ja! ... In Tonkin gibt es aller Arten von Wildpret in überreichem Maaße ... Aber vor allem Pfaue ... Das ist doch noch ein Zielobject, mein Herr! ... und wahrhaftig, es ist eine gefährliche Jagd ... Man muß die Augen ganz gehörig dabei aufmachen.

– Es sind zweifellos reißende Pfaue?...

– Mein Gott, nein ...aber die Geschichte verhält sich folgendermaßen ...Wo es Hirsche gibt, sind auch Tiger zu finden ...Und da wo es Tiger gibt, finden sich auch Pfaue ein!...

– Ist das ein Aphorisma?...

– Nein, Sie werden mich gleich begreifen ...Folgen Sie wohl meinem Gedankengang ...Der Tiger frißt den Hirsch ...und...

– Der Pfau frißt den Tiger? ...bemerkte ich mit ernster Miene...

– Sehr richtig ...das heißt ...die Sache verhält sich so ...Wenn der Tiger sich am Hirsche gütlich gethan, schläft er ein ...und wenn er dann wieder aufwacht ...erleichtert er sich ...und ... macht, daß er fort kommt ...Was thut nun der Pfau? ...Auf dem benachbartem Baume lauernd, wartet er vorsichtig auf das Verschwinden des Tigers ...dann steigt er zum Boden herab und frißt die Excremente des Tigers ...gerade in diesem Augenblick muß man ihn überraschen...

Dabei streckte er beide Arme aus, als ob er ein Gewehr hielte und that wie wenn er auf einen imaginären Pfau zielte:

– Ach! und was für Pfaue! ...Sie können sich davon keine Vorstellung machen ...Denn, was Sie in unseren Vogelhäusern und Gärten für Pfaue halten, sind nicht einmal Truthähne ...Die sind überhaupt garnichts ...Mein werther Herr, ich habe alles geschossen ...ich habe selbst Menschen getödtet ...Ja schön! ...aber nie hat mir ein Flintenschuß eine so lebhafte Sensation verschafft, als wenn ich Pfaue schoß ...Die Pfaue ...wie soll ich das nur ausdrücken, mein Herr? ...sind prachtvoll zu schießen!...

Dann kam er nach einer Pause zu folgendem Schluß:

– Reisen, das ist überhaupt die schönste Beschäftigung! ...Wenn man auf Reisen geht, sieht mau außergewöhnliche Dinge, die einen zum Nachdenken zwingen...

– Zweifellos, stimmte ich zu ...aber man muß, wie Sie, ein großer Beobachter sein...

– Das ist wahr! ...ich habe viel beobachtet ...antwortete der brave Edelmann, sich in die Brust werfend ...Ich habe alle Länder durchstreift – Japan, China, Madagaskar, Haïti und einen Theil Australiens – aber ich kenne nichts Unterhaltenderes als Tonkin ...So zum Beispiel glauben Sie doch wohl auch schon Hühner gesehen zu haben?

– Ja, das glaube ich allerdings.

– Da sind Sie im Irrthum, mein bester Herr ...Sie haben noch keine Hühner zu sehen bekommen ...zu diesem Zweck muß man nach Tonkin reisen ...und auch da sieht man sie nicht so leicht ...Sie halten sich in den Wäldern auf und verstecken sich in den Bäumen ...man sieht sie niemals ...Nur ich habe einen Kniff gefunden ...Ich fuhr die Flüsse in einem Sampang hinauf und hatte einen Hahn im Käfig mit mir ...Ich machte am Rande des Waldes Halt und befestigte den Käfig an einem Zweige ...Der Hahn krähte ...Da kamen aus all den Tiefen des Waldes die Hühner herbei ...sie kamen ...und kamen ...Sie kamen in unzähligen Schaaren ... Und ich schoß sie! ...Ich habe bis zwölfhundert an einem Tage geschossen!...

– Das ist bewunderungswürdig! ...erklärte ich begeistert.

– Ja ...ja ...zwar nicht so sehr wie die Pfaue ...Ach, die Pfaue!...

Aber dieser Edelmann war nicht allein Jäger; er war auch Spieler. Weit, ehe wir vor Neapel angelangt waren, hatten die beiden Chinesen, der Pfauentödter und ich eine ganz gehörige Parthie Poker arrangiert. Dank meiner Spezialkenntnisse in diesem Spiele hatte ich, als wir nach Port-Saïd kamen, die drei unvergleichlichen Persönlichkeiten um ihr Geld erleichtert und das Capital verdreifacht, das ich zu den Freuden der Tropen und den unbekannten Wundern fabelhafter Embryologien mit mir nahm.

VI.

Zu jener Zeit wäre ich der kleinsten poetischen Schilderung unfähig gewesen, da mir die lyrische Begabung erst später, zu gleicher Zeit als die Liebe, kam. Sicherlich genoß ich wie jeder andere die Schönheiten der Natur, aber sie bestrickte mich nicht bis zur Verzückung; ich genoß sie in meiner Weise, wie dies eben einem gemäßigten Republikaner zukommt. Und ich sagte mir:

– Die Natur ist vom Fenster eines Eisenbahncoupés oder Durch eine Schiffsluke, stets überall gleich. Ihr hauptsächlichster Charakter besteht darin, daß sie nichts Neues bietet. Sie wiederholt sich ständig und da sie nur eine kleine Menge von Formen besitzt, finden sich dieselben Zusammenstellungen hier und dort beinahe gleich vor. In ihrer riesigen und schwerfälligen Einförmigkeit vertauscht sie nur die Töne, die kaum merklich und interesselos sind, höchstens fesseln sie die Dresseure kleinen Viehzeugs, wozu ich mich, obwohl ich Embryolog bin, nicht rechne, und die Leute, die Haare zu spalten pflegen … Kurz, wenn man hundert Quadratmeilen eines Landes bereist hat, gleichgiltig wo, hat man alles gesehen und diese Canaille von einem Eugène hatte mir zugerufen: »Du wirst diese Natur, …diese Bäume, diese Blumen staunend anblicken!…« Mir gehen die Bäume auf die Nerven und Blumen kann ich nur bei Modistinen und auf Hüten leiden … Was nun die Tropenwelt anbetrifft, so hätte mir Monte-Carlo für meinen Bedarf von ästhetischer Landschaft vollauf genügt, desgleichen meinen Träumen von weiten Reisen … Ich verstehe nichts von Palmen, Kokusbäumen, Bananen, Manglebäumen, Citronenbäumen, Pandanus, außer wenn ich ihre Früchte in ihrem Schatten pflücken kann und mit hübschen Frauen tändeln, die etwas anderes als Betel zwischen ihren Lippen haben … Der Kokusbaum: das ist in meinen Augen der Kokottenbaum … Ich mag die Bäume nur in dieser echt pariserischen Auffassung…

Ach, was für ein blinder und tauber Barbar ich damals war! … Wie konnte ich mit so schändlichem Cynismus Blasphemien gegen die unendliche Schönheit der Form ausstoßen, die vom Menschen zum Thiere geht, vom Thiere zur Pflanze, von der Pflanze zum Berge, vom Berge zu den Wolken und von den Wolken zum Kiesel, auf dem sich all die Herrlichkeiten des Lebens wiederspiegeln! …!…

Obwohl wir erst October schrieben, war die Fahrt durch das Rothe Meer doch äußerst unangenehm. Die Hitze war so vernichtend, die Luft so schwer für unsere europäischen Lungen, daß ich oft erstickt zu sterben glaubte. Tagsüber verließen wir den Salon gar nicht mehr, wo der große indische Punka, der sich ohne Unterlaß bewegte, uns die rasch entschwindende Illusion einer frischen Brise gab. Die Nacht verbrachten wir auf dem Verdeck, wo wir übrigens ebenso wenig wie in unseren Kabinen schlafen konnten … Der normännische Edelmann schnaufte wie ein kranker Ochse und dachte gar nicht mehr daran seine tonkingischen Jagdgeschichten zu erzählen. Von den Reisenden waren diejenigen, die vorher am meisten geprahlt und sich möglichst widerstandsfähig gezeigt hatten, am meisten herunter gekommen, ihre Glieder waren erschöpft, ihr Athem ging pfeifend, wie der eines übermüdeten Rindviehs. Man kann sich gar nichts Lächerlicheres vorstellen, als das Aussehen dieser Leute, die in ihre vielfarbigen Pidjamus versenkt waren … Nur die beiden Chinesen schienen von dieser Feuertemperatur unberührt … Sie hatten nichts an ihren Gewohnheiten oder all ihren Kleidungen geändert und verbrachten ihre Zeit mit schweigsamen Spaziergängen auf dem Deck oder Karten- und Würfelparthien in ihren Kabinen…

Wir interessirten uns für nichts. Nichts konnte uns übrigens zerstreuen, da wir die Qual erlitten, mit der Langsamkeit und Regelmäßigkeit eines Ofentopfes gekocht zu werden. Das Packetboot fuhr mitten des Golfes: ober uns, rings um uns sahen wir nichts als den blauen Himmel und das blaue Meer, ein düsteres Blau, ein heißes, metallisches Blau, wie es manchmal in den Hochöfen zu erblicken ist, kaum konnten wir die Somaliküsten, die ferne rothe Masse unterscheiden, bedeckt mit jenen glühenden Sandhügeln, wo kein Baum, kein Kraut wächst, die wie ein unablässig brennender Feuerherd dieses schreckliche Meer umgürten, das einem ungeheuern Behältniß kochenden Wassers gleicht.

Ich muß sagen, daß ich während dieser Überfahrt großen Muth bewies und nichts von meinem, in der That sehr leidenden Zustand zeigte … Ich erreichte dies durch Ergebenheit in mein Schicksal und durch Liebe.

Der Zufall – war es wirklich der Zufall oder nur der Kapitain? – hatte mir Miß Clara als Tischnachbarin gegeben. Ein Zwischenfall bei der Bedienung brachte es zu Stande, daß wir fast ohne Verzug genaue Bekanntschaft schloßen … Übrigens berechtigte meine hohe Stellung in der Wissenschaft und die Neugierde, deren Gegenstand ich war, mich zu gewissen Abweichungen von den gewohnten Höflichkeitsformen.

Wie mir der Kapitain mitgetheilt hatte, kehrte Miß Clara nach China zurück, nachdem sie den Sommer abwechselnd in England, ihrer Geschäfte halber, in Deutschland um eine Kur durchzumachen und in Frankreich um sich zu unterhalten, verbracht hatte. Sie gestand mir, daß Europa sie immer mehr anwidere … Sie könnte diese hektischen Sitten, diese lächerlichen Moden, diese frostigen Landschaften nicht länger ertragen … Nur in China fühlte sie sich glücklich und frei! … So wie sie war, mit ihrem entschlossenen Benehmen, mit ihrem höchst außergewöhnlichen Lebenswandel, plauderte sie zuweilen kreuz und quer, zuweilen auch mit einem lebhaften Verständnis für alle Dinge, mit fieberhafter und dem Fremdartigen zugeneigter, sentimentaler und philosophischer, unwissender und gebildeter, unreiner und keuscher, kurz geheimnißvoller Lustigkeit … Sicher hatte sie Lücken in ihrem Wissen … unverständliche Launen … schreckliche Gelüste … mit einem Worte, sie verwirrte mich im höchsten Grade, obwohl man doch von einer Engländerin jegliche Excentrizitäten erwarten muß. Ich zweifelte von allem Anfang nicht daran, ich, der ich in Bezug auf Frauen, nur pariser Kokotten und was noch ärger ist, politische und litterarische Weiber gekannt hatte, ich zweifelte nicht daran, daß ich Jene leicht verführen könnte und nahm mir vor, durch sie in unvorhergesehener und reizender Weise meine Reise zu verschönern. Ihr Haar war röthlich, ihre Haut glänzend, ein Lächeln schien stets bereit auf ihren schwellenden und rothen Lippen zu erklingen. Sie war in der That die Freude des ganzen Schiffes, die Seele dieses Fahrzeuges, das tollen Abenteuern, der paradiesischen Freiheit ursprünglicher Länder und feurigen Tropen entgegenzog … Die Eva eines wundervollen Edens, selbst eine Blume, eine berauschende Blume und die köstliche Frucht ewiger Lust, streifte sie und sie sprang wie ich mir deutlich vorstellen konnte, zwischen den Blumen und den goldigen Früchten dieser paradiesischen Gärten herum, nicht mehr in diesem modernen Kostüme aus weißem Piquetstoff, das ihre biegsame Taille eng umschloß und das kraftvolle Leben ihrer fruchtartigen Büste einengte, sondern in dem übernatürlichen Glanze ihrer biblischen Nacktheit.

Ich erkannte nur allzubald, daß ich mich in meiner galanten Diagnose geirrt hatte und daß Miß Clara meine eitle Einbildung Lügen strafend, unantastbare Ehrbarkeit besaß … Weit davon entfernt durch diese Feststellung enttäuscht zu werden, erschien sie mir nur noch hübscher und ich fühlte wirklichen Stolz darüber, daß dieses reine, tugendhafte Wesen mich, den niedrigen Wüstling, mit so einfachem und graziösem Vertrauen aufgenommen hatte … Ich wollte auf die innere Stimme nicht hören, die mir zurief: »Dieses Weib lügt … dieses Weib macht sich über Dich lustig … Aber Du Dummkopf, so sieh' doch mal ihre Augen an, die alles erblickt haben, diesen Mund, der alles geküßt hat, diese Hände, die alles geliebkost haben, diesen Leib, der überoft in jedem Wollustrausch und jeglicher Umarmung erschauerte! … Sie und keusch? … Ach was! … ach was! … Und diese wissenden Geberden? Und diese Weichheit und Biegsamkeit, diese Bewegungen des Leibes, der all die Formen einer wollüstigen Umschlingung bewahrt hat? … und diese geschwellte Büste, die einer von Pollen trunkenen Blume gleicht? …« … Nein, wahrhaftig, ich hörte auf diese Stimme nicht … Und ich hatte ein köstlich keusches Gefühl, das aus zärtlicher Dankbarkeit und Stolz zusammengesetzt war, eine Regung moralischer Wiedergeburt, als ich so täglich mehr, in vertraulichem Verkehr mit diesem schönen, tugendhaften Weib kam, von dem ich im Vorhinein annehmen konnte, daß es mir nie etwas Anderes sein könnte, als eine seelische Freundin! … Dieser Gedanke erhob mich und rehabilitirte mich in meinen eigenen Augen. Dank dieser täglichen, reinen Berührung gewann ich, ja wahrhaftig, gewann ich wieder Selbstachtung. Der ganze Schmutz meiner Vergangenheit verwandelte sich in leuchtenden Azur ... und ich sah die Zukunft durch den ruhigen, klaren Smaragdglanz geregelten Glückes ... Ach, wie weit waren Eugène Mortain, Frau G ... und Ihresgleichen von mir! ... Wie verrannen die Gesichter all dieser grinsenden Fantome jeden Augenblick mehr unter dem himmlischen Blick dieses strahlenden Geschöpfes, durch den ich mich mir selbst als ein neuer Mensch enthüllte, mit edlen Anwandlungen, zärtlichen Gefühlen und einer Begeisterungsfähigkeit, die ich noch nie an mir bemerkt hatte ...

O, Ironie dieses zärtlichen Liebesrausches! ... O, Komödie der Begeisterung, die im Menschenherzen ruht! ... Wie oft glaubte ich in Clara's Nähe an die große Aufgabe meiner Forschungsreise und war ich überzeugt, daß ich das Genie besaß, um all die Embryologien, all die Planeten des Weltalls in Aufruhr zu versetzen ...

Wir langten rasch bei vertraulichen Geständnissen an ... Dies geschah in einer Reihe von Lügen, die geschickt vorgebracht wurden, einerseits aus Eitelkeit, andererseits aus dem natürlichem Wunsche, mich in den Augen meiner Freundin nicht zu entwerthen; ich suchte mich also möglichst vortheilhaft in der Rolle eines Gelehrten zu zeigen, erzählte von meinen biologischen Entdeckungen und meinen Erfolgen an der Academie, ich sprach von all der Hoffnung, die die berühmtesten Männer der Wissenschaft auf meine Methode und meine Reise setzten. Dann verließ ich diese all zu steilen Höhen und beschäftigte mich mit halb gesunden, halb perversen Anekdoten aus dem gesellschaftlichen Leben und Bemerkungen über Litteratur und Kunst, die den Geist einer Frau zur Genüge intressieren konnten, ohne ihn zu verwirren. Und diese frivolen und leichten Unterhaltungen, denen ich einen geistreichen Anstrich zu geben bestrebt war, verliehen meiner ernsten Persönlichkeit eines Gelehrten einen seltsamen, vielleicht einzig in seiner Art dastehenden Charakter. Ich erwarb mir Clara's Zuneigung vollständig, während dieser Fahrt durch's Rothe Meer. Indem ich mein eigenes Unwohlbefinden unterdrückte, fand ich geschickte Aufmerksamkeiten und zarte Rücksichten gegen sie, die ihr Leiden einschläferten. Als die Saghalien in Aden vor Anker gieng, um Kohlen aufzunehmen, waren wir Beide vertraute Freunde geworden, erfüllt mit jener wunderbaren Freundschaft, die kein Blick, keine Geberde trübt, die keine schuldige Absicht in ihrer schönen Reinheit beflecken kann ... Und dennoch rief die innere Stimme ohne Unterlaß in mir: »Aber sieh' doch nur diese Nüstern, die mit schrecklicher Wollust das Leben in seiner Gänze einathmen ... Betrachte diese Zähne, die sich unzählige Male in die blutige Frucht der Sünde gegraben haben«. Heldenhaft gebot ich dieser Stimme Stillschweigen.

Es war eine unendliche Freudenstimmung, als wir in die Gewässer des indischen Ozeans einliefen; nach den tödtlichen, folternden Tagen, die wir auf dem Rothen Meere verbracht hatten, erschien mir dies wie eine Wiedergeburt. Ein neues Leben, ein Leben voll Freude und Thätigkeit entstand an Bord. Obwohl die Temperatur noch recht heiß war, konnte man doch köstlich athmen, es war als ob man den Duft von Pelzwerk, das eine Frau eben ausgezogen hat, einsöge. Eine leichte Brise, die, wie man annehmen konnte, mit all den Düften der tropischen Flora geschwängert war, erfrischte Leib und Seele. Um uns gieng ein förmliches Wunder vor. Der Himmel war von der Durchsichtigkeit einer Märchengrotte, goldgrün mit rosigen Flammen gefärbt; das Meer dehnte sich ruhig unter dem kraftvoll rythmischen Hauch des Monsum in weiter blauer Fläche aus, die hie und da mit smaragdfarbenen Lichtern geschmückt war. Wir fühlten thatsächlich körperlich etwas wie eine Liebkosung, als wir den magischen Erdtheilen nahten, den lichterfüllten Ländern, wo das Leben an einem geheimnißvollen Tage seine ersten Zuckungen gehabt. Und wir alle, selbst der normännische Edelmann, trugen auf den Gesichtern etwas von diesem Himmel, von diesem Licht.

Miß Clara zog – wie sich das von selbst versteht – die Blicke der Männer auf sich, die sie in Aufruhr versetzte; sie hatte stets einen ganzen Hof von leidenschaftlichen Verehrern um sich. Ich fühlte keine Eifersucht, da ich überzeugt war, daß sie diese Leute für lächerlich hielt und mich allen anderen vorzog, selbst den beiden Chinesen, mit denen sie sich häufig unterhielt, die sie aber nicht mit solchen Blicken wie mich ansah, mit diesen seltsamen Blicken, in denen ich mehrfach trotz aller erzwungenen Zurückhaltung eine gewisse geistige Mitschuld und ich weiß nicht welches geheime Einverständnis zu lesen glaubte ... Unter ihren leidenschaftlichsten

Anbetern befanden sich ein französischer Forschungsreisender, der sich nach der malaiischen Halbinsel begab, um dort die Kupferbergwerke zu untersuchen, und ein englischer Offizier, der in Aden das Schiff bestiegen hatte und nach seiner Garnison Bombay zurückkehrte. Beide waren in ihrer Art grobe, doch unterhaltende Barbaren, die Clara mit Vorliebe zur Zielscheibe ihres Spottes machte. Der Forschungsreisende wurde nicht müde von seinen früheren Fahrten durch Central-Afrika zu erzählen. Was den englischen Offizier betrifft, der Hauptmann in einem Artillerieregimente war, so suchte er uns durch die Beschreibung aller seiner ballistischen Erfindungen zu verblüffen.

Eines Abends befanden wir uns nach dem Diner sämmtlich um Clara herum vereint, die graziös auf einem Rocking-chair ausgestreckt lag. Die einen rauchten Zigarretten, die anderen waren in Nachdenken versunken … Wir alle trugen das gleiche Verlangen nach Clara in uns; wir alle folgten mit demselben Gedanken wilden Genußes den Bewegungen ihrer kleinen Füßchen, die in rosigen Pantoffeln steckten und bei dem Wiegen des Stuhles aus dem duftenden Kelch ihrer Röcke wie Staubfäden herauswuchsen … Wir sprachen kein Wort … Und die Nacht war voll von märchenhafter Wonne, das Schiff glitt wollüstig über das Meer wie über eine Seidenfläche. Clara wandte sich an den Forschungsreisenden …

– Ist es also wahr? rief sie mit boshafter Stimme … oder soll das vielleicht nur Scherz sein? … Sie haben wirklich Menschenfleisch gegessen?

– Ja, selbstverständlich! … antwortete er stolz und in einem Tone, der unbestreitbare Überlegenheit über uns markieren sollte … Ich mußte wohl oder übel … man ißt was man eben hat …

– Und wie schmeckt das? … fragte sie ein wenig angeekelt.

Er überlegte einen Augenblick lang … dann bemerkte er mit einer ungewissen Geberde:

– Mein Gott! … wie soll ich Ihnen dies definiren … Stellen Sie sich vor, anbetungswürdige Miß … stellen Sie sich Schweinefleisch vor … Schweinefleisch, das ein wenig in Nußöl eingemacht ist …

Nachläßig und resignirt fügte er hinzu:

– Es ist nicht gerade sehr gut … man ißt es ja übrigens auch nicht aus Feinschmeckerei … Ich ziehe jedenfalls Hammelkeule oder Beafsteak vor …

– Das begreife ich wohl! … stimmte Clara bei.

Und als ob sie aus Höflichkeit den Schrecken dieser Menschenfresserei hätte mildern wollen, spezialisirte sie:

– Zumal Sie doch zweifellos nur Negerfleisch gegessen haben! …

– Negerfleisch? … stieß er erschreckt hervor … O, pfui! … Glücklicher Weise, theuerste Miß, war ich zu dieser harten Nothwendigkeit nicht gezwungen … Wir haben, Gott sei Dank, stets nur Weiße verzehrt! … Unsere Eskorte enthielt eine große Anzahl von Männern, die meist aus Europäern bestanden … Marseiller, Deutsche, Italiener … von allem etwas … Wenn der Hunger zu arg wurde, schlachtete man einen Mann aus der Eskorte … mit Vorliebe einen Deutschen … Der Deutsche, göttliche Miß, ist fetter als andere Rassen … auch ausgiebiger … Und dann für uns Franzosen ist es dann eben ein Deutscher weniger! … Der Italiener ist seinerseits trocken und hart … er hat zuviel Sehnen …

– Und der Marseiller? … warf ich ein …

– Pfui! … erklärte der Reisende kopfschüttelnd … der Marseiller schmeckt sehr schlecht … er schmeckt nach Knoblauch … und außerdem, ich weiß nicht weshalb, nach ranzigem Fett … Ich kann nicht gerade behaupten, daß er schmackhaft ist … nein … höchstens genießbar …

Dann wandte er sich zu Clara, mit abwehrender Geberde, und erklärte in dringlichem Tone:

– Aber Negerfleisch … nein niemals! … ich glaube, ich würde es wieder erbrochen haben … Ich kannte Leute, die welches gegessen hatten … Sie wurden krank davon … Der Neger ist ungenießbar … Es gibt sogar welche, versichere ich Sie, die geradezu giftig sind …

Und sorgfältig verbesserte er sich noch:

– Schließlich … muß man sich eben darin auskennen wie in Bezug auf die Pilze. Vielleicht sind die indischen Neger eßbar? …

– Nein! ... erklärte der englische Offizier in kurzem kategorischen Ton, der inmitten von schallendem Gelächter diese culinarische Unterhaltung, bei der mir schon übel zu werden anfieng,.. beendete ...

Der Forschungsreisende begann, ein wenig entmuthigt, von Neuem:

– Das hat nichts zu bedeuten! ... trotz dieser kleinen Unannehmlichkeiten bin ich glücklich darüber wieder auf Reisen gegangen zu sein. In Europa fühle ich mich krank ... ich lebe nicht ... ich weiß nicht wohin ich gehen soll ... Ich komme mir verdummt und gefangen in Europa vor, wie ein Thier in seinem Käfig ... Man kann dort nicht einmal die Ellenbogen ausstrecken, die Arme bewegen oder den Mund aufmachen, ohne auf thörichte Vorurtheile und blödsinnige Gesetze zu stoßen ... Diese Sitten sind widerlich ... Vergangenes Jahr, reizende Miß, ging ich in einem Kornfeld spazieren. Mit meinem Stocke schlug ich die Ähren rund um mich ab ... Das machte mir Spaß ... Ich habe doch wohl das Recht zu thun was mir gefällt, nicht wahr? ... Ein Bauer kam herbeigelaufen, begann zu schreien, mich zu beschimpfen und befahl mir sein Feld zu verlassen ... Man kann sich gar keine Vorstellung davon machen! Was hätten Sie an meinem Platz gethan? ... Ich verabfolgte ihm drei Stockschläge auf den Kopf ... Er stürzte mit gespaltenem Schädel nieder ... Was glauben Sie wohl, was daraufhin geschah? ...

– Sie haben ihn vielleicht gegessen? ... spottete Clara lachend ...

– O, nein ... ich wurde vor, ich weiß nicht welche Richter geschleppt, die mich zu zwei Monate Gefängnis und zehntausend Francs Schadenersatz verurtheilten ... Eines dreckigen Bauers wegen! ... Und das nennt sich Civilisation! ... Möchte man so etwas glauben? ... Na danke schön! wenn ich in Afrika jedesmal in dieser Weise abgeurtheilt worden wäre, wenn ich Neger oder selbst Weiße getödtet hatte? ...

– Sie tödteten also auch Neger? ... bemerkte Clara.

– Ja gewiß, anbetungswürdige Miß! ...

– Aber weshalb denn, da Sie sie doch nicht essen wollten?

– Aber um sie zu civilisiren, das heißt, um ihnen ihre Elfenbein- und Gummivorräthe wegzunehmen ... Und dann ... was wollen Sie? ... wenn die Regierungen und die Gesellschaften, die uns diese civilisatorischen Missionen anvertrauen, erführen, daß wir Niemanden getödtet hätten ... was würden die dazu sagen? ...

– Sehr richtig! ... stimmte der normännische Edelmann bei ... Übrigens sind die Neger ja reißende Thiere ... Wilddiebe ... die reinen Tiger! ...

– So sollen die Neger sein? ... Da irren Sie sich sehr, mein bester Herr! ... Sie sind sanft und lustig ... sie sind wie Kinder ... Haben Sie schon einmal Abends, am Waldessaume, auf der Wiese, wilde Kaninchen spielen sehen? ...

– Zweifellos! ...

– Ihr Gebahren ist wirklich niedlich ... sie sind von toller Lustigkeit, streichen sich das Fell mit den Pfoten zurecht, springen und kugeln sich im Grase ... Nun also, die Neger sind wie diese jungen Kaninchen ... sie sind allerliebst! ...

– Dennoch steht es fest, daß sie Menschenfresser sind? ... bemerkte der Edelmann hartnäckig ...

– Die Neger Menschenfresser? widersprach der Forschungsreisende ... Nicht im mindesten! ... In jenen Landstrichen sind nur die Weißen Menschenfresser ... Die Neger nähren sich von Bananen und anderen Gewächsen. Ich kenne sogar einen Gelehrten, der allen Ernstes behauptet, daß die Neger Wiederkäuermagen haben ... Wie sollen sie also Fleisch, besonders Menschenfleisch essen können?

– Weshalb tödtet man sie also? warf ich ein, denn ich fühlte mich gerührt und mitleidsvoll gestimmt.

– Aber ich sagte es Ihnen ja schon ... um sie zu civilisiren. Und das war sehr amusant! ... Wenn wir nach Märschen, nach endlosen Märschen zu einem Negerdorf kammen ... waren die Bewohner starr vor Schreck! ... Sie stießen sogleich verzweifelte Schreie aus und versuchten nicht einmal zu entfliehen, so große Angst hatten sie; sie weinten, das Gesicht auf den Boden gebeugt. Man vertheilte Branntwein an sie, denn wir haben in unserem Gepäck stets starke Alkoholprovisionen … und als sie betrunken waren, metzelten wir sie nieder! …

– Ein dreckiges Zielobject! mit diesen Worten faßte der normännische Edelmann angeekelt seine Gedanken zusammen, der in diesem Augenblick im Geiste die Wälder von Tonkin durchstreifte und prachtvolle Pfauenflüge erblickte …

Die Nacht war wundervoll; der Himmel stand in Flammen; rings um uns bewegten sich auf dem Ocean große Flecken phosphoreszirenden Lichtes … Und ich war traurig, traurig über Clara, traurig über diese rohen Menschen und über mich selbst, sowie über unsere Worte, die das Schweigen und die Schönheit verletzten.

Plötzlich fragte Clara den Forschungsreisenden:

– Kennen Sie Stanley?

– Ja, gewiß kenne ich ihn …, gab dieser zur Antwort.

– Und was halten Sie von ihm?

– O, der! … bemerkte er kopfschüttelnd …

Und als ob schändliche Erinnerungen sein Hirn durchkreuzten, vollendete er mit ernster Stimme:

– Er geht wirklich etwas zu weit! …

Ich fühlte, daß der Hauptmann seit einigen Minuten zu sprechen verlangte … Er benützte die Pause, die diesem Geständnis folgte und äußerte:

– Ich! … ich habe viel Besseres geleistet … Eure kleinen Metzeleien sind gar nichts im Vergleich zu denen, die man mir verdanken wird … Ich habe ein Geschoß erfunden … das geradezu beispiellos ist. Ich nenne es das Dum-Dum Geschoß, nach dem Namen eines Hindudörfchens, wo ich die Ehre hatte es zu erfinden.

– Tödtet es viel? … mehr als die anderen? fragte Clara.

– O, liebe Miß, fragen Sie mich nicht! … antwortete er lachend … Das läßt sich gar nicht berechnen! …

Und bescheiden fügte er hinzu:

– Dennoch … ist es nichts … es ist winzig klein! Stellen Sie sich ein ganz kleines Ding vor …. wie nennen Sie das doch gleich? … eine kleine Haselnuß … ja, das ist es! … Stellen Sie sich eine ganz kleine Haselnuß vor … Es ist wirklich reizend …

– Und welch hübscher Name, Herr Hauptmann! … äußerte Clara bewundernd.

– Er ist in der That sehr hübsch, stimmte der Hauptmann sichtlich geschmeichelt her … sehr poetisch! …

– Mau würde sagen, nicht wahr? … man möchte sagen, es sei der Name einer Fee aus einem Shakespeareschen Lustspiel … Die Fee Dum-Dum! … das entzückt mich … Eine lachende, leichte, hellblonde Fee, die hüpft, tanzt und im Moos zwischen Sonnenstrahlen herumspringt … Nur immer los, Dum-Dum!

– Nur immer los! wiederholte der Offizier … Ausgezeichnet! Sie geht übrigens sehr gut los, die kleine Patrone, anbetungswürdige Miß … Und was das Eigenthümlichste dabei ist, glaube ich, bei ihr gibt es sozusagen keine Verwundeten mehr.

– Ach, wie denn? …

– Es gibt nur noch Todte! … In dieser Hinsicht ist sie wirklich unerreicht!

Er wandte sich mir zu und seufzte in bedauerndem Ton, in dem unsere beiderseitige Vaterlandsliebe sich vereinigte:

– Ach, wenn Sie diese in Frankreich zur Zeit der schändlichen Commune gehabt hätten! … Welcher Triumph wäre dies gewesen! …

Dann nahmen seine Gedanken plötzlich einen anderen Gang:

– Ich frage mich zuweilen … ob das nicht nur eine Erzählung Edgar Poë's, ein Traumbild unseres Thomas de Quincey ist … Aber nein, denn ich habe die göttliche, kleine Dum-Dum eigenhändig erprobt … Die Geschichte ging folgender Maßen vor sich … Ich ließ zwölf Hindu antreten …

– Lebend?

– Natürlich! ... Der deutsche Kaiser nimmt seine ballistischen Experimente mit Leichen vor ... Sie müssen gestehen, daß das absurd und vollkommen unzugänglich ist ... Ich operiere mit Leuten, nicht nur mit lebenden, sondern mit solchen von robuster Constitution und vollkommener Gesundheit ... So sieht man wenigstens was man thut und verrichtet ... Ich bin kein Träumer ... ich bin Gelehrter! ...

– Ich bitte Sie tausendmal um Verzeihung, Herr Hauptmann! ... fahren Sie doch in Ihrer Erzählung fort! ...

– Ich ließ also zwölf Hindus hintereinander in einer geometrisch geraden Reihe antreten, ... dann schoß ich ...

– Nun und? ... unterbrach Clara.

– Reizende Freundin, diese kleine Dum-Dum that ein Wunder ... Von den zwölf Hindus blieb kein einziger aufrecht! ... Das Geschoß war durch ihre zwölf Leiber gedrungen, die nach dem Schuß nur noch zwölf zerstückte Fleischhaufen und buchstäblich gebrochene Knochen waren ... Ist dies nicht wirklich wunderbar! ... nie hätte ich einen solch herrlichen Erfolg erhofft ...

– Es ist in der That erstaunenswerth und grenzt an ein übernatürliches Wunder.

– Nicht wahr? ...

Und nachdenklich fuhr er nach einigen Augenblicken stimmungsvollen Schweigens fort ...

– Ich suche, murmelte er vertraulich ... ich suche noch etwas Besseres, etwas Definitiveres ... ich suche ein Geschoß ... ein kleines Geschoß, das nichts von den Leuten, die es trifft übrig läßt ... nichts ... nichts ... gar nichts! ... Verstehen Sie mich?

– Wie das? wieso nichts?

– Oder doch nur sehr wenig! ... erklärte der Offizier ... kaum ein Häufchen Asche ... oder auch nur einen leichten röthlichen Dampf, der sich sogleich verzöge ... Das ist ganz gut möglich ...

– Eine automatische Verbrennung also?

– Sehr richtig! ... Bedenken Sie nur die zahlreichen Vortheile einer solchen Erfindung ... Auf diese Art unterdrücke ich die Wundärzte im Heere, die Krankenwärter, die Krankenträger, die Sanitätswachen, die Militärlazarethe, die Pensionen für Verwundete u.s.w., u.s.w. Man würde ungeheuer viel dadurch ersparen ... es wäre eine große Erleichterung für die Staatsbudgets ... geschweige denn für die Hygiene! Welche Errungenschaft für die Hygiene! ...

– Sie könnten dieses Geschoß ja, die Nib-Nib Patrone nennen ... rief ich.

– Sehr hübsch ... sehr hübsch! ... applaudirte der Artillerist, der, obwohl er nichts von dieser rothwelschen Unterbrechung verstanden hatte, geräuschvoll zu lachen begann; es war das brave und freimüthige Lachen, das die Soldaten aller Grade und aller Länder haben ...

Als er sich beruhigt hatte, äußerte er:

– Ich sehe voraus, daß Frankreich, wenn es von dieser prachtvollen Erfindung hören wird, uns wiederum durch alle seine Zeitungen beschimpfen wird ... Und dabei werden sich die wildesten Ihrer Patrioten hervorthun, dieselben Leute, die überlaut schreien, daß man nie genug Milliarden für den Krieg ausgibt, die nur vom Tödten und Bombardiren sprechen; diese Leute werden England wieder einmal dem Abschen aller civilisirten Völker preisgeben ... Aber, Donnerwetter! wir sind logischer in unserer blutumfassenden Barbarei ... Wie! ... man gestattet explosive Shrapnels und will nicht zulassen, daß Gewehrpatronen ebenso eingerichtet werden! ... Weshalb denn nur? ... Wir leben unter dem Gesetze des Krieges ... und worin besteht der Krieg? ... Er besteht darin, soviel Menschen, als man nur irgend kann, in der denkbar kürzesten Zeit niederzumetzeln ... Um den Krieg immer mörderischer und rascher endbar zu gestalten, handelt es sich darum, immer schrecklichere Zerstörungswerkzeuge ausfindig zu machen ... Das ist eine Frage der Humanität und auch des modernen Fortschrittes ...

– Aber Herr Hauptmann, wandte ich ein ... und was machen Sie mit dem Völkerrecht? ...

Der Offizier grinste ... hob die Arme zum Himmel auf und erwiederte:

– Das Völkerrecht! ... Aber dieses Recht besteht doch nur darin, die Menschen in Massen oder einzeln niederzumetzeln, mit Shrapnels oder Patronen, das ist doch Nebensache, vorausgesetzt, daß die Menschen nur ausgiebig niedergemetzelt werden! ...

Einer der Chinesen legte sich ins Mittel:

– Wir sind aber doch keine Wilden! sagte er.

– Keine Wilden? … Was sind wir denn sonst? … Wir sind schlimmere Wilde als die Urein-wohner Australiens, da wir das Bewußtsein unserer Wildheit haben und doch darin beharren … Und da wir durch Krieg, das heißt durch Diebstahl, Raub und Metzelei unsere Streitigkeiten regeln, austragen und verfechten wollen, kurz unsere Ehre rächen … Nun schön! da müssen wir eben die Unannehmlichkeiten dieses rohen Zustandes, in dem wir dennoch verharren, auf den Kauf nehmen … Wir sind Wilde, zugegeben! … dann wollen wir uns eben auch wie Wilde benehmen! …

Da bemerkte Clara mit sanfter, tiefer Stimme:

– Und dann wäre es Heiligthumschändung gegen den Tod anzukämpfen … Der Tod ist ja so schön!

Sie stand auf, schneeweiß und geheimnißvoll von dem electrischen Licht des Verdeckes be-leuchtet. Ihr feiner langer Seidenshawl umgab sie mit bleichen Reflexen wechselnder Farben.

– Auf Wiedersehen, morgen! sagte sie noch.

Wir hatten uns alle angelegenlichst zu ihr gedrängt. Der Offizier nahm ihre Hand, die er küßte … und ich haßte sein männliches Gesicht, seine beweglichen Lenden, seine kraftvolle Gestalt, sein ganzes Gebahren … Er entschuldigte sich:

– Verzeihen Sie mir, daß ich mich zu einem solchen Gesprächsthema verleiten ließ und ver-gaß, daß man zu einer Frau wie Sie, stets nur von Liebe sprechen dürfe …

Clara antwortete:

– Aber Herr Hauptmann, wer vom Tode spricht, spricht auch von der Liebe! …

Sie nahm meinen Arm, ich geleitete sie bis zu ihrer Kabine, wo ihre Kammerzofen sie er-warteten, um ihr das Nachtkleid anzulegen …

Während des ganzen Abends spukten Metzeleien und Zerstörungswerke in meinem Kopfe herum … Ich schlief in dieser Nacht sehr unruhig … Ich sah auf dem geröteten Moose, in den Strahlen einer blutigen Sonne, blond, lachend und hüpfend die kleine Fee Dum-Dum vorüber-gleiten … Die kleine Fee Dum-Dum, die Claras Augen, Mund und ihren ganzen unbekannten und entschleierten Leib besaß …

Meine Freundin und ich betrachteten einmal, über die Bordwand des Schiffes gelehnt, das Meer und den Himmel. Der Tag ging zur Neige, am Himmel folgten große Vögel, blaue Taucherkönige dem Schiff, indem sie sich in den entzückenden Bewegungen einer Tänzerin wiegten; auf dem Meere erhoben sich ganze Züge von fliegenden Fischen bei unserem Nahen und ließen sich, im Sonnenlichte glänzend, etwas weiterhin nieder, um drauf wiederum aufzufliegen, indem sie das Wasser ritzten und streiften, das an diesem Tage blau wie lebendiger Türkis gefärbt war … Dann flutheten Schwärme von Quallen, rothen Quallen, grünen Quallen, purpurnen, rosigen und malvenfarbigen Quallen, gleich Blumenblättern auf der weichen Meeresfläche dahin; ihre Färbung war so prächtig, daß Clara jeden Augenblick, Rufe der Bewunderung ausstieß, während sie mir die Quallen zeigte … Und plötzlich fragte sie mich:

– Sagen Sie mir doch? … Wie heißen diese prächtigen Geschöpfe?

Ich hätte excentrische Namen erfinden und wissenschaftliche Benennungen improvisieren können. Ich versuchte es aber nicht einmal … Von einem augenblicklichen, freiwilligen, heftigen Drange nach Aufrichtigkeit erfüllt, antwortete ich in festem Tone:

– Ich weiß es nicht! …

Ich fühlte, daß ich mich verlor … daß dieser ganze unsichere und entzückende Traum, der meine Hoffnungen gewiegt, meine Unruhe eingeschläfert hatte, unwiderruflich zerstört war … daß ich durch einen noch tieferen Sturz in den unvermeidlichen Schlamm meines Paria-Daseins zurückfallen würde … Ich fühlte dies alles … Aber in mir wirkte ein überlegenes Gefühl, das mir befahl, mich von meinen Betrügereien, Lügen und diesem thatsächlichen Vertrauensbruch zu befreien, wodurch ich feige, in verbrecherischer Weise die Freundschaft eines Wesens, das meinen Worten Glauben schenkte, an mich gerissen hatte.

– Nein, wahrhaftig, ich weiß es nicht! … wiederholte ich, indem ich dieser einfachen Verneinung einen Charakter dramatischer Überspanntheit gab, der in keinerlei Einklang mit ihr stand.

– Wie merkwürdig Sie dies sagen! … Sind Sie denn ganz von Sinnen? … Was haben Sie denn nur? … rief Clara, erstaunt über den Klang meiner Stimme, über die unbegreifliche Sinnlosigkeit meiner Geberden.

– Ich weiß es nicht … ich weiß es nicht … ich weiß es nicht! …

Und um diesem dreifachen »Ich weiß es nicht!« noch mehr Überzeugungskraft zu verleihen, schlug ich dreimal heftig mit der Faust auf die Bordwand.

– Wieso wissen Sie es nicht? … Sie, ein Gelehrter … ein Naturforscher? …

– Ich bin kein Gelehrter, Miß Clara … ich bin auch kein Naturforscher … ich bin gar nichts, schrie ich … Ein Elender bin ich … ja … ein elender Schurke bin ich! … Ich habe Sie belogen … schändlich belogen … Sie müssen endlich einmal erfahren was für ein Mensch ich bin … Hören Sie mich an …

Athemlos und wild durcheinander gewürfelt, berichtete ich ihr meinen Lebenslauf … Eugène Mortain, Frau G …, den Betrug mit meiner Forschungsreise, alle meine schmutzigen Handlungen … all' den Koth, in dem ich gewatet hatte … Ich fand sogar eine wilde Freude daran mich anzuklagen, mich noch schändlicher, entgleister und schwärzer darzustellen, als es der Wahrheit entsprach … Als ich diese traurige Geschichte beendet hatte, sagte ich unter einem Strom von Thränen zu meiner Freundin:

– Nun ist alles vorüber! … Sie werden mich verabscheuen und gleich den anderen verachten … Sie werden sich voll Ekel bei meinem Anblick abwenden … Und Sie haben vollkommen Recht … ich kann mich nicht einmal beklagen … Das ist furchtbar! … aber ich konnte so nicht weiter leben … ich wollte diese Lüge zwischen Ihnen und mir nicht mehr …

Ich schluchzte fassungslos und stammelte sinnlose Worte gleich einem verwirrten Kinde.

– Es ist schrecklich! … Es ist schrecklich! … Und ich … denn schließlich … das ist wahr, ich schwöre es Ihnen! … ich, der ich … Sie verstehen mich schon … Das war wie eine Maschine, bei der ein Rad ins andere griff … ja ein Räderwerk … ein richtiges Räderwerk … Ich wußte ja nichts davon … Und dann Ihre Seele … ach, Ihre Seele … Ihre liebe Seele … und Ihre Blicke voll

Reinheit ... und Ihr ... ja kurz Ihr lieber ... Sie fühlen wohl ... Ihre freundliche Aufnahme ... Das war mein Heil ... meine Erlösung ... meine ... meine ... Es ist schrecklich! ... Es ist furchtbar! ... Und ich verliere dies nun alles ... Es ist furchtbar! ...

Während ich sprach und weinte, sah Miß Clara mich starr an. O, dieser Blick! Nie, niemals werde ich den Blick vergessen, den dieses anbetungswürdige Weib auf mich richtete ... einen außergewöhnlichen Blick, in dem sowohl Erstaunen als auch Freude, Mitleid, Liebe – ja, Liebe – selbst Bosheit und Ironie ... kurz alles, lag ... ein Blick, der in mich drang, der mich durchbohrte und durchsuchte und mir Leib und Seele verwirrte.

– Das ist ja nett! sagte sie einfach. Es wundert mich nicht allzusehr ... ich glaube wahrhaftig, daß alle Gelehrten Ihnen gleichen.

Ohne den Blick von mir abzuwenden, stieß sie ihr helles, hübsches Lachen aus, ein Lachen, das Vogelgezwitscher glich:

– Ich habe schon einmal Einen kennen gelernt, begann sie von Neuem. Er war auch Naturforscher ... in Ihrem Genre ... Er war von der englischen Regierung nach den Plantagen von Ceylon geschickt worden, um einen Parasiten der Kaffeepflanze zu studieren ... Nun wohl, drei Monate lang verließ er Colombo nicht ... Er verbrachte seine Zeit damit, Poker zu spielen und sich mit Champagner zu betrinken.

Und während ihr Blick noch immer auf mich geheftet war, dieser seltsame, tiefe und wollüstige Blick, fügte sie nach einigen Augenblicken des Schweigens in einem Tone des Vergebens, in dem ich all den Jubel der Verzeihung singen zu hören vermeinte, hinzu:

– Nein, diese kleine Canaille!

Ich wußte wirklich nicht mehr was ich sagen sollte, ob es besser wäre noch weiter zu schluchzen oder ihr zu Füßen zu fallen. Ich stammelte schüchtern:

– Also ... Zürnen Sie mir nicht? ... Sie verachten mich nicht? ... Sie verzeihen mir?

– Dummkopf! rief sie ... Nein, dieser kleine Dummkopf! ...

– Clara! ... Clara! ... Ist es denn nur möglich? ... schrie ich vom Glücke fast betäubt.

Da die Glocke zum Diner schon lange geläutet hatte und sich kein Mensch auf diesem Theil des Verdecks befand, näherte ich mich Clara noch mehr, so daß ich ihre Hüften zittern und ihre Brust wogen fühlte. Und indem ich ihre Hände ergriff, die sie den meinen überließ, während mein Herz in der Brust aufjubelte, rief ich:

– Clara! Clara! ... Lieben Sie mich? Ach, ich beschwöre Sie! ... lieben Sie mich? ...

Sie erwiderte schwach:

– Ich werde es Ihnen heute Abend sagen ... in meiner Kabine! ...

Ich sah in ihren Augen eine grüne Flamme, eine schreckliche Flamme aufleuchten, die mir Furcht einflößte ... Sie befreite ihre Hände aus dem Druck der meinen, plötzlich bildete sich eine harte Falte auf ihrer Stirne, ihr Nacken wurde schwer, sie verstummte und betrachtete das Meer ...

Woran dachte sie? ... Ich wußte es nicht ... Und auch ich dachte, während ich aufs Meer hinausblickte:

– So lange ich in ihren Augen ein regelmäßiger Mensch war, hat sie mich nicht geliebt ... hat sie mich nicht begehrt ... Aber von dem Augenblick an, da sie erfuhr, wer ich sei, da sie den thatsächlichen und unreinen Duft meiner Seele einsog, wurde sie von Liebe ergriffen – denn sie liebt mich! ... Nun also! ... ach was! ... Das Schlechte ist doch schließlich das einzig Wahre! ...

Der Abend war gekommen, dann ohne verbindende Dämmerung die Nacht. Eine unaussprechliche Milde fluthete durch die Luft. Das Schiff rauschte durch ein Gewoge phosphoreszirenden Schaumes. Scharfe glänzende Lichter leuchteten hie und da auf dem Meere ... Es war als ob sich Feen aus der See erhöben und lange Feuermäntel auf ihrer Oberfläche ausbreiteten und mit vollen Händen Goldperlen schüttelten und ins Meer würfen.

Als ich eines Morgens aufs Verdeck kam, unterschied ich dank der Durchsichtigkeit der Luft die bezauberte Insel von Ceylon so deutlich, als ob ich meinen Fuß auf sie gesetzt hätte, die grüne und rothe Insel, die die feenhaft rosige und weiße Färbung des Piks Adam krönte. Schon am Abend vorher waren wir von ihrer Nähe durch die neuen Düfte des Meeres und ein geheimnisvolles Auftreten von Schmetterlingen aufmerksam gemacht worden, die plötzlich verschwanden, nachdem sie einige Stunden lang das Schiff begleitet hatten. Und ohne an etwas anderes zu denken, fanden Clara und ich einen eigenartigen Reiz darin, daß uns die Insel durch diese strahlenden und poetischen Sendboten ein Willkommen entbieten ließ. Ich war jetzt auf jenem Gipfel sentimentaler Lyrik angelangt, daß der einfache Anblick eines Schmetterlings in mir die Harfen der Zärtlichkeit und Begeisterung erklingen ließ.

Doch an jenem Morgen ängstigte mich der wirkliche Anblick Ceylon's, es war mehr als Angst, es war Entsetzen. Was ich dort drüben, jenseits der Fluthen, die in diesem Augenblick vergißmeinnichtblau gefärbt waren, unterschied, war kein gewöhnliches Land, auch kein Hafen, auch glich es nicht der wilden Neugierde, die die endliche Entschleierung des Unbekannten erregt; ... es war das rohe Zurückrufen zum schlechten Leben, die Rückkehr zu meinen unterdrückten Instinkten, das bittere und verzweifelte Erwachen alles dessen was während dieser Uberfahrt in mir geschlummert hatte ... und das ich schon todt glaubte! ... Es war darin eine noch schmerzlichere Thatsache eingeschlossen, an die ich noch nie gedacht hatte und deren unmögliche Verwirklichung ich nicht begreife oder auch nur ausdenken konnte: das Ende des herrlichen Traumes, der Clara's Liebe für mich gewesen war. Zum ersten Male nahm mich ein Weib gefangen. Ich war ihr Sklave, ich begehrte nur sie, ich wollte nur sie haben. Außer ihr und über ihr gab es nichts für mich. Ihr Besitz entfachte täglich die Flammen immer wilder, anstatt die Brandstätte dieser Liebe auszulöschen. Jedesmal stieg ich tiefer in den Abgrund ihrer Gelüste und täglich fühlte ich mehr, daß ich mein ganzes Leben dazu verwenden würde den Grund zu suchen und zu berühren! ... Wie sollte ich nur die Möglichkeit zulassen, daß ich, nachdem ich – an Leib, Seele und Geist – durch diese unwiderrufliche, unlösliche und quälende Liebe gefangen worden war, sie allsobald verlassen könne? ... Das war Wahnsinn! ... Diese Liebe war mir wie ein Stück meines Leibes; sie war an Stelle meines Blutes, meines Markes getreten; sie besaß mich gänzlich; sie lebte in mir! ... Mich von ihr zu trennen hieße mich von meiner selbst losreißen; das heißt mich zu tödten ... Ja noch schlimmer! ... In einem wilden Traumbild stellte ich mir vor, daß sich mein Kopf in Ceylon, meine Füße in China befanden, durch weite Meere getrennt und ich weiter in diesen beiden Stücken lebte, die sich nie wieder vereinigen konnten! ... Daß ich am nächsten Morgen nicht mehr diese verzückten Augen, diese gierigen Lippen besitzen sollte, nicht mehr allnächtlich das ungeahnte Wunder dieses Leibes, mit seinen göttlichen Formen, mit seinen wilden Umarmungen und nach langem, dem Verbrechen gleich kraftvollem Wollustrausche, der tief wie der Tod war, dieses naive Stammeln, die kleinen Klagerufe, das leise Lachen, das sanfte Weinen, das müde Singen eines Kindes, eines Vögleins hören sollte, das war doch nicht möglich? ... Und ich sollte all dies verlassen, was mir zum Athmen nöthiger als meine Lunge war, zum Denken unersetzlicher als mein Hirn, um das warme Blut meiner Adern zu nähren wichtiger als mein Herz? ... Nein, das gieng nicht an! ... Ich gehörte Clara wie die Kohle dem Feuer gehört, das es verzehrt und in Asche legt ... Ihr sowohl wie auch mir erschien eine Trennung so unbegreiflich, so wahnsinnig unmöglich, so gänzlich den Gesetzen der Natur und des Lebens widersprechend, daß wir nie ein Wort darüber gewechselt hatten ... Noch am Abend zuvor dachten unsere ineinander gedrungenen Seelen, ohne ein Wort darüber zu äußern, nur an die Ewigkeit dieser Reise, als ob das Schiff, das uns mit sich führte, uns so immer weiter fahren sollte ... und nie, niemals irgendwo anlangen könne ... Denn irgend wo anlangen, hieß sterben! ... Und dennoch sollte ich da drüben das Schiff verlassen, in diese rothen und grünen Farbentöne tauchen, in jener unbekannten Welt verschwinden ... und schrecklicher verlassen sein, denn je zuvor! ... Und Clara würde bald nur noch ein Sehnen für mich sein ... dann ein kleiner, grauer, kaum sichtlicher Punkt im Raume ... dann nichts ... nichts mehr … gar nichts … gar nichts mehr! … Ach, alles lieber als das! … Ach, lieber sollte uns das Meer alle Beide verschlingen! …

Das Meer war sanft, ruhig und strahlend … Es hauchte den Duft einer glücklichen Küste, eines Blumengartens, eines Liebesbettes aus, was mir Thränen entlockte …

Auf dem Verdeck begann ein lebhaftes Treiben; man sah nur freudige Gesichter, von Erwartung und Neugierde erfüllte Blicke.

– Wir biegen in die Bai … wir sind in der Bai! …

– Ich sehe die Küste.

– Ich sehe die Bäume.

– Ich sehe den Leuchtthurm.

– Wir sind angelangt … wir sind angelangt! …

Jeder dieser Ausrufe fiel mir schwer ans Herz … Ich wollte die Vision der noch fernen aber doch so unerbittlich deutlichen Insel, die uns mit jeder Bewegung der Schiffsschraube näher gebracht wurde, nicht länger vor mir haben und wendete mich ab, betrachtete die Unendlichkeit des Himmels und wünschte mich gleich jenen Vögeln dort oben zu verlieren, die einen Augenblick lang in der Luft vorbeiglitten und dann so sachte zerrannen.

Clara schloß sich mir alsbald an … War es weil sie zu sehr geliebt hatte? … War es weil sie zu sehr geweint hatte? … Ihre Augenlider waren entstellt und ihre blaumränderten Augen trugen den Ausdruck großer Trauer. In ihren Augen lag noch mehr als Trauer, es war darin in Wahrheit noch inbrünstiges Mitleid, das sowohl kampfesfroh als barmherzig erschien, enthalten. Unter ihrem schweren goldbraunen Haar war eine düstere Falte auf ihre Stirne getreten; diese Falte, die sie in der Wollust wie im Schmerze trug … Ein seltsam berauschender Duft entströmte ihrem Haar … Sie sagte einfach dieses einzige Wort: …

– Schon?

– Leider! seufzte ich …

Sie brachte ihren Hut in Ordnung, einen kleinen Matrosenhut, den sie mit einer langen Goldnadel befestigte. Die beiden erhobenen Arme ließen ihre Büste hervortreten, deren sculpturale Linien sich unter der weißen Bluse, die sie umhüllte, abhoben … Sie begann mit leicht zitternder Stimme von Neuem:

– Haben Sie daran gedacht?

– Nein! …

Clara biß sich die Lippen, so daß sie blutroth wurden:

– Nun also? … fragte sie.

Ich antwortete nicht … ich hatte nicht die Kraft zu antworten … Mit leerem Kopf und zerrissenem Herzen hätte ich in's Nichts gleiten wollen … Sie war gerührt, todtenblaß … mit Ausnahme des Mundes, der mir noch röther und schwer von Küssen schien … Lange befragten mich ihre Augen mit lastender Starrheit.

– Das Schiff bleibt zwei Tage in Colombo vor Anker … dann sticht es wieder in See … Wissen Sie das? …

– Und dann? …

– Und dann … ist es beendigt!

– Kann ich etwas für Sie thun?

– Nein, nichts … danke! da doch alles zu Ende ist! …

Ich unterdrückte mühsam ein Schluchzen in der Tiefe meiner Kehle und stammelte:

– Sie sind alles für mich gewesen … Sie waren mir mehr denn alles! … Sprechen Sie nicht mehr, ich beschwöre Sie! … Das ist zu schmerzlich … zu zwecklos schmerzlich. Sprechen Sie nicht mehr zu mir … da doch jetzt alles zu Ende ist! …

– Nichts ist für immer zu Ende, erklärte Clara … nichts, selbst der Tod nicht! …

Eine Glocke läutete … Ach diese Glocke! … Wie sie in meinem Herzen läutete! … Wie ihr Todtenläuten in meinem Herzen erklang! …

Die Reisenden drängten sich auf dem Verdeck, schrieen, sprachen durcheinander, riefen sich an, richteten Lorgnetten, Operngläser und photographische Apparate auf die immer näherkommende Insel. Der normännische Edelmann deutete auf das grüne Dickicht und erklärte, daß diese Dschungeln für Jäger undurchdringlich seien … Und während dieses Tumultes, dieses Stoßens setzten die beiden Chinesen gleichgiltig und nachdenklich, die Arme unter den weiten Ärmeln gekreuzt, ihren langsamen, ernsten, täglichen Spaziergang fort, wie zwei Priester, die ihr Brevier beten …

– Wir sind angelangt!

– Hurra! … Hurra! … wir sind angelangt! …

– Ich sehe die Stadt.

– Ist das denn die Stadt?

– Nein! das ist ein Korallenriff …

– Ich erkenne die Werft …

– Nicht doch! … nicht doch! …

– Was taucht da ferne auf dem Meere auf? …

Es näherte sich aus der Ferne bereits unter rosigen Segeln eine kleine Barkenflotte dem Packetboot … Die beiden Schlöte, aus denen Fluthen schwarzen Rauches aufstiegen, bedeckten mit einem Trauerschatten das Meer und die Sirene klagte lange … lange …

Kein Mensch schenkte uns Aufmerksamkeit … Clara fragte mich im Tone gebietender Zärtlichkeit:

– Nun aber! was soll aus Ihnen werden?

– Ich weiß es nicht! Was hat dies auch zu bedeuten? … Ich war verloren … Ich habe Sie getroffen … Sie haben mich einige Tage am Rande des Abgrundes festgehalten … Ich stürze jetzt wieder hinein … Das Schicksal wollte es so! …

– Warum das Schicksal? Sie sind ein Kind! Sie haben kein Vertrauen zu mir … Glauben Sie denn, daß wir uns zufällig getroffen haben? …

Nach einer Pause fügte sie hinzu:

– Das ist doch sehr einfach … Ich habe einflußreiche Freunde in China … Diese könnten zweifellos viel für Sie thun! … Wollen Sie? …

Ich ließ ihr nicht die Zeit auszusprechen:

– Nein, nicht das! … beschwor ich, indem ich mich übrigens kraftlos vertheidigte … nur das nicht! … Ich verstehe Sie … Sagen Sie mir nichts mehr davon.

– Sie sind ein Kind, wiederholte Clara … Und Sie sprechen, als ob Sie in Europa wären, liebes Herzchen … Sie machen sich dieselben thörichten Skrupel wie in Europa … In China ist das Leben frei, glücklich, gänzlich ohne Convenienz, ohne Vorurtheile, ohne Gesetze … wennigstens für uns … Es gibt keine anderen Grenzen der Freiheit als die, die man sich selbst steckt … keine andere für die Liebe, als die triumphirende Abwechslung seines Verlangens … Europa und seine heuchlerische, barbarische Civilisation ist nichts als eine große Lüge … Was thut Ihr denn dort Anderes als lügen, Euch selbst und die Anderen belügen, alles das Lügen zu strafen, was Ihr im Grunde Eures Herzens als Wahrheit erkennt? … Ihr seid gezwungen äußerliche Achtung Leuten und Einrichtungen zu bezeugen, die Ihr absurd findet … Ihr bleibt feige an moralischen und sozialen Convenienzen hängen, die Ihr verachtet und verdammt, denen, wie Ihr wohl wißt, jegliche Begründung fehlt … Dieser ständige Widerspruch zwischen Euren Gedanken, Euren Gelüsten und all den todten Formen, all den eitlen Schauspielen Eurer Civilisation macht Euch traurig, verwirrt und stört Euer seelisches Gleichgewicht … In diesem unerträglichen Konflikte verliert Ihr jegliche Lebensfreude, jegliches persönliche Gefühl … weil in jedem Augenblick das freie Spiel Eurer Kräfte unterdrückt, behindert niedergehalten wird … Da ist die vergiftete tödtliche Wunde der civilisirten Welt. Bei uns gibt es nichts dergleichen … Sie werden ja sehen! … Ich besitze in Canton inmitten wundervoller Gärten einen Palast, wo alles für freies Leben und für Liebe eingerichtet ist … Was fürchten Sie denn? … was lassen Sie denn im Stich? … wer ist denn in Unruhe um Sie? … Wenn Sie mich nicht mehr lieben oder wenn Sie sich allzu unglücklich fühlen werden … dann können Sie ja immer noch weggehen! …

– Clara! ... Clara! ... beschwor ich ...

Sie trat kurz und hart auf die Balken des Schiffes:

– Sie kennen mich ja noch nicht einmal ... sagte sie .... Sie wissen nicht wer ich bin und wollen mich dennoch bereits verlassen! ... Erschrecke ich Sie denn? Sind Sie feige?

– Ich kann ohne Dich nicht weiterleben! ... ohne Dich kann ich nur noch den Tod suchen! ...

– Nun also! ... zittere nicht ... weine nicht mehr ... Und komme mit mir! ...

Ein Blitz durchzuckte ihre grünen Augensterne. Sie sagte mit leiser, fast heiserer Stimme:

– Ich werde Dir furchtbare Dinge lehren ... göttliche Dinge ... Du wirst endlich erfahren was Liebe ist! ... Ich verspreche Dir, daß Du mit mir bis zum tiefsten Grunde des Geheimnisses der Liebe und ... des Todes herabsteigen wirst! ...

Ein rothes Lächeln glitt über ihr Gesicht, das mich bis ins Mark erschaudern ließ, während sie noch bemerkte:

– Du armes Baby! ... Du hieltest Dich für einen großen Wüstling ... einen großen Revolutionär ... Ach, Deine armseligen Gewissensbisse .... erinnerst Du Dich noch? ... Und nun ist Deine Seele zaghafter als die eines kleinen Kindes! ...

Dies entsprach der Wahrheit! ... Vergeblich brüstete ich mich, daß ich eine unbeschreibliche Canaille sei und mich allen moralischen Vorurtheilen überlegen glaubte, ich lauschte doch noch zuweilen der Stimme der Pflicht und der Ehre, die in gewissen Augenblicken nervöser Niedergeschlagenheit, aus den trüben Tiefen meines Innern heraufdrang ... Was für eine Ehre? ... Was für eine Pflicht? ... Welcher Abgrund von Wahnsinn ist doch der Geist des Menschen! ... Wieso verletzte ich meine Ehre – meine Ehre! – wieso schlug ich meiner Pflicht ins Gesicht, wenn ich statt mich in Ceylon zu langweilen, meine Reise bis China verlängerte? ... War ich denn wirklich in Gedanken so sehr in die Haut eines Gelehrten geglitten, daß ich mir einbildete, ich könnte den »Urschleim studieren«, die »Urzelle« entdecken, indem ich in die Golfe der singalesischen Küste tauchte? ... Diese überaus tolle Idee, daß ich meine Embryologenforschungsreise ernst nehmen könnte, führte mich rasch wieder zur Wirklichkeit zurück ... Wieso! ... mein Glücksstern, ein Wunder wollte es, daß ich ein göttlichschönes, reiches und ungewöhnliches Weib traf, daß ich sie liebte und sie mich liebte und mir ein außergewöhnliches Leben anbot, unendliche Genüße, einzig in ihrer Art dastehende Sensationen, ausschweifende Abenteuer, eine freigebige Gönnerschaft ... das Heil ... und mehr als das Heil ... Lebensfreude! ... Und ich sollte mir dies alles entgehen lassen! ... Der Dämon der Perversität sollte wieder einmal sich ins Mittel legen – dieser thörichte Dämon, dem ich all mein Unglück verdankte, da ich ihm thörichter Weise gehorchte – um mir heuchlerisch Widerstand gegen ein unerwartetes Erreignis, das an Feenmärchen grenzte, anzurathen, gegen ein Glück, das sich mir nie wieder bieten würde und dessen Verwirklichung ich im tiefsten Innern inbrünstig wünschte? ... Nein, ... nein! ... Das wäre schließlich doch zu dumm gewesen!

– Sie haben Recht, sagte ich zu Clara, indem ich auf die Rechnung verliebten Unterliegens meine Unterwürfigkeit setzte, die im Grunde nur eine Folge meiner faulen und ausschweifenden Instinkte war, – Sie haben Recht ... Ich wäre Ihrer Augen, Ihres Mundes, Ihrer Seele ... dieses ganzen Paradieses und dieser ganzen Hölle, die in Ihnen liegt, nicht würdig ... wenn ich noch länger zögerte ... Und dann ... ich brachte es auch nicht fertig ... ich könnte Dich nicht verlieren ... Ich kann mir alles ausdenken, nur dies nicht ... Du hast Recht ... Ich gehöre Dir an; führe mich wohin Du willst ... Laß mich leiden ... sterben ... was thut das! ... da Du, Du, die ich noch nicht kenne, mein Schicksal bist! ...

– O Baby! ... Du Baby! ... Du Baby! ... rief Clara in einem eigenartigen Ton, dessen wirklichen Inhalt ich nicht ausfindig machen konnte und folglich nicht wußte, ob es Freude, Ironie oder Mitleid war!

Dann empfahl sie mir fast mütterlich:

– Jetzt ... kümmern Sie sich um nichts Anderes als glücklich zu sein ... Bleiben Sie hier ... betrachten Sie die wundervolle Insel ... Ich werde mit dem Commissär Ihre neue Lage an Bord regeln ...

– Clara ...

– Fürchten Sie nichts … Ich weiß schon was ich zu sagen habe …

Und als ich einen Einwurf wagte, fügte sie hinzu:

– Still! … Sind Sie nicht mein Baby, liebes Herzchen? … Sie müssen gehorchen … Und dann wissen Sie ja nicht …

Darauf verschwand sie, indem sie sich in die Menge der Reisenden, die sich auf dem Verdeck drängten, mischte, und von denen schon viele ihr Gepäck und ihre sieben Sachen in der Hand hielten.

Wir hatten beschlossen, daß wir die beiden Tage, die das Schiff in Colombo vor Anker blieb, zusammen die Stadt und Umgebung besichtigen wollten, wo sich meine Freundin schon einmal eine Zeit lang auf gehalten hatte und sich folglich prächtig auskannte. Es herrschte eine verzehrende Hitze, die so glühend war, daß auch die frischesten Orte – vergleichsmäßig natürlich – dieses furchtbaren Landes, in das die Gelehrten das irdische Paradies verlegten, nämlich die Gärten am Ufer der Gestade, mir wie erstickende Hitzöfen vorkamen. Die Mehrzahl unserer Reisegefährten wagte es nicht, dieser Feuertemperatur Trotz zu bieten, da sie keinerlei Lust zum Ausgehen verspürten und sich nicht einmal rühren wollten. Ich sehe sie noch, lächerlich und stöhnend in der großen Halle des Hôtels, den Schädel mit nassen, dampfenden Tüchern bedeckt, ein eleganter Apparat, der alle Viertelstunden erneut wurde und den edelsten Theil ihres Individuums in eine Ofenröhre mit einem Dampfdeckel gekrönt, verwandelten. Auf Schaukelstühlen ausgestreckt, unter der Punka, mit schmelzendem Gehirn und aufgetriebenen Lungen, tranken sie Eislimonaden, die ihnen von den Boys bereitet wurden. Letztere erinnerten durch ihre Hautfarbe und ihren Körperbau an die naiven Biedermänner aus Pfefferkuchen, die man auf unseren Pariser Jahrmärkten sieht, während andere Boys mit demselben Teint und dem gleichen Aussehen durch kräftige Fächerschwingungen ihnen die Mücken fernhielten.

Was mich betrifft, fand ich – vielleicht ein wenig allzurasch – meinen ganzen Frohsinn und selbst meine spöttische Stimmung wieder. Die Skrupel hatte ich fallen gelassen; ich litt nicht mehr unter poetischen Übligkeiten. Von meinen Sorgen befreit, meiner Zukunft sicher, wurde ich wieder der Mann, der ich war, als ich Marseille verließ, der thörichte und widerspruchsvolle Pariser, »der sich nichts vormachen läßt«, der Boulevardier, »der sich nicht so leicht verblüffen läßt«, der Natur seine Meinung zu sagen versteht … selbst den Tropen! …

Colombo erschien mir als eine tödtlich langweilige Stadt, ohne malerische Schönheit und ohne Geheimnis. Als ich dieses halb protestantische, halb buddistische Nest sah, das verblödet wie ein Bonze und trübtümplig wie ein Pastor ist, beglückwünschte ich mich innerlich, überfroh, daß ich durch ein Wunder der entsetzlichen Langweile ihrer engen Straßen, ihres unbeweglichen Himmels und ihrer harten Vegetation entronnen war … Ich machte spöttische Bemerkungen über die Kokusbäume, die ich mit häßlichen, kahlen Flederwischen verglich, wie ich alle die anderen großen Pflanzen beschuldigte, von trübseligen Kaufleuten aus bemalter Leinwand und lackirtem Zink hergestellt zu sein … Bei unseren Spaziergängen auf Slave-Island, dem Bois de Boulogne dieser Gegend, und in Pettah, das sein Mouffetard-Viertel ist, begegneten wir nur schrecklich operettenhaften Engländerinen, die in helle, halb hinduartige, halb europäische Kostüme gezwängt waren, was einen carnevalartigen Eindruck machte, und Singalesinnen, die noch schrecklicher als die Engländerinnen aussahen, mit zwölf Jahren alt sind, runzelig wie getrocknete Pflaumen, verzerrt wie hundertjährige Weinreben, schäbig wie zerstörte Strohdecken, mit blutendem Zahnfleisch, den von Arecknüssen verbrannten Lippen und den Zähnen, die einer alten Pfeife gleich gefärbt sind … Ich suchte vergebens die wollüstigen Weiber, die Negerinnen mit den geschickten Liebeskniffen, die kleinen lustigen Spitzenmacherinnen, von denen mir dieser Lügner von einem Eugène Mortain mit ausdrucksvoll zwinkernden Augen gesprochen hatte … Und ich beklagte von ganzem Herzen die armen Gelehrten, die mit dem problematischen Auftrag das Geheimnis des Lebens zu entdecken, hieher gesandt werden.

Aber ich begriff, daß Clara an diesen leichten und groben Späßen keinen Geschmack fand und hielt es für klug mir in dieser Hinsicht Zwang aufzulegen, da ich sie nicht in ihrem inbrünstigen Naturkultus verletzen, noch mich in ihren Augen herabsetzen wollte. Zu wiederholten Malen hatte ich bemerkt, daß sie mich peinlich berührt und erstaunt anhörte.

– Weshalb sind Sie denn so lustig? fragte sie mich … Ich will nicht, daß man so lustig sei, liebes Herzchen … Das schmerzt mich … Wenn man lustig ist, liebt man nicht … Die Liebe ist eine ernste, traurige und tiefe Sache …

Dies hinderte sie übrigens nicht bei jedem noch so unbedeutenden Anlaß in Lachen auszubrechen …

So bestärkte sie mich sehr in einer Mystification, die ich mir ausgedacht hatte.

Unter den Empfehlungsbriefen, die ich aus Paris mitgebracht hatte, befand sich einer an einen gewissen Sir Oskar Terwick, der zahlreiche wissenschaftliche Titel besaß und außerdem in Colombo der Präsident der Association of the tropical embryology and of the british entomology war. Im Hôtel, wo ich mich nach ihm erkundigte, erfuhr ich, daß Sir Oskar Terwick in der That ein bedeutender Mann sei, der Verfasser berühmter Arbeiten, mit einem Wort, ein sehr großer Gelehrter. Ich beschloß also ihn aufzusuchen. Ein solcher Besuch konnte keine Gefahr für mich enthalten und außerdem machte es mir Spaß einen wirklichen Embryologen kennen zu lernen und mit ihm in Berührung zu kommen. Er wohnte weit draußen in einer Kolpetty genannten Vorstadt, die sozusagen das Passy von Colombo ist. Dort besitzen inmitten dichter Gärten, die mit den unvermeidlichen Kokuspalmen geschmückt sind, die reichen Kaufleute und angesehenen Beamten der Stadt ihre geräumigen und bizarren Villen. Clara wünschte mich zu begleiten. Sie wartete im Wagen in der Nähe vom Hause des Gelehrten auf mich, auf einem durch riesige Teckbäume geschützten Plätzchen.

Sir Oskar Terwick empfing mich höflich – aber nicht mehr als das.

Er war ein langer, schmächtiger, trockener Mensch mit hochrothem Gesichte, dessen weißer, gleich einem Ponnyschweif viereckig geschnittener Bart bis zum Nabel herabreichte. Er trug eine weite gelbe Seidenhose, sein behaarter Oberkörper war in eine Art von hellem Wollenshawl gekleidet. Er las ernst den Brief, den ich ihm übergab, sah mich scheel und mißtrauisch an – mißtraute er mir oder sich selbst? – dann fragte er mich:

– You … seid … Embryologist? …

Ich verneigte mich zustimmend …

– All right! gluckste er …

Dann machte er eine Bewegung, als ob er ein Netz durch das Meer zöge und begann von Neuem:

– You … seid Embryologist? … Yes … You.. so, so … in die Meer … fish … fish … little fish?

– Little fish … selbstverständlich … little sish … bestätigte ich, indem ich die nachahmende Geberde des Gelehrten wiederholte.

– In die Meer? …

– Yes! … Yes …

– Sehr interessant! … sehr hübsch … sehr curious … Yes!

Während er in dieser Weise weiter kauderwälschte und wir beide fortfuhren unsere imaginären Netze »durch die Meer« zu ziehen, – führte mich der angesehene Gelehrte vor eine Bambuscousole, auf der drei mit künstlichen Lotusblüthen geschmückte Gipsbüsten standen. Nachdem er nacheinander mit dem Finger auf sie deutete, stellte er mir sie in einem ernsten Tone von so komischer Wirkung, daß ich fast in Lachen ausgebrochen wäre, vor.

– Master Darwin! … sehr große Nat’ralist … sehr, sehr … große! … Yes! …

Ich grüßte ehrerbietigst.

– Master Haeckel … sehr große Nat’ralist … Nicht so wie er! … Aber sehr große! … Master Haeckel hier … so, so … er … in die Meer … little fish …

Ich grüßte noch tiefer. Und mit lauter Stimme schrie er, indem er eine ganze krebsrothe Hand auf die dritte Büste legte:

– Master Coquelin! … sehr große Nat’ralist … von Miuseum … wie nennt ihr? … von Miuseum Grévin… Yes! … Grévin’! … sehr hübsch … sehr curious! …

– Sehr int’ressant! bestätigte ich.

– Yes! …

Daraufhin verabschiedete er mich.

Ich berichtete Clara diese seltsame Zusammenkunft, mit allen Einzelheiten und mimischer Darstellung … Sie lachte wie eine Närrin.

– O Baby! … Du Baby … Du Baby … Sie sind ein komischer, lieber kleiner Schlingel! …

Dies war die einzige wissenschaftliche Episode meiner Forschungsreise. Und da begriff ich denn, was es mit der Embryologie für eine Bewandtnis hatte!

Am nächsten Morgen stachen wir, nach einer wilden Liebesnacht, in See, mit der Bestimmung nach China.

2.Theil: Der Garten der Qualen

I.

– Weshalb haben Sie mir noch nicht von unserer lieben Annie gesprochen? ... Haben Sie ihr meine Ankunft nicht mitgetheilt? ... Wird sie heute noch kommen? ... Ist sie noch immer schön?

– Wie? ... Sie wissen nicht? ... Aber Annie ist todt, das liebe Herzchen...

– Todt! rief ich ... Das ist nicht möglich ... Sie wollen mich zum Besten haben...

Ich sah Clara an. In göttlicher Ruhe und Schönheit, nackt in der durchsichtigen Tunika aus gelber Seide lag sie wohlig auf einem Tigerfell ausgestreckt. Ihr Kopf ruhte inmitten der Kissen, sie ließ die mit Ringen überreich geschmückten Hände spielend über eine lange Strähne ihres aufgelösten Haares gleiten. Ein rothbrauner Hund aus Laos schlief an ihrer Seite, die Schnauze auf ihrem Schenkel, eine Pfote auf ihrem Busen.

– Wie? ... fragte Clara wieder ... Sie wußten nicht? ... Ach, das ist komisch!

Und lächelnd, strahlend, indem sie sich gleich einem geschmeidigen Thiere streckte, erzählte sie:

– Es war ein furchtbares Unglück, Liebling! Annie ist an der Pest gestorben ... an jener entsetzlichen Pest, die Elephantiasis genannt wird ... denn hier ist alles furchtbar ... die Liebe, die Krankheit ... der Tod ... und die Blumen! ... Ich habe niemals so sehr, so sehr geweint, versichere ich Ihnen ... Ich liebte sie so sehr, so sehr! Und sie war so schön, so seltsam schön! ...

Mit einem langen, graziösen Seufzer fügte sie hinzu:

– Wir werden nie wieder den herben Geschmack ihrer Küsse erproben! ... Es ist ein großes Unglück!

– Also ... ist es wirklich wahr? ... stammelte ich ... Aber wie konnte ihr das zustoßen?

– Ich weiß nicht ... Es gibt so viel Geheimnis volles hier ... so viele Dinge, die man nicht begreift ... Wir gingen häufig alle beide Abends zum Flusse ... Ich muß Ihnen bemerken, daß damals in einem Blumenschiffe eine Bajadere aus Benares da war ... ein bestrickendes Geschöpf, Liebling, dem die Priester gewisse fluchwürdige Riten der alten brahmanischen Kulte gelehrt hatten ... Das war vielleicht die Ursache ... oder etwas Anderes ... Als wir eines Nachts vom Flusse heimkehrten, klagte Annie über sehr heftige Schmerzen im Kopf und an den Lenden. Am nächsten Morgen war ihr Leib ganz und gar mit kleinen purpurfarbenen Flecken bedeckt ... Ihre Haut, die rosiger und von feinerem Gewebe als die Eibischblume war, wurde hart, dehnte sich, schwoll an, färbte sich aschgrau ... dicke Beulen und scheußliche Tuberkeln trieben sie auf. Es war fürchterlich anzusehen. Und das Übel, das zuerst die Beine durchseucht hatte, ergriff die Oberschenkel, den Bauch, die Brüste, das Gesicht ... O, ihr Gesicht! Ihr Gesicht! ... Stellen Sie sich einen riesigen Sack vor, einen gemeinen Schlauch, über und über grau, mit Streifen schwarzen Blutes ..., der herabhing und bei der geringsten Bewegung der Kranken baumelte ... Von den Augen – ihren Augen, theurer Liebling! – war nur noch ein winziges, röthliches und triefendes Knopfloch zu unterscheiden ... Ich frage mich noch immer, ob so etwas möglich ist!

Sie wickelte die goldige Haarsträhne um ihre Finger. Bei einer Bewegung war die Pfote des schlafenden Hundes über die Seide gerutscht und entblößte völlig die Wölbung der Brust, die ihre Spitze, rosig wie eine junge Blume emporstreckte.

– Ja, ich frage mich noch manchmal, ob ich nicht träume ... sagte sie.

– Clara ... Clara! beschwor ich sie, außer mir vor Entsetzen ... sagen Sie mir nichts mehr davon ... Ich möchte Annies Bild unversehrt im Gedächtnis behalten ... Wie soll ich jetzt diesen Alp aus meinem Denken verbannen? ... Ach Clara! Sagen Sie mir nichts mehr oder sprechen Sie von Annie, als sie so schön war ... als sie zu schön war! ...

Aber Clara hörte nicht auf mich. Sie fuhr fort:

– Annie zog sich von aller Welt zurück ... sie schloß sich in ihr Haus ein, allein mit einer chinesischen Kammerfrau, die sie pflegte ... Sie hatte alle ihre Frauen fortgeschickt und wollte niemand mehr sehen ... nicht einmal mich ... Sie ließ die geschicktesten Ärzte aus England kommen ... Vergebens, das können Sie sich wohl denken ... Die berühmtesten Magier aus Thibet, die Zauberformeln kennen und Todte erwecken, erklärten sich ohnmächtig ... Man gesundet niemals von diesem Übel, aber man stirbt auch nicht daran … Das ist gräßlich! … Da nahm sie sich das Leben … Einige Tropfen Gift und es war vorbei mit der schönsten der Frauen.

Entsetzen schloß mir die Lippen. Ich starrte Clara an, ohne ein Wort der Erwiderung zu finden.

– Ich erfuhr durch diese Chinesin, fuhr Clara fort, eine wirklich merkwürdige Einzelheit …, die mich entzückt … Sie wissen, wie sehr Annie Perlen liebte … Sie besaß unvergleichliche … die wundervollsten, glaube ich, die es nur auf der Welt gab … Sie erinnern sich auch, mit welcher Art von körperlicher Lust, von fleischlichem Wonnezucken sie sich damit schmückte … Nun, schön, als sie erkrankte, wurde diese Leidenschaft bei ihr zum Wahnwitz … eine Raserei … gleich der Liebe! … Den ganzen Tag über gefiel sie sich darin, die Perlen zu berühren, zu streicheln und zu küssen, sie machte sich Polsterkissen, Halsbänder, Krägen und Mäntel daraus … Aber da geschah das Außerordentliche; die Perlen starben auf ihrer Haut … sie trübten sich erst langsam … dann verlöschten sie eben so langsam … kein Schimmer spiegelte sich mehr in ihrem Wasser … und in einigen Tagen verwandelten sie sich, von der Pest ergriffen, in kleine Ascheklumpen … Sie waren gestorben … gestorben gleich Menschen, mein theurer Liebling … Wußten Sie, daß es Seelen in den Perlen gibt? … Ich finde das bestrickend und köstlich … Und, seitdem denke ich alle Tage daran …

Nach einer kurzen Pause begann sie wieder:

– Das ist noch nicht alles! … Annie hatte mir zu wiederholten Malen den Wunsch ausgedrückt nach ihrem Tode nach dem kleinen Friedhof der Parsis geschafft zu werden … dort drüben … auf dem Hügel des blauen Hundes … Sie wollte ihren Leichnam von den Schnäbeln der Geier zerrissen haben … Sie wissen, was für eigenthümliche und gewaltsame Einfälle sie bei allen Dingen hatte! … Nun schön, die Geier verschmähten dieses königliche Mahl, das sie ihnen bot … Sie flogen von ihrem Leichnam fort, indem sie gräßliche Schreie ausstießen … Er mußte verbrannt werden.

– Aber weshalb haben Sie mir denn das alles nicht geschrieben? fragte ich Clara vorwurfsvoll.

Mit langsamen, bezaubernden Bewegungen glättete Clara das rothe Gold ihrer Haare, streichelte das rothe Fell des Hundes, der aufgewacht war und sagte in lässigem Tone:

– Wirklich? ists wahr? … Ich habe Ihnen nichts von alledem geschrieben? … Sind Sie dessen sicher? … Ich habe es gewiß vergessen … Arme Annie!

Sie bemerkte noch:

– Seit diesem großen Unglück … langweilt mich hier alles … Ich lebe zu einsam … Ich möchte sterben … ja sterben … ich auch … Ach, ich versichere es Ihnen! … Und, wenn Sie nicht wiedergekommen wären, glaube ich wohl, ich wäre schon gestorben …

Sie ließ den Kopf auf die Kissen zurücksinken, vergrößerte die nackte Fläche ihrer Brust … und mit einem Lächeln … einem seltsamen Lächeln, gleich dem eines Kindes und einer Dirne vereint, sagte sie:

– Gefallen Ihnen meine Brüste noch immer? … Finden Sie mich noch immer schön? … Warum sind Sie dann also so … so lange fortgewesen? Ja … ja … ich weiß schon … sagen Sie nichts … antworten Sie nicht … ich weiß schon … Sie sind ein kleiner Dummkopf, theurer Liebling! …

Ich hätte wohl weinen mögen; ich konnte es nicht … Ich hätte wohl weiter sprechen wollen; ich konnte es ebensowenig …

Und wir waren im Garten, unter dem vergoldeten Kiosk, von dem Glycinen (Bohrblumen) in blauen Blütentrauben, in weißen Blütentrauben herabfielen; und wir waren mit Theetrinken gerade zu Ende … Glitzernde Käfer summten in dem Blattwerk, Rosenkäfer schwirrten und starben im berauschten Herz der Rosen; und durch die offene Thür gegen Norden sahen wir die langen Stengel gelber, purpurgestreifter Schwertlilien, die sich aus einem Becken erhoben, in dessen Umkreis Störche in dem sanften, malvenfarbenen Schatten schliefen.

Plötzlich fragte mich Clara:

– Wenn Sie wollen, könnten wir zu den chinesischen Sträflingen gehen und ihnen zu essen geben? … Das ist sehr merkwürdig … sehr unterhaltend … Es ist sogar die einzig wirklich originelle und elegante Zerstreuung, die wir hier in diesem verlorenen Winkel von China haben … wollen Sie, kleiner Liebling? …

Ich fühlte mich abgespannt, der Kopf war mir schwer, mein ganzer Leib schien von dem Fieber dieses entsetzlichen Klimas ergriffen … Dazu hatte die Erzählung von Annies Tode mir auch noch den Geist verwirrt … Und die Hitze da draußen war todbringend wie Gift …

– Ich weiß nicht, was Sie von mir verlangen, liebe Clara, … aber ich habe mich noch nicht ganz erholt von dieser langen Reise durch weite Ebenen und wieder weite Ebenen … durch Wälder und wieder Wälder … Und diese Sonne … Ich scheue sie mehr als den Tod! … Und dann hätte ich so sehr gerne ganz Ihnen gehört … und Sie hätten mir heute ganz gehören sollen …

– Es ist schon gut! … Wenn wir in Europa wären und ich Sie gebeten hätte, mich zum Rennen oder ins Theater zu begleiten, hätten Sie keinen Augenblick lang gezögert … Aber, das hier ist viel, viel schöner als ein Rennen …

– Seien Sie gut! … Morgen, wollen Sie das?

– O, morgen! … antwortete Clara mit dem erstaunten Schmollen und der Miene sanften Vorwurfs … immer morgen! … Sie wissen wohl nicht, daß es morgen unmöglich ist? … Morgen? … Da ist es strengstens verboten … Die Thore des Strafhauses sind geschlossen … selbst für mich … Man kann den Sträflingen nur am Mittwoch zu essen geben; wieso wissen Sie das nicht? … Wenn wir heute den Besuch versäumen, müssen wir eine ganze lange, lange Woche warten … Wie langweilig wäre das! … Eine ganze Woche, bedenken Sie doch nur! … Kommen Sie, kleiner, angebeteter Jammerlappen … o, kommen Sie, ich bitte Sie darum … Sie können das schon einmal mir zu Liebe thun …

Sie erhob sich halb auf den Kissen. Die offene Tunika ließ unter der Taille, zwischen den Wolken des Stoffes, Winkel ihres brünstigen, rosigen Leibes sehen. Sie nahm aus einer goldenen Bonbonnière, die auf einem lackirten Tablett stand, mit den Fingerspitzen eine Chininpastille, befahl mir, näher zu rücken und führte sie liebenswürdig an meine Lippen.

– Sie werden sehen, wie aufregend das ist … ach, so aufregend! … Davon haben Sie keine Ahnung, Liebling … Und wie viel inbrünstiger ich Sie heute Abend lieben werde! … Schlucke die Pastille, theures Herzchen, schlucke sie nur … Und da ich noch immer traurig und zögernd blieb, sagte sie, um meinen letzten Widerstand zu besiegen, mit finsterem Leuchten ihrer Augen …

– Hör' mich an! … Ich habe Diebe in England gehenkt gesehen, ich sah Stiergefechte und Erdrosseln von Anarchisten in Spanien … In Rußland sah ich schöne junge Mädchen durch Soldaten zu Tode knuten … In Italien sah ich lebende Schemen, Gespenster der Hungersnoth, Menschen, die an der Cholera gestorben waren, ausgraben und sie gierig verzehren.. Ich sah in Indien am Ufer eines Flusses tausende von nackten Wesen sich krümmen und sterben in den Schrecknissen der Pest … Ich sah eines Abends in Berlin ein Weib, das ich am Tage zuvor geliebt hatte, ein prachtvolles Geschöpf im rosigen Tricot, ich sah, wie sie im Käfig von einem Löwen zerrissen wurde … Alle die Schrecknisse, alle die menschlichen Qualen habe ich gesehen … Es war sehr schön! … Aber ich habe nichts so Schönes gesehen … verstehst Du? … als diese chinesischen Sträflinge … das ist schöner als alles andere! … Du kannst es nicht ahnen … ich sage Dir, Du kannst es nicht ahnen … Annie und ich, wir versäumten nie einen Mittwoch … Komm, ich bitte Dich!

– Da es so schön ist, meine liebe Clara … und da es Ihnen soviel Vergnügen bereitet … antwortete ich melancholisch … wollen wir die Sträflinge füttern gehen …

– Wirklich, willst Du? …

Clara zeigte ihre Freude, indem sie mit den Händen klatschte, wie ein Baby, dem seine Gouvernante erlaubt ein Hündchen zu quälen. Dann sprang sie mir zärtlich und katzenartig auf den Schoß und schlang ihre bloßen Arme um meinen Nacken … Und ihr Haar überflutete mich, es blendete mein Gesicht mit seinen goldigen Flammen und seinen berauschenden Düften …

– Wie nett Du bist … guter … guter Liebling … Küsse mich auf den Mund … küsse mich auf den Nacken … küsse mein Haar … Du lieber kleiner Gassenjunge! Ihr Haar hatte einen so starken, animalischen Geruch und streichelte mich mit so electrischem Prickeln, daß ihre bloße Berührung mit meiner Haut mich im selben Augenblick Fieber, Müdigkeit und Schmerz vergessen ließ … Ich fühlte sogleich in meinen Adern heldenhaften Eifer und neue Kräfte pulsieren, rasen …

– Ach, wie gut werden wir uns unterhalten, liebes Seelchen … Wenn ich die Sträflinge aufsuche … so macht mich das schwindlig … und ich fühle im ganzen Körper Erschütterungen gleich denen der Liebeslust … Siehst Du, mir scheint es … mir scheint es, als ob ich in die Tiefe meines Leibes herabstiege … in die tiefsten Tiefen und in das Dunkel meines Leibes … Deinen Mund … gieb mir Deinen Mund … Deinen Mund … Deinen Mund … Deinen Mund! …

Und beweglich, leicht, schamlos und vergnügt ging sie, von dem röthlichen Hunde, der lustige Sprünge machte, gefolgt, um sich den Händen der Frauen, die sie ankleiden sollten, anzuvertrauen …

Ich war nicht mehr sehr traurig, ich war nicht mehr sehr matt … Claras Kuß, dessen Geschmack ich noch auf den Lippen spürte – betäubte gleich einem magischen Opiumgeschmack – meine Schmerzen, verlangsamte den Pulsschlag des Fiebers und rückte das furchtbare Bild der todten Annie in unerkennbare Ferne … Und ich betrachtete mit ruhigeren Blicken den Garten …

Mit ruhigeren Blicken? …

Der Garten senkte sich in sanften Wellen ab, über all mit seltenen Kräutern und kostbaren Pflanzen geschmückt … Eine Allee von ungeheuern Kampferbäumen ging von dem Kiosk aus, in dem ich mich befand, zu einem rothen Thore, das einem Tempelbau glich und ins freie Land führte … Zwischen den dichtbelaubten Zweigen der riesigen Bäume, die zur linken Hand die Aussicht versperrten, erblickte ich an einzelnen Stellen den Fluß, der gleich geschliffenem Silber im Sonnenlichte leuchtete … Ich versuchte, den mannigfaltigen Schmuck des Gartens aufmerksam zu betrachten … die seltsamen Blumen … die scheußlichen Auswüchse der Flora … Ein Mensch durchkreuzte die Allee, er führte an einer Koppel zwei phlegmatische Panther … Hier erhob sich inmitten einer Wiese, eine ungeheure Bronzestatue, die, ich weiß nicht welche obscöne und grausame Gottheit darstellte … Dort sah ich Vögel, Kraniche mit blau gefiedertem Mantel, rothkelige Tukane (Pfefferfreßer) aus den Tropen Amerikas, geheiligte Fasane, Enten mit goldigen Kappen und Panzern, mit leuchtendem Purpur gefiedert gleich Kriegern des Alterthums, vielfarbige Langschnäbler, die an den Felsblöcken Schatten suchten … Aber weder die Vögel, noch die wilden Thiere, weder die Gottheiten noch die Blumen vermochten meine Aufmerksamkeit zu fesseln, auch nicht der bizarre Palast, der zu meiner Rechten, zwischen den Cedrelabäumen und den Bambusstanden, seine hellen, mit Blumen geschmückten Terrassen, seine schattigen Balkone und bunten Dächer ausbreitete … Meine Gedanken waren abwesend … in weiter, weiter Ferne … jenseits der Meere und der Wälder … Sie waren in mir … versunken in mich … in die tiefste Tiefe meines Ich! …

Mit ruhigeren Blicken? …

Kaum war Clara hinter dem Landwerk des Gartens verschwunden, als mich auch schon Gewissensbisse über mein Hiersein zu quälen begannen … Weshalb war ich wiedergekommen? … Welcher Wahnsinnsregung, welcher Anwandlung von Feigheit hatte ich denn nachgegeben? … Sie erinnern sich daran, daß sie eines Tages auf dem Schiffe zu mir gesagt hatte: »Wenn Sie zu unglücklich sind, werden Sie fortgehen!« … Ich glaubte stärker als meine schändliche Vergangenheit zu sein … und ich war in Wirklichkeit nichts anderes als ein kraftloses und beunruhigtes Kind … Unglücklich? … Ach ja, das war ich gewesen! Bis zu den ärgsten Qualen, bis zum fürchterlichsten Abscheu vor mir selbst … Und ich war fortgegangen! … Wie bei einem wirklich ironischen Verfolgungswahn hatte es sich so gefügt, daß ich, um Clara zu fliehen, die Durchreise einer englischen Mission durch Canton benutzte – ich war offenbar vom Schicksal für Missionen auserkoren – einer Mission, die die wenig bekannten Striche von Annam erforschen wollte … Da war vielleicht Vergessen zu finden … und vielleicht auch der Tod. Während zweier Jahre, zweier langer und grausamer Jahre war ich mit diesen Leuten herumgezogen, … immer weiter und weiter gezogen … Und weder das Vergessen noch der Tod war gekommen … Trotz der Ermüdung, der Gefahren, trotz des fluchwürdigen Fiebers hatte ich mich nicht einen

Tag, nicht eine Minute lang von dem schändlichen Gifte heil fühlen können, das dieses Weib in meinen Leib geträufelt hatte, dies Weib, an das mich, wie ich wohl wußte, nur die scheußliche Fäulnis ihrer Seele und ihre Verbrechen in der Liebe knüpften und festschmiedeten; dies Weib, das ein Scheusal war und das ich gerade deshalb liebte! ... Ich hatte geglaubt – hatte ich es wirklich geglaubt? – mich durch ihre Liebe zu erheben ... und nun war ich noch tiefer gesunken, in den vergifteten Abgrund, aus dem man, wenn man einmal seinen Geruch eingesogen hat, nie wieder herauskommt. Oft hatte ich im Dickicht der Wälder, wenn das Fieber in meinem Hirn spukte, nach langen Märschen – unter meinem Zelte – durch Opium das scheußliche Bild, das nicht von meiner Seite wich, zu ertödten geglaubt ... Und das Opium rief sie mir nur noch körperlicher, lebendiger, beherrschender als je, vor mein irres Auge ... Da habe ich ihr wahnwitzige, beschimpfende Briefe geschrieben, in denen ich sie verfluchte, Briefe, in denen sich heftigster Abscheu mit unterwürftigster Vergötterung mengte ... Sie hatte mir in reizenden, ahnungslosen, klagenden Briefen geantwortet, die ich von Zeit zu Zeit in den Städten und Posten, die wir durchkreuzten, auffand ... Sie erklärte, sie sei unglücklich über mein Fortgehen ... sie weinte, beschwor mich ... sie rief mich zu sich zurück. Sie fand keine andere Entschuldigung als dieses: »Verstehe doch, mein Liebling, – schrieb sie mir – ich habe nicht die Seele Deines schrecklichen Europas ... Ich hege in mir die Seele des alten China, die sicher viel schöner ist ... Es ist zum Verzweifeln, daß Du Dich au diesen Gedanken nicht gewöhnen kannst!« ... So erfuhr ich durch einen ihrer Briefe, daß sie Canton, wo sie ohne mich nicht länger leben könne, verlassen habe, um mit Annie nach einer weiter im Süden von China gelegenen Stadt zu übersiedeln, »die wundervoll war« ... Ach, wie hatte ich nur so lange dem argen Sehnen, meine Gefährten zu verlassen und diese ebenso fluchwürdige wie herrliche Stadt aufzusuchen, widerstanden, diese köstliche und qualenreiche Hölle, in der Clara athmete und lebte ... in ungekannten, wahnwitzigen Ausschweifungen, infolge deren ich jetzt sterbe, da ich ihnen nicht mehr mitfröhne ... Und ich war zu ihr zurückgekehrt, wie der Mörder zum Orte seines Verbrechens zurückkehrt...

Ein helles Lachen im Laubwerk, lustige Rufe ... das Bellen des Hundes ... Clara kam ... Sie war halb chinesisch, halb europäisch gekleidet ... eine hellmalvenfarbene Seidenblouse mit leichtgoldigen Blumen besät, umhüllte sie mit tausend Falten, zugleich aber zeichnete sie ihren schlanken Körper und ihre vollen Formen ab ... Sie trug einen großen gelblichen Strohhut, in dessen Mitte ihr Gesicht gleich einer rosigen Blume im hellen Schatten auftauchte ... Und ihre kleinen Füße waren mit gelbledernen Schuhen versehen...

Als sie in den Kiosk trat, erfüllten Düfte im Nu den Raum...

– Sie finden mich merkwürdig aufgetakelt, nicht wahr? ...O Sie trauriger Mann aus Europa, der noch nicht ein einziges Mal seit seiner Rückkehr gelacht hat ... Bin ich nicht schön so? ...

Da ich mich von dem Divan, auf dem ich mich ausgestreckt hatte, nicht gleich erhob, rief sie:

– Rasch, rasch! ... mein Liebling ... Denn wir haben einen weiten Weg vor uns ... Ich werde die Handschuhe im Gehen anziehen ... Vorwärts ... Komm! ... Nein ... nein ... Du nicht! ... fügte sie hinzu, indem sie sanft den Hund abwehrte, der schnupperte, herumsprang und mit dem Schwanze wedelte...

Sie rief einen Boy und befahl ihm, uns mit dem Fleischkorbe und einer kleinen Mistgabel zu folgen.

– Ach, das ist zu lustig, erklärte sie mir ... Ein Wunder von einem Korbe, von dem geschicktesten Korbmacher Chinas geflochten ... und die Mistgabel ... Du wirst sie sehen, ein Wunder von einer kleinen Mistgabel, deren Zinken aus Platin mit Goldeinlagen sind und deren Griff aus grünem Jade besteht ... grün wie der Himmel beim ersten Strahle des Morgens ... grün wie die Augen der armen Annie waren! ... Ach, machen Sie nicht dieses häßliche Begräbnisgesicht, Liebling ... und kommen Sie ... rasch ... rasch...

Und wir machten uns auf den Weg, bei der Sonnenglut, der furchtbaren Sonnenglut, die die Kräuter schwärzte, alle Päonien des Gartens welken ließ und mir gleich einer schweren Bleikappe auf dem Hirn lastete.

II

Das Bagno liegt am anderen Ufer des Flusses, der, nachdem er die Stadt verlassen, langsam, finster zwischen den stachen Böschungen seine verpesteten, pechschwarzen Fluthen dahinwälzt. Um dorthin zu gelangen, muß man einen weiten Umweg machen, um die Brücke zu erreichen, auf der jeden Mittwoch bei ansehnlichem Zudrang der eleganten Welt der Fleischmarkt des Sträflingfutters abgehalten wird.

Clara hatte keinen Palankin besteigen wollen. Wir gingen zu Fuß durch den Garten, der außerhalb der Stadtmauer liegt und wandten uns auf einem hier mit bräunlichen Steinen, dort mit dicken Hecken von weißen Rosen oder zugestutzten, Jasmin ähnelnden Stauden begrenzten Wege zu den Vororten, in jene Gegend, wo die wenig bebaute Stadt sich fast in freies Land umwandelt, wo sich die Häuser, die elenden Hütten Platz machen, nur in weiten Entfernungen innerhalb von Gehegen und Laubengängen aus Bambusrohr erheben. Dann folgen Obstgärten im Blüthenschmuck, Gemüsefelder oder brachliegende Parzellen. Leute, nackt bis zum Gürtel, mit glockenförmigen Hüten bedeckt, arbeiteten mühsam unter dieser erdrückenden Sonne und pflanzten Lilien – diese schönen, getigerten Lilien, deren Blumenblätter den Füßen der See-spinne gleichen und deren schmackhafte Zwiebel den Reichen zur Nahrung dienen. So kamen wir an einigen elendiglichen Schuppen vorüber, wo Töpfer irdene Gefäße drehten, wo Lumpensammler über ihre großen Körbe gebückt, die Ernte des Morgens schichteten, während über ihnen ein Volk hungriger krähender Corore hin- und herflog. Wir sahen einen freundlichen, sorgsamen Greis, der weiterhin unter einem riesigen Feigenbaume auf dem Randstein eines Brunnens saß und Geflügel wusch. Jeden Augenblick kreuzten wir Sänften, in denen europäische, schon stark angetrunkene Matrosen nach der Stadt gebracht wurden. Und hinter uns brauste wildbewegt und übervölkert die Stadt, die im Sonnenlicht mit ihren Tempeln und ihren seltsamen rothen, grünen und gelben Häusern den mächtigen Hügeln heraufklomm...

Clara ging rasch, mitleidslos gegen meine Ermüdung; ohne sich um die Sonne zu kümmern, die die Luft schwer machte und uns trotz unserer Schirme die Haut verbrannte, schritt sie frei, leicht, kühn und glücklich dahin. Von Zeit zu Zeit bemerkte sie im Tone aufheiternden Vorwurfs:

– Wie langsam Sie sind, Liebling ... Gott, wie langsam Sie sind! ... Sie kommen gar nicht von der Stelle ... Wenn nur die Thore des Bagno nicht schon geöffnet sind, wenn wir ankommen und wenn man nur dann die Sträflinge nicht schon wie die Gänse gestopft hat! ... Das wäre schrecklich! ... O, wie ich Sie verabscheuen würde!

Zuweilen gab sie mir Zuckernußpastillen, deren Genuß die Athmung belebt und meinte, mich spöttisch musternd:

– O, das kleine Mädchen! ... kleines Mädchen ... kleines Mädchen, das garnichts aushalten kann!

Dann begann sie halb zum Lachen aufgelegt, halb ärgerlich zu laufen ... Ich konnte ihr nur mit der größten Mühe folgen ... Mehrmals mußte ich Halt machen, um Athem zu schöpfen. Dies war, als ob mir die Adern brächen und mein Herz in der Brust zerspränge.

Und Clara wiederholte mit ihrer zwitschernden Stimme:

– Kleines Mädchen! ... Kleines Mädchen, das garnichts aushalten kann! ...

Der Fußweg mündet am Quai des Flusses. Zwei große Dampfer löschten ihre Ladung von Kohlen und europäischen Waaren; einige Dschunken wurden zum Fischzug segelfertig gemacht, eine zahlreiche Flottille von Sampangs schlief mit ihren buntscheckigen Zelten vor Anker, gewiegt von dem leisen Plätschern des Wassers. Nicht ein einziger Windhauch ging durch die Luft.

Dieser Quai beleidigte meine Sinne förmlich. Er war schmutzig und grundlos in seiner Zerklüftung, mit schwärzlichen Staubmassen bedeckt, mit Eingeweiden von Fischen besäet. Pestgerüche, Lärm von Prügeleien, Flötenspiel, Hundegebell drangen aus der Tiefe der Spelunken, die das Ufergelände begrenzen: Von Ungeziefer strotzende Theehäuser, Verbrecherkneipen, verdächtige Faktoreien. Clara zeigte mir lachend eine Art von kleiner Trödelbude, in der auf Caladiumblättern Portionen von Ratten und Viertel von Hunden, verfaulte Fische, hektische Hühner mit Kopallack übertüncht, sowie Bananenkolben und blutige Fledermäuse, die zusammen auf Spieße gereiht waren, verkauft wurden…

Je weiter wir vordrangen, desto unerträglicher wurden die Gerüche, desto dichter der Unrath. Auf dem Flusse drängten sich die Schiffe im dichten Haufen, sie vermengten die finstern Schnäbel ihrer Vordertheile und die zerrissenen Fetzen ihres armseligen Segelzeuges. Dort lebte eine dichte Bevölkerung – Fischer und Seeräuber – schauerliche Dämonen des Meeres mit gedörrten Gesichtern und von Bethel gerötheten Lippen, deren Blick einen zusammenschauern ließ. Sie spielten Würfel, heulten und prügelten einander; andere, die friedlicher schienen, nahmen Fische aus, die sie sodann in der Sonne guirlandenartig auf Stricke gereiht dörren ließen … Noch andere dressierten Affen, die sie tausenderlei niedliche Scherze und obscöne Bewegungen machen lehrten.

– Ist das nicht wirklich unterhaltend? …fragte mich Clara …Und es gibt deren über dreißigtausend, die keine andere Wohnung als ihre Schiffe haben! …Wahrhaftig, der Teufel mag wissen was sie treiben!…

Sie schürzte ihr Kleid und entblößte so den unteren Theil ihres beweglichen, nervigen Beins. Lange folgten wir dem fürchterlichen Weg, bis wir zu der Brücke gelangten, einem Bauwerk mit bizarren Nebenanlagen und fünf massiven Bogen, die mit schreienden Farben angestrichen den Fluß überspannen, auf dem, wenn die Fluth aufquillt und Strudel bildet, sich große öhlige Ringe drehen und in die Tiefe herabgleiten.

Auf der Brücke ändert sich das Schauspiel, aber der Geruch wird noch durchdringender, dieser Geruch, der ganz China eigenthümlich ist und einen in Städten, Wäldern und auf freiem Lande ohne Unterlaß an Verwesung und Tod denken läßt.

Kleine Bretterbuden in Pagodenform, Zelte, die Kiosken ähnelten und mit hellen Seidenstoffen behängt waren, ungeheure Schirme, auf Karren und schiebbaren Obstkörben aufgepflanzt, drängten sich eng aneinander. In diesen Buden, unter diesen Zelten und Schirmen heulten dicke Verkäufer mit wahren Flußpferdbäuchen, die gelbe, blaue, grüne Kleider trugen und schlugen auf Gongs, um die Kunden anzulocken; sie hielten allerlei Aas feil: Todte Ratten, ertränkte Hunde, Hirsch- und Pferdeviertel, eitriges Geflügel, das im bunten Durcheinander in großen Bronzebecken aufgehäuft war.

– Hier …hier …hierher! …Kommen Sie zu mir! …Und sehen Sie sich's an! …Wählen Sie aus! …Sie finden es nirgends besser …Verdorbeneres Fleisch gibt es nicht.

Und in den Becken wühlend, schwangen sie gleich Fahnen an den Spitzen ihrer langen Eisenhaken ekelhafte Stücke jauchigen Fleisches und schrieen mit wilden Grimassen, die durch die rothen Narben ihrer Gesichter, die Masken gleich gemalt erscheinen, nur noch verstärkt wurden, unter dem wüthenden Lärm der Gongs und dem Gebrüll ihrer Nebenbuhler:

– Hier …hier …hierher! …Kommen Sie zu mir! …sehen Sie sich's an! …Wählen Sie aus! … Sie finden es nirgends besser …Verdorbeneres Fleisch gibt es nicht…

So wie wir die Brücke betreten hatten, sagte Clara zu mir:

– Ach siehst Du, wir kommen zu spät. Das ist Deine Schuld! …Beeilen wir uns.

In der That wimmelte eine ganze Menge von Chinesinen und unter ihnen einige Engländerinen und Russinen – denn es waren außer den Trägern nur wenige Männer zur Stelle – auf der Brücke. Es gab da mit Blumen und Arabesken bestickte Roben, vielfarbige Sonnenschirme, gleich Vögeln bewegliche Fächer und helles Lachen, laute Ausrufe, kleine Kämpfe, all' das vibrierte, schillerte und schwirrte im Sonnenlicht wie ein Fest des Lebens und der Liebe.

Verblüfft durch das Gedränge, betäubt von dem Toben der Verkäufer und dem dumpfen Lärm der Gongs mußte ich fast dreinschlagen, um in die Menge zu dringen und Clara gegen die Beschimpfungen der Einen, gegen die Stöße der Anderen zu vertheidigen. Es gab wahrhaftig einen grotesken Kampf, denn ich war jedes Widerstandes und jeder Kraftanstrengung unfähig und fühlte mich in diesem Menschengewirr eben so leicht mitgerissen, wie ein Baumstamm in den wüthenden Wogen eines Wildbachs fortgeschwemmt wird … Clara stürzte sich ihrerseits dorthin, wo das Gedränge am ärgsten war. Sie ertrug die rohe Berührung und so zu sagen die Vergewaltigung durch diese Menschenmenge mit leidenschaftlichem Vergnügen … Plötzlich rief sie strahlend:

– Sieh’ nur, Liebling … Mein Kleid ist ganz und gar zerfetzt … Reizend, wie?

Mit vieler Mühe bahnten wir uns einen Weg bis zu den belagerten, bedrängten, gleichsam eine Plünderung ertragenden Buden.

– Sehen Sie sich’s an und wählen Sie aus! … Sie finden es nirgends besser.

– Hier … hier … hierher! … Kommen Sie zu mir! …

Clara nahm die allerliebste Gabel aus den Händen des Boy, der uns mit dem allerliebsten Körbchen folgte, dann stach sie in die Becken:

– Greif’ auch zu, Du! … Greif’ zu, theurer Liebling! …

Ich glaubte, mir würde übel werden von dem furchtbaren Gestank, der an einen Schindanger erinnerte und aus diesen Buden, diesen umgerührten Becken, dieser ganzen Menschenmenge drang, die sich auf das Aas stürzte als ob es ein Blumenbeet wäre.

– Clara, liebe Clara! beschwor ich … Gehen wir fort, ich bitte Sie!

– O, wie bleich Sie sind! Und weshalb? … Ist denn das nicht sehr amüsant? …

– Clara … liebe Clara! … drang ich weiter in sie … Gehen wir fort, ich beschwöre Sie … Ich kann unmöglich diesen Geruch länger aushalten.

– Aber das riecht doch nicht schlecht, mein Liebling … Das riecht nach Tod, weiter nichts! …

Sie schien dadurch wirklich keineswegs belästigt … Kein Zug des Ekels drückte sich auf ihrem weißen Gesicht, das frisch wie eine Kirschblüthe war, aus. Nach dem verschleierten Leuchten ihrer Augen, nach dem Vibrieren ihrer Nasenflügel hätte man annehmen können, daß sie eine Art Liebesgenuß empfinde … Sie sog die Verwesung mit Wonne gleich einem Wohlgeruch ein.

– O, das schöne … schöne Stück! …

Mit graziösen Bewegungen füllte sie den Korb mit scheußlichen Resten. Und mühsam setzten wir durch die überreizte Menge, umgeben von dem schändlichen Gestank, unsern Weg fort.

– Rasch … rasch! …

III.

Das Bagno ist am Ufer des Flußes erbaut. Seine im Viereck angelegten Mauern umschließen eine Fläche von über hunderttausend Quadradmetern. Kein einziges Fenster ist vorhanden, überhaupt keine Öffnung außer dem riesigen Thor, das von rothen Drachen gekrönt und durch schwere Eisenbarren geschlossen ist. Die Thürme der Wächter, viereckige Thürme, die ein überhängendes Dach mit aufwärts gebogenen Schnäbeln deckt, bezeichnen die vier Ecken des finstern Gemäuers. Andere, kleinere Thürme erheben sich in regelmäßigen Abständen. Bei Nacht werden alle diese Thürme gleich Leuchtthürmen erhellt und werfen rings um das Bagno auf das freie Land und den Fluß verrätherisches Licht. Eine der Mauern taucht aus dem schwarzen, stinkenden und tiefen Gewässer empor, ihre soliden Grundsteine sind mit klebrigen Algen bedeckt. Eine niedrige Thür ist durch eine Zugbrücke mit dem Pfahlbau verbunden, der sich bis zur Mitte des Flußes ausdehnt und an dessen Holzpfeilern zahlreiche Dienstboote und Sampangs angekettet liegen. Zwei Hellebardenträger halten, die Lanze in der Hand, an dem Thore Wacht. Rechts von dem Pfahlwerk liegt unbeweglich ein kleines Panzerschiff, in der Art der französischen Fischeraufseherfahrzeuge, die Rachen seiner drei Kanonen auf das Bagno gerichtet. Links verdecken, soweit das Auge dem Flusse folgen kann, fünfundzwanzig bis dreißig Reihen von Schiffen das andere Ufer durch ein Gemenge vielfarbener Balken, buntbemalter Mastbäume, von Takelwerk und grauen Segeln. Und von Zeit zu Zeit sieht man diese massiven Fahrzeuge vorübergleiten, deren Räder von Unglücklichen, die in Käfigen eingesperrt sind, mühsam mit den trockenen, nervigen Armen bewegt werden.

Hinter dem Bagno, bis in weite, weite Ferne, bis zu dem Gebirge, das den Gesichtskreis mit einer dunklen Linie abschließt, dehnt sich felsiges Gelände, in kurzen Terrainwellen, die hier schwarz wie Ruß, dort von der Farbe getrockneten Blutes schienen, auf denen nur magere Ahornstämme gedeihen, bläuliche Disteln und verkrüppelte Kirschbäume, die niemals blühen. Unendliche Verzweiflung! Niederdrückende Trauer! … Während acht Monate im Jahr bleibt der Himmel blau, es ist dies ein rothunterwaschenes Blau, in dem der Widerschein einer ewigen Feuersbrunst lebt, ein unbarmherziges Blau, in das nie die Laune einer Wolke zu dringen wagt. Die Sonne versengt die Erde, röstet die Felsen und schmelzt die Kiesel zu einer Glasmasse zusammen, die unter den Füßen gleich Scherben klirrend zerbricht und Flammen aufzucken läßt. Kein Vogel wagt sich in das Luftbereich dieses Schmelzofens. Es leben da nur unsichtbare Organismen, Bazillenschwärme, die gegen Abend, wenn dumpfe Dampfwolken zugleich mit dem Gesang der Matrosen aus dem erschöpften Fluße heraufdringen, deutlich die Schattengebilde des Fiebers, der Pest und des Todes annehmen!

Welch' ungeheurer Unterschied zwischen all' dem und dem andern Ufer, wo der fette, reiche Boden mit Blumenbeeten und Obstgärten bedeckt, riesige Bäume und wundervolle Blumen hervorbringt!

Beim Verlassen der Brücke hatten wir glücklicher Weise eine Sänfte finden können, in der wir quer durch die glühende Ebene bis nahe zum Bagno, dessen Thore noch immer geschlossen waren, befördert wurden. Eine Abtheilung von Polizeisoldaten, mit Lanzen, an denen gelbe Bänder befestigt waren und riesigen Schilden, hinter denen sie fast verschwanden, bewaffnet, hielt die ungeduldige und sehr zahlreiche Menge der Neugierigen zurück. Von Augenblick zu Augenblick vergrößerte sich der Andrang noch mehr. Es waren Zelte aufgeschlagen worden, in denen man Thee trank und hübsche Bonbons, in feine duftende Pasten gerollte Rosen- und Akazienblätter, die dann mit Zuckermasse übergossen waren, knapperte. In anderen Zelten spielten Musikanten auf der Flöte und rezitierten Dichter ihre Werke, während der Punka, der die glühende Luft bewegte, einen Hauch von Frische über die Gesichter streichen ließ. Und herumziehende Händler verkauften Bilder, alte Berichte von Verbrechen, Darstellungen von Martern und Qualen, Kupferstiche und Elfenbeinschnitzereien von fremdartiger Unzüchtigkeit. Clara kaufte einige der letzteren und sagte zu mir:

– Sieh' nur, wie viel civilisierter als wir die Chinesen, die man für Barbaren hält, ganz im Gegentheil sind, auf wie viel fortgeschrittenerer Stufe in der Logik des Lebens und in der Harmonie der Natur sie stehen! ... Sie halten den Liebesakt keineswegs für eine Schande, die man verbergen muß ... Sie preisen ihn dagegen und besingen jede Regung und jede Liebkosung ... ganz gleich den Alten, für die doch auch das Geschlecht weit entfernt davon, ein schändliches Ding, ein Bild der Unreinheit zu sein, eine Gottheit vorstellte! ... Bedenke auch einmal, wie die ganze Kunst des Occidents dadurch beeinträchtigt wird, daß man ihr die prächtigen Ausdrucksformen der Liebe darzustellen verboten hat. Bei uns zu Hause ist die Erotik arm, dumm und eisig ... sie stellt sich stets mit den gekrümmten Gebärden der Sünde ein, während sie hier ihre ganze lebensstrotzende Größe behält, all' ihre wiehernde Poesie, all' das überwältigende Lustzucken der Natur ...

Aber Du, Du bist ja nur ein europäischer Liebhaber, ... eine arme kleine, schüchterne und frostige Seele, in die die katholische Religion thörichter Weise Furcht vor der Natur und Haß gegen die Liebe gepflanzt hat ... Sie hat in Dir den Sinn des Lebens gefälscht, verderbt ...

– Liebe Clara, wandte ich ein ..., ist es denn natürlich, daß Sie die Wollust in der Fäulniß suchen und die Heerde Ihrer Begierden sich an dem furchtbaren Schauspiel des Leidens und des Todes aufregen lassen? ... Ist dies nicht im Gegentheil eine Entartung der Natur, deren Kult Sie heranziehen, um dadurch vielleicht zu entschuldigen, was Ihre Sinnlichkeit an Verbrecherischem und Furchtbarem in sich trägt? ...

– Nicht doch! entgegnete Clara lebhaft ... da doch Liebe und Tod ein und dasselbe ist! ... Und da die Fäulnis die ewige Auferstehung des Lebens vorstellt ... Bedenken Sie ...

Sie brach unvermittelt ab und fragte mich:

– Aber weshalb sagst Du so etwas zu mir? ... Wie komisch Du bist! ...

Und mit reizendem Schmollen fügte sie hinzu:

– Wie langweilig das ist, daß Du nichts begreifst! ... Wieso fühlst Du das denn nicht? ... Wieso hast Du noch nicht gefühlt, daß gerade, ich sage nicht einmal in der Liebe, sondern in der Wollust, die die Vollendung der Liebe vorstellt, alle geistigen Fähigkeiten des Menschen sich entschleiern und schärfen ... daß Du nur durch die Wollust eine völlige Entfaltung Deiner Persönlichkeit erreichst? ... Sieh' einmal ... hast Du im Liebesakt denn nie zum Beispiel daran gedacht, ein schönes Verbrechen zu begehen? ... Das heißt Dein Ich über alle sozialen Vorurtheile und alle Gesetze, kurz über alles zu erheben? ... Und wenn Du daran nicht gedacht hast, weshalb fröhnst Du denn dann überhaupt der Liebe? ...

– Ich habe nicht die Kraft, zu widerlegen, stammelte ich ... Und mir ist, als ob ich in einem schweren Traum wandelte ... Die Sonne ... diese Menschenmenge ... dieser Geruch ... und Deine Augen ... Ach, Deine Augen voll von Qualen und Wollust! ... Und Deine Stimme ... und Dein Verbrechen ... All' das entsetzt mich ... all' das macht mich wahnsinnig! ...

Clara lachte kurz und spöttisch auf:

– Armer Liebling! ... seufzte sie komisch ... Heute Abend, wenn Du in meinen Armen ruhst, wirst Du nicht so reden ... Und, wie ich Dich lieben werde! ...

Die Menge erhitzte sich immer mehr. Bonzen, die unter Sonnenschirmen hockten, breiteten ihre langen rothen Kleider um sich aus, gleich Blutpfützen, sie schlugen auf Gongs mit rasenden Schlägen und beschimpften in gröbster Weise die Vorübergehenden, die, um ihre Flüche und Verwünschungen zu beschwichtigen, fromm in metallene Kufen reichlich Geldstücke fallen ließen.

Clara führte mich unter ein Zelt, das ganz und gar mit Pfirsichblüten bestickt war und nöthigte mich, an ihrer Seite auf einem Stoß von Kissen Platz zu nehmen. Dann sagte sie zu mir, indem sie mir die Stirn mit ihrer electrisch zuckenden Hand, dieser Spenderin von Vergessenheit und Rausch, streichelte:

– Du lieber Gott! ... Wie lange das dauert, Liebling! ... Jede Woche ist's die gleiche Geschichte ... Das Thor wird nie rechtzeitig geöffnet ... Weshalb sprichst Du nicht mit mir? ... Flöße ich Dir Angst ein? ... Freut es Dich, daß Du mitgekommen bist? ... Bist Du zufrieden, wenn ich Dich streichle, Du liebe, angebetete, kleine Canaille? ... O, Deine schönen, müden Augen! ... Das macht das Fieber ... und ich auch, sag'? ... Sag', ich bins? ... Willst Du Thee trinken? ... Willst Du noch eine Hamamelispastille? ...

– Ich wollte, ich wäre weit fort von hier! ... Ich möchte schlafen! ...

– Schlafen! ... Wie merkwürdig Du bist! ... O, Du wirst ja gleich sehen, wie schön es ist! ... wie schrecklich es ist! ... Und welche außergewöhnlichen ... welche ungeahnten ... welche wundervollen Begierden das einem in den Leib dringen läßt! ... Wir werden über den Fluß, in unserem Sampang zurückkehren ... Und die Nacht in einem Blumenschiff verbringen ... Willst Du, ja? ...

Sie gab mir ein paar leichte Schläge mit ihrem Fächer auf die Hände:

– Aber Du hörst ja garnicht zu! ... Weshalb hörst Du mir nicht zu? ... Du bist blaß und Du bist traurig ... Und Du hörst wahrhaftig nicht, was ich sage ...

Sie schmiegte sich an mich, ganz eng, schmeichelnd und beweglich:

– Du hörst nicht auf mich, Du Bösewicht, begann sie wieder ... Und Du liebkost mich nicht einmal! ... So streichle mich doch, Liebling! ... Fühle, wie kalt und hart meine Brüste sind ...

Und mit dumpfer Stimme, wollüstig und grausam sprach sie, indem ihr Blick grünliche Flammen auf mich zückte:

– Höre! ... Vor acht Tagen ... habe ich ein ungewöhnliches Schauspiel gesehen ... O, theurer Liebling, ich sah, wie ein Mann gepeitscht wurde, weil er einen Fisch gestohlen hatte ... Der Richter hatte einfach Folgendes erklärt: »Man braucht nicht immer annehmen, daß ein Mensch, der einen Fisch in der Hand trägt, ein Fischer ist!« Und er hatte den Mann verurtheilt, mit eisernen Ruten zu Tode gepeitscht zu werden ... Um einen Fisch, Liebling! ... Das ging im Garten der Qualen vor sich ... Stell' Dir vor, der Mensch kniete am Boden und sein Kopf ruhte auf einer Art von Block ... einem Block, der schwarz von geronnenem Blute war ... Der Rücken und die Lenden des Mannes waren entblößt ... Rücken und Lenden wie von altem Golde! ... Ich kam gerade in dem Augen blicke dazu, als ein Soldat den sehr langen Kopf des Deliquenten an einen Ring, der in eine Steinplatte am Boden eingelassen war, band ... Neben dem Opfer ließ ein anderer Soldat an einem Schmiedefeuer eine kleine ... eine winzige Eisengerte rothglühend werden ... Und dann ... Hör' mich gut an! ... Hörst Du? ... Als die Gerte rothglühend war, peitschte der Soldat den Mann abwechselnd auf die Arme und auf die Lenden ... Die Gerte zischte: Ksch! ... und drang tief in die Muskeln ein, die knisterten und aus denen ein röthliches Dampfwölkchen aufstieg ... Begreifst Du? ... Dann ließ der Soldat die Gerte in dem Fleische, das aufschwoll und sich wieder schloß, abkühlen ... und als sie kalt war, riß er heftig mit einem einzigen Griff sie wieder heraus ... zugleich mit kleinen, blutenden Fleischfetzen ... Und der Mann stieß furchtbare Schmerzensschreie aus ... Dann begann der Soldat von neuem ... Er begann fünfzehn Mal von neuem! ... Und auch mir, theurer, geliebter Liebling, war, als ob die Gerte bei jedem Hieb mir in die Lenden dränge ... Das war gräßlich und sehr angenehm!

Als ich schwieg, wiederholte sie:

– Das war gräßlich und sehr angenehm ... Und wenn Du wüßtest, wie schön dieser Mann war ... wie stark er war! ... Muskel gleich denen von Statuen ... Küsse mich, theurer Liebling ... So küsse mich doch nur!

Claras Augen waren verdreht. Zwischen den halbgeschlossenen Lidern sah ich nur noch das Weiße ihrer Augen ... Sie sagte noch:

– Er rührte sich nicht ... Auf seinem Rücken nur zeigten sich kleine Wellen ... O, Deine Lippen!

Nach einigen Augenblicken des Schweigens begann sie wieder:

– Vergangenes Jahr habe ich mit Annie einen noch viel erstaunlicheren Vorgang gesehen ... Ich sah einen Menschen, der seine Mutter geschändet und ihr sodann mit einem Messer den Bauch aufgeschlitzt hatte. Übbrigens hatte man es wahrscheinlich mit einem Wahnsinnigen zu thun ... Er wurde zur Qual der Liebkosung verurtheilt ... Ja, mein Liebling ... Ist das nicht bewunderungswürdig? ... Man erlaubt den Fremden nicht dieser Qual beizuwohnen, die übrigens heutzutage eine große Seltenheit ist ... Wir hatten den Wächter mit Geld bestochen, er verbarg uns hinter einer spanischen Wand ... So sahen Annie und ich alles ... Der Wahnsinnige – er sah gar nicht wahnsinnig aus – lag auf einem sehr niedrigen Tisch ausgestreckt, den Leib und die Glieder mit festen Stricken gebunden ... den Mund geknebelt ... so daß er weder auch nur die kleinste Bewegung machen, noch einen Schrei ausstoßen konnte ... Ein Weib, das weder schön noch jung schien, mit ernstem Gesicht, ganz in Schwarz gekleidet, den nackten Arm mit einem breiten Goldring geschmückt, kniete neben dem Wahnsinnigen nieder … Sie ergriff sein Glied … und begann … O, Liebling! … Liebling! … Wenn Du das gesehen hättest! … Es dauerte vier Stunden … bedenke, vier Stunden! … Vier Stunden furchtbarer und kunstvoller Liebkosungen, während derer die Handbewegung des Weibes sich keine Minute verlangsamte, während derer ihr Gesicht kalt und düster blieb! … Der Delinquent verschied in einem Blutstrahl, der das ganze Gesicht der Quälerin besudelte … Ich habe nie etwas so Furchtbares gesehen und es war so furchtbar, mein Liebling, daß Annie und ich ohnmächtig wurden … Ich denke immer daran! …

Mit einem bedauernden Ausdruck fügte sie hinzu:

– Dieses Weib hatte an einem Finger einen großen Rubin, der während der Qual in der Sonne auf und ab ging wie ein rothe, tanzende Flamme … Annie kaufte ihn … Ich weiß nicht, was aus ihm geworden ist … Ich möchte ihn so gerne haben.

Clara schwieg, ihr Geist war ohne Zweifel zu den unreinen und blutigen Bildern dieser scheußlichen Erinnerung zurückgekehrt …

Einige Minuten später enstand in den Zelten und unter der Menge ein Geräusch. Durch meine schweren Lider, die sich wider meinen Willen bei dem Schrecken dieses Berichts fast geschlossen hatten, sah ich Kleider und wieder Kleider, und Sonnenschirme und Fächer, und glückliche Gesichter und verwünschte Gesichter tanzen, durcheinander quirlen, vorwärts stürzen … Es war wie ein Wirbel riesiger Blumen, wie ein Schwirren feenhafter Vögel …

– Die Thore, theurer kleiner Liebling … rief Clara … Die Thore werden geöffnet! … Komm' … komm' rasch! … Und sei nicht länger traurig, ach, ich flehe Dich an! … Denk' an all' die schönen Dinge, die Du sehen wirst und von denen ich Dir erzählt habe! …

Ich erhob mich … Sie nahm mich beim Arm und zog mich mit sich fort, ich wußte nicht, wohin …

IV.

Das Thor des Bagno ging nach einem breiten dunklen Gange. Aus der Tiefe dieses Ganges, aber aus viel weiterer Ferne, drang uns dumpf, gedämpft durch die Entfernung, Glockenläuten entgegen. Als Clara dies hörte, klatschte sie glücklich mit den Händen.

– O, theurer Liebling! … Die Glocke! … Die Glocke! … Wir haben Glück … Sei nicht mehr traurig … sei nicht länger krank, ich bitte Dich! …

Man drängte so wüthend beim Eingang des Bagno, daß die Polizisten nur mit Mühe ein wenig Ordnung in den Aufruhr brachten. Geschwätz, Geschrei, ersticktes Stöhnen, Rauschen der Kleiderstoffe, Klappern der Schirme und Fächer gaben ein buntes Gemenge, in das sich Clara entschlossen stürzte. Sie war womöglich noch aufgeregter, seit sie diese Glocke läuten gehört hatte. Ich dachte nicht daran sie zu fragen, weshalb die Glocke läutete und was diese kurzen dumpfen Schläge, diese leisen Schläge in weiter Ferne, die ihr so viel Vergnügen machten, bedeuteten! …

– Die Glocke! … Die Glocke! Die Glocke! … Komm! …

Aber wir kamen nicht vorwärts, trotz der Anstrengungen der Boys, der Korbträger, die mit tüchtigen Ellenbogenstößen ihren Herrinen einen Weg zu bahnen suchten. Langgereckte Sänftenträger mit grinsenden Gesichtern, furchtbar magere Kerle mit nackter Brust, deren Narben man unter den Fetzen der Kleidung deutlich sah, hielten hoch über ihren Köpfen mit Fleisch gefüllte Körbchen, während die Sonne die Zersetzung des Fleisches da drin beschleunigte und einen Schwarm neuer larvenhafter Lebewesen entstehen ließ. Gespenster des Verbrechens und der Hungersnoth, Schreckbilder eines schweren Traumes, in dem einen der Alp drückte und von Metzeleien wiedererstandene Dämonen der ältesten und schreckerfülltesten Sagen Chinas sah ich neben mir. Ihr Lachen zerschlitzte den Mund sägenförmig, indem es die von Bethel gefärbten Zähne zeigte und sich bis zur Spitze des Kinnbarts in widerwärtigen Falten fortsetzte. Andere beschimpften sich und zerrten sich roh am Zopfe; noch andere glitten gleich Raubthieren herbei, drangen in den Wald von Menschenleibern, durchsuchten die Taschen, schnitten Börsen ab, stahlen Schmucksachen und verschwanden, indem sie ihre Beute in Sicherheit brachten.

– Die Glocke! … Die Glocke! … rief Clara wieder.

– Aber was für eine Glocke? …

– Du wirst schon sehen … Eine Überraschung ist es! …

Und die Gerüche, die durch die Menschenmenge verbreitet wurden – Gerüche von Anstandsorten, gemischt mit Schlächterei und Schindangergestank und Ausdünstungen menschlicher Leiber, machten mich ganz elend und ließen mir kalte Schauer über den Rücken gleiten. Ich hatte innerlich denselben Eindruck tödtlicher Lähmung, den ich so oft in den Wäldern von Annam lebend gefühlt, wenn Miasmen den tiefen Humusschichten entsteigen und der Tod hinter jeder Blume, hinter jedem Blatt, hinter jedem Kräutlein lauert. Gleichzeitig von allen Seiten gedrückt und gestoßen, konnte ich fast nicht mehr athmen und war endlich auf dem Punkte ohnmächtig zu werden.

– Clara! … Clara! … rief ich.

Sie gab mir Riechsalze zum athmen, deren starker Duft mich ein wenig belebte. Sie selber war frei von allem Unbehagen, sehr vergnügt inmitten dieser Menschenmenge, deren Gerüche sie einathmen mußte, deren widerlichste Umarmungen sie mit einer Art von verzücktem Lustgefühl ertrug. Sie reichte ihren Leib – diesen ganzen schlanken, zarten, vibrierenden Leib – den Rohheiten, den Schlägen, hin und setzte ihn dem Zerrissenwerden aus. Ihre ach so weiße Haut färbte sich röthlich; ihre Augen hatten den verschwommenen Ausdruck geschlechtlichen Genusses; ihre Lippen waren geschwellt gleich zwei harten, zum Einschließen bereiten Knospen …
Sie rief mir wiederum in einem Tone wie von spötischem Mitleid zu:

– Ach, das kleine Mädchen! … kleines Mädchen! … kleines Mädchen! … Sie werden nie etwas anderes als ein kleines Mädchen, das gar nichts aushalten kann, sein! …

Als wir aus dem blendenden, überwältigenden Sonnenlicht heraus waren und den Gang endlich betreten hatten, schien er mir im ersten Augenblick voll von Schatten zu sein. Dann sah ich immer deutlicher, als sich das Auge an die Dunkelheit gewöhnt hatte, und ich konnte mir klar darüber werden wo ich mich eigentlich befand.

Der Gang war breit und hoch, an der Decke befanden sich Glasscheiben von einer Dicke, daß nur gedämpftes Treibhauslicht in den Raum fiel. Ein Gefühl feuchter Kühle, fast von Kälte durchdrang mich ganz und gar, wie die Liebkosung einer Quelle. Die Mauern trieften gleich den Felswänden unterirdischer Grotten. Unter meinen Füßen, die von Kieseln der Ebene verbrennt waren, hatte der Sand, der die Balken des Ganges bedeckte, die weiche Frische einer Düne am Meeresstrande ... Ich athmete die Luft in vollen Zügen ein. Clara sagte zu mir:

– Du siehst, wie nett man zu den Sträflingen ist hierzulande ... Wenigstens haben sie es kühl.

– Aber wo sind sie? fragte ich. Ich sehe links und rechts nichts als Mauern.

Clara lächelte.

– Wie neugierig Du bist! Nun kommst Du mir fast ungeduldiger vor, als ich selbst es bin. Warte noch einen Augenblick, sogleich wirst Du sie sehen, mein Liebling. Na also!

Sie hatte sich unterbrochen, war stehen geblieben und wies mit dem Finger nach der Tiefe des Ganges hin, während ihr Auge womöglich noch heller strahlte und ihre Nüstern vibrirten. Sie horchte auf das Geräusch wie eine Hirschkuh im Waldesdunkel lauscht.

– Hast Du gehört? Das sind sie! Hast Du gehört?

Da unterschied ich, inmitten des Geräusches der Menge, die den Gang erfüllte, durch das Stimmengewirr hindurch unterdrückte Schreie, dumpfe Klagen, Kettenrasseln, gleich Blasebälgen tief athmende Klagen, fremdartiges, langtönendes Röcheln und Kreischen wie von Raubthieren. Das Alles schien aus der Tiefe des Gemäuers zu kommen, aus der Erde hervor, vielleicht sogar aus dem Abgrunde des Todes; man wußte nicht woher.

– Hast Du gehört? begann Clara wieder. Das sind sie. Du wirst sie sogleich sehen. Wir müssen jetzt vorwärts drängen. Nimm meinen Arm. Sieh deutlich zu. Das sind sie, das sind sie!

Wir setzten uns wieder in Bewegung, von dem Boy gefolgt, der jeden Wink seiner Herrin aufmerksam beobachtete. Und der fürchterliche Geruch, wie von Leichnamen, begleitete uns auch dahin, er ließ uns keinen Augenblick lang los, vermehrt durch andere Gerüche, deren ammoniakhaltige Herbheit uns in die Augen biß und zum Husten reizte.

Die Glocke läutete noch immer dort unten. In weiter Ferne, langsam und sanft, erstickten Töne, gleich der Klage eines Menschen im Todeskampf. Clara wiederholte zum dritten Male:

– Oh! Diese Glocke! Er stirbt, er stirbt, mein Liebling! Wir werden ihn vielleicht sehen.

Plötzlich fühlte ich, wie ihre Finger sich nervös in meinen Arm preßten.

– Mein Liebling! Mein Liebling! Da rechts. Das ist fürchterlich.

Lebhaft wandte ich den Kopf. Das höllische Schauspiel begann an uns vorüberzuziehen.

Rechts waren in die Mauer weite Zellen eingelassen oder vielmehr weite Käfige, die durch Eisenbarren versperrt und durch dicke Steinplatten von einander getrennt waren. Die ersten zehn Käfige waren von je zehn Verurtheilten eingenommen und in all den Zehnen spielte sich das gleiche, fürchterliche Schauspiel ab. Der Hals jedes Einzelnen war in einen so umfangreichen Prangerring eingeschlossen, daß man den übrigen Leib nicht sehen konnte. Es war, als ob fürchterliche, noch lebende Köpfe von Enthaupteten auf Tische gestellt wären. Inmitten ihres Unrathes kauernd, die Hände und die Füße mit Ketten belastet, konnten sie sich weder ausstrecken, noch niederlegen, noch einen Augenblick lang ausruhen. Die geringste Bewegung, die den Prangerring um ihren Hals zucken machte und ihn in Berührung mit ihrem offenen, blutunterlaufenen Nacken brachte, ließ sie ein Schmerzensgeheul ausstoßen, in das sich gräßliche Beschimpfungen gegen uns und flehentliche Bitten zu den Göttern abwechselnd mischten.

Ich war stumm vor Entsetzen.

Leicht beweglich wie immer, von einem hübschen Schauer geschüttelt, mit den gewohnten zierlichen Bewegungen spießte Clara in dem Korbe des Boy einige winzige Fleischstückchen auf, die sie in ihrer zierlichen Weise durch die Barren in den Käfig hereinschleuderte. In demselben Augenblick bewegten sich die zehn Köpfe auf den mit Gleichgewicht gehaltenen Prangerringen, sie warfen auf das Fleisch wüthende Blicke, Blicke des Entsetzens und des Hungers, dann kam gleichzeitig ein Schmerzensschrei aus den zehn verzogenen Mündern, und ihrer Machtlosigkeit bewußt, rührten sich die Verurtheilten nicht mehr. Sie blieben unbeweglich, den Kopf leicht geneigt und wie bereit, über die abschüssige Ebene des Prangerringes hinabzurollen, eine Art von unbeweglichem Grinsen.

– Sie können nichts essen, erklärte Clara, sie können das Fleisch nicht erreichen. Alle Wetter! mit den Maschinen ist das ganz begreiflich. Nun glaubst Du wahrhaftig, daß es unglückliche Menschen genug giebt?

Sie warf noch einmal durch das Gitter ein kleines Stück Aas, das auf einen der Prangerringe fiel und ihn leicht erzittern machte. Dumpfes Grollen antwortete auf diese Bewegung, ein noch wilderer und verzweifelterer Haß blitzte gleichzeitig in den zwanzig Augensternen auf. Unwillkürlich wich Clara zurück.

– Siehst Du, fuhr sie mit etwas unsicherem Tone fort, das macht ihnen Spaß, wenn ich ihnen Fleisch gebe. Das zerstreut diese armen Teufel einen kleinen Augenblick lang und gibt ihnen ein wenig Illusion. Aber vorwärts, wir müssen vorwärts zu kommen suchen.

Wir gingen langsam vor den zehn Käfigen vorüber. Die Frauen, die davor standen, stießen helle Schreie aus oder lachten in toller Weise oder gaben sich auch leidenschaftlichem Mienenspiel hin. Ich sah eine Russin, ein hellblondes Weib, mit klaren, kalten Augen den Gefolterten am Ende ihres Sonnenschirmes ein scheußliches, grünes, verfaultes Stück Fleisch hinhalten, das sie abwechselnd hin- und herzog. Die Gefangenen spitzten ihre Lippen, zeigten die Zähne wie wüthende Hunde mit einem Ausdruck des Hungers, der nichts Menschliches mehr an sich hatte; sie versuchten nach der Nahrung zu schnappen, die stets ihrem Munde, vor den bereits Schaum getreten war, entfloh. Neugierige Weiber folgten aufmerksam den verschiedenen Phasen dieses grausamen Spieles und sahen sehr belustigt aus.

– Nein, diese Negären! rief Clara, die wirklich entrüstet war; wahrhaftig, es gibt Frauen, die vor Nichts Achtung haben. Das ist schändlich!

Ich fragte:

– Was für Verbrechen können diese Wesen denn begangen haben, daß sie solche Qualen erdulden müssen?

Sie antwortete zerstreut:

– Ich weiß nicht genau, vielleicht eine Kleinigkeit, kaum eine Sache von Belang, geringe Diebstähle bei Kaufleuten glaube ich. Übrigens sind das nur Leute aus dem gemeinen Volke, die im Hafen herumstrolchen, Vagabunden, armes Gesindel. Sie interessiren mich auch nicht sehr; aber es gibt andere. Du wirst sogleich meinen Dichter sehen. Ja, ich habe hier einen besonderen Liebling und zufällig ist er Dichter. Wie komisch das ist! Nicht? Aber das ist ein großer Dichter. Weißt Du, er hat ein bewunderungswürdiges Spottgedicht gegen einen Prinzen, der den Staatsschatz bestohlen hatte, gemacht und er verabscheut die Engländer. Eines Abends, vor zwei Jahren, war er zu mir geführt worden. Er sang so entzückende Dinge vor, aber hauptsächlich in der Satyre war er vollendet. Du wirst ihn sehen. Er ist der Schönste, falls er nicht schon gestorben ist. Alle Wetter! Bei dieser Lebensführung würde es mich nicht wundern. Was mich am meisten schmerzt, ist aber besonders, daß er mich nicht mehr erkennt. Ich spreche mit ihm, ich singe ihm seine Lieder vor; er erkennt auch seine Lieder nicht mehr. Ist das nicht wirklich fürchterlich? Ach was, schließlich ist es ja auch komisch genug.

Sie versuchte lustig zu erscheinen, aber ihre Lustigkeit hatte einen falschen Klang. Ihr Gesicht war ernst, ihre Nasenflügel vibrirten noch heftiger, sie lehnte sich schwerer auf meinen Arm und ich fühlte, wie ein Schauer ihren ganzen Körper überlief.

Da bemerkte ich, daß an der Mauer zur linken Seite, gerade gegenüber jeder einzelnen der Zellen, tiefe Nischen angebracht waren. Diese Nischen enthielten gemalte Holzreliefs, die mit dem entsetzlichen Realismus, der der Kunst des äußeren Orients eigen ist, alle Arten von Foltern darstellten, die in China im Gebrauch sind: Scenen der Enthauptung, der Erdrosselung, des lebendigen Schindens und Zerstückelns des Körpers, teuflische, aber genau mathematisch berechnete Phantasien, die die Kunst der Qualen bis zu einer, unseren westlichen Grausamkeiten, die doch schon erfindungsreich genug sind, unbekannten Vollendung gebracht haben. Ein Museum des Schreckens und der Verzweiflung, in dem nichts von der menschlichen Wildheit vergessen worden war, die ohne Unterlaß, zu allen Tagesstunden, in genauen Bildern den Sträflingen den wissenschaftlich vorbereiteten Tod, für den sie ihre Henker bestimmt hatten, ins Gedächtniß zurückrief.

– Sieh das doch nicht an! sagte Clara zu mir, mit einem verächtlichen Schmollen. Das ist doch nur bemaltes Holz, mein Liebling. Hierher mußt Du schauen, das ist die nackte Wahrheit. Sieh mal, gerade hier ist mein Dichter.

Und mit einer lebhaften Bewegung blieb sie vor der Zelle stehen.

Bleich, fleischlos, mit dem Lachen eines Skelettes behaftet, während die Backenknochen die vom Brand verzehrte Haut fast platzen machten, die Kinnbacken nackt unter den herabhängenden Lippen, so sah das Gesicht aus, das gegen das Gitter gelehnt war, an das sich zwei langknochige Hände, die Vogelklauen glichen, klammerten. Dieses Gesicht, aus dem jede Spur von Menschlichkeit für immer verschwunden war, die blutunterlaufenen Augen, die Hände, die wie trockene Krallen geworden waren, entsetzten mich. Ich fuhr unwillkürlich zurück, um nicht auf meiner Haut den verpesteten Athem dieses Mundes zu fühlen und eine Verwundung von diesen Krallen zu erleiden. Aber Clara führte mich lebhaft vor den Käfig zurück, in dessen Tiefe, in einem schrecklichen Dunkel fünf lebende Wesen, die früher einmal Menschen gewesen waren, herumliefen, ohne einen Augenblick lang Halt zu machen und sich ohne Unterlaß drehten, den Leib nackt, den Schädel schwarz von blutrünstigen Wunden. Athemlos, bellend, heulend, suchten sie vergeblich durch wüthendes Stoßen den festen Schlußstein aus seinen Fugen zu heben. Dann begannen sie wieder herumzulaufen und sich mit der Beweglichkeit von Raubthieren und der Obscönität von Affen im Kreise zu drehen. Ein breites, wagerecht angebrachtes Brett verbarg die untere Hälfte ihres Körpers, während von dem unsichtbaren Fußboden der Zelle ein todbringender, betäubender Geruch aufstieg.

– Guten Tag! Mein Dichter! sagte Clara, indem sie sich dem Gesicht zuwandte. Bin ich nicht hübsch? Ich kam, um Dich noch einmal zu sehen, mein armer, lieber Junge. Erkennst Du mich denn heute nicht? Nein? Weshalb erkennst Du mich nicht? Ich bin doch schön und ich habe Dich einen ganzen Abend lang geliebt!

Das Gesicht rührte sich nicht. Seine Augen verließen nicht den Fleischkorb, den der Boy trug, und aus seiner Kehle drang das rauhe Knurren eines Thieres.

– Hast Du Hunger? fuhr Clara fort. Ich werde Dir zu essen geben. Für Dich habe ich die schönsten Stücke auf dem Markt ausgesucht. Aber zuerst soll ich Dir doch Dein Gedicht »Die drei Freundinen« vorlesen? Willst Du nicht? Es wird Dir doch lieb sein es wieder einmal zu hören.

Und sie trug es vor.

»Ich habe drei Freundinen.
Die Erste hat einen Geist, beweglich gleich einem Bambusblatte.
Ihr leichter und toller Humor ähnelt der federartigen Blume der Eulalia.
Ihr Auge gleicht dem Lotus.
Und ihre Brust ist so hart wie Cedernholz.
Ihre Haare, die in einen einzigen Zopf auslaufen, fallen auf die goldigen Schultern gleich schwarzen Schlangen herab.
Ihre Stimme hat die Süße des Berghonigs,
Ihre Lenden sind klein und beweglich;
Ihre Seiten haben die Rundung der glatten Blüthenblätter der Banane.
Ihr Gang ist der eines jungen, fröhlichen Elephanten,
Sie liebt das Vergnügen, weiß es entstehen zu lassen und zu verändern.
Ich habe drei Freundinen!«

Clara unterbrach sich.

– Erinnerst Du Dich nicht? fragte sie. Liebst Du denn meine Stimme nicht mehr?

Das Gesicht hatte keine Miene verzogen, es schien kein Wort zu hören. Seine Blicke verschlangen noch immer den fürchterlichen Korb und seine Zunge klapperte in dem Munde, der mit Speichel gefüllt war.

– Nun also, rief Clara, dann höre noch weiter zu. Nachher sollst Du essen, da Du so großen Hunger hast.

Und sie begann wieder mit ihrer langsamen, rhythmischen Stimme:

»Ich habe drei Freundinnen!

Die Zweite hat ein überreiches Haar, das glänzt und in langen, seidenartigen Guirlanden hinabrollt.

Ihr Blick würde den Gott der Liebe verwirren

Und würde die Schäfermädchen erröthen lassen.

Der Leib dieser zierlichen Frau bewegt sich schlangenartig, gleich einer goldigen Schlingflanze.

Ihre Ohrläppchen sind mit kostbaren Steinen beladen,

Ganz ähnlich einer Blume, die an einem frostigen Morgen, wenn die Sonne scheint, mit Reif bedeckt ist.

Ihre Kleider sind Sommergärten

Und Tempel an einem Festtage,

Und ihre Brüste hart und aufrecht, leuchten wie ein paar Goldvasen, die mit berauschenden Liqueuren und benebelnden Düften erfüllt sind.

Ich habe drei Freundinnen!«

– Huh, huh! bellte das Gesicht, während in dem Käfig die fünf anderen Verurtheilten, die immerfort auf und ab gingen und sich im Kreise herumdrehten, das furchtbare Gebell wiederholten.

Clara fuhr fort:

»Ich habe drei Freundinnen!

Die Haare der Dritten sind in Zöpfe gewunden und um den Kopf geschlungen,

Und niemals haben sie die Süße wohlriechender Öhle gekannt.

Ihr Gesicht, das die Leidenschaft ausdrückt, ist mißgestaltet.

Ihr Körper gleicht dem eines Schweines.

Sie scheint stets in Wuth zu sein,

Sie grunzt und brummt ohne Unterlaß.

Ihre Brüste und ihr Bauch athmen den Geruch eines Fisches aus.

Sie ist unreinlich in ihrer ganzen Persönlichkeit.

Sie ißt Alles und trinkt im Übermaaß.

Ihre starren Augen sind stets triefend

Und ihr Bett ist widerlicher als das Nest eines Wiedehopfes.

Und sie ist es, die ich liebe,

Und ich liebe sie gerade, weil es etwas giebt, was seltsamer anziehend als die Schöne ist: die Fäulniß;

Die Fäulniß, in der die ewige Wärme des Lebens wohnt,

In der sich die ewige Erneuerung der Verwandlungen ausarbeitet.

Ich habe drei Freundinnen!«

Das Gedicht war zu Ende. Clare schwieg.

Die Augen gierig auf den Korb gerichtet, hatte das Gesicht nicht aufgehört während des Vortrages der letzten Strophe zu bellen.

Da wandte sich Clara traurig zu mir und sagte:

– Siehst Du, er erinnert sich an nichts mehr. Er hat das Gedächtniß für seine Verse wie für mein Gesicht verloren und dieser Mund, den ich geküßt habe, kennt nicht mehr die Sprache der Menschen. Ist das nicht wahrhaftig unerhört?

Sie wählte aus dem Fleische des Korbes das schönste Stück, das größte und hielt es, den Oberkörper zierlich vorgebeugt, an der Spitze ihrer Harke dem entfleischten Gesicht hin, dessen Augen gleich zwei Feuerheerden leuchteten.

– Iß, mein armer Dichter, sagte sie, iß, da nimm es! Mit den Bewegungen eines ausgehungerten wilden Thieres ergriff der Dichter mit seinen Krallen das fürchterliche, übelriechende Stück und führte es zu seinem Munde, wo ich es einen Augenblick lang hängen sah, gleich einem Stück Straßenschmutz im Maule eines Hundes. Aber alsogleich gab es in dem Käfig ein wüstes Brüllen und wilde Bewegung; es war nur noch ein Gehäufe von nackten Körpern, die sich auf einander gestürzt hatten, sich mit ihren langen, mageren Armen umschlangen und sich mit ihren Zähnen und Krallen zerrissen und schmerzverzerrte Gesichter, die sich das Stückchen Fleisch streitig machten. Dann sah ich nichts mehr, ich hörte das Geräusch des Kampfes im Hintergrund des Käfigs, das Stöhnen und Röcheln aus schwerer Brust, das Fallen von Körpern, das Krachen von Knochen, den wilden Lärm einer Metzelei, ein Röcheln. Von Zeit zu Zeit erschien oberhalb des Balkens ein Gesicht, das die Beute zwischen den Zähnen trug und dann wieder verschwand. Dann gab es wieder Gebell und Geröchel und nachher Stille und nichts mehr.

Clara hatte sich eng an mich gedrückt, sie zitterte am ganzen Leib.

– Ach, mein Liebling! Mein Liebling!

Ich schrie ihr zu:

– Wirf ihnen doch das ganze Fleisch hin, Du siehst, daß sie sich darum tödten.

Sie umschlang mich und drückte sich an mich.

– Küsse mich. Sei zärtlich zu mir. Das ist furchtbar! Das ist zu furchtbar!

Sie hob sich auf den Fußspitzen bis zu meinen Lippen und sagte in einem wilden, wollüstigen Kuße zu mir:

– Man hört nichts mehr. Sie sind todt. Glaubst Du, daß sie Alle todt sind?

Als wir die Augen zu dem Käfig wieder erhoben, drückte sich ein weißes, fleischloses, über und über mit Blut überströmtes Gesicht an das Gitter und sah uns starr, beinahe stolz an. Ein Fetzen Fleisch fiel aus seinen Lippen heraus in den Schmutz des blutdurchtränkten Bodens. Seine Brust ging athmend hoch auf und nieder.

Clara klatschte Beifall und ihre Stimme zitterte, während sie das folgende sagte:

– Er ist es! Es ist mein Dichter! Er ist der stärkste! Sie warf ihm das ganze Fleisch aus dem Korbe zu und sagte mit erstickter Stimme:

– Ich halte es hier nicht mehr aus, ich finde keinen Athem mehr und auch Du bist ganz bleich geworden, mein Liebling! Wir wollen jetzt ein bischen frische Luft im Garten der Qualen athmen.

Winzige Schweißtröpfchen perlten auf ihrer Stirn. Sie wischte die Stirn ab und sagte zu dem Dichter gewandt, indem sie ihre Worte mit einer leichten Bewegung ihrer Hand, von der sie den Handschuh gezogen hatte, begleitete:

– Ich bin zufrieden darüber, daß Du heute der stärkste gewesen bist. Iß! Iß! Ich werde Dich wieder besuchen kommen. Lebe wohl!

Sie schickte den Boy, für den sie keine Verwendung mehr hatte, fort. Wir gingen mitten in dem Gange rasch vorwärts und drückten uns durch die Menschenmenge durch, während wir uns bemühten, den Blick weder nach rechts, noch nach links streifen zu lassen.

Die Glocke läutete noch immer. Aber ihre Vibrationen verminderten sich derart, daß sie nur noch eine leichte Windbewegung schienen, die erstickte Klage eines Kindes hinter dichten Vorhängen.

– Weshalb ist diese Glocke da? Woher kommt das Glockenläuten? fragte ich.

– Wie? Das weißt Du nicht? Aber das ist ja die Glocke des Gartens der Qualen. Stell' Dir einmal vor: Man fesselt einen Sträfling und bindet ihn unter der Glocke fest. Dann beginnt man mit aller Macht zu läuten, so lange, bis die Vibrationen ihn getödtet haben und wenn der Tod zu kommen scheint, läutet man sanfter, immer sanfter, gerade wie jetzt eben dort hinten, damit der Sträfling nicht zu rasch stirbt. Verstehst – Du?

Ich wollte sprechen, aber Clara schloß mir den Mund mit ihrem geöffneten Fächer.

– Nein, sei still, sage nichts und höre zu, mein Liebling und denke daran, was für ein furchtbarer Tod es sein muß, unter den Schwingungen der Glocke zu sterben. Und komm mit mir und sage nichts mehr, sage nichts mehr.

Als wir den Gang verließen, glich das Glockenläuten nur noch einem Insektenschwirren, einem Geräusch von Flügeln, das in der Ferne kaum noch zu unterscheiden war.

V.

Der Garten der Qualen nimmt im Mittelpunkte des Gefängnisses einen Riesenraum von Viereckform ein, der durch Mauern umschlossen ist, von deren Steinwerk man nichts mehr sehen kann, da sie dicht mit rebenartigen Gewächsen und Schlingpflanzen bedeckt ist. Er wurde in der Mitte des vorigen Jahrhunderts von Li-Pé-Hang, dem Verwalter der kaiserlichen Gärten angelegt, von dem gelehrtesten Botaniker, der je in China gelebt hat. Man kann in den Sammlungen des Museums Guimet zahlreiche Werke zu Rathe ziehen, die seinen Ruhm verkünden, desgleichen äußerst seltsame Kupferstiche, auf denen seine bedeutendsten Arbeiten wiedergegeben sind. Die bewundernswerthen Gärten von Kiew – die einzigen, die uns in Europa voll und ganz befriedigen können – verdanken ihm viel in Hinsicht auf die technische Anlage, sowie auch vom Gesichtspunkte des Blumenschmuckes und des landwirtschaftlichen Arrangements. Doch sind sie noch weit entfernt von der reinen Schönheit der chinesischen Vorbilder. Nach Claras Meinung fehlt ihnen jene Anziehungskraft des Haut goût, in dem Qualen mit der Gartenbaukunst, Blut mit Blumen vermengt sind.

Der Boden, der einst aus Sand und Kieselsteinen bestand, wie der größte Theil dieser unfruchtbaren Ebene, wurde tief ausgehölt und mit Gartenerde, die mit großen Kosten vom anderen Ufer des Flußes herbeigebracht wurde, wieder ausgefüllt. Es wird berichtet, das mehr als dreißigtausend Kulis am Fieber während dieser gigantischen Erdarbeiten, die fünfundzwanzig Jahre lang dauerten, umkamen. Diese Hekatomben scheinen nicht umsonst gebracht worden zu sein. Mit dem Erdboden gleich Düngung vermischt, verbesserten die Todten – denn sie wurden an Ort und Stelle eingescharrt – durch ihre langsame Verwesung das Erdreich und nirgends, selbst nicht im Herzen der phantastischen Tropenwälder gibt es einen an natürlichem Humus reicheren Boden.

Seine außergewöhnliche Vegetationskraft, weit davon entfernt sich auf die Dauer erschöpft zu haben, vermehrt sich heute noch durch den Unrath der Gefangenen, durch das Blut der Hingerichteten, durch all die organischen Reste, die die Menge jede Woche ablagert und die sorgsam zusammengesucht und in geschickter Weise mit den täglich zur Verfügung stehenden Leichnamen in eigenen Verwesungsstätten bereitet werden; so wird ein äußerst kräftiger Compost geformt, den die Pflanzen gierig verzehren und der ihnen größeres Wachsthum, Kraft und Schönheit verleiht.

Kanäle des Flußes, die in genialer Weise quer durch den Garten vertheilt sind, unterhalten nach dem Bedürfniß der betreffenden Pflanzung eine feuchte Frische, die sich steigend erhält; zu gleicher Zeit dienen sie dazu, Wasserbecken und Rinnen zu füllen, deren Wasser sich ohne Unterlaß erneuert und in denen beinahe verschwundene zoologische Formen, unter anderen der berühmte Fisch mit den sechs Buckeln, der von Yu-Sin und unserem Landsmann, dem Dichter Robert de Montesquiou besungen wurde, erhalten worden sind.

Die Chinesen sind unvergleichliche Gärtner, weit überlegen unseren groben Blumenzüchtern, die keinen andern Gedanken haben als die Schönheit der Pflanzen durch achtungslose Praktiken und verbrecherische Bastarderzeugung zu zerstören. Sie sind wirkliche Missethäter, ich begreife nicht, daß man noch niemals daran gedacht hat, im Namen des Weltalllebens strenge Strafgesetze gegen sie und ihr Thun zu erlassen. Es wäre mir sogar angenehm, wenn sie ohne Mitleid einen Kopf kürzer gemacht würden, viel eher als die bleichen Mörder, deren soziales Decimirsystem mir sogar löblich und wohl angebracht erscheint, da es sich meist nur gegen alte, furchtbar häßliche Weiber und gemeine Spießbürger richtet, die eine ständige Beschimpfung des Lebens vorstellen. Nicht nur, daß unsere Gärtner die Niedertracht soweit getrieben haben, die rührende und reizende Grazie der einfachen Pflanze zu entstellen, sie wagten auch den herabsetzenden Scherz, der Zierlichkeit der Rosen, dem Sternenschimmer der Waldreben, dem firmamentartigen Ruhm des Rittersporns, dem heraldischen Geheimnis der Schwertlilien, der Verschämtheit der Veilchen Namen alter Generale und entehrter Politiker zu geben. Es gehört nicht gerade zu den Seltenheiten, wenn man in unseren Gärten zum Beispiel eine Schwertlilie trifft, die »General Archinard« getauft ist; es gibt Narzissen – Narzissen! – die in grotesker Weise den Namen

»Der Triumph des Präsidenten Felix Faure« tragen; Stockrosen, die ohne Widerspruch die lächerliche Benennung »Trauer für Herrn Thiers« tragen. Veilchen, schüchterne, freundliche und entzückende Veilchen, denen Namen wie »General Skobeleff« und »Admiral Avellan« nicht als beleidigende Spitznamen erschienen! ... Die Blumen, die doch lauter Schönheit, lauter Licht und lauter Freude sind, auch lauter Liebkosung, sollen auf diese Weise an die Schnurrbartköpfe und das schwere Schafleder eines Soldaten erinnern oder auch an die parlamentarische Unverschämtheit eines Ministers ... Da die Blumen auch verschiedene politische Erinnerungen zum Ausdruck bringen, dienen sie dazu, Propaganda bei Wahlen zu machen. Welcher Verirrung, welchem geistigen Niedergange mögen solche Lästerungen entsprechen, solche Attentate auf die Göttlichkeit der Dinge? Wenn es möglich wäre, daß ein vollkommen seelenloses Wesen Haß gegen die Blumen empfände, würden die europäischen Gärtner und im besonderen die französischen Gärtner dieses Paradoxon, diese offenbare Heiligthumschändung erfüllt haben ...

Als vollkommene Künstler und naive Dichter haben die Chinesen fromm die Liebe und den religiösen Kult der Blumen bewahrt. Es ist dies eine der sehr seltenen und sehr alten Überlieferungen, die ihren Niedergang überlebt haben. Und wie man wohl zwischen den einzelnen Blumen einen Unterschied machen muß, haben sie ihnen gleichzeitig graziöse Analogien beigegeben, Traumbilder, Namen der Reinheit oder der Wollust, die fortdauern lassen und harmonisch verbinden, was nur in unserem Geiste an Gefühlen sanften Entzückens und leidenschaftlichen Rausches durch sie erwirkt wird. So geschieht es, daß die Chinesen gewisse Mohnblumen, ihre liebsten Blumen überhaupt, nach ihrer Form und Farbe mit jenen entzückenden Namen begrüßen, die jeder einzelne für sich ein ganzes Gedicht und ein ganzer Roman sind: »Das junge Mädchen, das seine Brüste darreicht« oder »Das unter dem Monde ruhige Wasser« oder »Die Sonne im Forste« oder »Das erste Verlangen der schlafengegangenen Jungfrau« oder »Mein Kleid ist nicht mehr ganz weiß, da der Sohn des Himmels, indem er es zerriß, ein wenig rosiges Blut daran hängen ließ« oder auch nur diese: »Ich genoß meines Freundes Liebe im Garten«.

Und Clara, die mir diese hübschen Sachen erzählte, rief entrüstet, indem sie mit ihren kleinen Füßen, die in gelben Schuhen steckten, auf den Boden stampfte:

– Und diese göttlichen Poeten, die ihre Blumen »Ich genoß meines Freundes Liebe im Garten« nennen, behandelt man als Affen und Wilde.

Die Chinesen haben allen Grund, stolz auf den Garten der Qualen zu sein, den schönsten, den es vielleicht in ganz China giebt, wo doch wunderbare Gärten in großer Menge zu finden sind. In diesem sind die Quintessenzen ihrer seltensten Blumen, der zartesten sowohl wie auch der mächtigsten Blumen, die von den Firnfeldern des Gebirges herbeigeholt wurden und solche, die in den glühenden Schmelzöfen der weiten Ebenen wachsen, ferner geheimnißvolle, wilde Blumen, die sich in den undurchdringlichsten Wäldern verbergen und in die der volksthümliche Glaube Seelen von bösen Genien versetzt hat. Von dem Wurzelbaum bis zur Felsazalee, von dem hörnigen und zweiblumigen Veilchen bis zu den Nepenthen, vom Hibicus volubilis bis zur stoloniferen Helianthe, von der Androsace, die unsichtbar in ihrer Felsspalte ist, bis zu den wild sich schlingenden Lianen, ist jede Art durch zahlreiche Exemplare vertreten, die organische Nahrung erhalten und nach kunstvollen Riten von gelehrten Gärtnern behandelt werden. So entfalten sie sich in übernatürlicher Weise. Es ergeben sich Farbenbildungen, die wir in unserem traurigen Klima und unseren kunstlosen Gärten uns kaum in ihrer überwältigenden Schönheit auch nur vorstellen können.

Ein weites Wasserbecken, über das eine hölzerne, hellgrün getünchte Brücke bogenförmig geschlagen ist, nimmt den Mittelpunkt des Gartens ein, an der Sohle eines kleinen Thales, in das zahlreiche gewundene Baumreihen münden, sowie blumengeschmückte Wege von leichter Zeichnung und harmonischem Bau. Lotosblumen und Wasserrosen beleben die Teichfläche mit ihren riesigen Blättern und ihren gelben, malvenfarbenen, weißen, rosigen und purpurnen Blumen, dicke Irisdolden heben sich auf den feinen Stengeln empor, auf deren Spitzen seltsam symbolische Vögel zu nisten scheinen, daneben Butomen, Cyperen gleich menschlichem Haar, riesige Luzulen mischen ihr tolles Laub mit den phallos- und wulwenförmigen Auswüchsen der verblüffendsten Arumgewächse. Durch eine geniale Combination erheben sich an den Ufern des Wasserbeckens zwischen Skolopendren, den Trollblumen und Alanten kunstvoll gebaute Bohrblumen und biegen sich über das Wasser, das das Blau ihrer heruntersinkenden, im Winde sich wiegenden Dolden spiegelt. Und Kraniche mit perlgrauem Gefieder und seidigem Kopfschmuck, scharlachrothen Füßen, weiße Reiher und weiße Störche mit blauem Nacken aus der Mandschurei spazieren auf dem Grase in indolenter Grazie und priesterlicher Majestät herum.

Hier und dort, wo die Erde hervortrat und auch rothe Felsen, erschien alles mit zwerghaftem Farrenkraut, Androsaceen, Saxifragen und gesträuchigen Kletterpflanzen tapeziert. Von schlanken und graziösen Kiosken sah man die Spitze oberhalb der Bambus- und Cedernbäume, die goldigen Dächer und den zierlichen Bau der hervorstehenden Hölzer, die kühne Windungen beschreiben und scharf aufwärts gebogen sind. Längs der Abhänge giebt es eine Unzahl von verschiedenen Pflanzenarten. Epimeden, die zwischen den Steinen grünen, mit ihren zierlichen, stetig beweglichen und gleich Insekten herumschwirrenden Blumen; orangenfarbene Hemerocalden, die dem Sphinx ihren Kelch einen Tag lang bieten, weiße Oenotheren, deren Blüthe nur eine Stunde lang dauert, fleischige Opuntien, Comeconen, Moreen, ganze Felder und Wiesenabhänge, ein förmlicher Strom von Primeln, den chinesischen Primeln, die so ungeheuer viel Formen und Farben annehmen können und von denen wir in unseren Treibhäusern nur armselige Abbilder besitzen. Und noch eine zahllose Menge von reizenden und seltsamen Formen. Und rings um die Kioske, zwischen den Rasenflächen auf den weiten windbewegten Blumenperspektiven war es, als ob ein rosiger, malvenfarbiger und weißer Regen niederginge, ein Schwirren von Farbennuancen wie das Treiben in einem Ameisenhaufen, ein Opal-, Milch- und Perlmutter-Irisiren, das so zart und schnell veränderlich erschien, daß man unmöglich mit Worten den unendlichen Zauber und den unaussprechlichen Reiz dieses Edeus wiedergeben kann.

Wie waren wir nur hierhergebracht worden? Ich hätte es beim besten Willen nicht sagen können ... Plötzlich hatte sich unter Claras Hand eine Thür an der Mauer des dunklen Ganges geöffnet. Und mit einem Male waren wir wie durch den Zauber des Ringes einer Fee draußen gewesen, eine Summe himmlischen Lichtes drang in mich und ich sah wundervolle Horizonte von mir aufsteigen.

Ich schaute entzückt drein, geblendet von dem sanften Lichte, entzückt von dem nicht mehr allzu heißen Himmel, entzückt selbst von den großen bläulichen Schatten, die die Bäume weich auf den Rasen warfen, gleich weichlichen Teppichen; entzückt von dem beweglichen Feenschauspiel der Blumen, den Balken von Mohnblumen, die durch leichte Netze vor dem tödtlichen Kuß der heißen Sonne geschützt wurden. Nicht weit vor uns stäubte auf einer dieser Wiesen ein Apparat Wasser aus, in den: sich alle Farben des Regenbogens spiegelten, durch welchen gesehen der Rasen und die Blumen das Farbenspiel von Edelsteinen annahmen.

Ich sah gierig hin, ohne des Schauspiels müde zu werden .... In diesem Augenblick bemerkte ich keine der Einzelheiten, die ich mir später wieder ins Gedächtniß zurückrief. Ich sah nur eine Summe von Geheimnissen und von Schönheit, deren plötzliches, tröstendes Erscheinen ich mir nicht zu erklären suchte. Ich fragte mich nicht einmal, ob es Wirklichkeit sei, was mich umgab oder auch nur Trugbild ... Ich fragte mich nichts ... ich dachte an nichts ... ich sagte nichts ... Clara sprach, sie sprach immer weiter ... Zweifellos erzählte sie mir noch Geschichten und aber Geschichten ... Ich hörte nicht auf sie und fühlte sie auch gar nicht mehr neben mir. In diesem Augenblick war ihre Anwesenheit an meiner Seite für mich in weite Ferne gerückt! So ferne wie ihre Stimme ... und so ganz unbekannt!

Endlich erhielt ich nach und nach wieder Gewalt über mich, über meine Erinnerungen, über die Wirklichkeit der Dinge und begriff so, warum und weshalb ich mich hier befinde...

Beim Verlassen der Hölle, noch gelblichweiß vor Schreck über die Gesichter der Verurtheilten, die Nüstern noch ganz von diesem Verwesungs- und Todtengeruch erfüllt, die Ohren noch von dem Jammergeheul der Gefolterten klingend, gab mir der Anblick dieses Gartens plötzliche Beruhigung, nachdem ich etwas wie unbewußte Begeisterung, wie unwirkliches Klimmen meines ganzen Ichs zum Zauber eines Traumlandes gefühlt hatte ... Mit Entzücken sog ich aus voller Brust die neue Luft ein, die von soviel feinen und zarten Düften durchtränkt war ... Dies glich der unbeschreiblichen Freude des Erwachens nach einem schweren Traume ... Ich genoß die mit

Worten gar nicht auszudrückende Wonne eines Menschen, der befreit wird, nachdem er in einem fürchterlichen Knochenhaus begraben war, dessen Stein aufhebt und im hellen Sonnenlicht mit unverletztem Leibe, freien Organen und einer nagelneuen Seele, sich wiedergeboren fühlt...

Eine Bambusrohrbank befand sich neben mir, im Schatten einer riesigen Esche, deren purpurne Blätter im Lichte glänzend, die Illusion eines Rubinendomes gaben ...Ich setzte mich oder ließ mich vielmehr auf die Bank fallen, denn die Freude an all diesem herrlichen Leben ließ mich jetzt vor ungekannter Wollust beinahe die Besinnung verlieren.

Und ich sah zu meiner Linken als steinerner Hüter dieses Gartens einen Buddha, der auf einem Felsen kauerte und uns sein ruhiges Gesicht zuwandte, sein Gesicht voll von majestätischer Güte, das über und über in Azur und Sonne gebadet war. Blumensträuße und Fruchtkörbe bedeckten den Fuß des Monumentes, als fromme, duftende Gaben. Ein junges Mädchen in gelbem Seidenkleid stellte sich auf die Fußspitzen, um die Stirne des furchtbaren Gottes erreichen zu können, die sie andächtig mit Lotus und Frauenschuh bekränzte ...Schwalben schossen durch die Luft und stießen freudige Schreie aus ...Da dachte ich – mit welch religiösem Entusiasmus, mit welch geheimnißvoller Andacht und Anbetung! – an das herrliche Leben des Mannes, der lange vor unserem Christus den Menschen Reinheit, Entsagung und Liebe gepredigt hatte...

Doch gleich der Sünde über mich gebeugt, brachte mich Clara mit ihrem rothen, einer Georgine vergleichbarem Munde, Clara, mit grünen Augen, mit jenem grauen Grün, das die unreifen Früchte des Mandelbaumes zeigen, ohne Verzug zur Wirklichkeit zurück und sagte mir, indem sie mit einer weiten Bewegung den Garten bezeichnete:

– Sieh nur, mein Liebling, was die Chinesen für wunderbare Künstler sind und wie sie die Natur mitschuldig an ihrer raffinirten Grausamkeit zu machen wissen! ...In unserem gräulichen Europa, das seit so langer Zeit nicht mehr weiß was Schönheit ist, wird insgeheim, im Grunde von Gefängnissen oder auf öffentlichen Plätzen, inmitten betrunkenen Gesindels hingerichtet ...Hier geschieht dies von Blumen umgeben, inmitten des wunderbaren Zaubers und des überwältigenden Schweigens aller dieser Bäume, gerade hier werden die Folter- und Todesinstrumente, die Schandpfähle, die Galgen und die Kreuze aufgestellt ...Du wirst sie sehen, so innig vermengt mit den Wundern dieser Blumenorgie, mit der Harmonie dieser einzigen und magischen Landschaft, daß sie gewissermaßen mit ihr verwachsen scheinen, gleich seltsamen Blumen dieses Bodens und dieses Lichtes...

Und da ich eine ungeduldige Bewegung nicht verbergen konnte:

– Du Dummkopf! meinte Clara ...Du kleiner Dummkopf, der gar nichts begreift!...

Die Stirne von einer finsteren Falte durchkreuzt, fuhr sie fort:

– Höre mich an! ...Hast Du einmal, wenn Du traurig einen Festsaal betreten ...Hast Du dann gefühlt wie sehr Deine Trauer wie durch eine Beleidigung, durch die Freude der Gesichter, durch die Schönheit der Dinge vermehrt und unerträglich gemacht wurde ...Dieses Gefühl kann man in der That nicht aushalten ...Bedenke, wieviel schlimmer dies für den Sträfling sein muß, der inmitten furchtbarer Qualen hier sterben soll ...Überlege, wie sehr sich die Folter in seinem Leib und in seiner Seele durch den herrlichen Glanz, der sie umgibt, vergrößert ...und wie der Todeskampf wüthender, verzweifelnd wüthender dadurch wird, liebes Herzchen!...

– Ich dachte an Liebe, antwortete ich in vorwurfsvollem Ton ...und jetzt sprechen Sie mir wieder, Sie sprechen mir ewig von Qualen!...

– Zweifellos! ...Da dies doch aufs Gleiche herauskommt...

Sie stand aufrecht neben mir, die Hände auf meine Schultern gelegt. Und der röthliche Schatten der Esche umgab sie gleich Feuergluth ...Sie ließ sich auf die Bank nieder und fuhr fort:

– Da es doch überall Qualen gibt wo man Menschen findet ...so ist dies doch nicht meine Schuld, mein Baby, und ich trachte eben mich daran zu gewöhnen und Genuß daran zu finden ... denn das Blut ist ein werthvoller Zusatz der Wollust ...Es ist der Wein der Liebe...

Sie zeichnete mit der Spitze ihres Sonnenschirmes einige naiv schamlose Figuren im Sande und sagte:

– Ich bin überzeugt, daß Du die Chinesen für grausamer hältst als wir sind ...Nicht im geringsten! ...Keine Spur! ...Als wir, die Engländer? ...Ja sprechen wir davon! Und Ihr, die Franzosen?

In Eurem Algier, an der Grenze der Wüste habe ich Folgendes gesehen ... Eines Tages nahmen Soldaten Araber gefangen ... arme Araber, die kein anderes Verbrechen begangen hatten, als die Roheiten ihrer Eroberer zu fliehen ... Der Oberst befahl sie auf der Stelle nieder zu machen, ohne Verhör, ohne Kriegsgericht ... Und Folgendes ereignete sich ... Es waren ihrer dreißig an der Zahl ... dreißig Löcher wurden in den Sand gegraben und dann verscharrte man sie bis zum Hals, nackt, mit rasiertem Schädel, in der mittäglichen Sonnengluth ... damit sie nicht so rasch erlägen ... begoß man sie von Zeit zu Zeit wie Kohlköpfe ... Nach Verlauf einer halben Stunde waren ihre Augenlider aufgedunsen ... die Augen traten aus den Höhlen, ... die entzündeten und verschwollenen Zungen erfüllten jeden einzelnen Mund, der in gräßlicher Weise aufgesperrt war, zur Gänze ... und die Haut zerplatzte und zerschliß auf den Schädeln ... Ich versichere Dich, diese dreißig todten Köpfe waren ohne jede Anmuth, selbst ohne jeden Schreck, sie starrten aus dem Boden empor, gleich formlosen Kieseln! ... Und wir? ... Das ist noch viel schlimmer! ... Ach, ich erinnere mich noch des seltsamen Gefühles, das ich hatte, als ich in Kandy, der alterthümlichen und dumpfen Hauptstadt von Ceylon, die Stufen des Tempels erklomm, wo die Engländer, thöricht, ohne Qualen, die kleinen Modeliarprinzen erwürgten, die uns durch die Sagen so reizend, gleich chinesischen Statuen, voll wunderbarer Kunst und priesterlich ruhiger und reiner Grazie, mit ihrem goldenen Schein und ihren langen gefalteten Händen, dargestellt waren ... Ich fühlte was sich dort ereignet hatte ... auf diesen geheiligten Stufen, die durch achtzig Jahre wüthender Besitznahme noch nicht von dem Blute rein gewaschen waren, es war dies ein schrecklicherer Vorgang, als die Niedermetzlung von Menschen; die Zerstörung einer köstlichen, rührenden, unschuldigen Schönheit ... In diesem im Todeskampfe liegenden und noch immer geheimnisvollen Indien trifft man bei jedem Schritt, den man auf dem altehrwürdigen Boden macht, die Spuren jener schandbaren europäischen Barbarei ... Die Straßen von Calcutta, die frischen Himalayavillen von Dardjilling, die Tribaden von Benares, die prunkvollen Häuser der Kaufleute von Bombay haben den Eindruck von Trauer und Tod nicht auslöschen können, den die Rohheiten kunstloser Metzeleien, von Vandalismus und thörichter Zerstörungswuth überall hinterlassen haben ... Im Gegentheil, sie unterstreichen diesen Eindruck nur noch mehr ... Und gleichgültig wo immer die Civilisation auftaucht, zeigt sie dieses Zwillingsgesicht unfruchtbaren Blutes und ewig erstorbener Ruinen; gleich Attila kann sie sagen: »Das Gras wächst nicht mehr, wo mein Pferd vorüber kam« ... Sieh' Dich hier um, sieh vor Dich hin ... Es gibt hier kein Sandkorn, das nicht in Blut gebadet wurde ... und selbst das Sandkorn ist doch wohl nur Todesstaub? ... Aber wie ausgiebig dieses Blut, wie fruchtbar dieser Staub ist! ... Sieh nur an ... das Gras ist fett ... die Blumen strotzen ... und überall herrscht die Liebe ...

Clara's Gesicht hatte einen edlen Ausdruck angenommen ... Sanfte Melancholie milderte die tiefe Falte ihrer Stirn und verhüllte die grünen Flammen ihrer Augen ... Sie begann von Neuem:

– Ach, wie traurig die kleine todte Stadt von Kandy, wie herzzereißend sie an jenem Tage aussah! ... In der vernichtenden Glut schwebte dumpfes Schweigen zugleich mit den Geiern über ihr ... Einige Hindus verließen den Tempel, wo sie Buddha Blumen gespendet hatten ... Die tiefe Sanftmuth ihrer Augen und ihrer Blicke, der Adel ihrer Stirn, die leidende Schwächlichkeit ihres Leibes, der vom Fieber verzehrt erschien, die biblische Langsamkeit ihrer Bewegungen, all dies ergriff mich bis in die Tiefe meiner Seele ... Sie schienen in Verbannung zu leben auf ihrer heimatlichen Erde, nahe ihrem sanften, in Ketten gelegten und von Sipoys bewachten Gotte ... Und in ihren schwarzen Augensternen lag nichts Irdisches mehr ... nur noch ein Traum von körperlicher Befreiung, das Erwarten des lichterfüllten Nirvana ... Ich weiß nicht, welch menschliche Achtung mich davor zurückhielt, angesichts der Schmerzen dieser verehrungwürdigen Väter meiner Rasse, meiner vatermörderischen Rasse, in die Kniee zu sinken ... Ich begnügte mich damit, sie demüthig zu grüßen ... Aber sie gingen vorüber ohne mich zu sehen ... ohne meinen Gruß ... ohne die Thränen in meinen Augen ... und die kindliche Rührung, die mir das Herz zusammenpreßte, zu bemerken ... Und als sie vorübergegangen waren, fühlte ich, daß ich Europa haßte, mit einem Haß, der nie entschwinden wird ...

Sie unterbrach sich plötzlich und fragte mich:

– Aber das langweilt Dich, sage? Ich weiß nicht, warum ich Dir all' dies erzähle ... Das hat doch gar keinen Zusammenhang ... Ich bin wahnsinnig! ...

– Nein ... nein ... liebe Clara, antwortete ich, indem ich ihr die Hände küßte ... Ich liebe Sie im Gegentheil umsomehr, wenn Sie in dieser Weise zu mir sprechen ... Sprechen Sie doch immer so zu mir! ...

Sie fuhr fort:

– Nachdem ich den armen und nackten Tempel, den am Thor ein Gang, – der einzige Über-rest früherer Reichthümer – schmückte, besucht hatte, nachdem ich den Duft der Blumen, mit denen das Buddha-Standbild bedeckt war, eingesogen hatte, ging ich melancholisch nach der Stadt zurück ... Sie lag verlassen da ... Als ein groteskes und düsteres Sinnbild des westlichen Fortschrittes trieb sich dort nur ein Pastor – das einzige menschliche Wesen herum – indem er die Mauern streifte und eine Lotusblume im Schnabel trug ... Unter dieser blendenden Sonne hatte er, wie im großstädtischen Nebel, seine karikirende Clergyman-Uniform, schwarzen wei-chen Hut, langen schwarzen Rock, mit steifem, fettigem Kragen behalten, sowie die schwar-ze Hose, die in jämmerlichen Falten auf seine riesigen Fuhrknechtsstiefel herabfiel ... Dieses klägliche Seelsorgerkleid war von einem weißen Sonnenschirm, einer Art von tragbarer und zerlegbarer Punka begleitet, die einzige Conzession, die dieser Kerl den Localsitten und der Sonne Indiens gemacht hatte, welche die Engländer bis jetzt noch nicht in Schweißnebel um-zuwandeln vermochten. Und ich dachte nicht ohne Ärger, daß man vom Äquator bis zum Pol keinen Schritt machen kann, ohne diesem verdächtigen Gesicht, diesem gierigen Auge, diesen verkrampften Händen, diesem scheußlichen Mund zu begegnen, der über die reizenden Gott-heiten und die anbetungswürdigen Mythen der kindlichen Religionen, zugleich mit Ginduft den Schrecken der biblischen Verse hinhaucht.

Sie war ganz eifrig geworden. Ihre Augen trugen den Ausdruck hochherzigen Haßes, den ich an ihr noch nicht kannte. Des Ortes, an dem wir uns befanden, ihrer verbrecherischen Begeisterung und ihrer blutigen Überspanntheit vergessend, sagte sie:

– Überall wo vergossenem Blute ein Schein von Recht gegeben, Freibeutereien gebilligt, Ver-gewaltigungen gesegnet werden sollen, ist man sicher diesen brittanischem Tartuffe, unter dem Vorwande religiöser Propaganden oder wissenschaftlicher Studien, das Werk schandbarer Err-oberung vollführen zu sehen. Sein gemeiner, wilder Schatten hebt sich von der Verzweiflung besiegter Völker, begleitet von dem des würgenden Soldaten und des ranzigen Shylok, ab. Im Urwalde, auf der Schwelle der armseligen verwüsteten Strohhütte, zwischen in Brand gesteckten Behausungen, wo der Europäer mit Recht mehr denn ein Tiger gefürchtet ist, erscheint er nach der Metzelei, wie am Abend nach einem Kampfe die Hyänen des Schlachtfeldes auftauchen, um die Todten zu berauben. Er ist übrigens ein würdiges Seitenstück seines Concurrenten, des ka-tholischen Missionärs, der auch seinerseits Civilisation mit Fackeln, Schwertern und Bayonett einführt ... Ach leider! ... China wird von diesen beiden Geiseln überschwemmt und zerstört ... In einigen Jahren wird von diesem wundervollem Lande, in dem ich so gerne weile, nichts übrig bleiben! ...

Plötzlich stand sie auf und stieß einen Schrei aus:

– Und die Glocke, mein Liebling! ... Die Glocke ist nicht mehr zu hören ... Ach, mein Gott ... er wird gestorben sein! ... Während wir hier müssig plauderten, wird er jedenfalls zum Schind-anger gebracht werden ... Und wir bekommen ihn nicht zu Gesicht! ... Daran bist auch Du Schuld ...

Sie zwang mich die Bank zu verlassen ...

– Rasch! ... rasch! ... mein Herz! ...

– Das eilt doch nicht, meine liebe Clara ... wir werden noch immer Entsetzliches genug zu sehen bekommen ... Sprich noch zu mir weiter, wie Du es vor einem Augenblick gethan, da ich Deine Stimme und Deine Augen so sehr liebte!

Sie wurde ungeduldig:

– Rasch! ... rasch! ... Du weißt nicht was Du sagst! ...

Ihre Augen waren wieder hart, ihre Stimme athemlos, ihr Mund befehlshaberisch grausam und sinnlich geworden ... Mir schien, daß selbst der Buddha jetzt seltsam beleuchtet, eine grinsende Henkerfratze schnitt und ich bemerkte, daß das junge Mädchen mit den Spenden sich durch eine Allee zwischen den Wiesen da hinten entfernte ... Ihr gelbes Kleid war winzig, leicht und strahlend, gleich einer Narzisse.

Der Weg, den wir einschlugen, war durch Pfirsich-, Kirschen-, Quitten- und Mandelbäumen eingesäumt, von denen die einen zwerghaft und in bizarren Formen verschnitten, die andern frei und dicht, nach allen Seiten ihre langen, mit Blumen beladenen Zweige ausstreckten. Ein kleiner Apfelbaum, dessen Holz, Blätter und Blüthen lebhaft roth gefärbt waren, ahmte die Form einer dickbäuchigen Vase nach. Mir fiel auch ein wunderbarer Baum auf, der Birnbaum mit den Birkenblättern genannt wurde. Er erhob sich in einer vollkommen geraden Pyramide bis zur Höhe von sechs Metern, und von der breiten Grundfläche bis zum spitzkegeligen Gipfel war er dermaßen mit Blüthen bedeckt, daß man weder sein Laub noch seine Zweige unterscheiden konnte. Unzählige Blüthenblätter fielen ohne Unterlaß, während andere sich öffneten; sie schwebten um die Pyramide und sanken langsam auf die Wege und Rasenflächen nieder, die sie mit schneeiger Weiße bedeckten. Und die Luft füllte sich bis in die weite Ferne mit dem feinem Dufte wilder Rosen und Reseda. Dann kamen wir an großen Baumgruppen vorbei, die neben kleinblüthigen Deutzias mit breiten, rosigen Doldentrauben jene hübschen Rainweiden von Peking mit dichtem Laubwerk und großen Federbüschen an den weißen, mit Safran bepuderten Blüthen, verzierten.

Bei jedem Schritte gab es eine neue Freude, eine Überraschung für die Augen, die mir Rufe der Bewunderung entlockten. Hier umschlang eine Rebe, deren breite, hellgelben Blätter wie unregelmäßig gezackt und spitzenartig erschienen, die ich bereits in den Gebirgen von Annam bemerkt hatte, den breiten Ricinusblättern vergleichbar, mit ihren riesigen Fühlern einen abgestorbenen Baum; sie stiegen bis zu den Bruchstellen der Zweige hinauf und fielen von dort wie ein Wasserfall, wie ein Strom, wie eine Lawine herab, indem sie eine Schattenflora beschützten, die auf dem Boden zwischen dem Schiffe, den Colonnaden und den Nischen, die von diesen Gewächsen gebildet wurden, gedieh. Da breitete ein Stephanander sein merkwürdiges, gleich einer Scheidewand gebildetes Laub aus, das mich entzückte, da es alle Arten von Farben, vom Pfauengrün bis zum Stahlblau, vom zarten Rosa bis zum barbarischem Purpur, vom hellen Gelb bis zum braunen Oker durchlief. In nächster Nähe schüttelte eine Gruppe gigantischer Biburnums, die hoch wie Eichen waren, ihre dicken Schneeballen, die am Ende jedes Zweiges hiengen.

Von Stelle zu Stelle knieten Gärtner im Grase oder hockten auf rothen Leitern und befestigten Schlingpflanzen auf feinen Bambusgestellen; andere banden Trichterwinden und weiße Zaunweiden an lange dünne Schutzstäbe aus schwarzem Holz ... Und überall erhoben auf den Wiesen die Lilien ihre Stengel, deren Blüthen im Begriffe waren sich zu erschließen.

Die Bäume, die Sträucher, das Dickicht, die einzeln oder in Gruppen wachsenden Pflanzen schienen auf den ersten Blick durch den Zufall des Samens, ohne Methode, ohne Kultur, ohne einen anderen Willen als den der Natur, ohne eine andere Laune als die des Lebens gewachsen zu sein. Das war ein Traum. Der Platz jeder einzelnen Pflanze war im Gegentheil mühsam studiert und ausgewählt worden, sei es damit die Farben und Formen sich ergänzten, einander besser zur Geltung brachten, sei es um das Gesammtgebilde, die Durchhaue, die blumigen Ausblicke zu bilden und so die Eindrücke, indem die Zier verwickelte Formen erhielt, zu vervielfältigen. Die armseligsten Blumen nahmen gleich dem riesenhaften Baum, schon durch ihre Lage an einer unbeugsamen Harmonie, an einem künstlerischen Gesammtbilde theil, dessen Wirkung umso überwältigender war, als man weder geometrische Arbeiten, noch schmückende Anstrengung bemerkte.

Alles schien durch die Üppigkeit und Freigebigkeit der Natur zum Triumph der Mohnblumen eingerichtet zu sein.

Auf sanft ansteigenden Hügeln waren statt Rasen duftende Sternleberkräuter und rosige Kreuzblütler gesäet, von dem verblichenem Rosa alter Seidenstoffe; und Mohnblumen, ganze Felder baumartiger Mohnblumen erhoben sich von diesem prunkvollen Teppich. Nahe von uns streckten vereinzelte ihre rothen, schwarzen, kupferigen, orangefarbenen und purpurnen Riesenkelche aus. Andere boten in idealer Reinheit die jungfräulichsten. Nuancen vom Rosa bis zum Weiß. In dichter Menge vereint, oder auch einzelstehend am Rande des Weges, nachdenklich am Fuße der Bäume, verliebt längs des Dickichts waren die Mohnblumen in der That die Feen, die wunderbaren Königinen dieses Wundergartens.

Überall begegnete der Blick, wohin er sich auch wandte, einer Mohnblume. Auf den steinernen Brücken, die gänzlich mit Felspflanzen bedeckt waren, auf den Brücken, die durch ihre kühn geschwungenen Bogen die Steinblöcke verbanden und einen Übergang zwischen den einzelnen Kiosken bildeten, standen Mohnblumen gleich einer festfrohen Menge. Ihre strahlende Prozession stieg die Abhänge hinauf, um die herum die Wege und Fußpfade sich kreuzten, und vereinigten sich unter winzigen silbernen Spindelbäumen und zu Hecken verschnittenem Hartriegel. Ich bewunderte ein Beet, das auf einem Hügel gelegen war, wo sich auf niedrigen, weißen, wendeltreppenartig angelegten Mauern, durch Matten beschützt, die kostbarsten Mohnarten dehnten, die geschickte Künstler in vielfachgeformten Spalieren angebracht hatten. In den Breschen dieser Mauern wuchsen in viereckigen Kästen uralte Mohnstauden, die Bälle auf hohen nackten Stengeln bildeten. Und ihr Haupt krönte sich mit dichtem Gebüsch, der freiaufwachsenden geheiligten Pflanze, deren Blüthe, die in Europa so vorübergehend ist, hier durch alle Jahreszeiten hindurch andauert. Zu meiner Rechten, zu meiner Linken, in nächster Nähe oder auch verloren in fernen Ausblicken, gab es noch, gab es stets Mohnblumen, Mohnblumen und wieder Mohnblumen…

Clara begann wieder rascher einherzuschreiten, fast gleichgültig gegen diese Schönheiten; sie gieng mit trüb umwölkter Stirn, während ihre Augen glühten, vorwärts …Es war, als ob sie durch eine Zerstörungskraft weiter getrieben würde …Was sie sprach, vernahm ich nicht oder nur ganz undeutlich! Die Worte »Tod, Zauber, Folter, Liebe«, die ohne Unterlaß von ihren Lippen kamen, schienen mir wie fernes Echo, ein leises, kaum unterscheidbares Glockenläuten, in weiter, weiter Ferne, zerronnen in Ruhm, in Triumph, in der reinen und grandiosen Wollust dieses überwältigenden Lebens.

Clara schritt weiter, immer weiter und ich gieng neben ihr her, überall sahen wir neben neuen Überraschungen von Mohnblumen, traumhafte oder wahnsinnige Dickichte, blaue Spindelbäume. Stechpalmen mit wilden Federbüschen, zierliche, haarige Magnolien, Zwerg-Zedern, wie Frisuren gekräuselt, Aralien, hohe Gramineen, riesige Eulalien, deren bandförmige Blätter gleich goldigen Schlangenhäuten herabsanken und wellig bewegt waren. Es gab auch tropische Düfte unbekannter Bäume, auf deren Stamm sich unreine Orchideen wiegten, verschiedene Bananenbäume, die durch vielfache Wurzeln den Boden durchdrangen, ungeheure Bananen und unter dem Schutz ihrer Blätter Blumen, die Insekten, die Vögeln glichen, wie die feenhafte Strelitzia, deren gelbe Blumenblätter Flügel sind, die sich in einem unablässigen Fluge befinden.

Plötzlich blieb Clara stehen, als ob ein roher, unsichtbarer Arm sie angefaßt hätte.

Nervös, unruhig, mit vibrirenden Nüstern, gleich einer Hirschkuh, die im Winde den Geruch des Männchens eingesogen hat, schnüffelte sie in der Luft rings herum. Ein Zittern, das, wie ich wußte, bei ihr der Vorläufer des Wollustzuckens war, durchlief ihren Körper, ihre Lippen wurden im selben Augenblick röther und schwellender.

– Hast Du gerochen? …rief sie, mit kurzer, dumpfer Stimme.

– Ich rieche den Duft der Mohnblumen, der den ganzen Garten erfüllt …antwortete ich.

Sie stampfte ungeduldig mit dem Fuße auf den Boden:

– Nein, das ist es nicht! …Hast Du es nicht gerochen? …Erinnere Dich doch nur!…

Und während sich ihre Nüstern noch weiter öffneten und ihre Augen strahlender glänzten, sagte sie:

– Das riecht, wie wenn ich Dich liebe!…

Dann beugte sie sich lebhaft über eine Pflanze, eine Wiesenraute, die am Rande des Weges ihren langen, feinen, steifen, astartigen, hell violet gefärbten Stengel aufrichtete. Jeder Achsenast entsprang einer elfenbeinfarbenen Scheide in Form eines Geschlechtsheiles und endete in einer Dolde winziger Blümlein, die dicht aneinander gedrückt und mit Pollen bedeckt waren…

– Das ist sie! ... Das ist sie! ... Ach, mein Liebling! ...

In der That entstieg dieser Pflanze ein scharfer, phosphorhältiger Geruch, gleich dem menschlichen Samens ... Clara brach den Stengel und zwang mich den seltsamen Duft einzuathmen, dann bestäubte sie mir das Gesicht mit Pollen:

– O, mein Liebling! ... Liebling! ... rief sie ... Die schöne Pflanze ... Sie berauscht mich förmlich! ... Sie bringt mich außer mir! ... Ist es nicht merkwürdig, daß Blumen nach Liebe riechen? ... Sage warum? ... Du weißt es nicht? ... Nun schön, dann werde ich Dir's sagen ... Weshalb gäbe es so viele Blumen, die Geschlechtsteilen gleichen, wenn dies nicht deshalb geschähe, weil die Natur ohne Unterlaß den Lebewesen, durch alle ihre Gebilde und alle ihre Gerüche zurufen wollte: »Liebet Euch! ... Liebet Euch! ... thut wie die Blumen ... Die Liebe ist alles! ...« Sage auch, daß die Liebe über alles geht. O, sage es rasch, mein liebes angebetetes Schweinchen ...

Sie sog noch weiter den Duft der Wiesenraute ein, kaute die Blumen, deren Pollen an ihren Lippen festklebten. Und erklärte plötzlich:

– Ich will diese Blume in meinem Garten haben ... ich will sie in meinem Schlafzimmer sehen ... im Kiosk ... im ganzen Haus ... Riech nur, Herzchen, riech nur! ... Eine einfache Pflanze ... ist das nicht wunderbar! ... Und jetzt komm' ... komm! ... Wenn wir nur nicht zu spät bei ... der Glocke anlangen! ...

Mit einem Schmollen, das gleichzeitig komisch und tragisch war, sagte sie noch:

– Weshalb hast Du Dich auch so lange auf der Bank aufgehalten? ... Und sieh' doch alle diese Blumen nicht länger an ... Sieh' sie nicht an ... Du wirst sie nachher besser sehen ... nachdem Du Qualen und Tod erblickt hast. Du wirst sehen, wie schön sie sind, welch inbrünstige Leidenschaft ihr Duft ausathmet! ... Rieche nur noch mein Liebling ... und komm ... Und greife meine Brüste an ... Wie hart sie sind! Ihre Spitzen regen sich an dem Seidenstoff meines Kleides auf ... man möchte sagen, daß sie mit glühendem Eisen verbrannt wären ... Das ist köstlich ... komm' doch ...

Sie begann zu laufen, das Gesicht über und über gelb von Pollen, den Wiesenrautenkelch zwischen den Zähnen ...

Clara wollte nicht vor einem anderen Buddha-Standbild stehen bleiben, dessen verzerrtes und von der Zeit verwüstetes Gesicht im Sonnenlichte grinste. Ein Weib bot ihr Cidonienzweige an, deren Blumen Kinderherzchen glichen ... An einer Biegung der Allee kreuzten wir eine Bahre, die von zwei Männern getragen wurde und auf der eine Art von blutigem Fleischpacket, eine Art menschlichen Wesens zuckte, dessen Haut in Streifen geschnitten, auf dem Boden wie Fransen nachschleifte. Obwohl es unmöglich war, das geringste, menschliche Zeichen an dieser scheußlichen Wunde, die dennoch ein Mann gewesen war, unterscheiden zu können, bemerkte man, daß durch ein Wunder diese Masse noch athmete; und rothe Tropfen, Blutflecken, zeichneten sich auf dem Wege ab.

Clara pflückte zwei Mohnblumen und legte sie schweigsam mit zitternden Händen auf die Bahre nieder. Die Träger zeigten roh lachend ihre schwarzen Zähne und ihr zerfressenes Zahnfleisch und als die Bahre vorüber war, rief Clara:

– Ach! ... Ich sehe die Glocke ... ich sehe die Glocke ...

Und rings um die Bahre, die sich entfernte, rings um uns war es, als ob ein rosiger, malvenfarbiger und weißer Regen niederginge, ein Schwirren von Farbennuancen wie das Treiben in einem Ameisenhaufen, ein Opal-, Milch- und Perlmutter-Irisiren, das so zart und so schnell veränderlich erschien, daß man unmöglich mit Worten den unendlichen Zauber und den unaussprechlichen Reiz dieses Eden wiedergeben kann ...

VI.

Wir verließen die kreisrunde Allee, auf die andere Wege, die alle nach einem gemeinsamen Mittelpunkt führen, münden; sie ist von einer Uferböschung umrahmt, die mit einer großen Menge seltener und werthvoller Sträucher bepflanzt ist. Wir schlugen einen kleinen Saumpfad ein, der durch eine Terrainniederung hindurch geraden Weges zu der Glocke führt. Fußpfade und Alleen waren mit pulverisirtem Ziegelstein bestreut, was dem Grün der Wiesen und des Laubwerkes eine außerordentliche Intensität und ein smaragdartiges Leuchten verleiht. Rechter Hand dehnten sich blumenerfüllte Grasplätze, linker Hand dichtes Gesträuch. Rosige Nadelbäume mit bleichen Silberstreifen, die mit lebhafter Gold-Bronze und rothen Kupferflecken bedeckt schienen, Mahonien, deren zerrissene Lederblätter die Blüthen von Kokospalmen haben, Eleagnen, die mit vielfarbigem Lack bemalt zu sein schienen, Papyros mit Mica bestreut, Lorbeerbäume, auf denen tausend Glanzflächen irisirten, Kristalle sich spiegelten und zitterten, Caladiums, deren Geäder von alter Goldfarbe aus großgestickten Seidenstoffen und rosigen Spitzen hervorzugehen scheint, blaue Thuyas, sowie auch malvenfarbene und silberne, mit krankhaftem Gelb vermengte giftige Orangenbäume, hellgelbe Tamarinden, grüne Tamarinden, rothe Tamarinden, deren Äste in der Luft flattern und sich wiegend bewegen, gleich winzigen Alguen im Meere, Seidenbäume, deren Blüthenwedel ständig wegfliegen und ohne Unterlaß durch die Luft gleiten, Salizien und der fröhliche Schwarm ihres beflügelten Samens, Clerodendrons, die hier ihre weiten Schirme von Blättern aufspannten ... Zwischen diesem Gesträuch mischten sich an dem besonnten Theile Anemonen, Renunculaceen, Heucheras mit der Rasenfläche. Auf den beschatteten Partien zeigten sich seltsame Cryptogamen, Moosturf, der mit winzigen weißen Blümchen bedeckt war und Flechten, die Polypenhäufungen glichen. Es war ein ständiges Wunderbild.

Und von dieser entzückenden Flora hoben sich Schaffote, Kreuzigungsbalken, Galgen, die in schreienden Farben gemalt waren, schwarze Schandsäulen, an deren Gipfel scheußliche Dämonenmasken grinsten, hohe Pranger für die einfache Erwürgung, niedrigere kunstvoll eingerichtete Galgen zur Zerstückelung der Leiber. Auf dem Gestell dieser Qualsäulen befand sich ein Blüthenmeer von Ipomeen und Daurien, von Lophospermen, von Coloquinten, die mit teuflischem Raffinement zwischen Clematiten und Atragenen an gebracht waren ... Und die Vögel sangen hier ihre Liebeslieder.

Am Fuße eines dieser Galgen, dessen Umgebung gleich einer Gartenterrasse mit Blumen bepflanzt war, saß ein Henker, sein Besteck von Marterwerkzeugen zwischen den Beinen, und reinigte seine Stahlinstrumente mit Seidenfetzen; sein Kleid war mit geronnenem Blut befleckt, die Hände schienen förmlich rothe Handschuhe zu tragen. Rund um ihn schwirrten und summten, ganz wie um ein Aas, Fliegenschwärme ... Aber in dieser Umgebung von Blumen und Wohlgerüchen war das weder widerwärtig noch schrecklich. Man hätte sagen können, daß auf sein Kleid ein Regen von Blüthen von dem benachbarten Quittenbaum niedergegangen sei. Übrigens hatte er einen friedlichen, faulen Bauch. Sein Gesicht drückte in dem ruhigen Zustande, in dem er sich befand, freundliche Ehrbarkeit, sogar Jovialität aus, die Jovialität eines Chirurgen, der eine schwierige Operation glücklich ausgeführt hat. Als wir dicht an ihm vorüberkamen, blickte er auf und grüßte uns höflich.

Clara redete ihn in englischer Sprache an.

– Es ist zu bedauern, daß Sie nicht vor einer Stunde gekommen sind, sagte der gute Mann, da hätten Sie einen sehr schönen Vorgang zu sehen bekommen, den man nicht alle Tage vor Augen hat ... Eine außergewöhnliche Leistung, Mylady! ... Ich habe einen Menschen umgestaltet vom Kopf bis zum Fuße ... nachdem ich ihm die ganze Haut vom Leibe gezogen hatte ... Er war so schlecht gebaut ... Hahaha! ...

Sein Bauch, der von dem Lachen geschüttelt wurde, schwoll an und leerte sich wieder mit einem dumpfen Geräusch von Blähungen. Ein nervöses Zucken verzog ihm die Mundwinkel bis zum Wangenbein, gleichzeitig wurden durch dieselbe Bewegung die Augenlider herabgezogen bis zu den Lippen, fast zwischen die dicken Falten der Haut. Es war eine Grimasse – eine Summe von Grimassen – die seinem Gesicht einen Ausdruck komischer und gespenstischer Grausamkeit gaben. Clara fragte:

– Also war er es ohne Zweifel, dem wir, soeben begegneten?

– Ach! Sie sind ihm begegnet? rief der gute Kerl geschmeichelt … Na also! Was sagen Sie dazu? …

– Es war schauderhaft! rief Clara mit ruhiger Stimme, die dem Abscheu ihrer Äußerung widersprach.

Darauf setzte der Henker uns auseinander:

– Es war nur ein elendiglicher Kuli des Hafens … ein Nichts, Mylady … Sicherlich verdiente er nicht die Ehre, die man ihm mit einer so schönen Arbeit anthut … Er hatte einen Sack Reis, glaube ich, Engländern gestohlen … unsern lieben guten Freunden, den Engländern … Als ich ihm die Haut vom Leibe gezogen hatte und sie nur noch durch zwei kleine Knöpfchen an den Schultern festgehalten wurde, zwang ich ihn einige Schritte zu machen. Mylady! … Hahaha! … Das war wirklich eine vorzügliche Idee! … Man konnte sich vor Lachen bei dem Anblick krümmen … Es war, als ob er auf dem Leibe … wie nennen Sie doch dieses Ding? … ach ja richtig … einen Mac-Ferlan trüge … Nie war er so schön bekleidet gewesen, der Hund, noch durch einen kunstverständigeren Schneider … aber seine Knochen waren so hart, daß ich einige Zähne meiner Säge ausgebrochen habe … dieser hübschen, kleinen Säge, die Sie hier sehen.

Ein kleines, weißliches, fettiges Stück Fleisch war zwischen den Zähnen der Säge hängen geblieben … Er schnellte es mit einem Schlage des Fingers nochmals weg, so daß es auf den Rasen mitten unter die Blümlein flog.

– Das war Hirn, Mylady! … rief der lustige Biedermann … Kostbar scheint es gerade nicht zu sein …

Kopfschüttelnd fügte er hinzu:

– Man trifft überhaupt selten etwas Kostbares, denn wir arbeiten fast immer mit niedrigem Volke …

Dann bemerkte er noch mit einem Ausdruck ruhiger Befriedigung:

– Gestern lieferte ich, meiner Treu, eine recht merkwürdige Arbeit … Ich habe aus einem Manne ein Weib gemacht … Hehehe! … Jeder hätte sich bei dem Anblick täuschen können … Und ich habe mich versuchshalber getäuscht … Wenn die Genien es mir gestatten wollen, diese hohe Gnade, daß ich morgen am Richtplatze eine Frau finde, so würde ich daraus einen Mann machen … Das ist schon schwieriger! … Hahaha! …

Bei der Anstrengung eines neuen Lachens zitterten sein dreifaches Kinn, die Falten seines Nackens und der Bauch wie Gelatine; eine einzige rothe, gebogene Linie verband da die linken Mundwinkel mit dem Ende seine geraden Augenwimpern, inmitten von tausend Runzelchen und Narben, durch die in winzigen Streifen Schweiß und Thränen, die er vor Lachen vergoß, herabrannen.

Er steckte die gereinigte Säge, die nun hell leuchtete, in den Kasten und verschloß ihn. Dieses Behältnis war herrlich in wundervollem, lackirtem Holz ausgeführt. Eine der Abbildungen darauf stellte einen Flug von Wildgänsen oberhalb eines nächtlichen Sumpfes, dessen Lotusblumen und Schwertlilien der Mond silbern beleuchtete, dar.

In diesem Augenblick warf der Schatten des Galgens auf den Leib des Henkers einen bläulichen, senkrechten Strich.

– Glauben Sie, Mylady, fuhr der geschwätzige Biedermann fort, unser Beruf verliert gleich unseren schönen Töpfereien, unseren herrlichen Seidenstickereien und unseren schönen Bildern immer mehr … Wir wissen heute fast nicht mehr, was eine wirkliche Qual ist … Obwohl ich mir alle Mühe gebe, die ehrwürdigen Überlieferungen aufrecht zu erhalten, so bin ich trotzdem machtlos und kann doch nicht ganz allein den Niedergang aufhalten. Was soll ich thun? Die Henker werden heutzutage Gott weiß wo rekrutirt, es gibt keine Examen, keinen Wettbewerb mehr … nur Protektion und Begünstigungswesen entscheidet über die Auswahl … Natürlich fällt die Auswahl darnach aus, wie Sie sich denken können. Es ist wirklich eine Schande! Früher betraute man diese bedeutenden Machtbefugnisse nur erklärten Männern der Wissenschaft an, verdienten Leuten, die zur Vollendung die Anatomie des menschlichen Körpers kannten, die Diplome besaßen, Erfahrung oder natürliches Genie. Heute ist das alles zum Teufel gegangen. Der letzte Schuhflicker bildet sich ein, diese ehrwürdige und schwierige Stellung ausfüllen zu können. Es gibt weder Hierarchie noch Überlieferungen mehr! Alles vergeht … Wir leben in einem Zeitraum des Niederganges … Ja, Mylady, es gibt in China eine Art Fäulniß, es ist etwas faul im Staate China …

Er seufzte tief, wies auf seine tiefrothen Hände, dann auf das Behältniß, das am Rasen glänzte, und fuhr fort:

– Dennoch suche ich so gut wie ich kann, mich zu bethätigen und wie Sie sahen, unseren verlorenen Ruhm wieder auf die alte Höhe zu heben. Denn ich bin ein richtiger konservativer, ein national gesinnter Mann, der sich nicht vom rechten Wege abbringen läßt. Mich widern alle diese Machenschaften, alle diese neuen Moden an, die uns unter dem Vorwande der Civilisation von den Europäern und insbesondere von den Engländern herbeigebracht werden. Oh! Ich will den Engländern sonst nichts Schlimmes nachsagen, Mylady, es sind ehrenwerthe Leute, die die höchste Achtung verdienen. Doch muß ich zugestehen, daß ihr Einfluß auf unsere Sitten jammervolle Folgen hatte. Tagtäglich nehmen sie unserem China etwas von seinem außergewöhnlichen Charakter fort … Nur was den Gesichtspunkt der Qualen allein betrifft, Mylady, so haben sie uns bereits unendlich viel geschadet … unendlich viel … Das ist sehr, sehr schade! …

– Sie verstehen sich jedoch auch darauf, unterbrach ihn Clara, die dieser Vorwurf in ihrer Vaterlandsliebe und nationalen Eitelkeit verletzt hatte. Denn es beliebte ihr wohl, sich selbst sehr hart gegen ihre Landsleute, die sie im Grunde verabscheute, auszusprechen, aber sie wollte, daß andere sie durchaus achteten.

Der Henker zuckte die Achseln und kam durch sein nervöses Gesichtszucken dazu, auf seinem Gesichte die bestimmt komischeste Grimasse zu Stande zu bringen, die wohl je auf einem menschlichen Antlitz zu erblicken war; und während wir nur mit großer Mühe einen Ausbruch von Lachen zurückhielten, erklärte er in autoritären Tone:

– Nein, Mylady, darauf verstehen sie sich absolut nicht. In dieser Hinsicht sind sie wirklich zurückgebliebene Wilde … Sehen Sie mal an, zum Beispiel in Indien – und wir wollen nur von Indien sprechen – was für eine grobe, kunstlose Arbeit ist dort geliefert worden! … Und wie thöricht, ja wie thöricht hat man dort mit dem Tode Verschwendung getrieben! …

Er faltete seine blutigen Hände wie zu einem Gebet, hob die Augen gen Himmel und fuhr mit einer Stimme, in der eine ganze Summe von Bedauern und Weinen zu liegen schien, fort:

– Wenn man bedenkt, Mylady, was für bewundernswerthe Leistungen da drüben auszuführen waren, an die man sich gar nicht herangewagt hat und die auch nie geliefert werden können … das ist unverzeihlich …

– Ach was! widersprach Clara, … Sie wissen ja nicht was Sie sagen …

– Die Genien sollen mich zur Hölle tragen, wenn ich lüge! rief der dicke Biedermann aus …

Und mit langsamer Stimme, mit lehrreichen Bewegungen begleitet, fuhr er in seinem Colleg fort:

– Im Punkte der Qualen, wie in jeder anderen Hinsicht sind die Engländer keine Künstler. Alle Fähigkeiten, die nur möglich sind, Mylady, sind ihnen eigen, aber kein Kunstverständniß! … Nein! Dreimal nein! …

– Ach, gehen Sie doch! Sie haben die ganze Menschheit zum Weinen gebracht! …

– Aber sehr schlecht, Mylady, sehr schlecht … berichtete der Henker … Die Kunst besteht nicht nur darin, viel zu töten, zu erwürgen, zu massacriren, niederzumachen, im Block, so massenhaft, mit einem Schlage ein ganzes Menschenmaterial … Nein, wahrhaftig! Das ist zu einfach! … Die Kunst, Mylady, besteht darin, daß man zu töten versteht und zwar nach den Riten der Schönheit, deren göttliches Geheimnis wir Chinesen allein kennen … Zu töten verstehen! … Nichts ist seltener und alles ist darin enthalten … Zu töten verstehen! … Ich will damit sagen, menschliches Fleisch zu bearbeiten, wie ein Bildhauer seinen Thon oder ein Stückchen Elfenbein, daraus die ganze Summe, die ganze Wunderwelt von Leiden herauszuholen, die sich im Grunde seiner Schatten und Geheimnisse verbirgt … Das ist es! … Und dazu ist Wissenschaft,

Abwechselung, Eleganz und Erfindungsgeist nöthig, kurz Genie ... Aber all das geht heutzutage verloren ... Das westliche Geckenthum überfluthet uns, die Panzerschiffe, die Schnellfeuerkanonen, die weittragenden Gewehre, die Elektricität, die Sprengstoffe ... was weiß ich? .. Alles das macht den Tod allgemein. Es führt ihn im Verwaltungswege, im Subalterndienst herbei. Kurz, alle die Schmutzereien Eures Fortschrittes verderben nach und nach unsere schönen Überlieferungen aus der Vergangenheit ... Nur noch in diesem Garten werden sie schlecht und recht bewahrt, wo wir sie wenigstens einigermaßen am Leben zu erhalten suchen. Aber mit welchen Schwierigkeiten! Wie viel Hindernisse sind zu überwinden! Was für einen ständigen Kampf gibt es! Davon haben Sie keinen Begriff! Leider fühle ich, daß es überhaupt nicht mehr lange gehen wird. Wir sind durch die Mittelmäßigkeit besiegt, der spießbürgerliche Geist triumphirt allenthalben.

Seine Physiognomie nahm einen eigenartigen Ausdruck von Melancholie und Stolz an, indem zu gleicher Zeit seine Bewegungen tiefe Mattigkeit verriethen.

– Und dennoch, sagte er, bin ich, der ich jetzt mit Ihnen spreche, Mylady, durchaus nicht der erste Beste. Ich kann mich wohl rühmen, mein ganzes Leben hindurch uneigennützig am Ruhme unseres großen Kaiserreiches gearbeitet zu haben. Ich bin stets als der erste und zwar aus zahlreichen Wettbewerben in Fragen von Qualen und Martern hervorgegangen, glauben Sie mir, ich habe wirklich entzückende Sachen erfunden! Wunderbare Foltern, die zu anderer Zeit und unter einer anderen Dynastie nur Vermögen und Unsterblichkeit gesichert hätten. Ja, aber unter den heutigen Verhältnißen beachtet man mich kaum ... Ich bin unverstanden ... Nennen wir das Kind beim richtigen Worte ... man verachtet mich! ... Was soll ich thun? Heutzutage zählt das Genie nicht mehr. Kein Mensch sieht darin auch nur das geringste Verdienst. So etwas wirkt entmuthigend, versichere ich Ihnen ... Armes China, das einst so künstlerisch, so wundersam glorreich war ... Ach! Ich glaube wohl, daß es für die Eroberung reif ist ...

Durch eine pessimistische, entmuthigte Bewegung nahm er Clara zum Zeugen dieses Niederganges und seine Grimassen enthielten einen nicht wiederzugebenden Ausdruck.

– Kurz, sehen Sie, Mylady, könnte man nicht Thränen darüber vergießen? Ich war es, der »die Qual der Ratte« erfunden hat. Die Genien sollen mir die Leber verzehren und die Hoden zerfleischen, wenn ich es nicht war. Ach, Mylady, ich schwöre Ihnen, dies ist eine außergewöhnliche Qual. Originalität, pittoreskes Aeußere, psychologische Wissenschaft der Schmerzes ... alles sprach dafür und zu guterletzt war es noch außerordentlich komisch. Es schien vom Geiste der alten chinesischen Lustigkeit, die in unseren Tagen so sehr vergessen worden ist. Ach! Wie würde es den lustigen Sinn aller Welt von neuem geweckt haben. Was für ein Quell für Unterhaltungen wäre es geworden! ... Nun also! Und sie haben darauf verzichtet! Besser gesagt, sie haben es nicht zulassen wollen; und trotzdem erlangten die drei Versuche, die wir vor den Richtern anstellten, einen ungeheuren Erfolg.

Da wir nicht Miene machten, ihn zu beklagen und es ihm schien, daß seine Nörgeleien eines alten Staatsbeamten uns vielmehr langweilten, wiederholte der Henker, großen Nachdruck auf die Worte legend: einen ungeheuren ... ungeheuren Erfolg!

– Was hat das für eine Bewandtnis mit dieser »Qual der Ratte«? fragte meine Freundin. Wie kommt es, daß ich davon noch nichts erfahren habe?

– Es ist ein Meisterwerk, Mylady, ein reines Meisterwerk! sagte mit schallender Stimme der dicke Kerl nachdrücklich, indem sein gewichtiger Körper förmlich im Grase einsank.

– Das höre ich wohl, aber was weiter?

– In Wahrheit ein Meisterwerk ... Und sehen Sie, Sie kennen es nicht ... Kein Mensch kennt es ... Wie jammerschade ist es! Soll ich dadurch nicht wirklich gekränkt sein?

– Können Sie uns nicht eine Beschreibung davon liefern?

– Ob ich das kann! ... Aber selbstverständlich kann ich es ... Ich werde Ihnen den Fall auseinandersetzen und Sie werden mir Ihre Ansicht mittheilen ... Folgen Sie, bitte, wohl meinem Gedankengange ...

Und der dicke Kerl fuhr mit genauen Begleitbewegungen, die in der Luft die einzelnen gedachten Formen zeichneten, fort ... Sie nehmen einen Sträfling, reizende Mylady, einen zum

Tode verurtheilten Sträfling ... oder irgend eine andere Person – denn es ist keineswegs erforderlich für den Erfolg meiner Qual, daß der Sträfling zu irgend etwas verurtheilt sei ... Sie nehmen einen Mann, der, wenn irgend möglich, jung und stark ist und dessen Muskel einen gehörigen Widerstand leisten ... Zu Ehren des Principes, daß, je mehr Kraft, je mehr Kampf – je mehr Kampf, je mehr Schmerz vorhanden ist ... Schön! ... Sie kleiden ihn aus ... Nun und wenn er ganz nackt ist ... nicht wahr, Mylady ... dann lassen Sie ihn mit gekrümmtem Rücken auf der Erde niederknieen, wo Sie ihn durch Ketten festhalten, durch Ketten, die an Ringen befestigt sind, die ihm den Nacken, die Fäuste, die Knöchel und die Kniee umgürten ... Schön! ... Ich weiß nicht, ob ich mich Ihnen recht begreiflich zu machen verstehe ... Dann nehmen Sie einen großen Blumentopf, der wie gewöhnlich am Boden ein kleines Loch hat ... Einen gewöhnlichen Blumentopf! Mylady ... In diesen Topf setzen Sie eine recht große Ratte, die man zwei Tage lang, um ihre Wildheit zu steigern, hungern ließ ... und diesen von der Ratte bewohnten Topf bringen sie hermetisch verschlossen, gleich einem riesigen Blasebalg auf den Hinterbacken des Sträflings an, durch Ringe und Lederstreifen befestigt ... Sehen Sie, ich zeichne Ihnen das in der Luft...

Er sah uns boshaft mit einem verstohlenen Blicke an, um die Wirkung, die seine Worte bei uns hervorbrachten, zu konstatiren.

– Nun und weiter? sagte Clara einfach.

– Dann Mylady, führen Sie in das kleine Loch des Topfes etwas ein ... Wissen Sie was?...

– Ich habe keine Ahnung!

Der Biedermann rieb sich die Hände, lächelte in fürchterlicher Weise und begann von neuem:

– Sie führen einen Eisenstift in das Loch ein, der an einem Ende im Schmiedefeuer rothglühend gemacht worden ist ... am Feuer einer kleinen tragbaren Schmiede, die Sie neben sich aufgestellt haben ... und was mag nun vorgehen, wenn der Eisenstift eingeführt wird? Hahaha! ... Stellen Sie sich doch einmal selbst vor, was dann geschieht, Mylady!...

– Aber so sprechen Sie doch, Sie alter Schwätzer! befahl meine Freundin, deren ärgerliche Füßchen ungeduldig auf den Sand der Allee stampften.

– Nun! Aber! ... beruhigte sie der fürchterliche Henker ... ein wenig Geduld, Mylady! Gehen wir, bitte, methodisch vor ... Sie führen also in das Loch des Blumentopfes einen Eisenstift, der am Schmiedefeuer rothglühend gemacht worden ist, ein. Die Ratte will sich nicht von dem Stift verbrennen lassen und scheut auch seinen strahlenden Glanz. Sie geräth außer sich, springt herum und tanzt und läuft unter dem Topfe auf und ab; sie galoppirt auf den Backen des Mannes hin und her, die sie zuerst kitzelt und dann mit ihren Pfötchen zerreißt und mit ihren spitzen Zähnen zerbeißt, indem sie durch das zerwühlte blutige Fleisch einen Ausgang sucht ... Aber es giebt keinen Ausgang oder wenigstens findet die Ratte in den ersten Minuten der Bestürzung keinen Ausgang ... Und der Eisenstift, der langsam und geschickt bewegt wird, nähert sich der Ratte immer mehr. Er bedroht sie und versengt ihr das Fell ... Was sagen Sie zu diesem Vorspiel?

Er schöpfte einen Augenblick lang Athem und belehrte uns dann, mit Würde posirend, weiter.

– Das große Verdienst dabei ist, daß man diese anfängliche Operation so lange wie nur irgend möglich auszudehnen wissen muß, denn die Gesetze der Physiologie lehren uns, daß es nichts Fürchterlicheres giebt, als auf menschlichem Leibe Kitzeln und Bisse gleichzeitig zu verbinden. Es mag sich sogar zuweilen ereignen, daß der Patient wahnsinnig darüber wird. Er heult und verliert den Verstand. Sein Leib, der, soweit dies die Ketten und Ringe erlauben, frei geblieben ist, zittert und schwankt, krümmt sich und wird von schmerzlichen Schauern geschüttelt. Aber die Glieder sind ja fest genug angekettet, vor allem der Blumentopf. Und die Bewegungen des Verurtheilten vermehren nur noch die Wuth der Ratte, die auch noch durch das Blut in einer kleinen Weile völlig berauscht wird ... Das ist herrlich, Mylady!...

– Und was geschieht zum Schluß? rief in kurzem, leichtzitterndem Tone Clara, die etwas bleich geworden war...

Der Henker schnalzte mit der Zunge und fuhr fort:

– Schließlich ...denn ich sehe ja, daß Sie es eilig haben, den Ausgang dieser wunderbaren, jovialen Geschichte zu erfahren ...schließlich findet unter der Bedrohung der rothglühenden Eisenstange und gereizt durch einige Brandwunden die Ratte einen Ausgang ...einen natürlichen Ausgang, Mylady! ...aber einen niedrigen, gemeinen ...Hahaha!...

– Das ist fürchterlich! schrie Clara...

– Ja sehen Sie ...ich will Ihnen das nicht deutlicher beschreiben, aber ich bin stolz für das Interesse, das Sie an meiner Qual nehmen ...Also bitte, warten Sie noch einen Augenblick ... Die Ratte dringt, Sie wissen auf welchem Wege, in dem Körper des Mannes ein, indem sie den Kanal durch ihre Pfoten und Zähne vergrößert ...Den Kanal ...Den Kanal.. in den sie ...hahaha! ...wie ein Dachshund vordringt, der die Erde mit den Füßen herauskratzt ...Und schließlich krepirt sie, erstickt, gleichzeitig mit dem Patienten, der nach unendlichen Qualen, nach unvergleichlichen Foltern, schließlich auch einer Verstopfung unterliegt, falls dies nicht bereits durch das Schmerzgefühl bewirkt worden ist oder durch den Zwang plötzlich ausbrechenden, niederschmetternden Wahnsinns ...Auf jeden Fall, Mylady, und wie auch der schließliche Ausgang seines Todes geartet sei ...glauben Sie mir, es ist entzückend schön!...

Befriedigt, mit dem Ausdruck triumphirenden Stolzes schloß er:

– Sicher ist das doch außerordentlich schön, Mylady! Sehen Sie nicht auch darin auf jeden Fall eine wundervolle Erfindung, ein staunenswerthes Meisterwerk, das einen geradezu klassischen Charakter hat und zu dem Sie vergebens in der Vergangenheit ein Gegenstück suchen würden? Ich will nicht unbescheiden erscheinen, aber Sie werden zugeben, Mylady, daß die Dämonen, die einst die Forste von Yamen unsicher machten, nie ein gleiches Wunderwerk erdacht haben ... Nun schön! ...Die Richter haben es also nicht gemocht. Ich brachte ihnen, wie Sie mit mir fühlen werden, eine ungemein ruhmreiche Sache, die ganz einzig in ihrer Art ist, die keinen Vergleich scheut und die die Eingebung unserer größten Künstler entflammen kann ...Sie haben sie nicht gemocht ...sie mögen jetzt überhaupt garnichts mehr. Die Rückkehr zu der klassischen Überlieferung erschreckt sie, ohne auch alle die Arten moralischer Einflüsse, die dazwischen treten, zu zählen, was doch auch sehr peinlich festzustellen ist, die Intrigue, der Wettbewerb, die Käuflichkeit, die Verachtung der Rechte, der Abscheu vor dem Schönen ...ich weiß es nicht. Sie denken sich wenigstens, dessen bin ich sicher, daß ich für einen solchen Dienst zur Würde eines Mandarinen erhoben worden bin? ...Ach nein: Mylady! Man hat mir nichts dafür gegeben. Sehen Sie, das sind charakteristische Symptome unseres Niederganges. Ja, wir sind ein Volk, das sein Ende erreicht hat ...ein todtes Volk ...Die Japaner können kommen, wir sind nicht mehr im Stande, ihnen Widerstand zu leisten ...Leb wohl, China!...

Er schwieg ...Die Sonne wandte sich nach Westen und der Schatten des Galgens, der dem Sonnenlauf folgte, verlängerte sich nun auf dem Grase. Die Wiesen nahmen ein noch lebhafteres Grün an, eine Art rosiggoldener Dunst stieg über den befeuchteten Dickichten auf und die Blumen erschlossen sich noch leuchtender, gleich kleinen vielfarbenen Sternen in diesem großen Firmament. Ein gelber Vogel, der in seinem Schnabel ein langes Zweiglein trug, flog nach dem Neste, in der Tiefe des Laubwerkes, das den oberen Theil der Martersäule verzierte, an deren Fuße der Henker saß.

Dieser war nun in Nachdenken versunken, während sein Gesicht einen friedlichen Ausdruck angenommen hatte, in dessen ruhigerem Zügen nunmehr Melancholie die Grausamkeit ersetzte ...

– Das geht gerade so wie mit den Blumen! ...flüsterte er nach einer Pause...

Eine Katze, die von den Dickichten herkam, schlich mit gebogenem Rückgrat und wedelndem Schwänzchen auf ihn zu und rieb sich schnurrend an seinem Bein. Er streichelte sie behutsam. Da hatte die Katze einen Käfer bemerkt, streckte sich hinter einem Sträuchlein aus, lauschte, die Ohren zurückgelegt, mit glänzenden Augensternen und folgte aufmerksam dem phantastischen Fluge des Insektes in der Luft. Der Henker, den die Ankunft der Katze in seinen patriotischen Klagen unterbrochen hatte, schüttelte den Kopf und begann von neuem:

– Das geht gerade so wie mit dem Blumen! ...Wir haben auch den Sinn für Blumen verloren, denn alles geht den gleichen Weg. Wir wissen nicht einmal mehr, was Blumen sind. Glauben

Sie, daß bei uns jetzt schon welche aus Europa importirt werden, daß man uns, die wir die außergewöhnlichste und mannigfaltigste Flora des Erdthals besitzen, Blumen zuschickt .... Und was schickt man uns heute überhaupt nicht alles zu? ... Kappen, Velos, Möbel, Kaffeemühlen, Wein und Blumen ... Und wenn sie die stumpfen Dummheiten, die sentimentalen Ärgerlichkeiten, die decadenten Wahnsinnsideen kennen würden, in denen sich unsere Dichter über die Blumen ergehen ... Es ist entsetzlich! ... Es giebt schon Leute darunter, die behaupten, daß die Blumen pervers sind! ... Pervers, die Blumen! ... Wahrhaftig, man weiß nicht mehr, was man eigentlich sich ausdenken soll ... Können Sie sich einen solchen Unsinn vorstellen, Mylady und eine solche Schandthat? ... Die Blumen sind leidenschaftlich, grausam, furchtbar und herrlich ... ganz wie die Liebe! ...

Er pflückte eine Renunculacäe, die neben ihm, oberhalb des Grases weich ihr goldenes Köpfchen wiegte und drehte sie mit unendlicher Zartheit langsam, liebevoll zwischen seinen dicken rothen Fingern, von denen das getrocknete Blut stellenweise abbröckelte.

– Ist so etwas nicht anbetungswürdig? ... wiederholte er, indem er die Blume betrachtete ... Sie ist klein und gebrechlich und dabei doch die ganze Natur, die ganze Schönheit und die ganze Stärke der Natur ... So etwas schließt eine Welt in sich ein ... Es ist nur ein kleiner herzloser Organismus, der sein Verlangen doch auf die Spitze zu treiben weiß ... Ach, die Blumen sind nicht sentimental, Mylady ... sie fröhnen der Liebe, nur der Liebe und sie fröhnen ihr die ganze Zeit hindurch und an allen Stellen ... sie haben keinen anderen Gedanken ... Und wie sehr haben sie recht, wenn sie dies thun! ... Pervers? ... weil sie dem einzigen Gesetz des Lebens gehorchen, weil sie der einzigen Nothwendigkeit des Lebens, die doch nur die Liebe ist, genügen ... Aber sehen Sie doch nur die Blume an! ... Sie ist nichts als ein Geschlechtstheil, Mylady! ... Was gibt es gesünderes, stärkeres, schöneres als ein Geschlecht? ... Diese bewundernswürdigen Pedalen, diese Seide, dieser Sammt, diese weichen, leichten, liebkosenden Stoffe sind die Vorhänge des heimlichen Kämmerleins, der Schmuck des Brautzimmers, das duftende Bett, in dem sich die Geschlechter vereinen, in der sie ihr vergängliches und unsterbliches Leben damit verbringen, in Liebe zu vergehen. Was für ein wundervolles Vorbild bieten sie uns nicht!

Er bog die Blätter der Blume zur Seite und zählte die mit Pollenkörnern überladenen Blüthendolden und sagte noch, indem seine Augen förmlich von burlesker Extase getränkt waren:

– Sehen Sie nur einmal, Mylady! ... Eins ... zwei ... fünf ... zehn ... zwanzig ... Sehen Sie nur, wie sie zittern! ... Sehen Sie! ... Manchmal vereinen sich zwanzig Männchen in dem Wonneschauer eines einzigen Weibchens! ... Hehehe! ... Manchmal ist auch das Umgekehrte der Fall! ...

Er riß langsam die Blumenblätter eins nach dem andern ab:

– Und wenn sie mit Liebe bis zum Halse gefüllt sind, dann zerreissen die Vorhänge des Bettes und der Wandschmuck des Zimmers zerstreut sich und fällt ab ... Und die Blumen sterben, weil sie wissen, daß sie nichts mehr zu thun haben ... sie sterben, um später wieder geboren zu werden und zu erneutem Male für die Liebe! ...

Indem er die entblößte Ranunculacäe wegwarf, rief er:

– Fröhnen Sie der Liebe! Mylady! ... Fröhnen Sie der Liebe gleich den Blumen! ...

Dann nahm er mit rascher Bewegung sein Packet auf und erhob sich, wobei ihm der Zopf nach der andern Seite hing, grüßte uns und ging seiner Wege über die Wiesen, indem er mit seinem schweren Körper, der sich wiegte, den blumenbedeckten Rasen zertrat.

Clara folgte ihm einige Augenblicke lang mit den Blicken und als wir uns wieder in Bewegung setzten, um die Glocke aufzusuchen, meinte sie:

– Ist er nicht komisch, der dicke Patapuff! Er sieht so gutmüthig aus ...

Ich rief thöricht:

– Wie können Sie sich nur so etwas ausdenken, meine liebe Clara! Er ist ja ein Scheusal! Der pure Gedanke, daß ein solches Scheusal irgendwo unter Menschen existirt, scheint mir entsetzlich. Ich fühle, daß ich gleich Alpdrücken von nun an stets dies schändliche Phantom vor mir haben werde ... und das Entsetzen seiner Worte ... Sie bereiten mir wirklich Kummer, das kann ich Ihnen versichern ...

Clara entgegnete lebhaft:

– Du auch, Du machst mir auch Kummer … Weshalb behauptest Du, daß der dicke Patapuff ein Scheusal sei? Du weißt doch nichts davon. Ist es nicht komisch und ärgerlich, daß Du Dir nun absolut nicht klar machen willst, daß wir uns in China befinden und Gott sei Dank nicht im Hyde-Park oder in der Bodinière inmitten der ekelhaften Spießbürger, die Du vergötterst? Nach Deinem Geschmack müßten die Sitten in allen Ländern die gleichen sein … Und was für Sitten! … Der Gedanke allein erschreckt mich! Fühlst Du denn nicht, daß man an dieser Einförmigkeit sterben würde und man alle Lust verlöre, Reisen anzutreten?

Und plötzlich fuhr sie im Tone noch heftigeren Vorwurfs fort:

– Du bist wahrhaftig nicht nett, keinen Augenblick lang streckt Dein Egoismus die Waffen, selbst nicht vor einem winzigen Vergnügen, das ich von Dir verlange. In Deiner Gesellschaft kann man sich wirklich nicht unterhalten. Du bist aber auch nie mit etwas zufrieden. Du verletzest mich stets in Allem was mir lieb und werth ist, ganz davon abgesehen, daß wir vielleicht durch Deine Schuld das Schönste versäumt haben.

Sie seufzte traurig:

– Das ist eben wieder ein verlorener Tag … ja, ich habe kein Glück …

Ich versuchte mich zu vertheidigen und sie zu beruhigen:

– Nein! … Nein! … bestand Clara weiter in ihren Gedanken. Das ist sehr schändlich. Du bist kein Mann … Zu Annies Zeit war es genau die gleiche Geschichte. Du verdirbst uns stets unser Vergnügen mit Deinem Ohnmächtigwerden eines kleinen Pensionsmädchens oder einer schwangeren Frau. Wenn man wie Du geartet ist, bleibt man hübsch zu Hause. Das ist doch wahrhaftig zu dumm. Man bricht lustig, glücklich auf, um sich niedlich zu unterhalten, herrliche Schauspiele zu sehen und sich an außerordentlichen Gefühlen zu begeistern. Und dann plötzlich wird man traurig und es ist zu Ende. Nein, nein, das ist zu dumm, das ist zu dumm!

Sie hing sich schwerer an meinen Arm und schmollte. Es ist ein Schmollen des Ärgers und der Zärtlichkeit, das mir so reizend erschien, daß in meinen Adern ein Schauer des Verlangens zu entstehen begann.

– Und dabei thue ich alles was Du willst, wie ein armer Hund! … seufzte sie.

Dann:

– Ich bin überzeugt, daß Du mich für ein schlechtes Wesen hältst, weil ich mich beim Anblick von Dingen unterhalte, die Dich erbleichen und zittern lassen. Du hältst mich für schlecht und herzlos nicht wahr?

Ohne meine Antwort abzuwarten, behauptete sie:

– Aber ich … ich erbleiche ja auch … auch mich faßt ein nervöses Zittern … Wenn das nicht geschieht, würde ich mich ja gar nicht unterhalten. Weshalb hältst Du mich denn darum für eine schlechte Person? …

– Nein, liebe Clara, Du bist nicht schlecht, Du bist … Sie unterbrach mich lebhaft und reichte mir ihre Lippen.

– Ich bin nicht schlecht. Ich will nicht, daß Du mich für schlecht hältst. Ich bin nur eine kleine, niedliche und neugierige Frau, gleich allen Frauen. Und Du bist nur ein Jammerhühnchen … Ich liebe Sie überhaupt nicht mehr … Küssen Sie doch Ihre Mama, mein Herz … Küssen Sie sie tüchtig … viel stärker … recht stärker … Nein, ich liebe Sie nicht mehr … Sie kleines Fetzchen … Ja, sehen Sie, das ist es. Sie sind eben nur ein Liebling voll einem ganz kleinen unbedeutenden Fetzchen.

Lustig und doch ernst, lächelnd und dabei die Stirn von finsteren Falten durchzogen, wie dies stets in Augenblicken des Zornes und der Wollust der Fall war, fügte sie hinzu:

– Wenn man bedenkt, daß ich doch nur ein Weib bin, ein ganz kleines Weib, so zart und gebrechlich wie eine Bambusblüthe und daß unter uns beiden Du der Mann bist und daß ich zehn Männer gleich Dir werth bin.

Und das Verlangen, das in mir ihr Leib erweckte, vermengte sich mit ungeheurem Erbarmen für ihre verlorene, wahnwitzige Seele.

Sie sagte noch mit einem leichten Pfeifen des Verachtens diesen Satz, der häufig von ihren Lippen kam:

– Ach, die Männer! Sie wissen ja gar nicht mehr was Liebe ist, auch nicht was der Tod ist, der doch viel schöner als die Liebe erscheint. Die wissen überhaupt nichts, die sind jetzt traurig und weinen und werden ohne Ursache, für ein Nichts ohnmächtig … Ach ja!

Ihre Ideen gleich einem Blumenkäfer wechselnd, fragte sie mich plötzlich:

– Ist all das wahr, was uns soeben der dicke Patapuff erzählt hat?

– Was denn, liebe Clara? Was kann Ihnen der dicke Patapuff ausmachen?

– Vorhin erzählte der dicke Patapuff, daß bei den Blumen manchmal zwanzig Männchen sich zum Wollustleben eines einzigen Weibchens vereinigen. Ist das wahr?

– Aber gewiß! …

– Ist das wirklich, wirklich wahr?

– Ja zweifellos!

Hat uns der dicke Patapuff nicht vielleicht zum Besten gehalten? Bist Du Deiner Sache sicher?

– Sei doch nicht so komisch … weshalb fragst Du mich darum? … Weshalb siehst Du mich mit einem so seltsamen Blicke an? … Es ist wirklich wahr!

– Ach nein, wahrhaftig!

Sie blieb eine Zeit lang in Gedanken versunken, mit geschlossenen Augenlidern, ihr Athem ging kürzer. Ihre Brust wogte stürmisch auf und ab … Und dann flüsterte sie ganz leise, indem sie ihren Kopf an meine Brust lehnte:

– Ich möchte eine Blume sein … Ich möchte … ich möchte … alles sein …

– Clara! … beschwor ich … meine kleine Clara … Ich hielt sie fest in meinem Arm umschlossen … Ich hielt sie fest und wiegte sie in meinen Armen …

– Das willst Du doch nicht … das kannst Du nicht wollen … Ja, Dir ist es viel lieber, Dein ganzes Leben ein weiches Fetzchen zu bleiben … So ein schlimmer Mensch!

Nach einer kurzen Pause, während der wir lauter unter schwerlastenden Tritten den Sand der Allee aufkreischen hörten, begann sie wieder mit einem singenden Tone in der Stimme:

– Und ich möchte auch, wenn ich einmal todt bin … ja dann soll man in meinen Sarg recht starke Wohlgerüche thun … Wiesenrauten, Blumen, schöne Abbildungen von Sünden, leidenschaftlich und nackt, gleich denen, die die Matten meines Schlafzimmers verzieren … Oder ich möchte auch begraben werden ohne Kleid und ohne Schweißtuch, in den Crypten des Tempels von Elephanta, zugleich mit allen jenen seltsamen Bachanten, die sich liebkosen und gegenseitig zerreissen … in so furchtbarer Wollustübung … Ach, mein Liebling! … ich möchte … ich möchte am liebsten schon todt sein!

Und unvermittelt:

– Sag mal, berühren die Füße das Holz des Sarges, wenn man gestorben ist? …

– Clara! beschwor ich, weshalb sprichst Du mir vom Tode? Dann willst Du, daß ich nicht traurig sein soll. Ich bitte Dich doch darum … mach mich nicht vollends wahnsinnig … gib diese schrecklichen Gedanken, die mich foltern, auf, und kehren wir heim. Erbarme Dich, meine liebe Clara, kehren wir heim.

Sie hörte nicht auf meine Bitte und fuhr in einem merkwürdigem Klagegesangstone fort, der, ich wußte nicht eigentlich was, vielleicht eine Folge der Aufregung oder auch nur eine ironische Äußerung war, in dem man zugleich nervöses Weinen und grinsendes Lachen hören konnte.

– Wenn Du dicht bei mir bist … dann, wenn ich sterbe … mein liebes Herzchen, höre wohl zu … dann wirst Du, nicht wahr, ein hübsches gelbes Seidenkissen zwischen meine armen Füßchen und das Holz des Sarges legen … Und dann … dann wirst Du meinen schönen Hund aus Laos töten und wirst ihn, über und über blutend an mir ausstrecken, wie er selbst zu thun pflegt … weißt Du, eine Pfote auf meinen Hüften und die andere auf meinen Busen … Und dann … dann wirst Du mich lange küssen, liebes Herz, auf die Zähne … und ins Haar … und Du wirst mir viele Dinge erzählen … sehr hübsche Dinge … die einen wiegen und verbrennen, ganz wie Du es thust, wenn Du mich liebst … Nicht wahr? Das wirst Du thun mein Liebling, Du versprichst es mir? … Nun also, mach jetzt nicht mehr dieses Begräbnisgesicht … Es ist ja nicht traurig zu sterben, sondern zu leben, wenn man nicht glücklich ist … Schwöre! Schwöre, daß Du mir es versprichst! …

– Clara! Clara! Ich flehe Dich an, schweige!…

Ich war zweifellos am Ende meiner Nervenkraft angelangt. Eine Flut von Thränen ergoß sich aus meinen Augen. Ich hätte keinen Grund für diese Thränen angeben können, die nicht schmerzlich waren und in denen ich im Gegentheil eine Art Erleichterung, eine Art Abspannung empfand … Und Clara täuschte sich bei diesem Anblick, indem sie die Thränen auf sich bezog. Und doch weinte ich nicht über sie, noch über ihre Sünden, noch über das Mitleid, das mir ihre arme kranke Seele einflößte, noch über das Gedankenbild, das sie mir in Bezug auf ihren Tod vor Augen gehalten hatte. Vielleicht weinte ich nur über mich allein, über meine Gegenwart in diesem Garten, über diese verfluchte Liebe, bei der ich fühlte, daß alles, was einst von edleren Regungen, von hohem Streben, von edlen Wünschen in mir gelegen hatte, sich bei dem unreinen Hauch dieser Küsse, deren ich mich schämte und nach denen ich trotzdem dürstete, profanirte … Nun also, nein! Weshalb sollte ich mir selbst etwas vorlügen? Es waren nichts als rein physische Thränen, Thränen der Schwäche, der Ermüdung und des Fiebers, Thränen der Nervosität angesichts dieser all zu harten Schauspiele, die meine Gefühlsreizbarkeit erschlafft hatten gegenüber diesen für meinen Geruchssinn all zu starken Düften, gegenüber diesem ständigen Springen von der Ohnmacht zur Entrüstung, von meinen fleischlichen Begierden zu … kurz, Weiberthränen, Thränen, die nichts zu bedeuten haben…

Sie jedoch war überzeugt, daß es ihrethalben geschah, ihres Todes halber, des Gedankens, daß sie so lange im Sarge daläge, worüber ich weinte. Und glücklich über ihre Macht, die sie auf mich ausgeübt hatte, wurde Clara entzückend zärtlich und liebenswürdig.

– Mein armes Schätzchen, seufzte sie, Du weinst! … Nun also, dann sage sofort, daß der dicke Patapuff ein gutmüthiges Aussehen hatte … Sage es doch, um mir ein Vergnügen zu machen … Dann werde ich schweigen und werde nie wieder vom Tode zu Dir sprechen … Nie wieder … Also … aber sogleich … sage es doch … Du kleines Schweinchen…

Feige, aber auch um ein für allemal diesen Todtentanzgedanken los zu werden, that ich was sie von mir verlangte.

Mit einem geräuschvollen Freudenausbruch fiel sie mir um den Hals, küßte mich auf die Lippen und trocknete mir die Augen, indem sie rief:

– Oh! Wie nett Du bist! Du bist ein reizendes Baby, ein wahrer Liebling von einem Baby! Mein theures Herzchen! … Und ich, ich bin nur ein schändliches Weib, ein sehr böses Weibchen, das Dich ärgert die ganze Zeit hindurch und Dich zum Weinen bringt … Und dann, der dicke Patapuff ist ein Scheusal … er widert mich an … und dann will ich nicht, daß Du meinen schönen Hund aus Laos schlachtest … und dann will ich auch nicht sterben … und dann vergöttere ich Dich … und dann … und dann … ach, ich habe das ja alles nur gesagt, um einen Spaß zu machen, versteh mich doch nur … Weine nicht länger … Ach, weine nicht länger … Lache jetzt freundlich, lache mit Deinen guten Augen … und Deinem Munde, der so zärtliche Sachen zu sagen weiß … Gib mir Deine Lippen.. Deine Lippen … und gehen wir rascher vorwärts. Ich gehe so gerne rasch an Deinem Arm spazieren!…

Und ihr Sonnenschirm flatterte leicht oberhalb unserer. Köpfe, die sich berührten, strahlend und toll, gleich einem großen Schmetterling.

VII

Wir näherten uns der Glocke.

Zur rechten und zur linken Hand schienen uns ungeheure rothe Blumen, ungeheure purpurübergossene Blumen, blutfarbene Mohnblumen im Halbdunkel, unter den riesigen Blättern der Pestilenzwurzeln, des Anthuriums, die blutenden Brustfellen ähnelten, beim Vorübergehen ironisch zu begrüßen und uns den Weg der Folter zu weisen. Es gab auch andere Blumen, Blumen der Schlächterei und des Niedermetzelns, Tigridien, die verstümmelte Schlünde öffneten, Diclytren und ihre Kränze von kleinen rothen Herzen und auch wilde Labiazeen mit harten, fleischigen Blüthendolden, schleimhautfarbigen, gleich wirklich menschlichen Lippen – den Lippen Claras – die vom Gipfel ihrer weichen Stengel herab Reden zu halten schienen.

– Geht doch, meine Lieblinge, geht doch nur rascher … Dort wo Ihr hineilt, gibt es noch mehr Schmerzen, noch mehr Qualen, noch mehr fließendes Blut, das durch den Boden rieselt, noch mehr verzogene, zerrissene Leiber, die auf eisernen Tafeln röcheln, noch mehr zerhacktes Fleisch, das am Galgenstrick baumelt, noch mehr Schrecken und noch mehr Hölle … Geht nur, Ihr Herzchen, geht, Mund auf Mund und die Hände eng verschlungen. Und seht, wie zwischen dem Laubwerk und den Hecken das teuflische Diorama sich entfaltet und betrachtet das diabolische Fest des Todes.

Am ganzen Leibe zitternd, die Zähne fest aufeinander gebissen, während ihre Augen wieder heiß und grausam geworden waren, war Clara verstummt. Sie war verstummt und horchte beim Gehen auf die Stimme der Blumen, in der sie ihre eigene Sprache wieder erkannte, ihre Sprache der furchtbaren Tage und der, männermordenden Nächte, eine Sprache der reißenden Wildheit, der Wollust und auch des Leidens und die zu gleicher Zeit aus den Tiefen der Erde und den Tiefen des Todes, auch aus den tiefsten und schwärzesten Tiefen ihrer Seele zu kommen schien.

Ein kreischender Laut, gleich dem Quitschen einer Lokomobile durchdrang die Luft. Dann war es ein sehr sanfter, sehr reiner Eindruck gleich dem Widerhall eines Cristallbechers, an den in abendlicher Stunde der Flügel eines Nachtfalters gestreift hat. Wir betraten darauf eine weite Allee, die verschiedene Bogen machte und auf beiden Seiten von hohen Hecken umschlossen war, durch die auf den Sand kleine Lichtflecken fielen. Zwischen den Hecken und dem Laubwerk spähte Clara mit gierigen Lippen aus. Und wider Willen, trotz meines aufrichtigen Entschlusses fürder die Augen diesen verfluchten Schauspielen gegenüber zu schließen, angezogen durch die seltsame Fesselungskraft des Schreckens, besiegt durch jenes unwiderstehliche Gelüst unaussprechlicher Neugierde blickte auch ich zwischen das Laubwerk.

Und hören Sie nun, was wir durch die Hecken sahen…

Auf der Hochfläche eines weiten niedrigen Hügels, auf den die Allee in einer unmerklichen Steigung heranzieht, gibt es eine runde Fläche, die von kunstsinnigen Gärtnern als Baumschule angelegt worden war. Riesig geschwollen, von matter, röthlich patinitrer Bronze, hing inmitten dieses Raumes die Glocke an einer Maschine, die einer Guillotine aus schwarzem Holz ähnelt, deren Seiten mit vergoldeten Inschriften und entsetzlichen Masken geschmückt waren. Vier bis zum Körper nackte Männer mit ausgearbeiteten Muskeln, die Haut dermaßen verzogen, daß sich auf dem Körper kleine Packete von formloser Buckeln gebildet hatten, zogen an dem Strick des Instrumentes. Doch nur mit Mühe erreichten ihre rythmisch vereinigten Anstrengungen es, die schwere Metallmasse vom Flecke zu rühren und zu bewegen, die bei jedem Stoße einen fast nicht mehr zu unterscheidenden Ton von sich gab, diesen sanften, reinen, klagenden Ton, den wir vorhin gehört hatten und dessen Schwingungen zu vergehen und inmitten der Blumen zu ersterben schienen. Der Klöppel, eine schwere Eisenstange, hatte da nur noch ein leichtes Schwingvermögen, aber er erreichte nicht mehr die tieferen Tongegenden, die offenbar müde waren so lange zu dem Todeskampfe eines armen Teufels geklungen zu haben. Unter der Kuppel der Glocke beugten sich zwei andere Männer mit nackten Hüften, den Leib schweißüberströmt, in eine Art von braunen Leinenstoff gehüllt, über ein Etwas, das man nicht sehen konnte und ihre Brust, deren Flanken auf und ab wogten, ihre mageren Seiten schnappten nach Luft gleich abgetriebenen Pferden, die am Ende ihrer Kraft angelangt sind.

Alles das war nur undeutlich zu bemerken, ein wenig verschwommen, und vermischte sich plötzlich vollends durch die tausend Dinge, die den Weg versperrten und sich dann langsam wieder zusammensetzten, wie wir es in den Zwischenräumen des Laubwerkes und den Ritzen der Hecke bemerken konnten.

– Wir müssen uns beeilen … wir müssen uns beeilen … rief Clara, die um rascher vorwärts zu kommen, ihren Schirm zuklappte und das Kleid mit einer ungenierten Bewegung hochraffte.

Die Allee drehte sich noch immer, bald sonnenbestrahlt, bald schattenerfüllt, so daß die Aussicht alle Augenblicke anders wurde und mit immer größerer Blumenschönheit entsetzlichere Schreckensbilder vermischte.

– Sieh Dich genau um, mein Liebling, sagte Clara, sieh Dir alles an. Hier sind wir in der schönsten, in der interessantesten Partie des Gartens. Sieh nur diese Blumen … ach, diese Blumen!

Sie deutete auf eine seltsame Vegetation, die einen Theil des Bodens bedeckte, der aller Orts von Wasser bespült wurde. Ich näherte mich. Es waren hohe Stengel, die schuppig erschienen und mit schwarzen Flecken gleich Schlangenhäuten bedeckt waren, ungeheuere Auswüchse gleich Hörnern trugen, die violett gefärbt schienen und aus der Fäulnis des Innern entflohen sein mochten. Aeußerlich waren sie grüngelb gesprenkelt, auch von Verwesungsfarbe gleich dem geöffneten Hirn todter Thiere. Aus der Tiefe dieser Hörner kamen lange, blutunterlaufene Fühler, die die Form scheußlicher Phallen nachahmten. Durch den Leichnamsgeruch, den diese furchtbaren Pflanzen ausströmten, angezogen, schwärmten Fliegen um sie herum in dichten Schaaren; Fliegen drangen auch massenhaft in die Tiefe der Kelche ein, die von oben bis unten mit zusammenziehbaren Seidenhäuten ausgestattet waren die sie umschlossen und gefangen hielten, viel sicherer noch als Spinngewebe. Und längs der Blüthen verkrümmten sich die fingerförmigen Blätter und verkrampften sich gleich den Händen der Gefolterten.

– Du siehst, theurer Liebling, erzählte Clara belehrend, diese Blumen sind nicht die Schöpfung eines kranken Hirns, eines Genies im Delirium. Es ist reine Natur. Ich habe Dir doch gesagt, die Natur liebt den Tod! …

– Ja, aber die Natur schafft auch Ungeheuer!

– Ungeheuer! … Ungeheuer! … Erstens gibt es gar keine Ungeheuer! … Was Du Ungeheuer nennst, sind einfach Gebilde, die überlegen oder vielmehr jenseits Deiner Auffassungskraft liegen. Sind die Götter nicht auch Ungeheuer? Ist ein genialer Mensch kein Ungeheuer gleich dem Tiger, der Spinne, gleich all den Individuen, die jenseits der sozialen Lügen in der glänzenden göttlichen Unmoral der Dinge leben? … Aber dann bin ja auch ich ein Ungeheuer?

Wir waren nun zwischen Bambuspalissaden getreten, längs derer Töpfe von Jasmin, baumförmige Malven, Schlingpflanzen und ähnliche Gewächse sich schlängelten. Eine Menisperme klomm eine Steinsäule mit ihren unzähligen Ranken entlang. Von der Höhe der Säule herab grinste ein scheußlicher Götterkopf, dessen Ohren denen einer Fledermaus glichen und dessen Haar in feurigen Hörnern auslief. Incarvilleen, Hemercoallen, Moreen, nackte Delphinien verbargen den Sockel dieser Statue, der sich in ihren rosigen Glocken, ihren scharlachfarbenen Thyrsen und ihren goldigen Kelchen, sowie ihren purpurnen Sternen verlor. Mit Bubonen bedeckt und von Ungeziefer halb verzehrt, beschimpfte uns ein bettelnder Bonze, der der Hüter dieses Gebäudes zu sein schien und Zibethkatzen von Turan Luftsprünge machen lehrte, als er uns gewahrte.

– Ihr Hunde! … Ihr Hunde! … Ihr Hunde!..

Wir mußten diesem Scheusal einige Geldstücke zuwerfen, dessen Schandreden alles das überstiegen, was die gemeinste Entrüstung je an niedrigen Schweinereien hätte ausdenken können.

– Ich kenne ihn wohl, sagte Clara, er ist gleich allen Priestern aller Religionen. Er will uns erschrecken, damit wir ihm ein Bischen Geld geben. Also es ist kein böser Kerl.

Von Stelle zu Stelle, in Ausbuchtungen der Palissade die laubumränderte Säle und Blumenböden darstellten, sahen wir Holzbänke, die mit Ketten und Bronzeringen ausgestattet waren; eiserne Tafeln in Kreuzesform, Galgen, Pranger, Maschinen zum automatischen Auseinanderzerren der Glieder, Betten, die mit schneidenden Messern ausgestattet waren oder Eisenspitzen trugen, feste Halsbretter, Sättel und Räder, Kessel und Gefäße oberhalb erloschener Kamine, ein ganzes Handwerksmaterial des Opferns und der Folter, das einen Blutgeruch ausströmte, während man hier getrocknetes und dunkles, da flüssiges und rothes Blut sah. Große Blutlachen fand man überall in den ausgehöhlten Theilen des Bodens, lange Blutthränen hingen geronnen an den der verschiedenen Gerüsten; rund um diesen Mechanismen herum sog der Boden das Blut auf. Das Blut hatte auch rothe Sterne auf die Weiße des Jasmins geworfen, marmorirte das Korallenrosa des Geisblattes, die Malvenfarbe der Passifloren; und kleine Stückchen menschlichen Fleisches, die unter den Peitschenhieben und den Lederknuten weggeflogen waren, hatten sich da und dort an die Blüthenkelche und die Blätter gehängt ... Als Clara sah, daß ich schwach wurde und vor den Blutlachen, die bis in die Mitte der Allee gingen, scheute, ermuthigte sie mich mit sanfter Stimme:

– Aber das ist ja noch gar nichts, mein Liebling ... Gehen wir nur weiter ...

Aber es wurde nun schwer vorwärts zu dringen. Die Fläche, die Bäume, die Atmosphäre, der Boden, alles war voll von Fliegen, von trunkenen Insekten, von wilden und kampflustigen Coleopteren und reißenden Mosquitos. Die ganze Fauna der Todtenwelt war dort in Myriaden erschlossen rings um uns im Sonnenlicht. Scheußliche Larven krümmten sich in den rothen Sümpfen und fielen in weichen Gebilden von den Aesten herab. Der Sand schien zu athmen, er schien sich zu bewegen, durch ein Zittern und ein Strudeln dieses Insektenlebens gehoben. Fast taub gemacht, geblendet, wurden wir jeden Augenblick von diesen surrenden Schwärmen, die sich stets vervielfältigten, aufgehalten, ich fürchtete für Clara die tödtlichen Stiche dieser Geschöpfe. Und wir hatten zuweilen dieses fürchterliche Gefühl, daß unsere Füße in aufgeweichte Erde drangen, gleich als ob es Blut geregnet hätte.

– Aber das ist ja noch gar nichts! wiederholte Clara, dringen wir nur weiter!

Und da erschienen, um das Drama zu vervollständigen, menschliche Gesichter, Gruppen von Arbeitern, die nachlässigen Schrittes an uns vorüberkamen und soeben die Folterwerkzeuge gereinigt und in Ordnung gebracht hatten, denn die Stunde der Hinrichtungen im Garten war vorüber. Sie sahen uns an, erstaunt ohne Zweifel darüber, in diesem Augenblick und an dieser Stelle zwei noch aufrecht stehende Wesen, zwei noch lebende Geschöpfe, die noch immer ihre Köpfe, ihre Beine und ihre Arme hatten, zu treffen. Weiterhin sahen wir auf der Erde kauernd, in der Stellung eines töpfernden Affen, einen alten, dicken, faulen Töpfer, der Blumentöpfe lackierte, die er eben gebrannt hatte. Neben ihm fertigte ein Korbmacher mit faulen, aber doch sicheren Händen leichte Matten aus Reisstroh an, die einen wundervollen Schutz für die Pflanzen bilden. Auf einem Schleifstein schärfte ein Gärtner sein Messer, indem er volksthümliche Lieder sang und Betelblätter kaute und den Kopf dabei wiegte. Eine alte Frau brachte ruhig eine Art von eisernem Rechen in Ordnung, an dessen spitzen Zähnen noch fürchterliche menschliche Reste hingen. Wir sahen sodann Kinder mit Stockschlägen Ratten tödten, mit denen sie Körbe füllten. Und längs der Palissaden pickten Pfaue ausgehungert und wild, indem sie den wundervollen Glanz ihres Federmantels in dem schmutzigen Blut hinter sich herzogen, ganze Heerden von Pfauen sogen mit dem Schnabel das geronnene Blut aus dem Herzen der Pflanzen auf und schluckten mit einem gluckernden Laut die Fleischfetzen, die an dem Geäst hingen.

Ein fader Schlachthofgeruch, der über alle anderen Düfte schwebte und sie erstickte, verursachte uns ein Unwohlsein und einen fast unwiderstehlichen Brechreiz. Clara selbst, diese Fee der Bluthunde, dieser Engel der Verwesung und Schlächterei war vielleicht, da ihre Nerven sie allmälig im Stiche ließen, leicht erblaßt. Schweiß perlte an ihren Lippen. Ich sah, wie ihre Augen sich verdrehten und ihre Knie zusammensanken.

– Ich friere! meinte sie.

Dann warf sie mir einen wirklich trostlosen Blick zu; ihre Nüstern, die stets gleich Segeln beim Winde des Todes aufgespannt waren, hatten sich verengt. Ich glaubte, sie würde ohnmächtig niedersinken ...

– Clara! Sie sehen wohl, daß es unmöglich ist und daß es eine Grenze des Schreckens giebt, die auch Sie nicht überschreiten können.

Ich streckte beide Arme gegen sie aus, aber sie stieß mich zurück, nahm sich gewaltsam dem Übel gegenüber zusammen, mit der ganzen unbezwinglichen Energie ihres gebrechlichen Organismus.

– Sind Sie wahnsinnig? meinte sie … Vorwärts, mein Liebling! Rascher, gehen wir doch rascher! …

Dennoch nahm sie ihr Salzfläschchen und athmete den Geruch ein …

– Sie sind aber ganz bleich geworden und Sie gehen gleich einem Betrunkenen. Ich bin durchaus nicht krank, ich fühle mich sehr wohl, ich habe wirklich Lust etwas zu singen …

Dann begann sie folgenden Gesang:

Ihre Kleider sind Sommergärten.

Und …

Sie hatte ihren Kräften aber doch zu viel zugemuthet … die Stimme erstickte jählings in der Kehle.

Ich hielt die Gelegenheit für günstig, um sie zum Umkehren zu bewegen, vielleicht auch zu erschrecken. Mit Anspannung aller meiner Kräfte suchte ich sie an mich zu ziehen.

– Clara! Meine kleine Clara: Man muß doch nicht gerade seine Kräfte herausfordern, man muß seiner Seele nicht Trotz bieten. Kehren wir heim! Ich bitte Dich darum!

Aber sie widerstrebte:

– Nein! Nein! Laß mich! Sage nichts … es hat nichts zu bedeuten. Ich bin ja so glücklich.

Und lachend löste sie sich aus meiner Umarmung los.

– Siehst Du, es klebt nicht einmal Blut an meinen Stiefelchen …

Dann fuhr sie gereizt fort:

– Gott! wie ärgerlich diese Fliegen sind! … Warum giebt es denn nur so viel Fliegen hier?.. Und warum bringst Du nicht die schrecklichen Pfaue zum Schweigen?

Ich versuchte sie zu vertreiben, einige aber ließen sich nicht von ihrer blutigen Beute abbringen, andere flogen in schwerem Fluge weg und stießen durchdringende Schreie aus. Dann ließen sie sich hoch oben auf den Palissaden nicht allzufern von uns nieder und auf den Bäumen, von denen ihr farbiger Mantel gleich entrollten Stoffen, die mit wundervollen Edelsteinen befestigt waren, herabwallte.

– Ekelhaftes Viehzeug! rief Clara.

Dank den Salzen, deren Duft sie lange eingeathmet hatte, hauptsächlich Dank ihrem unbeugsamen Willen, der sie nicht niedersinken ließ, hatte ihr Gesicht bereits wieder seine rosige Farbengebung gewonnen und ihre Kniee das leichte, nervige Vorwärts-Vorwärtsschreiten … Da begann sie mit sicherer gewordener Stimme zu singen:

Ihre Kleider sind Sommergärten

Und Tempel an einem Festtage,

Und ihre Brüste, hart und aufrecht, leuchten wie ein paar Goldvasen, die mit berauschenden Liqueuren und benebelnden Düften erfüllt sind.

Ich habe drei Freundinen!

Nach einer kurzen Pause begann sie mit stärkerer Stimme zu singen, die das Surren der Insekten übertönte:

Die Haare der Dritten sind in Zöpfe gewunden und um den Kopf geschlungen,

Und niemals haben sie die Süße wohlriechender Öhle gekannt.

Ihr Gesicht, das die Leidenschaft ausdrückt, ist mißgestaltet,

Ihr Körper gleicht dem eines Schweines.

Sie scheint stets in Wuth zu sein,

Sie grunzt und brummt ohne Unterlaß.

Ihre Brüste und ihr Bauch athmen den Geruch eines Fisches aus.

Sie ist unreinlich in ihrer ganzen Persönlichkeit.

Sie ißt Alles und trinkt im Übermaaß.

Ihre starren Augen sind stets triefend

Und ihr Bett ist widerlicher als das Nest eines Wiedehopfes.

Und sie ist es, die ich liebe,
Und ich liebe sie gerade, weil es etwas gibt, was seltsamer anziehend als die Schöne ist: die Fäulniß;
Die Fäulniß, in der die ewige Wärme des Lebens wohnt,
In der sich die ewige Erneuerung der Verwandlungen ausarbeitet.
Ich habe drei Freundinen!

Und während sie sang, während ihre Stimme die Schrecken des Gartens durchdrang, stieg eine Wolke in großer Höhe und weiter Feme auf. In der Unendlichkeit des Himmels erschien sie wie eine ganz kleine rosige Barke, eine winzige Wolke mit seidenen Segeln, die, je näher sie kam, desto größer wurde und mit sanftem Gleiten herbeistrebte. Als Clara ihren Gesang beendet hatte, rief sie:

– Ach, die kleine Wolke – sie war wieder ganz lustig geworden – sieh nur einmal an, wie hübsch, wie rosig sie auf dem Azur erscheint. Kennst Du sie nicht? Hast Du sie niemals gesehen? Ja, sie ist eine kleine, geheimnisvolle Wolke. Vielleicht ist es überhaupt keine kleine Wolke. Sie erscheint alle Tage zur gleichen Stunde. Man weiß nicht woher sie kommt. Und sie ist stets allein, stets ruhig; sie gleitet, gleitet vorwärts, sie wird darauf weniger dicht, geht in Fetzen, löst sich auf, zerstreut sich und zerfließt auf dem Firmament. Sie ist verschwunden. Und ebenso wenig, wie man weiß, woher sie kommt, weiß man wohin sie gegangen ist. Es giebt hier sehr gelehrte Astronomen, die glauben, daß dies ein Genius sei. Ich glaube, es ist eine reisende Seele, eine kleine, arme verirrte Seele gleich der meinen.

Sie fügte zu sich selbst sprechend hinzu:
– Und wenn es vielleicht die Seele der armen Annie wäre?

Einige Minuten lang betrachtete sie die unbekannte Wolke, die bereits erbleichte und nach und nach verschwamm.

– Sieh nur! Jetzt zerrinnt sie … sie zerrinnt. Es ist zu Ende! … Nun giebt es keine kleine Wolke mehr … sie ist fortgegangen! …

Sie blieb schweigsam und entzückt stehen, die Augen verloren auf den Himmel gerichtet. Eine leichte Brise hatte sich erhoben, die ein sanftes Zittern durch die Bäume laufen ließ. Die Sonne war weniger hart, weniger niederschmetternd; ihr Licht nahm gegen Westen eine herrliche Kupferfarbe an, verdunkelte sich im Osten zu einem perlgrauen Tone, deren Nuancen ins Unendliche gingen. Und die Schatten der Kioske, der großen Bäume, die Sterne Buddhas wurden immer kürzer, weniger scharf und bläulich auf den Wiesen…

VIII

Nun waren wir ganz nahe an die Glocke herangekommen.

Nur noch die hohen Zweige eines blühenden Pflaumenbaumes verhüllten theilweise die Aussicht. Wir erriethen jedoch die Glocke durch den dunkleren Schatten zwischen den Blättern und Blumen, den kleinen, puffigen, weißen, ganz runden Blumen, die Gänseblümchen ähnlich sahen.

Die Pfaue waren uns in einer Entfernung von einigen Metern gefolgt, frech zugleich und vorsichtig, den Hals ausgestreckt, indem sie über den rothen Sand die Pracht ihrer Schwanzfedern nachschleppten. Es gab auch ganz weiße darunter, von einem sammtenen Weiß, deren Brustgegend blutige Flecken trug und deren grausamer Kopf mit einem langen fächerförmigen Federdiadem geschmückt war, an dem jede der geraden Federn an der Spitze einen zitternden Tropfen rosigen Cristalls trug.

Die eisernen Tische, die Folterbänke, die fürchterlichen Instrumente wurden immer häufiger. Im Schatten einer Riesentamarinde bemerkten wir eine Art von Rococofauteuil. Die Armlehnen waren abwechselnd aus Sägen und einer Stahlklinge gemacht, die Lehne und der Sitz eine Häufung von Eisenspitzen. An einer dieser Spitzen hing noch ein Stück Fleisch. Leicht und geschickt nahm es Clara mit der Spitze ihres Schirmes auf und warf es den gierigen Pfauen zu, die sich mit Flügelschlägen darauf stürzten und es sich mit großen Schnabelschlägen streitig machten. Einige Minuten lang gab dies ein verblüffendes Gemisch, ein Spiegeln wie von strahlenden Edelsteinen, daß ich trotz meines Ekels stehen blieb, um dies wunderbare Schauspiel anzustaunen. Auf den benachbarten Bäumen warteten Lophophoren, heilige Fasane, große Kampfhähne aus Malaia mit damascirtem Gefieder die Stunde der Festmahlzeit ab, indem sie naiv das Treiben der Pfaue beobachteten.

Plötzlich öffnete sich in der Mauer der Pflaumenbäume ein weites Loch, eine Art von Arche, die mit Blumen und Licht erfüllt war und da lag die Glocke vor uns, riesig und schrecklich. Ihre schweren Querbalken, die schwarz lackirt und mit goldigen Inschriften und rothen Masken verziert waren, glichen dem Profil eines Tempels und leuchteten seltsam im Sonnenlicht. Rund herum war der Boden ganz und gar mit einer Sandschicht bedeckt, in dem der Glockenklang erlosch. Ringsherum ging die Mauer der blühenden Pflaumenbäume, die jene dichten Blüthen trugen, die mit ihren weißen Sträußen die Enden der Zweige schmückten. Inmitten dieses rothen und weißen Zirkels war die Glocke furchtbar anzusehen. Sie glich einigermaßen einem Abgrunde in der Luft, einem aufgehängten Abgrund, der von der Erde zum Himmel aufzusteigen schien und dessen Grund man nicht sah, da sich dort stumme Schatten aufhäuften.

Und wir begriffen in diesem Augenblick, worüber die beiden Männer gebeugt waren, deren magere Leiber und Hüften in braunwollenem Stoff geschnürt uns unter dem Dom der Glocke von unserem ersten Eintritt in diesen Theil des Gartens an, erschienen waren. Sie waren über einen Leichnam gebeugt, den sie von den Schnürfesseln, von Ledergürteln befreiten, mit denen er fest umsponnen gewesen war. Der Leichnam, der eine Okerfarbe trug, war gänzlich nackt und sein Gesicht berührte den Boden. Er war furchtbar verzerrt, die Muskel schienen emporgeschnellt, die Haut trug Wellen, war zerunzelt, stellenweise wie von Geschwüren aufgetrieben. Man merkte, daß der Verurtheilte lange gekämpft hatte und vergebens seine Fesseln zu brechen versuchte und daß bei dieser verzweifelten ständigen Anstrengung die Schnur und die Lederstreifen nach und nach in das Fleisch eingetreten waren, wo sie jetzt Gräben voll von bläulichem Blut gebildet hatten, während die Haut einem grünlichen Gespinnst glich. Den Fuß auf dem Todten, den Rücken gebeugt, die beiden Arme gleich Kabeln angestrengt, zogen die Männer an den Stricken, die sie nur gleichzeitig mit Fleischfetzen abzulösen vermochten. Und aus ihren Kehlen drang ein rythmisches Stöhnen, das bald nur noch ein dumpfes Pfeifen schien.

Wir näherten uns noch mehr...

Die Pfaue hatten Halt gemacht. Von neuen Gruppen vergrößert, füllten sie jetzt die runde Allee und die blumige Öffnung, die sie nicht zu überschreiten wagten. Wir hörten hinter uns ihr Geschrei und das dumpfe Krabbeln der Menge. Es war in der That eine Masse, die zur Schwelle eines Tempels herbeigelaufen war, eine eng aneinander gedrückte, halb erstickte, ungeduldige und durch Respect erfüllte Masse, die mit ausgestreckten Hälsen, runden Augen, starr und geschwätzig ein Mysterium vorgehen sieht, das sie nicht begreifen kann.

Wir gingen noch näher heran.

– Sieh mal, Liebling, sagte Clara zu mir, wie komisch und einzig all das ist. Ein wahres Wunder! In welchem andern Lande könnte man ein ähnliches Schauspiel finden! Ein Foltersaal, der zu einem Balle geschmückt erscheint … Diese strahlende Menge von Pfauen, die einem Feste beiwohnen als Statisten, als Volksmenge, als Dekoration der Feierlichkeit. Könnte man nicht sagen, daß wir aus dem Leben herausgetragen sind inmitten der Phantasien und der sehr alten legendenhaften Dichtungen? Bist Du nicht wahrhaftig auch entzückt? Mir scheint es, daß ich hier stets in einem Traume lebe.

Fasane mit strahlendem Gefieder, mit langen, goldigen Schwanzblättern flogen herbei und kreuzten sich oberhalb von uns. Mehrere wagten sich von Zeit zu Zeit auf der Spitze der blühenden Bäume niederzulassen.

Clara, die allen diesen Formenlaunen und Farben dieser feenhaften Flüge folgte, begann nach einigen Minuten entzückten Schweigens von neuem:

– Bewundere doch nur, mein Liebling, und gib zu, daß die Chinesen, die so sehr von allen Leuten, die sie nicht kennen, verachtet sind, sich in Wahrheit als erstaunliche Leute enthüllen. Nicht ein Volk hat ihnen gleich verstanden die Natur zu verfeinern und zu beherrschen mit so peinlicher Intelligenz. Es sind wirklich Künstler, einzig in ihrer Art. Und großartige Dichter. Betrachte nur diesen Leichnam, der auf dem rothen Sande den Ton alter Götzenbilder hat. Betrachte ihn wohl, denn das ist außergewöhnlich. Man könnte sagen, daß die Schwingungen der Glocke, als sie noch in aller Stärke läuteten, in den Leib gleich einer harten, widerstandsfähigen Masse eingedrungen sind, daß sie die Muskel aufgeschwellt und die Adern gesprengt haben, dabei die Knochen verzogen und gebrochen. Ein einfacher Ton, der dem Ohr so sanft, so wunderbar musikalisch, dem Geiste so angenehm erregend klingt, wird hier eine tausendmal schrecklichere und schmerzhaftere Tortur als all die verwickelten Instrumente des alten Patapuff. Ist das nicht hinreißend? … Nein, aber eine solche wundervolle Sache auszudenken, bei deren Anblick man vor Begeisterung und göttlicher Melancholie, die die verliebten Jungfern, die abends durch das freie Land gehen, zum Weinen bringt, man auch vor Leid aufheulen und sterben kann im fürchterlichsten Schmerze und zu diesen: bejammernswerthen menschlichen Rest werden kann … Ich sage, das zeugt von Genie! … Ach! Die bewundernswürdige Qual, die zugleich so diskret ist, da sie sich im Dunkel vollzieht und deren Schrecken, wenn man darüber ein wenig nachdenkt, doch keinem anderen gleich gemacht werden könnte. Übrigens ist diese Qual, gleich der Folter der Liebkosung, heutzutage sehr selten. Du kannst von Glück reden, daß Du sie bei Deinem ersten Besuch in diesem Garten gesehen hast. Man hat mir versichert, die Chinesen hätten sie aus Korea eingeführt, wo sie von Alters her in Brauch ist und noch häufig angewendet wird. Wir werden uns nach Korea begeben, wenn es Dir recht ist. Die Koreaner sind Folterknechte von unnachahmlicher Grausamkeit, dabei fabriziren sie die schönsten Vasen von der Welt, Vasen, die eine dicke weiße Farbe haben, die ganz einzig in ihrer Art und die in Bäder von menschlichem Samen getaucht worden sind! – Kannst Du nur so etwas begreifen! …

Dann kam sie zu dem Leichnam zurück:

– Ich möchte wirklich wissen, wer der Mensch ist! … Denn die Qual der Glocke wird nur bei besseren Verbrechern in Anwendung gebracht, bei feinen Leuten, bei Prinzen, die sich in Verschwörungen eingelassen haben, bei hohen Würdenträgern, die dem Kaiser nicht mehr gefallen. Es ist eine aristokratische und fast ruhmreiche Qual …

Sie schüttelte mich am Arme:

– Das scheint Dich gerade nicht zu begeistern, was ich Dir da erzähle. Du hörst mir ja gar nicht zu. Aber bedenke doch nur: diese Glocke läutet so hell, das ist so sanft; wenn man es von der Ferne her hört, gleicht es mystischen Osterfeiern, frohen Messen, Taufen, Hochzeiten, ja, daran denkt man und dabei schließt sie den fürchterlichsten der Tode in sich. Ich finde das unerhört! … Und Du? …

Und da ich nicht antwortete:

– Aber sage doch, sage doch! drang sie weiter in mich, sage, daß das unerhört ist. Ich will es ... ich will es doch einmal haben ... Sei nett!

Angesichts meines ständigen Stillschweigens hatte sie einen kleinen Zornanfall.

– Wie unangenehm Du bist! rief sie. Du wirst nie die geringste Liebenswürdigkeit für mich übrig haben! ... Wodurch könnte ich denn die Runzeln von Deiner Stirn bannen? ... Ach, ich mag Dich nicht mehr lieben ... Ich habe kein Verlangen mehr nach Dir ... Heute Nacht wirst Du ganz allein im Kiosk schlafen ... Ich werde meine kleine Pfirsichblüthe aufsuchen, die viel netter ist als Du, und die Liebe besser, als dies den Männern möglich wäre, kennt...

Ich wollte irgend etwas stammeln.

– Nein, nein ... Lassen Sie mich! ... Es ist alles zu Ende! ... Ich mag nicht mehr mit Ihnen sprechen ... Es thut mir leid Pfirsichblüthe nicht mit hieher genommen zu haben ... Sie sind unerträglich ... Sie machen mich ganz traurig ... Sie verdummen mich förmlich ... Es ist schrecklich! ... Und nun habe ich wieder einen Tag, den ich in Deiner Gesellschaft so aufregend erhofft hatte, verloren! ...

Ihr Geschwätz, ihre Stimme regten mich auf. Seit einigen Augenblicken sah ich nicht einmal mehr ihre Schönheit. Ihre Augen, ihre Lippen, ihr schweres Goldhaar, alles bis zur Glut ihres Verlangens, bis zur Ausschweifung ihrer Sünde schien mir jetzt an ihr jammervoll häßlich. Und aus ihrer geöffneten Blouse, der rosigen Nacktheit ihrer Brust, deren berauschende Düfte ich so oft eingesogen, getrunken und im wilden Biß genossen hatte, stieg ein Geruch von verwesendem Fleisch auf, aus diesem Häuflein verwesenden Fleisches, das ihre Seele vorstellte ... Mehrmals war ich versucht sie durch eine heftige Beschimpfung zu unterbrechen ... ihr mit meinen Fäusten den Mund zu verschließen ... sie zu würgen ... Ich fühlte in mir gegen dieses Weib einen so wilden Haß aufkeimen, daß ich sie plötzlich rauh am Arme ergriff und mit zorniger Stimme schrie:

– Schweigen Sie! ... Ach, so schweigen Sie doch nur! ... Sprechen Sie nie, nie wieder zu mir! ... Denn ich habe Lust, Sie zu tödten, Dämon! ... ich sollte Sie tödten und wie ein verwestes Luder sodann auf den Schindanger werfen!

Trotz meiner Aufregung erschrack ich vor meinen eigenen Worten ... Aber um sie endlich einmal unwiderruflich zu machen, wiederholte ich, indem ich ihr mit meinen verkrampften Händen den Arm zerquetschte:

– Luder! ... Luder! ... Luder! ...

Clara wich nicht zurück und zuckte nicht einmal mit den Wimpern ... Sie streckte ihren Hals aus und bot mir ihre Brust ... Ihr Antlitz wurde von ungekannter, strahlender Freude erhellt ... Sie sagte einfach, langsam, mit unendlicher Sanftmuth:

– Nun schön! ... Tödte mich, Liebling ... Ich würde so gern von Dir getödtet werden wollen, theures Herzchen! ...

Das war ein Blitz der Auflehnung in dem langen und schmerzlichen Leiden meiner Unterwerfung gewesen ... Er erlosch eben so rasch wie er aufleuchtete ... Voll Scham über diesen niedrigen beleidigenden Schrei, den ich ausgestoßen hatte, ließ ich Claras Arm los ... und mein ganzer Zorn, der nur durch nervöse Überreizung hervorgebracht worden war, schmolz plötzlich in tiefer Niedergeschlagenheit.

– Ach, Du siehst ... rief Clara, die sich meine jämmerliche Niederlage und ihren allzu leichten Triumph nicht zu Nutze machen wollte ... Du hast nicht einmal den Muth dazu, was doch so schön wäre ... Armes Baby! ...

Und als ob nichts zwischen uns vorgefallen wäre, folgte sie weiterhin mit ihren Blicken voll Leidenschaft dem scheußlichen Drama der Glocke...

Während dieses kurzen Zwiegespräches hatten sich die beiden Männer ausgeruht. Sie schienen vollständig erschöpft ... Mager, athemlos, mit die Haut durchdringenden Rippen und fleischlosen Lenden, hatten sie nichts Menschliches mehr an sich....Schweiß tropfte wie aus einer Dachrinne von den Spitzen ihrer Schnurbärte herab und ihre Seiten wogten wie die von Hunden gehetzter Thiere ... Aber ein Aufseher erschien plötzlich mit der Peitsche in der Hand.

Er brüllte sie zornig an und schlug mit seiner Peitsche auf die knochigen Hüften der beiden jammervollen Männer, die vor Schmerz aufheulend, sich wieder an die Arbeit machten...

Durch das Klatschen der Peitsche erschreckt, stießen die Pfaue Schreie aus und schlugen mit den Flügeln. Unter ihnen herrschte etwas wie ein Furchtaufruhr ... ein wirbelndes Gedränge, ein panisches Ausreißnehmen. Dann kamen sie nach und nach wieder beruhigt, einer nach dem andern, Paar nach Paar, Schwarm nach Schwarm zurück und nahmen ihren Platz unter dem Blumendom ein, indem sie nur noch mehr den Glanz ihrer Brust aufblähten und wilde Blicke auf den Todesschauplatz warfen ... Die Fasane, die ohne Unterlaß roth, gelb, blau und grün oberhalb des weißen Kreises herumflogen, bestickten mit auffallenden Seidentönen, zarten und wechselnden Nuancen den lichtvollen Grund des Himmels.

Clara rief den Aufseher herbei und ließ sich mit ihm in ein kurzes Zwiegespräch auf chinesisch ein, das sie mir seinen Antworten gemäß nach und nach wiedergab.

– Diese beiden armen Teufel haben die Glocke geläutet ... Und zwar zweiundvierzig Stunden lang, ohne zu trinken, ohne zu essen, ohne einen Augenblick der Ruhe!.., Glaubst Du das? ... Wie kommt es, daß sie nicht auch todt sind? ... Ich weiß wohl, daß die Chinesen nicht so wie wir beschaffen sind, daß sie in Bezug auf Ermüdung und körperlichen Schmerz, außerordentliche Fähigkeit besitzen ... So wollte ich einmal ausprobieren, wie lange ein Chinese arbeiten könnte, ohne Nahrung zu sich zu nehmen ... Zwölf Tage, mein Liebling ... Er fällt erst am Ende des zwölften Tages! ... Man möchte es nicht glauben! ... Allerdings ist es wahr, daß die Arbeit, die ich ihm zugetheilt hatte, im Vergleich zu dieser hier nichts war ... Ich ließ ihn Erde in der Sonne umgraben...

Sie hatte, meine Beschimpfungen vergessen, ihre Stimme war wieder verliebt und zärtlich geworden, gleich als ob sie mir eine schöne Liebesgeschichte erzählte ... Sie fuhr fort:

– Du kannst Dir gar nicht vorstellen, mein Liebling, was für wilde, fortgesetzte, übermenschliche Anstrengung dazu nöthig ist, um die Glocke zu läuten und in Bewegung zu erhalten? ... Viele selbst von den Stärksten unterliegen dabei ... Es platzt ihnen eine Ader ... oder sie verrenken sich die Hüften ... und fertig ist es! ... Sie fallen plötzlich todt auf die Glocke und die nicht auf der Stelle sterben, holen sich dabei Krankheiten, die nie mehr geheilt werden können! ... Sieh' nur, wie durch das Anfassen der Stricke ihre Hände geschwollen und blutig sind! ... Übrigens scheinen sie auch verurtheilt zu sein! ... Sie sterben beim Todten und die beiden Qualen sind einander werth! ... Aber das ist gleichgültig ... man muß gut zu diesen elenden Menschen sein ... wenn der Aufseher fortgegangen sein wird, gib ihnen einige Taëls, nicht wahr?

Dann wandte sie sich wieder dem Leichnam zu:

– Ach, ja weißt Du ... ich erkenne ihn jetzt ... es ist ein dicker Bankier aus der Stadt ... er war sehr reich und bestahl Jedermann ... Aber deshalb ist er nicht zur Qual der Glocke verurtheilt worden. Der Aufseher weiß nicht genau weshalb ... man sagt, er hat an die Japaner verrathen ... Etwas muß ja doch gesagt werden...

Kaum hatte sie diese Worte ausgesprochen, als wir dumpfe Klagen, ersticktes Schluchzen vernahmen ... Das kam hinter der Mauer her, uns gegenüber, längs welcher sich Blüthen ablösten und langsam auf den rothen Sand niederfielen ... Ein Regen von Thränen und Blumen!

– Das ist die Familie ... erklärte Clara ... Sie ist dem Gebrauch folgend zur Stelle und erwartet, daß man ihr den Leib des Gefolterten ausliefert.

In diesem Augenblick drehten die beiden erschöpften Männer, die sich nur noch durch ein Wunder von Willenskraft aufrecht erhielten, den Leichnam um. Clara und ich stießen nach einander denselben Schreckensschrei aus. Sie preßte sich an mich, zerriß mir die Schultern mit ihren Nägeln und rief:

– O! ... Liebling! ... Liebling! ... Liebling!...

Dies war der Ausruf, durch den sie stets das Übermaß ihrer Aufregung beim Schreck wie bei der Liebe ausdrückte.

Wir betrachteten den Leichnam und streckten mit der gleichen verblüfften Geberde den Hals nach dem Leichnam aus und konnten unseren Blick nicht von dem Leichnam wegwenden.

Auf seinem convulsivisch verzerrten Gesicht, dessen angespannte Muskel fürchterliche Grimassen und schreckliche Winkel abzeichneten und bildeten, grinste der verzogene Mund, der die Zähne und das Zahnfleisch entblößte, in einem furchtbaren irren Lachen, einem Lachen, das der Tod erstarrt fixirte und sozusagen in alle Falten der Haut einmodellirt hatte. Die beiden übermäßig aufgerissenen Augen starrten uns mit einem Blick an, der nicht mehr sah, in dem aber trotzdem der Ausdruck entsetzlichen Wahnsinnes blieb; dieser Blick war so wunderbar grinsend, so wahnsinnig verrückt, wie ich nie in den Höhlen von Irrenhäusern Ähnliches in den Augen eines lebenden Menschen gesehen habe.

Während ich auf seinem Leibe alle diese Muskelverzerrungen, all diese Verschiebungen der Sehnen, alle diese Verrenkungen der Knochen und in seinem Gesichte diesen lachenden Mund, diesen Wahnsinn der Augen, der den Tod überlebte, sah, begriff ich wie viel furchtbarer als bei irgend einer anderen Folter der Todeskampf dieses Mannes der zweiundvierzig Stunden lang an die Glocke gefesselt war, gewesen sein mußte. Weder das zerstückelnde Messer, noch das versengende rothglühende Eisen, noch die zerreissenden Zangen, noch die Schrauben, die die Gelenke zersprengen, die Adern platzen lassen und die Knochen wie Holzscheite zerbrechen, konnten größere Verwüstung an den Organen eines lebenden Leibes anrichten und ein Hirn mit mehr Angst und Entsetzen erfüllen, als dieses unsichtbare und unkörperliche Glockenläuten, das durch seine alleinige Wirkung alle die bekannten Folterinstrumente weit hinter sich ließ und gleichzeitig all die fühlenden und denkenden Theile eines Individuums zerfleischte, indem es den Dienst von mehr als hundert Henkern verrichtete...

Die beiden Männer zogen wieder an den Stricken, aus ihren Kehlen kam ein pfeifender Ton, ihre Seiten wogten immer rascher. Aber die Kraft ging ihnen aus und enttropfte ihren Gliedern in Schweißströmen. Sie konnten sich jetzt kaum noch aufrecht erhalten und mit ihren steifen, gelähmten Fingern an den Lederfesseln ziehen...

– Ihr Hunde! heulte der Aufseher...

Ein Peitschenhieb traf sie an den Lenden, doch lehnten sie sich nicht einmal mehr gegen den Schmerz auf. Es schien, daß ihre ausgerenkten Nerven jedes Gefühl verloren hätten. Sie sanken immer tiefer in die Kniee, welche immer mehr und mehr zitternd aneinander schlugen. Was ihnen noch unter der geschundenen Haut an Muskeln übrig geblieben war, verzog sich in convulsivischen Zuckungen ... Plötzlich ließ einer von den beiden, der am Rande der Erschöpfung angelangt war, die Fesseln los, stieß einen leisen, heiseren Klagelaut aus, streckte die Arme nach vorwärts aus und fiel neben dem Leichnam, mit dem Gesichte gegen den Boden gekehrt nieder, wobei seinem Munde ein Strom schwarzen Blutes entquoll.

– Auf! ...Feigling! ...auf, Du Hund! ...schrie der Aufseher noch...

In vier Ansätzen pfiffen die Peitschenschläge durch die Luft und klatschten auf den Rücken des Mannes nieder ...Die Fasane, die auf den blumigen Ästen saßen, flogen mit lautem Flügelrauschen fort. Ich vernahm hinter uns das erschreckte Geräusch der Pfaue ...Aber der Mann erhob sich nicht ...Er rührte sich nicht mehr und die Blutlache auf dem Sande wurde immer größer ...Der Mann war todt!...

Da zog ich Clara fort, deren Fingerchen mir in die Haut drangen ...Ich wußte, daß ich todtenbleich geworden war und ging schwankend gleich einem Betrunkenen...

– Das ist zu viel! ...Das ist zu viel! ...wiederholte ich ohne Unterlaß.

Und Clara, die mir willenlos folgte, wiederholte gleichfalls:

– Ach, siehst Du, mein Liebling! ...ich wußte es wohl ...habe ich Dich belogen?

Wir schlugen den Weg ein, der zum Centralbecken führte und die Pfaue, die uns bis dahin gefolgt waren, verließen uns plötzlich und vertheilten sich sehr geräuschvoll auf die Baumgruppen und die Wiesen des Gartens.

Dieser sehr breite Weg war an beiden Seiten von abgestorbenen Bäumen eingefaßt, von ungeheuern Tamarinden, deren dicke kahle Zweige sich vom Himmel in harten Arabesken abhoben. Eine Nische war in jeden dieser Bäume eingehauen. Die Mehrzahl war leer, einige enthielten schrecklich verzogene, häßlichen und obscönen Qualen unterworfene Männer- und Frauenleiber. Vor den besetzten Nischen stand eine Art von Gerichtsschreiber, in schwarzem Gewande und hielt ernst, zugleich mit einem Schreibzeug auf dem Bauche, ein Protokoll in der Hand.

– Das ist die Straße der Untersuchungsgefangenen ... sagte Clara zu mir ... Und die Leute, die Du neben ihnen stehen siehst, verzeichnen die Geständnisse, die der andauernde Schmerz diesen Unglücklichen entreißen könnte ... Sie gestehen aber nur selten ... sie ziehen vor so zu sterben, um ihren Todeskampf nicht durch die Käfige des Bagno zu schleppen und schließlich an anderen Qualen zu Grunde zu gehen ... Im Allgemeinen, politische Verbrecher ausgenommen, mißbrauchen die Gerichte die Untersuchungshaft nicht ... Sie verurtheilen im Block, truppenweise, auf gut Glück ... Übrigens siehst Du, daß die Untersuchungsgefangenen nicht gerade zahlreich und die Mehrzahl der Nischen leer sind ... Es ist aber dennoch wahr, daß deren Gedanke genial zu nennen ist. Ich glaube wohl, daß sie dies aus der griechischen Mythologie übernommen haben. Das ist in schrecklicher Weise eine Umformung jener reizenden Sagen von den Hamadryaden, die in Bäumen eingeschloßen waren!

Clara näherte sich einem Baume, in dem noch ein junges Weib röchelte. Sie war mit den Handgelenken an eine Eisenstange gehängt und die Gelenke waren durch zwei mit aller Gewalt zusammengepreßte Holzscheite vereinigt. Eine ätzende Schnur aus Kokusfasern, mit pulverisirtem rothem Pfeffer und Senf bedeckt und in eine Salzlösung getaucht, umwand ihre beiden Arme.

– Dieser Strick bleibt solange befestigt, beliebte meine Freundin zu bemerken, bis die Glieder zur vierfachen Länge ihrer natürlichen Ausdehnung aufgeschwollen sind ... Dann nimmt man sie ab und die Pestbeulen, die sie hervorbringen, zerplatzen oft zu scheußlichen Wunden. Daran stirbt man oft, nie jedoch gesundet man wieder.

– Aber, wenn der Untersuchungsgefangene unschuldig erkannt wird? fragte ich.

– Nun ja ... was ist da zu thun? rief Clara.

Ein anderes Weib befand sich in einer anderen Nische, mit ausgestreckten oder vielmehr auseinander gezerrten Beinen, während ihr Hals und ihre Arme in eisernen Ringen steckten ... Ihre Augenlider, ihre Nasenlöcher, ihre Lippen und Geschlechtstheile waren mit rothem Pfeffer eingerieben und zwei Stifte zerquetschten ihr die Spitzen der Brüste ... Weiterhin war ein junger Mann an einem Strick unter den Achselhöhlen aufgehängt; ein großer Steinblock hing ihm an den Schultern, so daß man das Krachen der Gelenke hörte ... Ein Anderer wurde mit zurückgelehntem Oberkörper durch einen Eisendraht im Gleichgewicht gehalten, der den Hals mit den Knöcheln verband, spitze, schneidende Steine waren ihm zwischen die Kniekehlen gesteckt ... Die Nischen in den Stämmen wurden leer. Von Zeit zu Zeit sah man nur noch einen Gefesselten, einen Gekreuzigten, einen Gehängten mit geschlossenen Augen, der zu schlafen schien und vielleicht bereits todt war. Clara sagte und erklärte nichts mehr ... Sie lauschte dem schweren Fluge der Geier, welche oberhalb der kahlen Äste flatterten und dem noch höheren Krähen der Raben, die in unzähligen Schwärmen über den Himmel zogen...

Die traurige Tamarindenallee endete auf einer weiten, mit Mohnblumen bepflanzten Terrasse, von wo wir zum Becken herabstiegen...

Schwertlilien erhoben ihre langen Stengel, die außergewöhnliche Blumen trugen, mit bunten Blüthenblättern gleich alten Sandsteinvasen, kostbar emaillirte Veilchenblüthen mit Bluttupfen, finstere purpurfarbene, blau mit Orangenocker geflammte, schwarzsammtene mit Schwefelchen ausgestattete Schwertlilien ... Einige riesig und verzerrt gleich kabalistischen Schriftzeichen ... Die Wasserrosen und Lotusblumen breiteten auf dem Wasser ihre großen erschlossenen Blumen aus, die mir wie abgehauene schwimmende Häupter vorkamen ... Wir beugten uns einige Minuten lang über das Geländer der Brücke hinab und betrachteten schweigend das Wasser. Ein riesiger Goldkarpfen, von dem man nur den glänzenden Kopf sah, schlief unter einem Blatte und Fischchen glitten zwischen dem Tang und den Wurzeln, gleich den rothen Gedanken im Hirne eines Weibes, hin und her.

IX

Und folgender Maaßen gieng der Tag zu Ende.

Der Himmel wurde roth, von breiten smaragdfarbenen, überraschend durchsichtigen Streifen durchzogen. Das ist die Stunde, da die Blumen ein geheimnisvolles Leuchten, einen heftigen und doch gedämpften Glanz annehmen ... Allerorts stammen sie, als ob sie am Abend der Atmosphäre all das Licht zurückgäben, das ihr Blüthenboden tagsüber durch die Sonne aufgenommen hat. Die mit zerstampften Ziegeln bedeckten Wege erschienen zwischen dem übertriebenen Grün der Wiesen hier wie Feuerstreifen, da wie glühende Lavaströme. Die Vögel in den Zweigen sind verstummt, die Insekten haben ihr Summen eingestellt, sterben oder schlafen ein. Nur die Nachtschmetterlinge und die Fledermäuse beginnen durch die Luft zu gleiten. Vom Himmel herab bis zu den Bäumen, von den Bäumen herab bis zum Erdboden, überall herrscht tiefes Stielschweigen. Und ich fühle, daß es auch mich durchdringt und mich erstarrt, gleich dem Tod.

Ein Kranichvolk steigt lang den Rasenabhang herab und stellt sich in einer Reihe, nicht weit von uns rund um das Becken auf. Ich höre das Klatschen ihrer Füße im hohen Gras und das trockene Klappern ihrer Schnäbel. Dann stellen sie sich auf ein Bein, unbeweglich den Kopf unter dem Gefieder verborgen, es ist als ob man ein Bronzeprunkstück vor sich hätte. Und der Karpfen mit dem goldigen Kopf, der unter den Wasserrosenblättern schlief, zappelt im Wasser, taucht unter, verschwindet, indem er auf der Oberfläche weite Wellen zurückläßt, die in weichem Wiegen die geschlossenen Kelche der Lotusblumen bewegen; die Wellen werden immer breiter und verlieren sich zwischen den Schwertlilien, deren teuflische Blumen nur seltsam vereinfacht erscheinen, in den Zauber des Abends Schicksalszeichen einschreiben, die dem Buche des Lebens entnommen zu sein scheinen ...

Eine riesige Arumpflanze breitet oberhalb des Wassers das Horn ihrer grünen, mit braunen Flecken betupften Blume aus und führt uns einen starken Leichengeruch zu. Lange Zeit schwärmen Fliegen hartnäckig und gierig um den Schindanger ihres Kelches herum ...

Clara lehnt auf dem Geländer der Brücke; mit umwölkter Stirn und starren Augen blickt sie auf's Wasser herab. Der Widerschein der untergehenden Sonne gleitet über ihren Nacken ... Auf ihrem Leib hat die Spannung nachgelassen, ihr Mund ist kleiner geworden. Sie scheint ernst und sehr traurig. Ihr Blick ist auf's Wasser gerichtet, aber er geht weiter und dringt tiefer, als daß er auf der Wasserfläche ruhte; er dringt vielleicht zu einer unzugänglicheren und schwärzeren Sache, als es der Grund dieses Wasserbeckens ist; er dringt vielleicht in ihre Seele hinab, in den Abgrund ihrer Seele, wo sich in einem Flammen- und Blutgewirre die scheußliche Blume ihrer Gelüste wiegt ... Was betrachtet sie in Wirklichkeit? ... Woran denkt sie? ... Ich weiß es nicht ... Vielleicht betrachtet sie gar nichts ... vielleicht denkt sie an nichts ... Ein wenig ermüdet, mit zerstörten Nerven von den Peitschenschlägen all zu vieler Sünden gequält, verstummt sie, weiter nichts ... Falls sie nicht durch eine letzte Anstrengung ihrer geistigen Willenskraft all die Erinnerungen und all die Bilder dieses Schreckenstages zusammenraffte, um einen Strauß von rothen Blumen ihrem Geschlechte darzubieten? ... Ich weiß es nicht ...

Ich wage es auch nicht sie anzusprechen. Sie flößt mir Furcht ein, sie verwirrt durch ihre Unbeweglichkeit und durch ihr Schweigen mich bis in die tiefsten Tiefen meines Ich's. Existirt sie denn wirklich? Ich frage es mich nicht ohne Entsetzen ... Ist sie nicht nur eine Ausgeburt meiner Ausschweifung und meines Fiebertraumes? ... Ist sie nicht nur eines jener unmöglichen Traumbilder wie sie ein schweres Alpdrücken gebiert? ... Eine jener verbrecherischen Versuchungen wie sie wüste Wollust in der Phantasie jener Kranken, die man Mörder und Narren nennt, entstehen läßt? ... Sollte sie vielleicht nichts anderes sein als meine Seele, die wider meinen Willen die leibliche Hülle verlassen hat und unter der Form der Sünde körperliche Gestalt annahm? ...

Aber nein ... Ich greife sie an. Meine Hand hat die bewunderungswürdigen Wirklichkeiten, die lebenden Wirklichkeiten ihres Leibes wiedererkannt ... Ihre Haut versengt meine Finger durch den leichten und seidigen Stoff, der sie bedeckt ... Und Clara schaudert bei dieser Berührung nicht zusammen; sie geräth nicht in Verzückung, wie so oft bei dieser Liebkosung.

Ich begehre sie und ich hasse sie …Ich möchte sie in meine Arme nehmen und umschlingen, bis sie erstickt, bis sie erwürgt ist und dann den Tod – ihren Tod – aus ihren geöffneten Adern trinken. Ich schreie mit einer Stimme, die abwechselnd drohend und unterwürfig klingt:

– Clara! … Clara! … Clara! …

Clara antwortet nicht und rührt sich nicht … Sie betrachtet noch immer die Wasserfläche, die ständig düsterer wird; doch ich glaube, daß sie in Wirklichkeit nichts betrachtet, weder das Wasser, weder den rothen Widerschein des Himmels auf dem Wasser, noch die Blumen, noch sich selbst … Da rücke ich ein wenig zur Seite, um sie nicht mehr zu sehen, noch zu berühren und ich wende mich der entschwindenden Sonne zu, der Sonne, von der nur noch große, vorübergehen de Streiflichter am Himmel übrig geblieben sind, die nach und nach bald zerrinnen und in der Nacht erlöschen werden…

Schatten steigen auf den Garten herab und ziehen ihre blauen Schleier leichter über die nackten Rasenflächen, dichter über die Blumen, die sich dadurch vereinfachen. Die weißen Blüthen der Kirsch- und Pfirsichbäume, die jetzt ein mondhelles Licht ausströmen, haben ein gleitendes Aussehen, ein irrendes Aussehen, ein seltsames, an Traumgebilde erinnerndes Aussehen … Und die Galgen und die Schandsäulen richten ihre düstern Arme, ihre schwarzen Balken am östlichen Himmel auf, der die Farbe blau angelaufenen Stahles trägt.

O Schreck! …Oberhalb einer Baumgruppe, auf dem sterbenden Purpur des Abends, sehe ich, wie sich gleich ungeheuren Blumen, deren Stengel in der Nacht unsichtbar sind, die schwarzen Umrisse von fünf Gefolterten an den Pfählen hin- und herdrehen, sich langsam drehen, der Leere zu drehen, baumeln, schwenken, drehen und wieder drehen.

– Clara! … Clara! … Clara! …

Aber meine Stimme dringt nicht bis zu ihr … Clara antwortet nicht, rührt sich nicht und wendet sich nicht um … Sie bleibt über das Wasser, über den Wasserschlund gebeugt. Und ebenso wie sie mich nicht mehr hört, hört sie nicht mehr die Klagen, die Schreie, das Röcheln all der Wesen, die in dem Garten sterben.

Ich fühle etwas wie dumpfe Niedergeschlagenheit in mir, wie ungeheure Ermüdung nach Märschen und wieder Märschen durch fiebererfüllte Wälder, am Ufer todbringender Seen … Ich bin von einer Entmuthigung durchdrungen, die mich, wie mir scheint, nie wieder verlassen wird … Gleichzeitig wird mir das Hirn schwer und peinigend hinderlich … Es ist als ob ein eiserner Ring mir die Schläfen umgäbe, so daß mir fast der Schädel zerplatzt.

Da löst sich nach und nach mein Gedanke von dem Garten, von den Folterkreisen, von den Todeskämpfen unter den Glocken, von den Bäumen, in denen das Leid spukt, von den blutigen, verzehrenden Blumen los … Er möchte endlich daß den Schreck dieses Schindangers verlassen, zum reinen Licht durchdringen und zu guter letzt an die Thore des Lebens klopfen …Wehe! Die Thore des Lebens öffnen sich nur dem Tode, sie öffnen sich stets nur über den Palästen und den Gärten des Todes … Und das Weltall erscheint mir wie ein ungeheurer, wie ein unerbitterlicher Garten der Qualen …Überall fließt Blut und da wo es viel Leben gibt, zerreißen fürchterliche Quälgeister die Leiber, zersägen die Knochen und ziehen einem die Haut ab, während ihre Gesichter vor Freude verfinstert sind…

Ach ja! Der Garten der Qualen! …Die Leidenschaften, der Appetit, die Interessen, der Haß, die Lüge und die Gesetze und die sozialen Einrichtungen und die Gerechtigkeit, die Liebe, der Ruhm, das Heldenthum, die Religionen sind die scheußlichen Blumen und gräßlichen Werkzeuge des ewigen Menschenleidens in diesem Garten …Was ich heute gesehen, was ich gehört habe, lebt und schreit und jammert auch jenseits dieses Gartens, der für mich nur noch ein Symbol ist, auf dem ganzen Erdball …Vergebens suche ich einen Einhalt im Verbrechen, eine Ruhestätte im Tode, ich finde dies nirgends…

Ich möchte, ja ich möchte mich beruhigen und mir Seele und Geist durch alte Erinnerungen, durch das Andenken bekannter und vertraulicher Gesichter reinigen …Ich rufe Europa zu Hilfe und seine heuchlerische Civilisation und Paris, mein von Lachen und Vergnügen erfülltes Paris …Aber Eugéne Mortain's Antlitz ist es, das ich auf den Schultern des dicken und geschwätzigen Henkers grinsen sehe, der am Fuße der Galgen, inmitten der Blumen, seine Zangen und Sägen reinigte … Es sind die Augen, der Mund, die welken herabfallenden Wangen der Frau G …, die sich über die Foltergerüste beugen, ich sehe ihre nothzüchtigenden Hände die Eisenkinnbacken, die mit Menschenfleisch vollgestopft sind, berühren, und liebkosen … Auf all die Männer und all die Frauen, die ich geliebt hatte, oder die ich zu lieben glaubte, auf diesen gleichgiltigen Gesichtern und frivolen Seelchen, verbreitet sich jetzt der unauslöschbare Blutfleck … Und dann die Richter, die Soldaten, die Priester, die allerorts in den Kirchen, den Kasernen, den Tempeln der Gerechtigkeit sich auf das Todeswerk stürzen … Und es ist der Mensch als Einzelwesen und es ist der Mensch als Masse und es ist das Vieh, die Pflanze, die Elemente, kurz die ganze Natur, die von der weltumfassenden Kraft der Liebe getrieben sich dem Morde zustürzen, indem sie so außerhalb des Lebens eine Befriedigung und Besänftigung der wüthenden Lebensgelüste zu finden glauben, der Gelüste, die sie verzehren und die aus ihnen als ein Auswurf schmutzigen Schaumes hervorquellen!

Soeben noch fragte ich mich, wer Clara sei und ob sie in Wirklichkeit bestände … Ob sie bestände? … Aber Clara ist ja das Leben, sie ist die wirkliche Anwesenheit des Lebens, des ganzen Lebens! …

– Clara! … Clara! … Clara! …

Sie antwortet nicht, sie rührt sich nicht und wendet sich nicht um … Dichter Wasserdunst, blau und silbern gefärbt, steigt von den Wiesen und dem Bassin auf, umhüllt die Blumengruppen, verschleiert die Gerüste der Galgen … Und mir ist es als ob ein Blutgeruch, ein Leichengeruch zugleich mit diesem Dunst aufstiege, der Rauch unsichtbarer Weihwedel, die von unsichtbaren Händen geschwungen werden, dem unsterblichen Ruhme Clara's geweiht!

Am anderen Ende des Beckens, hinter mir, beginnt ein Gecko die Stunden zu rufen … Ein anderer Gecko antwortet ihm … dann wieder ein anderer … dann noch ein anderer … in regelmäßigen Zwischenräumen … Dies kommt mir wie Glocken vor, die durch ihr Geläut sich rufen und Zwiegespräche führen, Festesglocken von außerordentlich reinem Klang, von einem kristallenen und sanften, ach, so sanften Ton, der dem Schweigen Sicherheitsgefühl und der Nacht den Zauber eines reinen Traumes verleiht … Diese hellen, so unaussprechlich hellen Töne rufen in mir tausend und aber tausend nächtliche Landschaften wach, in denen meine Lungen aufathmen, in denen mein Gedanke sich wieder findet … Binnen wenigen Minuten habe ich vergessen, daß ich mich neben Clara befinde und daß alles rings um mich her, der Boden und die Blumen, das Blut vollends einsaugen und sehe mich durch den silbernen Abend inmitten der feenhaften Reisfelder von Annam herumstreifen …

– Kehren wir heim! sagte Clara.

Diese Stimme, kurz, herausfordernd und müde, ruft mich wieder zur Wirklichkeit zurück … Clara steht vor mir … Ihre gekreuzten Beine lassen sich unter den eng anliegenden Falten ihres Kleides errathen … Sie stützt sich auf den Griff ihres Sonnenschirmes. Und im Halbdunkel glänzen ihre Lippen wie das lichtgedämpfte Leuchten eines rosigen Lampenschirmes in einem großen, geschlossenen Raum …

Da ich mich nicht bewege, sagt sie nochmals:

– Nun also! … Ich warte nur auf Sie! …

Ich will ihren Arm nehmen … Sie verweigert es.

– Nein … nein … gehen wir neben einander! …

Ich dringe noch weiter in sie.

– Sie werden ermüdet sein, meine liebe Clara … Sie …

– Nein … nein … nicht im geringsten!

– Der Weg von hier bis zum Fluß ist weit … Nehmen Sie meinen Arm, ich bitte Sie darum!

– Nein … danke! … Und schweigen Sie … o, schweigen Sie doch! …

– Clara! Sie sind ja ganz verändert …

– Wenn Sie mir einen Gefallen thun wollen … so schweigen Sie! … Ich will nicht, daß zu dieser Stunde mit mir gesprochen wird! …

Ihre Stimme ist trocken, schneidend, befehlshaberisch ... Wir brechen auf ... Wir überschreiten die Brücke, sie geht voraus, ich hinterher, wir schlagen einen der kleinen Wege ein, der in Schlangenform durch die Rasenflächen führt. Clara geht mit kurzen unregelmäßigen Schritten vorwärts ... Doch so wundervoll ist die unverletzbare Schönheit ihres Leibes, daß selbst diese Überanstrengung der harmonischen, leichten und vollen Linie nichts von ihrem Zauber raubt ... Ihre Hüften bewahren die göttliche, wollüstige Wellung ... Selbst wenn ihr Geist fern von Liebe ist, wenn er sich gegen die Liebe starr macht, verkrampft und weigert, ist doch stets die Liebe da, all die Gestalten, jeder Rausch, jede Gluth der Liebe und modellirt sozusagen diesen auserlesenen Leib ... An ihr gibt es keine Haltung, keine Geberde, kein Schaudern, kein Rauschen des Kleides, kein Auflösen ihres Haares, das nicht nach Liebe schreit, das nicht Liebe schwitzt, das nicht Liebe und wieder Liebe um sich her, auf all die Wesen und all die Dinge fallen läßt. Der Sand des Weges kreischt unter ihren Füßchen und ich lausche dem Knirschen des Sandes, das mir wie ein Schrei des Verlangens, wie ein liebesrasender Kuß vorkommt, wobei ich in deutlichem Rhythmus den Namen unterscheide, der mich überall verfolgt, der beim Krachen der Galgen, aus dem Röcheln der im Todeskampfe Liegenden erscholl und jetzt mit seinem entzückenden und trauervollen Spuk die ganze Dämmerung erfüllt:

– Clara! ... Clara! ... Clara! ...

Der Gecko ist verstummt, um dies besser zu hören ... Alles ist verstummt ...

Die Dämmerung ist anbetungswürdig, von unendlicher Sanftheit, von einer liebkosenden Frische, die einen berauscht ... Wir schreiten inmitten von Düften einher ... Wir streifen wundervolle Blumen, die noch wundervoller erscheinen, da sie kaum noch sichtbar sind und sich neigen und uns, gleich geheimnisvolle Feen, beim Vorübergehen grüßen. Nichts bleibt von dem Grausen des Gartens übrig, nur die Schönheit verharrt, seufzt und begeistert sich zugleich mit der Nacht, die immer köstlicher auf uns herabsinkt.

Ich habe mich wieder gesammelt ... Das Fieber scheint mir nachgelassen zu haben ... Meine Glieder werden leichter, beweglicher, stärker ... Je weiter wir vorwärts gehen, desto mehr läßt die Ermüdung nach und ich fühle in mir etwas wie einen heftigen Drang nach Liebe aufsteigen ... Ich habe mich Clara genähert, ich gehe dicht neben ihr ... ganz dicht neben ihr ... von ihr versengt ... Aber Clara hat nicht ihr Sündengesicht, wie vorhin, als sie in die Wiesenkrautblumen biß und sich mit den scharfen Pollen leidenschaftlich die Lippen bestäubte ... Der vereiste Ausdruck ihres Gesichtes straft all die ausschweifende Glut ihres Leibes Lügen ... Wenigstens so weit ich es entscheiden kann, kommt es mir genau so vor, als ob die wilde Wollust, die in ihr lag, die mit so seltsamem Glanz in ihren Augen stöhnte und auf ihrem Munde in Verzückung gerieth, verschwand, vollständig aus ihren Augen und aus ihren Munde verschwunden ist, zu gleicher Zeit wie die blutigen Bilder der Qualen des Gartens.

Ich fragte sie mit zitternder Stimme:

– Sie sind böse auf mich, Clara? ... Sie verabscheuen mich? ...

Sie antwortet mir in gereiztem Tone:

– Aber nicht doch! nicht doch! Das hat doch keinen Zusammenhang, mein Freund ... Ich bitte Sie, seien Sie still ... Sie wissen ja nicht wie Sie mich ermüden! ...

Ich dringe weiter in sie:

– Doch! doch! ... Ich sehe wohl, daß Sie mich verabscheuen ... Und das ist furchtbar! ... Ich möchte am liebsten in Thränen ausbrechen! ...

– Gott! wie Sie mich reizen! ... Schweigen Sie ... und weinen Sie, wenn es Ihnen Spaß macht ... Aber schweigen Sie! ...

Und als wir an der Stelle vorüberkamen, wo wir vorhin Halt machten, um mit dem alten Henker zu plaudern, sagte ich, in dem Glauben, durch meine thörichte Beharrlichkeit ein Lächeln auf Clara's erstorbene Lippen zurückzuführen:

– Erinnern Sie sich an den dicken Patapuf, mein Liebling? .... Wie komisch war er doch mit seinem blutbefleckten Kleide ... und seinem Werkzeugkasten und seinen rothen Fingern, theures Herzchen ... und mit seinen Theorien über das Geschlecht der Blumen? ... Erinnern

Sie sich? ...Zuweilen vereinigten sich zwanzig Männchen zum Wonneschauer eines einzigen Weibchen's...

Diesmal antwortet mir nur ein Achselzucken ...Sie hält es nicht einmal mehr für werth sich über meine Worte zu ärgern...

Da beugte ich mich, von einem groben Drange getrieben, ungeschickt über Clara, versuchte sie zu umschlingen und ergriff mit brutaler Hand ihre Brüste:

– Ich will Dich besitzen ...hier ...hörst Du ...in diesem Garten ...in dieser Stille ...am Fuße dieser Galgen...

Meine Stimme ist athemlos, gemeiner Schaum tritt mir vor den Mund und gleichzeitig mit diesem Schaum, abscheuliche Worte ...die Worte, die sie liebt!...

Mit einer Bewegung der Hüften befreit sich Clara aus meiner linkischen und plumpen Umarmung; und mit einer Stimme, in der Zorn, Spott und auch Ermüdung und Nervosität enthalten sind, sagt sie:

– Gott! wenn Sie wüßten wie tödtlich langweilig Sie sind ...und wie lächerlich dabei, mein armer Freund! ...Sie sind ein ekelhafter Bock! ...Lassen Sie mich ...In kurzer Zeit können Sie, wenn es Ihnen Spaß macht, Ihre ekligen Gelüste an Dirnen auslassen ...Sie sind wahrhaftig zu lächerlich!...

Lächerlich! ...Ja, ich fühle, daß ich lächerlich bin ...Und ich entschließe mich fernerhin Ruhe zu halten ...Ich will in ihr Schweigen nicht hineinfallen, wie ein plumper Stein in einen See, auf dem Schwäne im Mondenlichte schlummern!...

X.

Der Sampang erwartete uns, über und über durch rothe Laternen erleuchtet, am Landungs-
platz des Bagno. Eine Chinesin mit rohem Gesichtsausdruck, mit einer Blouse und Hose aus
schwarzer Seide bekleidet, die nackten Arme mit schweren goldenen Reifen beladen, die Ohren
mit breiten goldenen Ringen geschmückt, hielt das Bootstau. Clara sprang in die Barke. Ich
folgte ihr.

– Wohin soll ich Sie fahren? fragte die Chinesin in englischer Sprache.

Clara antwortete mit erstickter, etwas zitternder Stimme:

– Wohin Du willst … mir ist es gleichgiltig … auf den Fluß … Du weißt es ja …

Dabei bemerkte ich, daß sie todtenblaß war. Ihre zusammengekniffenen Nüstern, ihre abge-
spannten Züge, ihre unsicher blickenden Augen drückten ein tiefes Leiden aus … Die Chinesin
machte eine Bewegung mit dem Kopfe.

– Ja …, ja … ich weiß … meinte sie.

Sie hatte dicke, durch Betel zerfressene Lippen und thierische Rohheit im Blick. Als sie noch
einige Worte, die ich nicht verstand, vor sich hinknurrte, befahl Clara in kurzem Tone:

– Vorwärts Ki-Païi, schweig! … und thue was ich Dir sage … Übrigens sind die Thore der
Stadt geschlossen …

– Die Thore des Gartens sind noch offen …

– Thu' was ich Dir sage.

Die Chinesin ließ die Bootskette fahren und ergriff mit einer robusten Bewegung das Steu-
erruder, das sie mit einer Leichtigkeit regierte … Und wir glitten auf dem Wasser dahin.

Die Nacht war sehr lind. Wir athmeten die laue, ungemein leichte Brise … Das Wasser sang
an dem Vordertheil des Sampang … Und das Aussehen des Flusses glich einem großen Feste.

Auf dem entgegengesetzten Ufer, zu unserer Rechten und Linken, erhellten vielfarbene Laternen die Mastbäume, das Segelzeug und das enge Deck der Schiffe … Gin seltsames Geräusch, –
Schrei, Singsang und Musik – tönte von dort herüber wie das Toben einer festfrohen Menge …
Das Wasser war ganz schwarz von einer matten und sammtfetten Schwärze, mit stellenweisen
dumpfen und plätschernden Lichtern und keinen andern Reflexen, als dem gebrochenen Widerschein, dem rothen und gelben Widerschein der Laternen, die die Sampangs schmückten, von
denen um diese Zeit der Fluß über und über durchfurcht war. Und weiter hinaus ein dunk-
ler Raum in dem finstern Himmel, der sich über den schwarzen Conturen der Bäume und
der fernen Stadt erhob, während sich auf den Terrassen der Häuser die Lichter gleich einem
ungeheuren Herde entzündeten, einem feuerspeienden Berge ähnelnd.

Je weiter wir uns entfernten, desto undeutlicher konnten wir die hohen Mauern des Bagno
unterscheiden, dessen Drehlampen auf den Leuchtthürmen blendendes Licht auf den Fluß und
auf das Land warfen. Clara war unter den Baldachin geschlüpft, der inmitten der Barke eine Art
von luxuriösem Boudoir bildete das mit Seidenstoffen ausgeschlagen war, Liebeslust athmend.
Stark duftende Gewürze brannten in einer uralten Vase aus künstlerisch bearbeitetem Eisen,
die in naiver Weise einen Elephanten vorstellte, dessen vier barbarische und massive Füße auf
einem zarten rosafarbenen Geflecht standen. Auf den Vorhängen waren gewagt wollüstige Scen-
nen abgebildet, die in seltsam künstlerischer Pracht ausgeführt waren. Der Fries des Baldachins,
eine kostbare Arbeit aus bemaltem Holz, stellte ein genaues Fragment jenes Schmuckes des
unterirdischen Elephanten-Tempels dar, den die Archäologen, den brahmanischen Überlieferungen folgend, schamhaft die Umarmung der Krieger nennen. Eine breite und hohe Matratze
aus gestickter Seide nahm die Mitte der Barke ein und von der Decke hing eine Laterne von
durchsichtigem Phallosglas herab, die theilweise von Orchideen umhüllt war und auf das Innere des »Sampang« ein geheimnisvolles Halbdunkel gleich dem eines Heiligthumes oder eines
Schlafzimmers verbreitete.

Clara ließ sich auf die Kissen niedersinken, sie war ungewöhnlich bleich, ihr Leib zitterte
von nervösen Zuckungen geschüttelt. Ich wollte ihre Hände ergreifen, sie waren ganz erstarrt.

– Clara! ... Clara! ... beschwor ich sie, was haben Sie? ... leiden Sie? ... sprechen Sie doch nur ein Wort! ...

Sie antwortete mit erstickter Stimme, die sich nur mühsam ihrer Kehle entrang:

– Laß mich in Ruhe ... rühre mich nicht an ... sprich nicht mit mir ... ich bin krank.

Ihre Blässe, ihre blutlosen Lippen und ihre Stimme, die einem Röcheln glich, erschreckten mich förmlich. Ich glaubte, sie würde sterben.

Entsetzt rief ich die Chinesin zu Hilfe.

– Rasch! rasch, Clara stirbt! Clara stirbt! ...

Aber als Ki-Paï die Vorhänge zurückgeschlagen und ihr Chimären-Gesicht gezeigt hatte, zuckte sie nur die Achseln und rief im rohem Tone:

– Es hat nichts zu bedeuten! ... es ist immer die gleiche Geschichte, so oft sie von da drüben zurückkommt ...

Und murrend kehrte sie zu ihrem Ruderzeug zurück.

Unter den kräftigen Ruderschlägen Ki-Païs glitt die Barke rasch dahin. Wir kamen an Sampangs, ähnlich dem unseren, vorüber, aus deren geschlossenen Baldachinen Gesang, Gelächter und Laute der Liebe hervordrangen. Dieses Geräusch mengte sich mit dem Plätschern des Wassers und dem fernen, halb erstickten Getöne von Tamtans und Gongs ... In wenigen Minuten hatten wir uns dem andern Ufer genähert und fuhren noch einige Zeit, längs dunkeln und verlassenen Kähnen, an hell erleuchteten, von einer lustigen Menge besetzten Schiffen, volksthümlichen Vergnügungs- und Theehäusern für die Sänftenträger, und Blumenschiffen für die Matrosen und das Gesindel des Hafens vorüber. Ich konnte kaum durch die erleuchteten Fenster – Blitzerscheinungen gleich – seltsam geschminkte Gesichter, wüste Tänze, heulende Ausschweifungen und menschliche Gestalten unterscheiden ... Clara blieb unempfindlich gegen Alles was um sie hervorging, in der seidengeschmückten Barke sowohl, als auf dem Flusse. Sie lag in einem Kissen, in das sie ihr Gesicht vergrub ... Ich versuchte, sie Riechsalz einathmen zu lassen, aber dreimal entfernte sie das mit einer müden, schwerfälligen Bewegung, sie zeigte ihre nackte Brust, die durch den zerrissenen Stoff des Kleides durchgedrungen war, ihre Füße zitterten, sie athmete mühsam ... Ich wußte nicht was ich thun, ich wußte nicht was ich sagen soll ... ich war über sie gebeugt, die Seele von Angst erfüllt, gequält durch diese tragische Ungewißheit und durch alle diese verworrenen, unbegreiflichen Vorgänge ... Um mich zu versichern, daß dies nur eine vorübergehende Krisis sei und die Grundfäden ihres Lebens unversehrt geblieben waren, ergriff ich ihr Handgelenk ... ich fühlte ihren Pulsschlag in meiner Hand, rasch, gleich und regelmäßig, gleich dem Herzschlag eines Vögelchens oder eines Kindes ... Von Zeit zu Zeit entrang sich ihrer Brust ein Seufzer, ein langer schmerzlicher Seufzer, der ihre Brust hoch erhob ... Und ganz leise, zitternd, mit sanfter Stimme flüsterte ich:

– Clara! ... Clara! ... Clara! ...

Sie hörte mich nicht, sie sah mich nicht, da sie den Kopf in das Kissen vergraben hatte. Ihr Hut war ihr von dem Haar herabgeglitten, dessen röthliches Gold beim Scheine der Laterne den Farbenton alten Mahagoni's annahm. An ihren gelben Schuhen bemerkte ich noch hie und da Flecken schmutzigen Blutes.

– Clara! ... Clara! ... Clara! ...

Nichts antwortete mir, nur der Gesang des Wassers und die ferne Musik; zwischen den Vorhängen des Baldachin's unterschied ich da drüben das Feuergebirge der schrecklichen Stadt und in nächster Nähe den röthlichen und grünlichen Widerschein der Laterne, der gleich leuchtenden Nadeln in den dunklen Fluß drang. Ein Anprall der Barke ... Ein Ruf der Chinesin ... Und wir legten an einer Art von langer Terrasse, der hell erleuchteten, von Musik und Festgetümmel durchtobten Terrasse eines Blumenschiffes an.

Ki-Paï kettete die Barke an den eisernen Haken vor einer Treppe an, die ihre rothen Stufen in's Wasser tauchte. Zwei ungeheure runde Laternen strahlten hoch oben an zwei Mastbäumen, an denen gelbe Wimpel flatterten.

– Wo sind wir? ... fragte ich.

– Wir sind da, wohin sie Euch zu fahren befahl, antwortete Ki-Paï in grobem Tone. Wir sind da, wo sie die Nacht zu verbringen pflegt, wenn sie von dort drüben zurückkehrt.

– Wäre es nicht besser bei dem leidenden Zustande, in dem sie sich befindet, wenn wir sie nach Hause brächten? schlug ich vor.

Ki-Paï erwiderte:

– Sie ist immer so, nach dem Bagno ... Und dann ist die Stadt geschlossen und es wäre zu weit, um jetzt durch die Gärten nach dem Palast zu gehen ... und zu gefährlich.

Und sie fügte verächtlich hinzu:

– Sie befindet sich hier sehr wohl ... Hier ist sie gut bekannt!...

Ich fügte mich.

– Hilf mir also, befahl ich ... Und sei behutsam.

Sehr sanft, mit ungemeiner Vorsicht nahmen Ki-Paï und ich Clara, die so wenig Widerstand wie eine Todte leistete, in unsere Arme und stützten sie oder trugen sie vielmehr mühsam aus der Barke die Treppe hinauf. Sie war schwer und starr ... Ihr Kopf hing ein wenig zurück, ihre nunmehr gänzlich aufgelösten Haare, ihre dichten und leichten Haare flutheten in feurigen Wellen über ihre Schultern. Indem sie sich mit kraftloser Hand, fast besinnungslos an Ki-Paï's rauhen Nacken klammerte, stieß sie leise, undeutliche Klagelaute aus, stammelte unartikulirte Worte, gleich einem Kinde ... Und ich stöhnte, etwas athemlos durch das Gewicht meiner Freundin:

– Mein Gott, wenn sie nur nicht stirbt! ... wenn sie nur nicht stirbt!

Und Ki-Paï grinste, indem sie ihren Mund zu einer rohen Grimasse verzog:

– Sterben! ... Die! ... Ach, was nicht noch!...

Nicht Schmerz ist es, der in ihrem Leibe steckt ... es ist Gemeinheit!...

Wir wurden am oberen Ende der Treppe von zwei Frauen mit bemalten Augen empfangen, deren vergoldete Nacktheit ganz deutlich durch die leichten, duftigen Schleier, mit denen sie bekleidet waren, zu sehen war. Sie hatten obscöne Schmucksachen im Haar, Schmucksachen an den Handgelenken und Fingern, Schmucksachen an den Knöcheln und an den nackten Füßen und ihre mit feinen Essenzen eingeriebene Haut athmete einen wahren Gartenduft aus.

Die Eine klatschte freudig mit den Händen und rief:

– Aber, das ist ja unsere kleine Freundin! ... Ich sagte Dir doch, das liebe Herzchen würde kommen ... Sie kommt immer ... Rasch ... rasch ... legen Sie sie auf das Bett, den armen Liebling.

Sie deutete auf eine Art von Matratze oder vielmehr auf eine Tragbahre, die an die hölzerne Wand gelehnt war und auf die wir Clara niederlegten...

Clara rührte kein Glied ... Unter ihren furchtbar weit geöffneten Augenbrauen ließen die krampfhaft verdrehten Augen nur ihre beiden weißen Kugeln sehen ... Da beugte sich die Chinesin mit den bemalten Augen über Clara und sagte mit reizend rhythmischer Stimme, ganz so als ob sie ein Lied sänge:

– Kleine, kleine Freundin meiner Brüste und meiner Seele ... wie schön Sie so sind! ... Sie sind schön wie eine junge Todte ... Und dennoch sind Sie nicht todt...Sie werden aufleben, kleine Freundin meiner Lippen, aufleben unter meinen Liebkosungen und unter den Wohlgerüchen meines Mundes.

Sie betupfte ihre Schläfe mit einem starkduftenden Parfüm und ließ sie Riechsalze einathmen:

– Da, ja! ... liebes Seelchen ... Sie sind besinnungslos ... und Sie hören mich nicht ... Und Sie fühlen die Weichheit meiner Finger nicht ... Aber Ihr Herz klopft, klopft, klopft ... Und die Liebe rast in Ihren Adern gleich einem jungen Pferde ... Die Liebe springt und tobt in Ihren Adern gleich einem jungen Tiger.

Sie wendete sich zu mir:

– Sie müssen nicht traurig darüber sein; denn sie ist immer ohnmächtig, wenn sie hierher kommt ... In einigen Minuten werden wir vor Wonne in ihrem glücklichen und glühenden Leib schreien...

Und ich stand da kraftlos, wortlos, mir war, als ob ich Blei in allen Gliedern hätte und auf der Brust lastete es mir wie bei Alpdrücken ... Ich hatte kein Gefühl der Wirklichkeit mehr ...

Alles, was ich sah – Phantome, die in dem uns umgebenden Halbdunkel aus dem Schlunde des Flußes auftauchten, um in diesem wieder zu versinken und nach kurzer Zeit seltsam verändert, wieder an die Oberfläche zu kommen – alles das erschrekte mich … Die lange Terrasse, die sich im Nachtdunkel mit ihren rothlackirten Balustraden, ihren feinen Säulen, die den kühnen Winkel des Daches trugen, ausdehnte, ihre Guirlanden von Laternen, die mit Blumen-Guirlanden abwechselten, waren von einer lauten, bunten Menge erfüllt. Tausend geschminkte Gesichter betrachteten uns, tausend rothbemalte Lippen flüsterten Worte, die ich nicht verstand, doch schien es mir als ob unabläßig Clara's Name darin wiederkehrte.

– Clara! … Clara! … Clara! …

Und nackte Leiber, umschlungene Leiber, tätowirte, mit goldenen Ringen beladene Bäuche und Brüste wirbelten unter den leichten Schleiern, die sie bekleideten, durcheinander … Und rings um dies alles herum Geschrei, Gelächter, Gesang und Flötenspiel, die Luft von Theedüften, starkem Opium-Geruch und Wohlgerüchen aller Art geschwängert.

Ein traumhafter Rausch der Ausschweifung, der Qual und des Verbrechens! Man hätte glauben können, daß jeder Mund, alle diese Hände, alle diese Brüste, alle diese belebten Leiber sich auf Clara stürzen würden, um ihren erstorbenen Körper zu vergewaltigen! … Ich konnte kein Glied rühren, keinen Ton von mir geben; neben mir bot eine ganz junge, hübsche Chinesin, die mit ihren gleichzeitig keuschen und lasciven Augen beinahe einem Kinde glich, in einem Korbe merkwürdig obscöne Dinge feil, schamlose Elfenbeinschnitzereien, ein Phallos aus Rosagummi und bunt illustrirte Bücher, in denen, durch den Pinsel die tausend verwickelten Genüsse der Liebe wiedergegeben waren … Liebe! … Liebe! … wer will Liebe haben? … Ich verkaufe Liebe für jedermann! …

Unterdessen beugte ich mich über Clara …

– Man muß sie in mein Zimmer tragen, befahl die Chinesin mit den bemalten Augen.

Zwei stämmige Männer hoben die Tragbahre in die Höhe … Mechanisch folgte ich ihnen … Von den Freudenmädchen geführt, betraten sie einen breiten Gang, der prunkhaft gleich einem Tempel ausgestattet war. Zur Rechten und zur Linken führten Thüren in große Zimmer, deren Boden mit Cocusmatten bedeckt war, während sanftes, röthliches, durch Mousselinstreifen verschleiertes Licht die Räume erhellte. Symbolische Thiere, die riesige, schreckliche Glieder schleuderten, Gottheiten mit doppeltem Geschlecht, die sich selbst umarmten oder auf scheußliche Phantasiegebilde stürzten, bewachten die Schwelle und Wohlgerüche brannten in kostbaren Vasen … Ein seidener, mit Blumen gestickter Vorhang wurde zur Seite geschleudert und in der Öffnung erschienen zwei Frauenköpfe. Die Eine fragte, als sie uns vorüberkommen sah:

– Ist Jemand gestorben?

Die Andere entgegnete:

– Nicht doch! es ist Niemand gestorben … sieh doch nur, es ist ja die Frau aus dem Garten der Qualen …

Und Clara's Name, der von Mund zu Munde, von Bett zu Bett, von Zimmer zu Zimmer ging, erfüllte im Nu das Blumenschiff gleich einen obscönen Wunder. Mir war, als ob die metallenen Ungeheuer ihn in ihren Zuckungen wiederholten, ihn in ihrem Taumel blutiger Wollust heulten.

Clara! … Clara! … Clara! …

Da sah ich einen jungen Mann auf einem Lager ausgestreckt. Eine Opium-Pfeife glühte neben ihm, leicht erreichbar. In seinen übernatürlich erweiterten Augen war der Ausdruck schmerzlicher Begeisterung erkennbar … Vor ihm tanzten Mund auf Mund, Leib auf Leib nackte Frauen, wollüstig umschlungen, die heiligen Tänze, während hinter einer spanischen Wand Musikanten auf kurzen Flöten bliesen … Dort saßen noch andere Frauen in der Runde oder lagen auf der Matte des Fußbodens in obscönen Posen, mit wollüstigen Gesichtern, die trauriger als ein menschliches Antlitz in Todesqual erschienen; sie warteten. An jeder Thür, wo wir vorüber kamen, hörte man athemlose Stimmen röcheln, man sah die Bewegungen der Verdammten, gekrümmte, gebrochene Leiber, eine ganze Welt von grinsenden Schmerzen, die

zuweilen unter den Peitschenhieben wildester Lüste und barbarischer Selbstbefriedigung auf-
heulten. Ich sah eine Bronzegruppe, die die Thür eines Saales bewachte, deren abscheuliche
Linienverschlingung mich erschütterte.

Ein Seepolyp umschlang mit seinem Fangarmen den Leib einer Jungfrau, aus der er die Liebe
sog, die ganze Liebe aus dem Munde, aus den Brüsten, aus dem Bauche. Und ich glaubte, daß
ich in einer Folterkammer und nicht in einem Hause der Freude und des Liebesgenußes wäre. –

Das Gedränge in dem Gange wurde so stark, daß wir gezwungen waren einige Augenblicke
vor einem Saale Halt zu machen, der der größte von allen bisher gesehenen war und sich auch
durch seinem Schmuck und seine dunkelrothe Beleuchtung von den übrigen unterschied ...
Zuerst sah ich nur Frauen – einen Wirrwar verzückter Leiber – von Frauen, die sich frenetischen
Tänzen, dämonischen Umarmungen hingaben rund um eine Art von Götzen, dessen massive,
mit uralter Patina bedeckte Bronze sich in der Mitte des Saales bis zur Decke erhob.

Dann wurde der Götze selbst deutlicher erkennbar und ich sah, daß es der schreckliche, der
sogenannte Götze mit den sieben Gliedern war. Drei mit rothen Hörnern bewaffnete Häupter,
mit einem Haarschmuck von Flammen versehen, krönten den Körper, der eigentlich nur ein
einziger Bauch war und auf einem riesigen, barbarischen, phallosförmigen Pfeiler ruhte. Rund-
herum befanden sich an diesem Pfeiler, genau an der Stelle, wo der ungeheure Bauch endigte,
sechs Glieder, denen die Frauen im Tanze Blumen darboten und wahnsinnige Liebkosungen
angedeihen ließen. Der rothe Lichtschein des Saales gab den Yadkugeln, die dem Götzen als
Augen dienten, ein diabolisches Leben...

In dem Augenblick, als wir weiter gehen wollten, wohnte ich einem schauerlichen Schauspiele
bei, dessen höllischen Schauer ich unmöglich wiedergeben kann. Schreiend, heulend stürzten
sieben Frauen auf einmal auf die sieben Bronzeglieder zu. Der Götze erzitterte unter dieser Umschlingung, unter dieser Umarmung und Vergewaltigung von all den in einem wahren Delirium
befindlichen Leibern, unter den vielfachen Zuckungen dieser Besitznahme und Küsse, die einen
Ton abgaben, gleich den Stößen des Sturmbockes an den eisernen Thoren einer belagerten Stadt.
Da herrschte um den Götzen herum ein wahnsinniger Lärm, die Tollwuth wilder Wollust, ein
Gemenge von so leidenschaftlich umschlungenen und verzückten Leibern, daß dies den wüsten Anblick einer Metzelei annahm und dem Todeskampfe der Sträflinge in ihrem eisernen
Käfige glich, während sie sich um den Fetzen verfaulten Fleisches, den ihnen Clara zugeworfen
hatte, rissen! ... Ich begriff in diesem furchtbaren Augenblick, daß die Wollust das schrecklich-
ste menschliche Entsetzen erreichen und den wahren Gedanken der Höllenqual wiedergeben
kann ... Und mir war, als ob alle diese Zuckungen, alle diese athemlosen Stimmen, all dieses
Röcheln und auch der Götze selbst ihre Wuth nach Befriedigung und ihre durstige Qual nur
durch ein Wort ausdrückten ... ein einziges Wort!

Clara! ... Clara! ... Clara! ...

Als wir das Zimmer erreicht und die noch immer bewußtlose Clara auf ein Bett niedergelegt
hatten, kam mir langsam das Bewußtsein wieder, das Bewußtsein des Ortes, wo ich mich befand, und auch das Bewußtsein meiner selbst. Ob dieser Gesänge, ob dieser Ausschweifungen,
ob dieser Opferungen, dieser erdrückenden Gerüche, dieser unsauberen Berührungen, welche
die schlummernde Seele meiner Freundin noch mehr besudelten, empfand ich nebst Abscheu
auch eine niederschmetternde Scham. Ich hatte viele Mühe die neugierigen und geschwätzigen
Weiber zu entfernen, welche uns gefolgt waren, nicht bloß von dem Bette, wo wir Clara niedergelegt hatten, sondern auch aus dem Zimmer, wo ich allein bleiben wollte ... Ich behielt bloß
Ki-Paï zurück, welche trotz ihrer mürrischen Miene und ihrer rauhen Worte sich ihrer Herrin
sehr ergeben zeigte und sich mit vieler Zartheit und Geschicklichkeit um sie bemühte. Claras
Pulsschlag war noch immer ganz regelmäßig, ganz der einer Gesunden. Nicht einen Augenblick
lang hatte das Leben diesen Leib, der für immer erstorben schien, verlassen. Und Ki-Paï und
ich beugten uns ängstlich über sie, und erwarteten, daß sie wieder zu sich käme...

Plötzlich stieß sie einen Klagelaut aus, ihre Gesichtsmuskel verzogen sich und leichte Ner-
venzuckungen bewegten ihre Brust, ihre Arme und ihre Füße...

Ki-Paï sagte:

– Sie wird einen furchtbaren Anfall bekommen. Man muß sie fest halten und Acht geben, daß sie sich nicht mit ihren Nägeln das Gesicht zerfleische und die Haare ausraufe.

Ich dachte, daß sie mich hören könne und daß, wenn ihr meine Anwesenheit bekannt wäre, die von Ki-Païangekündigte Krise sich vielleicht mildern würde. Ich flüsterte ihr ins Ohr und suchte in meine Worte alle Liebkosungen meiner Stimme, alle Zärtlichkeiten meines Herzens zu legen, und auch alles Mitleid, ach! alles Mitleid dieser Erde...

– Clara! ...Clara! ...rief ich ...Ich bin es ...Schau' mich an! ...Höre mich!...

Doch Ki-Païschloß mir den Mund.

– Schweigen Sie doch! sagte sie in gebieterischem Tone. Wie soll sie uns denn hören?.. Sie ist noch mit den bösen Geistern...

Nun begann Clara sich herumzuwerfen. Alle ihre Muskel spannten sich, furchtbar geschwellt und zusammengezogen ...Ihre Gelenke krachten wie die Fugen eines vom Sturme umhergeschleuderten Fahrzeuges ...Ein Ausdruck gräßlichen Leidens, umso gräßlicher als sie stille schwieg, lag auf ihrem verzerrten Gesicht, welches dem der unter der Glocke des Martergartens Gefolterten glich. Von ihren Augen, zwischen den halb geschlossenen und zuckenden Lidern sah man nur einen schmalen, weißlichen Streifen. Ein wenig Schaum lag vor ihren Lippen. Und ich stöhnte keuchend:

– Mein Gott ...ist es nur möglich und was wird noch geschehen?

Ki-Païbefahl:

– Halten Sie sie nur ruhig ...ihr Körper muß Bewegungsfreiheit erhalten ...denn die Dämonen müssen ihn erst verlassen.

Und sie fügte hinzu:

– Es ist zu Ende. Sie wird sogleich weinen...

Wir hielten ihre Handknöchel, um so zu verhindern, daß sie sich mit den Nägeln das Gesicht zerfleische. Und es lag in ihren Umklammerungen eine solche Kraft, daß ich glaubte, sie würde unsere Hände zermalmen. In einem letzten Anfall krümmte sich ihr Körper, so daß die Fußsohlen den Nacken berührten. Ihre gespannte Haut vibrirte. Dann ging die Krise allmälig vorüber ...Die Muskel wurden wieder geschmeidiger und nahmen ihren Platz wieder ein. Sie sank erschöpft auf das Bett und ihre Augen füllten sich mit Thränen...

Einige Minuten weinte sie. Still und unablässig, wie aus einer Quelle, flossen die Zähren aus ihren Augen.

– Nun ist es zu Ende – sprach Ki-Paï– jetzt können Sie mit ihr sprechen.

Ihre Hand war jetzt ganz weich und brannte förmlich in der meinen, ihre Augen, die noch ungewiß in die Ferne blickten, suchten die Gegenstände und Gebilde, die sie umgaben, wieder zu erkennen. Es war, als ob sie aus einem langen, schwerem Traum erwachte.

– Clara, meine geliebte Clara, flüsterte ich.

Sie sah mich mit ihren traurigen, von Thränen noch verschleierten Augen an.

– Du bist es! rief sie – ach ja, Du!

Ihre Stimme glich einem Hauche.

– Ich bin's, ich bin's, Clara. Da bin ich. Erkennst Du mich?

Sie hatte einen leichten Anfall von Schlucken und Schluchzen. Und sie stammelte:

– Oh, mein Liebling! mein Liebling! mein armer Liebling!

Sie lehnte ihr Haupt an meine Brust und bat:

– Rühre Dich nicht ...so ist mir wohl ...so bin ich rein ...so bin ich weiß, wie eine Anemone.

Ich fragte sie, ob sie noch leide.

– Nein, nein, antwortete sie, ich leide nicht. Und ich bin glücklich, da zu sein, neben Dir ... ganz klein ...neben Dir ...ganz klein, ganz klein ...und weiß, weiß wie die kleinen Schwalben in den chinesischen Fabeln ...Du weißt ja, die kleinen Schwalben...

Sie sprach nur, oder vielmehr hauchte nur kurze Worte ...kurze Worte der Reinheit und der Weiße ...Sie waren auf ihren Lippen nur Blümchen, Vögelchen, Sternlein, kleine Wasserquellen und Seelen ...Flügel ...Himmel ...Himmel...

Von Zeit zu Zeit unterbrach sie ihr Gezwitscher und drückte mir die Hand. Sie lehnte ihr Haupt an meine Schulter und stammelte:

– Ach, mein Liebling! Niemals wieder, ich schwöre es Dir. Nie wieder … nie wieder …

Ki-Païe hatte sich in den Hintergrund des Zimmers zurückgezogen; und sie sang ganz leise ein Lied, eines jener Lieder, welche die kleinen Kinder einschläfern und wiegen.

– Nie wieder … nie wieder … nie wieder … wiederholte Clara mit langsamer Stimme, mit einer Stimme, die sich verlor, mit dem immer mehr langsamen Gesang Ki-Païs vermengte.

Dann schlief sie an meiner Schulter ein; sie sank in einen Schlaf, so ruhig, klar und tief wie ein großer stiller See im Mondlichte einer Sommernacht.

Ki-Païe erhob sich geräuschlos.

– Ich gehe jetzt, sagte sie, ich werde in dem Sampang schlafen. Morgen Früh bei Tagesanbruch, werden wir meine Herrin nach Hause geleiten und dann kann es von Neuem anfangen. Es wird immer wieder von Neuem anfangen.

– Ki-Païe sage so etwas nicht, beschwor ich, sieh wie sie so rein und ruhig an meiner Brust schläft! …

Die Chinesin schüttelte den grinsenden Kopf und murmelte, starr mit den traurigen Augen, in denen jetzt das Mitleid den Abscheu ersetzte, vor sich hinblickend:

– Ich sehe sie an Ihrer Brust schlummern und ich sage Ihnen … In acht Tagen werde ich Sie alle beide wie heute Abend auf den Fluß fahren, wenn Sie aus dem Garten der Qualen zurückkehren … Und, noch in acht Jahren werde ich Sie in gleicher Weise auf den Fluß fahren, wenn Sie nicht fortgegangen sind und ich nicht gestorben bin!

Sie fügte noch hinzu:

– Und wenn ich gestorben bin, wird eine Andere Sie mit meiner Herrin auf den Fluß fahren. Und wenn Sie fortgegangen sind, wird ein Anderer meine Herrin auf den Fluß begleiten … Und es wird sich nichts geändert haben …

– Ki-Païe … Ki-Païe … warum sagst Du das? … Noch einmal, sieh sie schlummern … Du weißt nicht, was Du sagst! …

– St! entgegnete sie, indem sie einen Finger auf den Mund legte. Sprechen Sir nicht so laut … Bewegen Sie sich nicht so heftig … Wecken Sie sie nicht auf … Wenn sie schläft, thut sie wenigstens nichts Böses, weder Anderen, noch sich selber an! …

Vorsichtig auf den Fußspitzen wandte sie sich gleich einer Krankenwärterin zur Thür, die sie öffnete.

– Macht, daß Ihr fortkommt! … Macht, daß Ihr fortkommt! … Es war Ki-Païe's Stimme, die befehlend unter den summenden Stimmen der Frauen klang …

Und ich sah gemalte Augen, geschminkte Gesichter, manch' rothen Mund, tätowirte Brüste, manch' einen Mund auf den Brüsten … und ich hörte Schreie, Röcheln, Tanzen, Flötenspiel, metallischen Widerhall und diesen Namen, der keuchend von Mund zu Mund ging und wie im Wollustzucken das ganze Blumenschiff erheben ließ:

– Clara! … Clara! … Clara! …

Die Thür wurde geschlossen und das Geräusch klang nur noch dumpf zu uns und die Gesichter verschwanden.

Und ich war allein in dem Zimmer, wo zwei mit rosa Crêpe umhüllte Lampen brannten … allein mit Clara, die schlief und von Zeit zu Zeit im Schlummer gleich einem kleinen Kinde, das träumt, die Worte wiederholte:

– Nie wieder! … Nie wieder! …

Und wie um diesen Worten ihre Unwahrheit vorzuhalten, streckte eine Bronzefigur, die ich bisher nicht bemerkt hatte, eine Art von Affe aus Bronze, der in einem Winkel des Zimmers kauerte, Clara mit wildem Grinsen ein scheußliches Glied entgegen.

Ach wenn sie nie wieder, nie wieder erwachen würde! …

– Clara! … Clara! … Clara! …

– Ende –

Der Herr Pfarrer

Breno ist ein kleines Dörfchen auf der Heide des Departements Morbihan.

Rings um das Dorf, dessen niedere, schmutzige Häuschen mit Stroh gedeckt sind, erstreckt sich die düstere Heide, voller roter Flecken ihrer honigduftenden Blüten. Einige dürre Schafe, einige Schatten abgezehrter Pferde, einige gerippeähnliche Kühe mit bärtigen Schnauzen, wie die der Ziegen, und blutiger, vom Ungeziefer angefressener Haut, weiden die stachligen Schößlinge des Ginsters ab. Da und dort heben vereinzelte Föhren ihr krummes Geäst dem grauen Himmel entgegen. Sie sind alle in der Richtung nach Nordost gebeugt; dann und wann ist zwischen den unvermeidlichen Ginsterstauden ein viereckiger Fleck frischeren Grünes, von weißem Mauerwerk umgeben, sichtbar; es sind Felder, mit spärlichem Weizen und kargem Hafer bebaut, trostlose Äcker, dem rauhen, unfruchtbaren Boden von einem armseligen Bauernvolke mühselig entrissen. Links, mit den Wolken im Gesichtskreise beinahe verschwommen, leuchtet ein schmaler Streifen Meer in dem matten düsteren Glanze eines Leichenlakens. Die Einwohner dieses verfluchten Landes können kaum als menschliche Wesen gelten. Unter den übelriechenden Lumpen, mit ihren erdfahlen, von Hunger und Fieber abgezehrten Gesichtern und gekrümmten Rückgrat haben sie das Aussehen kranker Tiere. Sie leben von geronnener Milch und faulem Wasser, und manchmal, zu Zeiten guten Fischfanges, auch von dürren Fischen, die sie an langen Ruten an der Sonne faulen lassen. In der Nacht ruhen sie gemeinsam mit ihrem Vieh auf der Jauche und dem frischen Miste der Ställe.

Und dennoch hat der Herr Pfarrer, der dieses Volk als unbeschränkter Herrscher regiert, es ohne fremde Hilfe zuwege gebracht, indem er die Leute seit zehn Jahren rücksichtslos auspreßte, eine neue Kirche zu bauen, die fünfzigtausend Franks gekostet, einen Glockenturm aus rosarotem Granit und obendarauf ein goldenes Kreuz hat, das heiter und sorglos mitten aus diesem Sumpfe menschlichen Elends emporragt.

Ein kupferrotes, mit bläulichen Blatternarben geziertes Gesicht, zwischen einem zausigen Knäuel wergfarbener Haare; ein zahnloser, wüster, verzerrter Mund, in dessen Winkel von früh bis spät ein von Tabakjauche triefendes kleines Pfeifchen steckt, das ohne Unterlaß ausgeht und wieder angebrannt wird; ein hagerer, buckliger, windschiefer Körper, dessen Krümmungen, Beulen und Schrunden durch die fettige, aus alten Lappen zusammengeflickte Soutane noch mehr hervortreten; so sieht der Herr Pfarrer aus. Des Tags zieht er von Türe zu Türe, von Feld zu Feld, bettelt bei einem und fordert beim andern, nimmt Eier, Butter, Milch, dürres Reisigholz, drückt die Mädchen herum, prügelt die Kleinen, bedroht alle Welt mit der Hölle, flucht wie ein Kutscher und ist bei alledem mehr geachtet und geschätzt als das Bild des heiligen Tugen, der von der Wutkrankheit heilt, oder des heiligen Iwo, der die Toten wiedererweckt, hierzulande sagt man von ihm: »Er ist ein Apostel!«

*

Eines Sonntags bestieg der Herr Pfarrer zur Stunde der Predigt die Kanzel und schwenkte die Kirchenfahne. Diese war ein altes, verschlissenes, entfärbtes Banner mit abgetrennten Fransen, ein von langen Rissen zerfetzter seidener Lumpen; die ehemals rotgefärbte Fahnenstange hatte sich krumm geworfen; der goldenen Taube an der Spitze fehlten die Flügel und die Beine.

Vorerst bekreuzte sich der Pfarrer, dann erhob er das jämmerliche Banner vor der Menge der Gläubigen und rief: »Seht euch das an! Diese schöne rote Seide ist jetzt schmieriger als die Kitteln der Mutter Tobias! Schweine seid ihr, alle seid ihr Schweine, aber glaubt ihr deshalb das Recht zu haben, das heilige Eigentum, das Eigentum Gottes und der heiligen Jungfrau, in einem solchen Zustande zu lassen? Wie, oder glaubt ihr vielleicht, daß ich Derartiges am Fronleichnamstage der Prozession vorantragen werde? Das ist ja schon zu schlecht, um meine Kochtöpfe damit zu scheuern! Tagediebe, Nichtstuer, Ketzer, Pharisäer, die ihr seid, die sich lieber mästen und besaufen, ihr verstockte Sünder! Ihr wollt euch nicht darum bekümmern, ob der liebe Herrgott, die heilige Jungfrau und alle Heiligen des Himmels halbnackt und zerfetzt herumgehen! Aber wartet, ich will euch was erzählen, denn das muß ein Ende haben, mit euren Schuftereien und Verbrechen. Ich habe heute Nacht den lieben Herrgott gesehen, er war voller Zorn und hat mir gesagt: »Ich will ein neues Banner haben, hörst du, verdammter Hund! Ein schönes, reichvergoldetes Banner, ein Banner für mindestens vierzig Franks. Johann Marie wird dazu zehn Sous hergeben, Peter Kernouz wird zwanzig Sous geben, die Mutter Tobias, die eine alte Knickerin und schuftige Diebin ist, muß zwei Franks hergeben! Dantu, der vorige Woche ein Kalb verkauft hat, wird drei Franks geben! Und alle anderen müssen drei Sous, ein Pfund Butter, ein Dutzend Eier und einen Topf Schmalz bringen.« – So, jetzt wißt ihr, was mir der liebe Gott gesagt hat.«

Einen Augenblick hielt er ein. Die Gläubigen waren ganz bestürzt; keiner wagte die Augen auf den Herrn Pfarrer zu erheben, der fortsetzte:

»Merkt auf, was mir der liebe Gott noch anvertraut hat! Er hat mir anvertraut, – es find seine eigenen Worte, die ich euch wiederhole – er hat mir Folgendes anvertraut: »Und wenn sie sich weigern herzugeben, was ich verlange, dann wird es mit ihrer Sache schief gehen; in tolle Hunde, in tote Kälber, in Meerkatzen, in Fledermäuse werde ich sie verwandeln und sie alle in die Hölle schicken! ...«

Ein Hohngelächter von der anderen Seite der Kirche unterbrach ihn. Bei der Tür stand der alte Grenzwächter, schaukelte sich hin und her, strich sich kosend den weißen Knebelbart glatt und lachte ungläubig und spöttisch. Rasend, Schaum vor dem Munde, schrie der Herr Pfarrer ihn an: »Was lachst du da, knebelbärtiger Ketzer, Zollquittung des Teufels! Glaubst du, Gott kenne dich nicht? Glaubst du, er wisse nicht von deinen Schurkenstreichen? Er hat mir auch von dir gesprochen: »Ja, diese knebelbärtige Kanaille geht in die Stadt, das geraubte Strandgut verkaufen, und dieses Teufelsgeld teilt er mit den Schmugglern! Warte! Warte! Wenn der Knebelbart nicht vier Franks gibt, wird er zuerst ins Gefängnis und später in die Hölle wandern! ...« Was, da lachst du nicht mehr, Abtrünniger!«

Und zu den Gläubigen gewendet, schloß er: »Ihr habt den Willen Gottes vernommen. Nach der Messe werdet ihr ins Pfarrhaus kommen und eure Gaben bringen. Und weh dem, der fehlen wird!«

Der Herr Pfarrer rollte das Banner wieder ein, legte es hinter die Kanzel und wischte sich den Schweiß von der Stirne, der in Strömen herunterrann.

»So, und jetzt,« sagte er nach einer Pause, »noch etwas anderes ... Der Präfekt ist gestorben. Das war ein jämmerlicher Herr, der mit den andern republikanischen Schweinehunden die heiligen Brüder vertrieben hat. Wenn aber einer von euch dennoch für ihn bitten will, mag er's tun! Es ist keine Sünde. Ich werde noch ein Vaterunser und ein Ave für unseren heiligen König beten, der wiederkehren wird!«

Und drohend kehrte sich der Herr Pfarrer gegen den Grenzwächter, der nun nicht mehr lachte; und während er mit der Faust auf die Holztäfelung der Kanzel mächtig aufschlug, rief er aus: »Und er wird wiederkehren, trotz aller Knebelbärte!«

Worauf er niederkniete, mit gnädiger Gebärde das Zeichen des Kreuzes machte und unverständlich murmelte: » *In nomine patris et filii et spiritus sancti, Amen.*«

Draußen entrollte die Heide die Armut ihres ewig unfruchtbaren Bodens, und die dürren Schafe, die Schatten der abgezehrten Pferde, die gerippegleichen Kühe mit bärtigen Schnauzen, wie die der Ziegen, und mit blutiger, vom Ungeziefer angefressener Haut weideten unter dem tieftraurigen Himmel die stachligen Schößlinge der dornigen Stauden ab.

Der billige Tod

Eines Abends kehrte der alte Cormeau später heim als gewöhnlich. Mißlaunig und in Gedanken versunken, schleppte er sich wortlos an das Feuer. Er beachtete sein Weib nicht, das auf einem ganz niederen Schemel saß und, die Ellbogen an die Kniee gestemmt, langsam Rüben für ihre Küche schnitt. Der Schatten des Abends häufte sich in dem Deckengebälke, überflutete alle Winkel und senkte sich nach und nach über die ganze Stube. Auf der heißen Achse summte ein Kochtopf. Neben dem Herd saßen zwei regungslose nachdenkliche Katzen mit halbgeschlossenen Lidern. Draußen war strenger Frost. Auf dem Hügel gegenüber dem Hause lag ein roter Nebel und mählig deckte der kalte Mantel der Nacht die Ebene, in der hie und da der Reif, glänzenden Perlen gleich, aufblitzte. Dann und wann hörte man das Klappern von Holzpantoffeln auf dem hartgefrorenen Boden.

»Cormeau!« rief das Weib mit zitternder Stimme ... »he, Cormeau!«

Aber Cormeau rührte sich nicht. Er hatte die Arme über die dürren Beine gekreuzt, den Nacken über die Kniee gebeugt und schien ganz entfernten Gedanken nachzuhängen.

»Hörst du?« schrie neuerdings das Weib, deren Stimme im wachsenden Dunkel noch schriller wurde ... »He, hörst du? Die Rüben sind gefroren.«

Und als Cormeau diese Mitteilung unbeachtet ließ, streckte sie ihren kantigen, kahlen Eulenkopf auf dem ausgetrockneten Hals vor, und fügte mit bitterer Betonung bei: »Sie sind gefroren, sag' ich dir! Freilich! ... Ich hab's gewußt. Du hast heuer keine Einschlaggrube machen wollen, hast es dir in den Kopf gesetzt ...«

Aber Cormeau antwortete nicht. Starr wie von Stein saß er auf seinem Stuhle.

»Was ist dir denn? ... Cormeau! ... Hörst du nicht?« Erschrocken über sein Schweigen kreischt sie nun auf: »Die Rüben sind gefroren, sag' ich dir, dummer Kerl! ... Aber was hast du denn?«

In diesem Augenblicke pochte man draußen an der Türe, und gleich darauf wurde in der offenen Türe der Schattenriß eines Bettlers sichtbar, dessen elende, hagere, flehende Gestalt sich scharf von dem blassen Abendhimmel abhob. Und während Cormeau und sein Weib gleichzeitig voll Mißtrauen ihre an nächtliche Raubvögel gemahnenden Köpfe vorstreckten, hörte man eine zitternde Stimme: »Bitte ... bitte ...«

Der Blick des Bauern unter den stark gerunzelten Brauen wurde sehr hart: »Geh weiter, Faulpelz,« sagte er ... »Für Taugenichtse haben wir nichts.«

Die klagende Stimme hub wieder an: »Bitte, guter Herr! ... Es ist so schrecklich kalt! Heute Nacht kann man so leicht am Wege erfrieren ...«

»Was kümmert's mich ... schau, daß du weiter kommst!«

»Wenn Sie mir nur ein Lager geben wollen, ... einen Winkel in Ihrem Stall ... nur für einige Stunden.«

»In meinem Stall!« Cormeau brach in ein höhnisches Lachen aus.

»Geh, geh, was glaubst du denn, mein Bürschchen? Bei meinen Kühen? ... Was dir nicht einfällt ... geh weiter!«

»Bitte, Bitte ... ich habe seit gestern nichts gegessen!«

»Mach dich fort!«

»Mein Kamerad ist gestern nachts im Straßengraben erfroren ... Muß ich denn des gleichen Todes sterben?«

»Mach, daß du fortkommst!«

»Bitte, Barmherzigkeit!«

Die Stimme war schwach und weinerlich. Cormeau brüllte!

»Sieh, daß du fortkommst, sag' ich dir. Wenn du kein Taugenichts wärst, dann hättest du genug, dich satt zu essen, und wüßtest auch, wo du schlafen kannst. So ist es ganz recht für dich. Glaubst du, ich arbeite, um Taugenichtse zu füttern und Spitzbuben zu beherbergen! Vorwärts ... Fort mit dir ... Mach mich nicht wild ... Mich friert schon im Rücken bei der offenen Türe.«

Achselzuckend nahm der Bettler seinen leeren Sack über die Schulter und sagte einfach: »Das ist nicht recht! Das ist nicht wohlgetan ... lebt wohl!«

Dann zog er die Türe zu und ging langsam seines Weges, während er fast kaum vernehmbare Worte murmelte.

»Das ist doch zu dumm!« murmelte Cormeau und sagte zu seiner Frau in befehlendem Tone: »Schieb den Riegel vor die Tür. Sie sollen klopfen, so lange sie wollen.«

Die Frau gehorchte.

»Ist das ein Elend,« sagte sie leise, während sie die Türe mit einer starken, in die Mauer eingelassenen Eisenbarre verschloß. »Ist es nicht besser, wenn solches Geschmeiß krepiert? Wenn man alle Nichtstuer ausfüttern sollte, die vorbeikommen, na, dann danke ich schön. In unserem Stall schlafen zu wollen!... daß die Kühe dann allerlei häßliche Krankheiten bekommen.«

Da es indes Nacht geworden war, zündete sie eine Kerze an, setzte sich wieder auf den Schemel und fuhr in ihrer Arbeit fort.

Cormeau hatte sich in seinem Stuhle aufgerichtet und betrachtete mit stierem Blick, wie das Feuer langsam die Kohle verzehrte.

Nach einigen Minuten begann die Frau: »Cormeau!... He!... Mann!... Ich sag' dir, die Rüben sind gefroren... Bist gar taub?... Warum sagst du denn nichts, wenn ich zu dir spreche?«

Beim spärlichen, flackernden Lichte der Kerze betrachtete sie den verschrumpften Bauern, der unbeweglich beim Feuer saß, und sie wiederholte: »Warum redest du nicht? Du hast irgend was, was dich quält. Du bist nicht wie sonst.«

Endlich antwortete Cormeau: »Nichts hab' ich.«

»O ja, du hast was! Du hast was! Du bist krank ... Mir scheint, du bist ganz rot ... Mir scheint, du bist beinahe violett.«

»Nichts fehlt mir,« versicherte der Bauer nochmals mit sichtlicher Anstrengung.

»Aber doch ... Du bist ja ganz blau.«

»Ich bin ganz blau?«

»Ja, ganz blau bist du!«

»Na, ja, ich weiß nicht, was mit mir ist. Freilich fühl' ich mich nicht recht wohl. Es saust mir in den Ohren ... und jetzt saust es oben im Kopf. Als ich vorhin auf Remys Feld war, glaubte ich umzufallen. Aber das macht nichts ... Ich werde ein wenig gehen, es wird mir gleich besser sein.«

Er versuchte sich zu erheben, konnte aber nicht. Es kam ihm vor, als sei sein Körper plötzlich Blei geworden. Eine seltsame Schwäche überfiel seine Muskeln, brach seine Arme, zermalmte ihm das Kreuz. Seine matten, feuchten Hände vermochten die Stuhllehne nicht mehr festzuhalten. Seine Zunge versagte den Dienst, und die Gegenstände ringsum begannen sich im Kreise zu drehen, nahmen seltsame, lebende Formen an, die wie Gespenster aussahen ... Eine kleine rote Flamme ... eine Stichflamme leuchtete plötzlich vor seinen Augen auf, tanzte herum und verschwand in einer dunklen Nacht, die aus dem Erdinnern zu kommen schien.

Er seufzte schwach. Seine Kehle war trocken, sein Atem schwer: »Ich glaub', ich werd' sterben. Jawohl! Jawohl!...«

»Geh, wie kannst so was sagen,« sprach die Frau.

»Ja, ja ... ich glaub', ich werd' sterben.«

»Aber nein, du hast nur einen Wind im Kopf!«

»Ja, ja ... ganz sicher werd' ich sterben. Ich hab' keinen Wind im Kopf ... Den Tod hab' ich im Kopfe! Leg mich auf den Boden, sonst ersticke ich...«

Sie streckte ihn auf dem Boden aus, legte unter seinen Kopf ein Kissen, und schob seine schlotternden Beine zusammen, die bereits kalt zu werden begannen.

»Nun, höre wohl,« sagte Cormeau mit verlöschender Stimme. »Gib acht, daß du verstehst, was ich dir erklären will. Komm näher ... es geht schon sehr schwer...«

Sie Frau beugte sich über des Sterbenden Antlitz.

»Hörst du also?«

»Ja, ich höre!«

»Die Sache ist die! ... Der Friedhof ist zu klein ... ich weiß, daß er zu klein ist!«

»Jawohl!«

»Ich weiß, daß ihn der Gemeinderat vergrößern will! Ich weiß, daß er das Feld von Remy kaufen will!«

»Jawohl!«

»Aber Remy weiß nichts davon. Also, gib acht, was man da tun kann. Höre zu! Du wirst Remys Feld kaufen. Es ist nichts wert … Lauter Steine … ein Schindanger. Mit zwanzig Pistolen hast du es gut gezahlt.«

»Aber wenn es steinig ist, will ich's nicht kaufen.«

»Höre … wenn du es gekauft hast, machst du es der Gemeinde zum Geschenk.«

»Ich soll das Feld der Gemeinde schenken? Du bist verrückt geworden, Cormeau! … Du redest so, weil du krank bist.«

»Sei ruhig … Du machst es der Gemeinde zum Geschenk mit der Bedingung, daß die Gemeinde dir dafür im Friedhofe einen Platz von fünf Quadratmetern für immer überläßt. Das hat einen Wert von fünfhundert Franks. Verstehst du? Du gibst zweihundert Franks her und bekommst dafür fünfhundert! Dabei sind dreihundert Franks gewonnen. Mußt dich aber eilen. Geh gleich morgen zu Remy. Aber nicht später als morgen!«

»Fünfhundert Franks! Fünfhundert Franks!«

Und die Frau verlor sich in Gedanken über die genannten Summen, überschlug im Kopfe den Reingewinn dieses Unternehmens … Sie merkte nicht, daß er zu sprechen aufgehört hatte. Sie hörte das schwache, ersterbende Röcheln nicht, das wie das Geräusch einer ablaufenden Uhr aus seiner Kehle kam; sah nicht, wie seine Finger sich krampften, wie seine Beine sich verzerrten, nicht seine Augen, deren Apfel sich unter den erweiterten starren Lidern zurückrollten, daß nur das Weiße sichtbar war. Plötzlich kam der Bäuerin ein schwerer Einwurf in den Kopf: Wie, wenn die Gemeinde das Geschenk zurückweist? … sagte sie sich, voll Angst vor dieser Möglichkeit.

Dann rief sie: »Cormeau!«

Aber Cormeau antwortete nicht.

Sie beugte sich über ihn, legte ihre knochigen Hände auf die Brust ihres Mannes und schüttelte ihn an den Schultern: »Cormeau … Cormeau!«

Aber Cormeau antwortete nicht. Er war tot.

Zeitgemäße Pantomine

In einem Provinzblatte, das mir von einem Freunde, Herrn Alphonse Allais, zugesendet wurde, finde ich die ordnungsmäßig beglaubigten Daten von der unzweifelhaften Echtheit des traurig grotesken Vorfalles, den ich hier schildern will.

Die Geschichte trug sich in Bernay zu, hätte aber ebensogut in Paris als regelrechte Pantomine von Paul Margueritte über die Bühne gehen können, jenes berühmten Schriftstellers, der, bevor er noch seine beliebten Romane schrieb, diese reizende dramatische Kunstgattung pflegte, die heute leider ganz brach liegt.

*

An einem trocken-kalten Febertage hatte der verspätete Reisende gegen drei Uhr nachmittags in der Tiersstraße vor dem Laden des Bäckermeisters Band folgendes merkwürdiges Schauspiel beobachten können. Vom Gehsteig aus betrachtete ein Mann, sofern man sich dieses vornehmen Ausdruckes bedienen kann, um ein Exemplar dieser Sorte zu bezeichnen, durch die von den Dämpfen angelaufenen Scheiben des appetitlichen Schaufensters die guten warmen Brote und die goldgelben Wecken, die auf den Marmortischchen aufgehäuft waren und die von einem Korbflechter fein und festgefügten Weidenkörbe bis an den Rand füllten. Der verspätete Reisende, vorausgesetzt, daß er kein seichter Beobachter gewesen wäre, hätte auch zweifellos bemerkt, daß dieses Individium – mir wollen bei dieser geringschätzenden Bezeichnung bleiben – alle Merkmale der weitgehenden gesellschaftlichen Entartung und des ärgsten Elends aufwies. Eine schmutzige, an unzähligen Stellen zerfetzte Bluse, eine zerfranzte Hose, die an den Waden und Knöcheln mit einer dreifach umwickelten Spagatschnur befestigt war, eine verschlissene, jauchenfarbene Kappe und ein vom Kamm, Bürste und Wasser völlig unberührter Bart. An den Füßen staken alte, durchlöcherte, mit einer dicken Kotkruste bedeckte Filzpantoffel.

Auf dem Rücken trug er einen armseligen Leinwandsack, als untrüglichen Beweis eines eingewurzelten, berufsmäßigen, aber auch erfolglosen Betteltums, denn der Sack war leer.

Nach längerer Betrachtung des leckeren Gebäcks schien unser Individuum einen Entschluß gefaßt zu haben und trat mit schwankendem Schritt – sei es aus allzugroßem Hunger, sei es auch, daß er zuviel getrunken hatte – im gleichen Augenblicke in den Laden ein, als ein Gendarm aus der Querstraße bog und seinen vielsagenden Zweispitz just am selben platze, wo eben der Vagabund gestanden, an die Scheiben, drückte.

Das Provinzblatt gibt keine erschöpfende Beschreibung dieses Gendarmen, aber der Leser kann diesen mangelhaften Bericht durch die überlieferten Vorstellungen und verschiedenartigen Porträtsammlungen ergänzen, die zuhanden allerwelt sind.

Im Laden war zur genannten Stunde nur eine junge Verkäuferin anwesend, mit einer hohen weißen Haube auf dem blonden Haar, deren Schleifen wie zwei Flügel über den Nacken fielen; sie trug ein schwarzes anschließendes Kleid und hatte ein artiges und barmherziges Aussehen. Die Verkäuferin gab dem Individuum ein Stück Brot, und mit Segenswünschen auf den Lippen – wem werden diese wohl zugute kommen? –, trat der Vagabund, den guten Geruch der warmen Brote gierig schlürfend, in seiner unsicheren Gangart aus dem Laden. Das hatte nicht längere Zeit gedauert, als eine Betschwester aus der Provinz benötigt, um ihre Nachbarinnen zu entehren und die Familien ihrer Bekanntschaft einander zu Todfeinden zu machen.

Der Gendarm aber stellte das Individuum gleich an der Schwelle und packte es mit der Hand beim Kragen, wenn diese Bezeichnung angesichts der zerlumpten Bluse nicht zu hochtrabend ist:

»Wo hast du dieses Brot gestohlen?« duzte er ihn und begleitete die Frage mit einem gebieterischen Blick.

»Ich habe es nicht gestohlen!« entgegnete das Individuum.

»Also, wenn du es nicht gestohlen hast, dann hat man dir's geschenkt?«

»Wahrscheinlich!«

»Und wenn man es dir geschenkt hat, dann wirst du darum gebeten haben?«

»Ei, wohl!«

»Ich stelle demnach fest, daß du gebettelt hast!«

Und das Provinzblatt, daß uns dieses Gespräch wiedergibt, fügt wörtlich hinzu:

»Dieser Fall von Bettelei war um so leichter festzustellen, da der Bettler betrunken war!« Seltsame Folgerung!

»Hast du noch etwas zu sagen?« brummte der Gendarm.

Aber das Individuum hatte augenscheinlich alles Mitteilungswerte erschöpft und antwortete nicht.

»Also vorwärts, zur Wachstube!« befahl der Gendarm. Du wirst dich dort rechtfertigen...«

Das Individuum weigerte sich zu gehen, und als der wackere Gendarm den Bettler am Arme faßte, um ihn fortzuschleppen, warf sich dieser zu Boden und leistete passiven Widerstand gegenüber den Bestrebungen des schweißtriefenden, atemlosen Gendarmen, der sich vergeblich bemühte seinen Gefangenen aufzuheben.

Etliche Neugierige hatten sich indes angesammelt und betrachteten mit spöttischen Mienen den heldenfesten Kampf des Gendarmen mit diesem Häuflein schlapper, verfallener Lumpen, in das der Strolch sich verwandelt hatte, der nun auf dem Pflaster hingestreckt lag, mit dem er untrennbar verbunden schien, wie das Eisen mit dem Magnet.

Ein zweiter Gendarm, den die Vorsehung gesandt hatte, war bestrebt seinem Kameraden kräftig an die Hand zu gehen. Mit vieler Mühe brachten sie es zuwege den Bettler aufzurichten, der nun von jeder Seite durch einen Vertreter der Obrigkeit gestützt, wohl oder übel gezwungen war einige Schritte zu gehen, obgleich feine Kniee jedesmal einknickten und seine Füße sich hartnäckig weigerten den Boden zu berühren. Die von Minute zu Minute anwachsende Menge lachte, johlte und ließ es sich durchaus nicht einfallen, den Gendarmen zu helfen, deren gerötete Gesichter und schweißbedeckte Gliedmaßen, Ermattung und Scham über den Mißerfolg zum Ausdrucke brachten.

Vor dem Laden des Buchhändlers angelangt, spreizte der Strolch sich plötzlich gegen einen Prellstein, entriß sich mit einer heftigen Bewegung der doppelten Umschließung der Gendarmen und warf sich zum zweitenmale auf die Erde nieder, wobei er einen der Gendarmen mitriß, der vom Pflaster in den Rinnsal kollerte, die Stiefeln in der Luft.

Nun war es unmöglich den Gefangenen wieder aufzurichten, der wie ein Pflasterstein in den Boden eingefügt schien.

»Was ist denn das, mit dem Viechkerl!« jammerten die wackeren Gendarmen. »Hat der den Teufel im Leibe? ...Er ist wie verhext!«

Vergeblich versuchten sie, ihn umzukehren, vergeblich probierten sie ihn auf dem Pflaster fortzurollen. Eine unsichtbare Kraft fesselte ihn an den Boden. Ihre Arme, ihre Hände, ihre Banden, ihre Kniegelenke ermüdeten bis zur Erschöpfung an diesem unverrückbaren Klumpen.

Die Menge jauchzte mehr und mehr, und die Leute barsten schier vor Sachen.

Sie nahm offenbar die Partei des Bettlers, was die beiden Gendarmen noch mehr erbitterte, die in dem Bewußtsein ihrer doppelten Ohnmacht noch die Schmach der Lächerlichkeit und den Verlust des Ansehens ihrer Uniform fühlten.

Drei Soldaten, die vorüberkamen, wurden im Namen des Gesetzes aufgefordert, ihnen Beistand zu leisten, um der Obrigkeit zum Siege zu verhelfen. Nun fochten alle fünf, die zwei Gendarmen und die drei Soldaten, länger als eine Viertelstunde hindurch mit ihren zehn Armen gegen den Mann auf der Erde und es gelang ihnen endlich ihn aufzurichten.

Nachdem sie nun alle Vorsichtsmaßregeln getroffen hatten und sich derart verteilten, daß jeder einen Teil des Individuums in seiner Gewalt hatte, vermochten sie ihn auf die Wachstube zu schleppen. Der Bettler war übrigens nun ganz willfährig. Er ging jetzt ruhig, obwohl etwas gehindert, durch die zehn Arme, die ihn aufrecht hielten und es ihm unmöglich machten, sich frei und ergeben zu benehmen.

In dieser Weise kam der Zug bei der Wachstube an, gefolgt von der ganzen jubelnden Bevölkerung der Stadt.

Man kann sich nirgends besser unterhalten, als in der Provinz.

Letzte Reise

Nachdem ich in einem noch leeren Coupé einen Platz gefunden und als Zeichen der Besitzergreifung Koffer und Reiseplaid darauf gelegt hatte, stieg ich wieder auf den Perron hinab, bummelte längs des ganzen Zuges hin und her und wartete auf den Augenblick der Abfahrt.

Ich empfand die trostlose Traurigkeit, die quälende Angst der Abreisen. Selbst wenn ich in mir bekannte und liebe Gegenden fahre, mit der Hoffnung auf Erholung oder mit der Freude auf eine erwünschte Begegnung, fühle ich es immer im Herzen wie Frost. Nichts bringt mir den Gedanken an den Tod so nahe, wie das Abreisen. Die Koffer, die wie offene Särge daliegen, die Hast, die ich in den Augen der mir behilflichen Leute sehe, die feierliche Großartigkeit, die auf allen Dingen liegt, die zu verlassen ich im Begriffe bin, kurz all das, was mich so heftig aus mir herausrüttelt, bedrückt mich und stimmt mich unendlich traurig. Um diese düsteren Bilder zu verscheuchen, betrachtete ich auf dem Bahnhofe während des Umherschlenderns alles, was da kam und ging, all die hastende Ungeschicklichkeit, die den Bahnhöfen das Aussehen ungeheurer Narrenhäuser verleiht. Ich trachtete mich zu unterhalten beim Anblick der verschiedenartigen drolligen Figuren der Menschengattung mit englischen Reisemützen, die nicht weiß, wohin sie gehen soll und atemlos keuchend sich in Gänge und Waggons stürzt, sich hier vergräbt und verbirgt, um sich gleich darauf anderswo hinzudrängen, wie Flüchtlinge einer geschlagenen Armee, die einen sicheren Rückzug gefunden zu haben glauben. Bei Scenen dieser Art bemühe ich mich meinen Sinn für die Karikatur zu verfeinern, um nicht zu merken, daß der Kern Langeweile und schreckliche Eiseskälte birgt…

So bummelte ich umher, bis ich auf eine Gruppe von drei Personen stieß, die vor einem Waggon dritter Klasse stand. Da war zuerst eine alte Dame, ganz schwarz gekleidet. Ein dürftiges Kaschmirtuch hüllte ihren schmalen Rücken ein, welcher von Zeit zu Zeit von einem Hustenanfall geschüttelt wurde. Ein Mann und eine Frau begleiteten sie. Der Mann hatte ein gemeines Aussehen. Die Frau war dürr und ausgetrocknet, und in ihren Augen lag es wie ein weißlicher Schein von Registern und Comptoirbüchern. Ihr aschfarbenes Gesicht hatte vorspringende Kiefer und war vor der Zeit gerunzelt.

»Ach, meine armen Kinder!« seufzte die alte Dame. »Mir ist sehr schlecht … mir ist gar nicht gut! …«

»Aber ich bitte Sie!« tröstete der Mann. »Das sind ja alles Einbildungen … Es geht Ihnen sehr gut … es geht Ihnen viel besser.«

»So ist es,« fügte die Frau hinzu. »Aber natürlich, du mußt immer lamentieren.«

»Es wäre gar nicht notwendig gewesen, daß ich schon heute abreise …« unterbrach sie die alte Dame mit einem Seufzer, den ein Hustenanfall jählings zerriß. »Ach, mein Gott! Ich fühle, daß mir etwas zustoßen wird.«

»Was kann dir denn zustoßen? Bei einer so unbedeutenden Erkältung. Es ist ja doch nichts anderes!«

»Nein, nein … es wäre gar nicht notwendig gewesen, daß ich fahre … aber ich war euch beschwerlich … ich war eine Last für euch …«

»Aber nein …«

»Sie brauchen Aufenthalt auf dem Lande und gute Luft,« unterbrach sie der Mann. »Wenn das nicht gewesen wäre, so hätten Sie ja bei uns bleiben können.«

»Ach, wenn ich nur wenigstens früher eine Bouillon getrunken hätte – ich fühle mich so schwach.«

Die Frau antwortete spitzig:

»Das ist nur deine eigene Schuld. Du warst nicht fertig, du hättest den Zug versäumt.«

»Allerdings,« sagte der Mann. »Es war keine Zeit mehr.«

Die alte Dame seufzte. Eine Träne sickerte aus den rotgeschwollenen Lidern.

»Du mein Gott, du mein Gott! Ich weiß nicht, was es mit meinem Kopfe ist … Alles dreht sich in meinem Kopfe …«

»Sie haben Grillen, Schwiegermutter,« sagte der Mann ermunternd. »Das sind nur Grillen, die Sie im Kopfe haben.«

Die alte Dame seufzte wieder.

»Ach, wenn ich nur eine Bouillon vor der Abreise getrunken hätte.«

»Da ist aber viel dabei! Du wirst sie eben in Versailles trinken.«

»Mein Gott, mein Gott! Ich ahne es. Es wird mir etwas zustoßen ... Wenn ich sterben müßte auf der Fahrt, ganz allein! ...«

»Aber ... So sprich doch keine Dummheiten, Mutter! Steig ein, Adieu!«

»Lebe wohl, meine Tochter!«

Der Schaffner schob die alte Dame in den Waggon und legte sie in eine Ecke wie ein Paket.

»Adieu, Schwiegermutter!«

»Lebt wohl ... Behüt euch Gott, meine Kinder!«

Als die Türe geschlossen wurde, brach sie in Tränen aus.

Man läutete die Reisenden in die Coupés, ich bemächtigte mich meines Platzes und richtete mich so behaglich ein, als ich nur konnte.

Diese Scene hatte mich erschüttert; sie fügte ein neues düsteres Bild zu allen jenen, welche das Abreisen ohnedies immer in mir auftauchen läßt. Ich wollte nicht mehr daran denken und nahm ein Buch aus meinem Koffer, mit der Hoffnung, mich von mir selber loslösen und den traurigen Auftritt aus dem Kopfe schlagen zu können. Aber es war mir unmöglich zu lesen ... Zwischen den Zeilen des Buches und meinen Augen tauchte immer wieder das totenbleiche Antlitz der alten Dame und das fühllose Gesicht der anderen auf. Die blassen Züge verfolgten mich ... Und dann sah ich wieder ununterbrochen die beiden fortgehen ... Ich sah ihre Mörderrücken ...

In Versailles, wo wir eine Viertelstunde Aufenthalt hatten, stieg ich aus, und das Mitleid führte mich vor den Waggon der alten Dame. Sie war gerade in eine Ohnmacht verfallen; man bemühte sich um sie. Jemand gab ihr ein paar Tropfen Bouillon zu trinken, die man in aller Eile aus der Küche der Bahnhofgastwirtschaft hatte holen lassen. Sie kam wieder zu sich und sagte: »Dank, Dank! Jetzt geht es mir schon besser, jetzt geht es mir schon gut!«

Und wirklich schien es mir, als ob ihre Wangen Farbe bekommen hätten, als ob das Blut in rascherem Umlaufe sei. Auch ihr Blick war weniger starr, weniger fern ...

Ich stieg wieder in mein Coupé. Sie war doch wohl nicht so krank, als ich gedacht hatte. Eine Schwäche, das war alles! Jetzt wird sie einschlafen – und – du lieber Himmel – schließlich, diese Schwiegermütter! ...

Es war dunkel geworden. Ich dachte nicht mehr an die alte Dame und schlief auf den Polstern während der ganzen Nacht, gewiegt von dem einschläfernden Rhythmus des in voller Schnelligkeit dahinbrausenden Zuges.

Ich wachte erst in Rennes auf, wo ich ausstieg. Noch ganz schlaftrunken folgte ich dem Träger, ohne auf all das zu achten, was neben mir geschah ... Ich sah Schatten eilen, Schatten sich sammeln, wie Traumgestalten, aus fernen, dämmernden Ländern. Plötzlich blieb der Träger vor einer Gruppe stehen. Einige Personen schrien mit lebhaften Gebärden: ›Was gibt's? Was ist geschehen? Was ist geschehen?‹

»Einen Arzt! Rasch einen Arzt!« schrie ein Reisender.

»Ist ein Unglück geschehen?« fragte ich den Träger.

»Nein,« entgegnete der brave Mann. »Es ist nur wegen einer Frau, die im Zuge gestorben ist ... wegen einer alten Frau.«

Ich eilte zu dem Waggon, vor dem ein Haufen von dreißig Neugierigen die Köpfe zusammensteckte, insgesamt von dem Wunsche beseelt, die Tote zu sehen.

»Bitte, machen Sie Platz, machen Sie Platz!«

Und ich sah, wie zwei Bahnbedienstete die Leiche, der eine an den Achselhöhlen, der andere an den Beinen, hielten und an mir vorübertrugen. Ich erkannte das dürftige Kaschmirtuch der alten Dame und ihr wachsbleiches Gesicht wieder. Sie war schon ganz steif und kalt.

»Ist das ein plötzlicher Tod oder ein Verbrechen?« fragten neben mir zwei Reisende.

»Es ist ein Verbrechen,« sagte ich. »Ein Mord ... Ein wirklicher Mord. Ich weiß es.«

Und während meine Zähne vor Schauder klapperten, sprach ich mit einem Tone, der die Zuschauer dieser Scene sehr zu verblüffen schien:

»Was sollte dir denn zustoßen? Bei einer so unbedeutenden Erkältung. Es ist ja doch nichts anderes! ...«

Der Interviewer

Der Interviewer, fünfundzwanzig Jahre alt, etwas bleiches Gesicht, blonder Schnurrbart, eleganter Überzieher mit einer weißen Nelke im Knopfloch. Mischung von Geck und Ladenschwengel.

Der Interviewte, Gastwirt, dick und klein, fünfundvierzig Jahre alt.

*

Der Interviewer. Sind Sie Herr Chapuzot, bitte?

Der Interviewte. Ja, der bin ich, Herr.

Der Interviewer. Gut ... (Betrachtet ihn mit prüfenden Blicken.) Ja, ja ... das stimmt schon! ... (Macht Notizen.)

Der Interviewte. Mit wem habe ich die Ehre zu...

Der Interviewer. Ich bin erster Interviewer der »Volksstimme«.

Der Interviewte. Erster In..., was?

Der Interviewer ...terviewer der »Volksstimme«! ... Kennen Sie die »Volksstimme« nicht? (Achselzuckend.) ... Aber Sie entschuldigen, ich habe Eile ... Haben Sie die Freundlichkeit auf die Fragen zu antworten, die ich an Sie richten werde ... Erst bringen Sie mir aber ein Glas Bier!

Der Interviewte. Bitte ... hier! (Bringt ein Glas Bier.)

Der Interviewer (setzt sich an den Tisch und legt seinen Notizblock vor sich hin). Sie sind Gastwirt?

Der Interviewte (die Gäste und Kellner als Zeugen anrufend). Ja, freilich!

Der Interviewer. Ein ekelhaftes Geschäft das ... Aber, das ist Ihre Sache ... Sie leben in schlechtem Einvernehmen mit Ihrer Frau?

Der Interviewte (verblüfft). Mit meiner Frau? ... Ich bin gar nicht verheiratet.

Der Interviewer. So, so ... Also, Sie vertragen sich schlecht mit Ihrer Geliebten?

Der Interviewte. Aber, ich habe auch keine Geliebte.

Der Interviewer. Keine Frau ... Keine Geliebte ... und das wollen Sie mir weismachen, Herr? ... Das kenne ich ... ich kenne das alles! ... Es ist vergeblich, mir gegenüber den Gescheiten spielen zu wollen ... Also, betrügt Sie Ihre Frau? ... Oder betrügen Sie Ihre Frau? ... (Lachend.) Wer wird hier betrogen?

Der Interviewte. Aber, entschuldigen Sie ... Ich habe schon gesagt, daß...

Der Interviewer. Ach ja! Sie wollen gar zu pfiffig sein. Das wird Ihnen bei der Presse nicht gelingen. Ich fordere Sie auf, nicht länger mit der Presse zu scherzen ... Ich bin die Presse, Herr! Die Presse ist die erste Weltmacht ... Sie klagt an, richtet und verurteilt ... Noch ein Glas Bier!

Der Interviewte. Bitte, hier! (Bringt noch ein Glas Bier.)

Der Interviewer. Herr, die Presse allein ist für sich Gerechtigkeit und Weltgewissen. Sie ist alles! Antworten Sie. Warum haben Sie Ihrer Frau eine Sodawasserflasche an den Kopf geworfen?

Der Interviewte. Aber, mein Gott, mein Gott! Ich sagte Ihnen doch schon...

Der Interviewer (ohne die Beteuerungen Chapuzots anzuhören). Welchen Grund hatten Sie für diese rohe Handlungsweise? ... War es eine gemeine Rache? Ein plötzlicher unüberlegter Zornesausbruch? Stehen wir vor einer Tat der Leidenschaft oder des Atavismus? Haben Sie viele Mörder in Ihrer Familie? Warum reden Sie nicht?

Der Interviewte (kratzt sich verlegen den Kopf). Aber, Herrgott, ich...

Der Interviewer. Weiter ... War eine besondere Absicht in der Wahl der Sodawasserflasche? ... Warum eine Syphonflasche ... und warum nicht eine Gießhübler- oder Krondorferflasche? Nun, wenn ich Sie all das frage – hören Sie mich wohl an, Chapuzot, so geschieht das, um durch die genaue Anführung aller Einzelheiten Ihres Verbrechens, durch die präzise Untersuchung der besonderen Momente intimer, ehelicher und sozialer Natur die Hauptgründe zu finden, auf die ich die Psychologie Ihres Verbrechens aufbauen kann.

Der Interviewte. Aber, Himmel, Herrgott...

Der Interviewer. Sind Sie jähzornig, sind Sie leidenschaftlich, sind Sie degeneriert, neurasthenisch, dekadent? Verstehen Sie etwas Chirurgie?

Der Interviewte (mehr und mehr erschrocken). Aber, du lieber Himmel, ich bin Gastwirt ... ich bin unverheiratet ... und weiß wirklich nicht, was Sie von mir wollen!

Der Interviewer (streng). Sie beharren also dabei, alles zu leugnen. Sie wollen sich offenbar über die Presse lustig machen! Schon gut! Ich werde Sie eines Bessern belehren. (Zieht die »Kleine Zeitung« aus der Tasche seines Überziehers.) Noch ein Glas Bier!

Der Interviewte. Bitte, hier. (Bringt ein drittes Glas Bier.)

Der Interviewer. Sehen Sie her – ich lese aus der »Kleinen Zeitung«. (Liest.) »Infolge eines Streites, dessen Ursache unbekannt blieb, hat ein gewisser Chapuzot, Gastwirt in Montrouge...«

Der Interviewte (lebhaft). Aber, Herr, ich bin ja nicht in Montrouge, ich bin ja in Montmartre!

Der Interviewer. Heißen Sie Chapuzot – ja oder nein?

Der Interviewte. Ja.

Der Interviewer. Sind Sie Gastwirt?

Der Interviewte. Ja.

Der Interviewer. Also ...ob von Montrouge oder Montmartre, was hat das zu sagen? Das ist ganz ohne Belang!

Der Interviewte. Aber, das bin ja nicht ich.

Der Interviewer. Sie weigern sich also meine Fragen zu beantworten? Schon gut! ...Wir werden ja sehen, was Ihnen das einbringen wird, sich über die Presse zu moquieren, über die bedeutende Stimme der Presse lustig zu machen. Ich werde Sie zugrunde richten. Ich werde Sie entehren. Ich werde sagen, daß Sie ein Verhältnis mit Ihrer Tochter haben, daß diese eine Kindesmörderin ist, daß ...daß ...daß...

Der Interviewte (zu Tode erschrocken, weiß nicht mehr, was er sagen soll). Aber, in drei Teufels Namen ...das ist denn doch zu stark ...Wenn ich schon sage...

Der Interviewer. Wo ist Ihre Frau? Kann ich Ihre Frau sprechen?

Der Interviewte. Aber, bitte schön! ...Nachdem ich doch keine Frau habe...

Der Interviewer. Sie haben keine Frau ...und werfen ihr Sodawasserflaschen an den Kopf? Trachten Sie doch wenigstens logisch zu bleiben, wenn Sie schon durchaus leugnen wollen...

Der Interviewte (verzweifelt). Aber ...Himmeldonnerwetter!

Der Interviewer (gebieterisch). Vorwärts! ...Bringen Sie mir Ihre Frau ...ich muß sie sehen, sie fragen ...ich muß ihre Psyche studieren, ich muß die Ursache ihres Atavismus erforschen. Wie sieht sie aus, Ihre Frau? Ist sie von schöner Gestalt? Üppig? Ist sie blond? ...(Schweigen.) ...hat sie geheime Leidenschaften? Ist sie lasterhaft? Pervers? Wie oft hat sie schon abortiert? ...Es ist klar, Sie weigern sich, mir in meinen Erhebungen behilflich zu sein ...Schon gut! (Macht Notizen.) Noch eine Frage! ...Wie denken Sie über die Humbertaffaire? Welches ist Ihre persönliche Ansicht über die Korruption? Welcher Ursache schreiben Sie die zunehmende Entvölkerung Frankreichs zu? Wie denken Sie über Staat und Sozialismus? Sind Sie mit dem Vorschlag des Professors Alglave einverstanden, der Staat soll die Gastwirtschaften in eigener Regie führen? Sind Sie ein Gegner der industriellen Kartelle? Halten Sie die Staatsmonopole für schädlich? Sind Sie mit der neuesten Richtung unserer Literatur eines Sinnes? ...Schon gut! Sie haben sich in den Kopf gesetzt, jede Antwort zu verweigern. Das ist eine mutwillige Herausforderung der Presse! Sie werden das büßen, Herr, das sage ich Ihnen! ...(Steht auf.) Noch ein Glas Bier!

Der Interviewte. Bitte, hier.

Der Interviewer (nachdem er das Bier getrunken hat). Ich gehe nun ...Ich werde Ihre Nachbarn fragen, und die Nachbarn Ihrer Nachbarn! (Drohend.) Denn die Nachbarn unserer Nachbarn sind unsere Nachbarn, wie Sie wissen! Adieu! (Er geht zur Türe.)

Der Interviewte (ruft ihn zurück). Sie, Herr ...Herr!

Der Interviewer. Zu spät! ...Es ist Ihr Schade! ...Sie hätten reden sollen, als ich Sie fragte...

Der Interviewte. Das ist es nicht ...Die vier Glas Bier sind Sie mir noch schuldig.

Der Interviewer (würdevoll und erhaben). Herr, die Presse ist niemand etwas schuldig!
(Geht.)

Vor der Galavorstellung

»Ich habe Kaiser Alexander III. sehr gut gekannt. Er war ein vortrefflicher Mensch, wenn man von einem Kaiser sagen darf, daß er ein Mensch, ein einfacher Mensch sei wie Sie, wie ich, wie wir alle. Bei Gott, ich habe diese Kühnheit nicht, so wenig wie Ihr Herr Baudin, der biedere Volksmann und getreue Sozialist. Also, er war ein ausgezeichneter Kaiser, der wahre Vater seines Volkes, und es freut mich, daß Ihre Republik einer französischen Brücke seinen Namen gegeben hat. Das ist einmal eine Brücke, die recht seltsame und geheimnisvolle Dinge verbindet.

Es wäre zu viel gesagt, wollte ich behaupten, daß Kaiser Alexander III. mein Freund war. Immerhin beehrte er mich mit seinem Wohlwollen, das ist die Wahrheit, und er zeigte sich bei mancherlei Gelegenheiten mir gegenüber sehr freigebig. Ich habe eine silberne Zigarettendose von ihm, mit meinen Initialen, mit seltsamen Steinen ausgelegt, wie man sie nur in den Bergwerken nahe dem Nordpol findet. Das Stück ist nicht sehr wertvoll und nicht besonders schön. Ich besitze auch eine Zündholzbüchse aus einem unbekannten Metall, das nach Erdöl riecht und es anderen unmöglich macht, Feuer zu machen. Aber die Schönheit dieser kaiserlichen Andenken beruht nicht in ihrem größeren oder minderen Reichtum, nicht in ihrem größeren oder geringeren Handelswert; sie liegt allein in dem Andenken an den Spender. Habe ich nicht recht?

Ich spielte damals in Rußland – es war vor sechs Jahren – eine ähnliche, wenn auch selbstredend geringere Rolle als euer ruhmreicher Friedrich Febvre unter dem Kaiserreich Napoleon III. Ich will mich mit ihm nicht vergleichen, denn es gibt nur einen Febvre auf der Welt. Sie verstehen, ich war Schauspieler. Kaiser Alexander schätzte meine Fähigkeiten hoch. Selbst in der Erregung war mein Auftreten von vornehmer Eleganz und meine Haltung eine würdige: ich war so ungefähr ein russischer Laffont, wenn Sie erlauben. Er kam oft, um mich in meinen besten Rollen zu sehen, und wenn er auch in seinem Beifall nie überschwenglich war, geruhte er, mir gelegentlich feine Anerkennung zu bekunden. Er besaß einen scharfen Geist, und ich sage es ohne jede Speichelleckerei, er erkannte in allen dramatischen Werken, die ich spielte, die wertvollen Stellen, ohne darauf aufmerksam gemacht worden zu sein. Wie oft ließ mich Seine Majestät zu sich rufen und beglückwünschte mich mit jener besonderen und kühlen Begeisterung, die sich ein unbeschränkter Herrscher gestatten darf, der in vielerlei Dingen die größte Zurückhaltung bekunden muß. In Rußland hat man, wie Sie wissen, kein südliches Blut, und die Sonne lacht dort ebensowenig in die Seelen wie auf die schneebedeckten Fichtenwälder, in denen die Wölfe hausen. Wie immer es auch sei, der Kaiser hatte mich so sehr liebgewonnen, daß es ihm nicht genügte, mir öffentlich Beifall zu zollen, sondern mich auch bei besonderen Anlässen, selbstverständlich nur in Dingen, die meine Kunst betrafen, einlud und zu Rate zog. Denn wie ich bereits gesagt habe, es gab nur einen Febvre auf der Welt. Ich wurde beauftragt, die Vorstellungen im Winterpalast zu leiten und ähnliche Aufführungen in den anderen kaiserlichen Residenzen zu arrangieren, so oft der Kaiser dort Festlichkeiten veranstaltete. Mein Einfluß stieg derart, daß Herr Raoul Gunzbourg mich mit scheelen Augen zu betrachten anfing und mich bei eurem Sarcey in der gemeinsten Weise anschwärzte, was mich auf den Gedanken brachte, eines Tages eine französisch-russische Gastspielreise nach Frankreich zu versuchen.

Ich war also glücklich, reich und berühmt, hatte einflußreiche Bekanntschaften oder solche, die als einflußreich galten, was noch wertvoller ist, als wenn sie es wirklich sind, und ich flehte jeden Abend zu den Heiligen, daß mein Leben so weiter verlaufe, daß ich gern mein Streben beschränken und keine anderen Güter mehr wünschen wolle, als die, welche ich schon besaß!«

Hier wurde die Stimme des Erzählers ernst, seine Augen wurden traurig, und nachdem er eine kleine Weile geschwiegen hatte, setzte er fort:

»Als Waise und Junggeselle lebte ich gemeinsam mit meiner Schwester, einem lieblichen Backfisch von siebzehn Jahren, die die Freude meines Herzens, die Sonne meines Hauses war. Ich liebte sie über alles. Und wie hätte ich dieses reizende junge Geschöpf nicht lieben sollen; sie war lebhaft und lustig, geistvoll und sanft, schwärmerisch und freigebig, unausgesetzt klang helles Lachen von ihren Lippen, und ihre Seele begeisterte sich für alles, was schön und groß war. Unter dieser zarten Hülle eines lachenden jungen Mädchens fühlte man eine feurige Seele, die gerecht und frei war. Nicht selten entpuppt sich nationaler Heldenmut derart bei uns. In der erstickenden Ruhe, die auf unser Vaterland drückt, in dem ungeheuren Polizeiverdacht, der es umklammert, wählt das Genie, um seinen Weg zu verbergen, oftmals das Herz eines Kindes zu seinem Schützer, eines kleinen Mädchens, als ein unverletzbares Obdach. Meine Schwester war eine dieser Erwählten. Eine einzige Sache bekümmerte mich bei ihr: die übertriebene Freimütigkeit ihrer Worte und die maßlose Unabhängigkeit ihres Geistes, die sie vor niemand zum Schweigen bringen wollte, auch nicht vor jenen, in deren Gegenwart der Mund ganz stumm und die Seele gut verschlossen bleiben muß. Aber ich beruhigte mich und sagte mir, daß solche kleine Verirrungen in ihrem Älter wohl keine üblen Folgen nach sich ziehen, obgleich bei uns die Justiz und das Unglück kein Alter kennen.

Als ich eines Tages von Moskau heimkam, wo ich einige Vorstellungen gegeben hatte, fand ich das Haus leer. Meine beiden alten Diener saßen auf einer Bank im Vorzimmer und jammerten.

»Wo ist meine Schwester?« fragte ich.

»O Herr!« sagte der eine von ihnen, denn der andere sprach niemals, »sie sind dagewesen ... und haben sie weggeführt, mitsamt der Amme ... Gott sei ihr gnädig!«

»Du bist wohl verrückt!« schrie ich ihn an ... »Oder du bist betrunken! ... Was ist also mit dir? ... Weißt du überhaupt, was du sprichst? ... He, sage mir, wo meine Schwester ist!«

Der Alte starrte mit seinem bärtigen Gesicht auf die Decke des Zimmers:

»Ich habe dir schon gesagt,« murmelte er ... »Sie sind gekommen ... und haben sie fortgeführt ... der Teufel weiß, wohin!«

Ich glaubte vor Schmerz ohnmächtig zu werden. Doch fand ich die Kraft, mich an einem Vorhang festzuklammern, und rasend stieß ich hervor:

»Aber warum? ... Warum? ... Sie müssen doch etwas gesagt haben. Sie können sie doch nicht so fortgeführt haben, ohne Ursache? ... Haben sie nicht gesagt, warum? ...«

Der Alte schüttelte den Kopf und entgegnete:

»Nichts haben sie gesagt ... Sie sagen nie etwas ... Sie kommen wie die Höllenhunde ... man weiß nicht woher ... und wenn sie wieder fort sind, bleibt nichts übrig, als zu weinen ...«

»Aber sie?« rief ich verzweifelt ... »Sie ... Sie wird doch etwas gesagt haben? Sag ... sie hat sich zur Wehre gesetzt? ... hat sie ihnen nicht gedroht, daß ich ... daß der Kaiser, der mein Freund ist, sie strafen werde? ... Sie muß doch etwas gesagt haben?«

»Was hätte sie denn sagen sollen, die teure Seele? ... Und was hätte sie auch sagen können? Sie hat beide Hände gefaltet, wie vor dem heiligen Muttergottesbild ... Und was willst du ... Jetzt bleibt dir und uns beiden, die sie wie das Leben lieb gehabt haben, nichts übrig, als zu weinen ... so lange wir leben ... denn sie ist dahin gegangen, von wo man nimmer wiederkommt ... Gott und unser Väterchen, der Zar, seien gesegnet!«

Ich begriff, daß ich von diesen treuen und ergebenen Hunden keine anderen Aufschlüsse erwarten konnte, und ich ging fort, Erkundigungen einzuziehen. Ich wurde von Amt zu Amt, von Kanzlei zu Kanzlei, von Schalter zu Schalter geschickt, und überall stieß ich an verschlossene Gesichter, an verriegelte Seelen, an versperrte Augen wie an Gefängnistüren.

Man wußte nicht ... man wußte nichts ... Man konnte mir nichts sagen ... Einige rieten mir, nicht so laut zu reden oder lieber gar nichts zu sagen und zufrieden nach Hause zu gehen. In meiner Verzweiflung dachte ich daran, den Kaiser um Audienz zu bitten. Er war gut. Er liebte mich. Ich würde mich ihm zu Füßen werfen, ihn um Gnade anflehen ... Denn wer weiß? ... Er kannte sie vielleicht gar nicht, diese finstere Justiz, die in seinem Namen ausgeübt wird ... Er wußte sicher nichts davon! Einige Offiziere, mit denen ich befreundet war, brachten mich von dieser Absicht rasch ab.

»Davon darf man nicht reden! ... Man darf davon nicht reden! ... Das trifft jeden. Wir alle haben Freunde und Schwestern, die dort unten sind ... Davon darf man nicht reden! ...« Und um meinen Schmerz zu lindern, luden sie mich ein, den Abend mit ihnen zu verbringen. Man wird sich mit Champagner betrinken, bei den Fenstern des Restaurants Kellner hinauswerfen, ... man wird sich mit Weibern unterhalten...

»Kommen Sie doch, mein Lieber, kommen Sie!«

Wackere Freunde!

Erst am dritten Tage konnte ich den Polizeipräsidenten sprechen. Er war ein guter Bekannter. Er hat mich im Theater oft in meiner Garderobe besucht. Er war ein liebenswürdiger Mann, dessen leutselige Manieren und dessen geistvolles Geplauder ich bewunderte. Bei den ersten Worten, die ich aussprach, unterbrach er mich.

»Pst!« machte er stirnrunzelnd, »denken Sie darüber nicht weiter nach! Es gibt Dinge, über die man nicht nachdenken soll, nicht nachdenken darf!«

Und plötzlich fragte er mich um vertrauliche Einzelheiten über eine französische Sängerin, die tags zuvor in der Oper bejubelt worden, und von deren Schönheit er entzückt war.

Endlich, acht Tage nach diesem furchtbaren Ereignis – ich versichere Ihnen, es schien mir wie ein Jahrhundert – ein Jahrhundert voll Angst und tödlicher Qualen, gab man im Schauspielhaus eine Galavorstellung. Der Kaiser ließ mich durch einen Gardeoffizier rufen. Wie gewöhnlich, wie immer, war er ernst und traurig, von einer müden Roheit und einem eisigen Wohlwollen. Ich weiß nicht recht warum, als ich diesen Größten der Großen vor mir sah – sei es Respekt oder Furcht – sei es das Bewußtsein seiner mächtigen Allgewalt – es war mir unmöglich, ein Wort hervorzubringen, das einfache Wort »Gnade« auszusprechen, dieses Wort, das meine Brust die ganze Zeit hindurch mit Hoffnung erfüllt hatte, in meiner Kehle zitterte und auf meinen Suppen brannte Ich war vollkommen gelähmt, starr, wie tot...

»Meine Glückwünsche, Herr,« sagte er mir, »Sie haben heute Abend gespielt wie Guitry!«

Und nachdem er mir seine Hand zum Kuß gereicht hatte, war ich gnädig entlassen.«

Der Erzähler sah auf seine Taschenuhr und verglich die Zeit, die sie anzeigte, mit der einer Pendeluhr, die auf einem kleinen Schrank nebenan tickte!

»Ich komme ans Ende,« begann er wieder. »Es ist gerade noch Zeit ... Zwei Jahre verstrichen. Ich wußte noch immer nichts; ich hatte noch nicht das Geringste über das furchtbare Geheimnis erfahren können, das mir plötzlich das Liebste auf dieser Welt entrissen hatte. So oft ich einen Beamten darüber befragte, kam nichts über dessen Lippen als dieses wahrhaft entsetzenerregende Pst!, mit dem ich gleich nach dem Geschehnis trotz meines Flehens und Bittens überall empfangen worden. Alle Einflüsse, die ich in Bewegung zu setzen versuchte, dienten nur dazu, meine Befürchtungen noch schmerzlicher und das Dunkel noch undurchdringlicher zu machen, in dem das Leben des armen vergötterten Kinbes, das ich beweinte, verschwunden war. Sie können sich vorstellen, ob ich mit meinem Herzen beim Theater, bei meinen Rollen war, ob ich das aufregende Dasein noch fühlte, für das ich sonst leidenschaftlich entflammt war. So furchtbar peinlich es auch war, dachte ich keinen Augenblick daran, meinen Beruf aufzugeben. Denn gerade durch ihn war ich in täglichem Verkehr mit den höchsten Persönlichkeiten des Reiches, die ich vielleicht eines Tages mit Erfolg für mein schreckliches Unglück zu interessieren hoffte. Und ich überließ mich im Gedanken, eine entfernte Hoffnung zu sehen, deren wirren und unsichtbaren Lichtschimmer ich zu durchblicken glaubte. Der Kaiser brachte mir immer das gleiche kühle Wohlwollen entgegen. Man sah ihm an, daß auch er an einem unbekannten Schmerz mit bewunderungswürdigem, schweigsamem Mute litt. Ach, ich fühlte brüderlich, daß er nichts wußte, nicht das Geringste wußte, und daß er die unendliche Traurigkeit seines Volkes teilte, daß der Tod an ihm nagte und seine mächtige, hoheitsvolle Heldengestalt zur Erde niederzog. Und ein ungeheueres Mitleid stieg in meinem Herzen für ihn auf ... Ach, warum wagte ich nicht, den Schrei auszustoßen, der meine Schwester vielleicht gerettet hätte? ... Warum? ... fürwahr, ich weiß es nicht.

Nach einigen Tagen und Nächten voll unsagbarer Pein vermochte ich nicht länger, so zu leben, und war entschlossen, alles aufs Spiel zu setzen. Ich begab mich zum Polizeipräsidenten.

»Hören Sie mich an,« erklärte ich entschieden ...»ich komme nicht zu Ihnen, um leere Worte zu dreschen ...ich verlange nicht die Begnadigung meiner Schwester, ich frage Sie nicht einmal, wo sie ist ...Ich will nur das eine wissen: ob sie lebt oder ob sie tot ist!...«

Der Polizeipräsident machte eine ärgerliche Bewegung:

»Schon wieder!« rief er. »Warum denken Sie immer an das, mein Teurer? Sie sind wahrhaftig nicht klug ... und Sie machen sich ganz überflüssigen Kummer ... Sehen Sie! Das alles ist längst vorbei! ... Nehmen Sie an, sie sei tot! ...«

»Das ist es eben, was ich wissen will,« sagte ich beharrlich ... »Der Zweifel tötet mich. Ist sie tot oder lebt sie noch? Sagen Sie mir nur das eine ...«

»Sie sind wunderlich, mein Lieber ... Aber das weiß ich doch nicht ... Wie sollte ich davon wissen?«

»Forschen Sie nach ... übrigens ist es ja mein Recht ...«

»Sie wünschen es?«

»Ja, ja, ja ... ich wünsche es!« rief ich ...

»Nun gut! Es sei! Ich werde mich erkundigen, ich verspreche es Ihnen ...«

Und während er mit seinem goldenen Federhalter spielte, fügte er nachlässig hinzu:

»Nur möchte ich Sie für die Zukunft ersuchen, mein Lieber, einen etwas weniger freien Begriff von Ihren Rechten zu haben ...«

Sechs Monate nach diesem Gespräch trat eines Abends, als ich mich in meinem Kabinett für die Bühne ankleidete, ein Polizist auf mich zu, der mir einen versiegelten Umschlag übergab ... Fieberhaft erregt brach ich ihn auf. Er enthielt ein Blatt ohne Datum und Unterschrift, das folgende Worte enthielt:

»Ihre Schwester lebt, aber sie hat schneeweißes Haar.«

Ich sah die Mauern des Kabinetts, die Lichter, die Spiegel um mich kreisen, kreisen ... Dann verschwand alles und, ich stürzte wie eine leblose Masse auf den Teppich ...«

Der Erzähler erhob sich. Er war blaß und gekrümmt wie ein Kranker. Er trat durch den Saal auf den Spiegel zu, ordnete seine Halsbinde und seine Frisur. Und während von der Straße herauf das Jauchzen der Menge bis zu uns drang, die den Zar begrüßte, der sich zur Galavorstellung in die Komédie-Française begab, sagte er:

»Seither sind wieder drei Jahre vorbei! ... Und gerade heute ist die arme Kleine dreiundzwanzig Jahre alt! ...«

Hierauf drückte er uns die Hände und ging.

Bauernmoral

Der Friedensrichter hatte im Stadthause zu ebener Erde ein Zimmer inne, das direkt auf den Platz hinausging. Der kahle, viereckige Raum mit den weißgetünchten Wänden war in der Mitte durch eine Art Ballustrade geteilt, welche, je nachdem, den Klägern, bei großen Prozessen den Advocaten oder auch den Neugierigen als Sitzbank diente. Im Grunde des Zimmers, auf einem niedrigen, schlecht gefügten Bretterpodium, standen drei Tische vor drei kleinen Sesseln; der mittlere davon war für den Herrn Richter, der zur Rechten für den Herrn Schreiber, der zur Linken für den Herrn Amtsdiener bestimmt.

An der Wand dahinter machte ein Christusbild in lange verblaßtem Goldrahmen, von Fliegen ganz besudelt, ein recht klägliches Gesicht. Das war die ganze Szenerie.

Als ich eintrat, hielt man schon mitten in den »Amtshandlungen«. Der Saal war voll von Bauern, die sich auf ihre eschenen Stecken mit schwarzen Lederriemen stützten, und von Bäuerinnen mit schweren Marktkörben, aus denen unter dem Deckel rothe Hahnenkämme, gelbe Schnäbel von Enten und die Ohren von Kaninchen hervorguckten. Das strömte einen starken Stallgeruch aus. Der Friedensrichter, ein kleiner, kahlköpfiger Mensch mit glattem, röthlichem Gesicht, in einem Rock von schmierigem Zeug, lauschte mit großer Andacht dem Vortrag einer alten Frau, die innerhalb des Schrankens stand. Sie begleitete jedes ihrer Worte mit ausdrucksvollen und wüthenden Gesten. Der Schreiber, ein haariger, aufgedunsener Mensch, ließ den Kopf über den gekreuzten Armen auf den Tisch sinken; er schien zu schlafen. Ihm gegenüber kritzelte der sehr magere, sehr bärtige und sehr beschmierte Diener irgend etwas auf einem Stoß fettiger Aktenpapiere.

Das alte Weib schwieg nun.

»Ist das Alles?« fragte der Friedensrichter.

»Wie meinen, Herr Richter?« gab die Gefragte zurück und streckte ihren Hals vor, der so runzelig war wie eine Hühnerkralle.

»Ich frage, ob Sie fertig sind mit dem Geschwätz von Ihrer Mauer?« antwortete der Mann des Gesetzes mit erhobener Stimme.

»Mein Gott ja, Herr Richter – das heißt, entschuldigen, die Geschichte ist so: Die fragliche Mauer, an welcher Jean-Baptiste Macé immer seine ....«

Sie wollte ihre Litanei von vorne hersagen, doch der Richter unterbrach sie.

»Genug, genug, es ist gut, Martine. Schreiber! Man soll den Mann vorladen!«

Der Schreiber hob langsam den Kopf und zog eine fürchterliche Grimasse.

»Schreiber,« wiederholte der Richter, »vorladen! Notieren Sie .....«

Und er zählte an den Fingern: »Dienstag. Wir werden ihn für Dienstag vorladen .... Ha, am Dienstag. Der Nächste!«

Der Schreiber blinzelte mit den Augen, besah ein Blatt Papier, dann ließ er seinen Finger auf dem Papier von unten nach oben laufen, machte plötzlich halt und schrie:

»Gatelier *contra* Rousseau! Ist Gatelier hier und Rousseau auch?«

»Hier!« rief eine Stimme.

»Da bin ich!« rief eine andere Stimme.

Zwei Bauern erhoben sich, traten vor die Schranken und stellten sich linkisch dem Friedensrichter gegenüber, der die Arme über den Tisch streckte und die schwieligen Hände ineinanderlegte.

»Also los, Gatelier! Was giebts denn schon wieder, mein Sohn?«

Gatelier wiegte sich hin und her, wischte sich den Mund mit dem Handrücken, sah nach rechts, nach links, kratzte sich am Kopf, spie aus, dann verschränkte er die Arme und sagte endlich:

»Also die Sache ist die, Herr Richter: Ich gehe vom Markt in Saint-Michel nachhause mit der Gatelier, was meine Frau ist, und mit Rousseau; wir drei zusammen. Ich hatte zwei Kälber verkauft und ein Schwein, mit Respekt zu melden, und da hatten wir, weiß Gott, hübsch was getrunken. Wir gehen also bei sinkender Nacht heimwärts. Ich sang, Rousseau machte Dummheiten mit meiner Frau, und meine Frau sagte allemal zu ihm: Hör' doch auf, Rousseau! Herrgott, bist du dumm, bist du kindisch!«

Er wandte sich zu Rousseau um und fragte: »Ist das wahr, oder nicht?«

»Ja, das ist wahr« antwortete Rousseau.

»Auf dem halben Weg«, fuhr Gatelier nach kurzem Schweigen fort, »da geht meine Frau auf einmal den Rasenabhang hinauf und steigt über die kleine Hecke, wo der breite Graben dahinter ist. Wo gehst du hin? sag ich. Ich geh' auf die Seite, sagt sie mir. Gut, sag' ich, und wir machen unsern Weg weiter, Rousseau und ich. Nach ein paar Schritten, da geht Rousseau auf einmal den Rasen hinauf und steigt über die kleine Hecke, wo der breite Graben dahinter ist. Wo gehst du hin? sag' ich. Ich geh' auf die Seite, sagt er mir. Gut, sag' ich, und mach' meinen Weg weiter.«

Er drehte sich wieder zu Rousseau um und fragte: »Ist das wahr oder nicht?«

»Ja, das ist wahr,« antwortete Rousseau.

»Also ich mach' meinen Weg weiter,« fuhr Gatelier fort. »Ich geh' und geh' und geh'. Dann später dreh' ich mich um. Niemand ist auf der Straße zu sehen. Denk ich mir: das ist komisch! wo bleiben denn die? und gehe ein Stück zurück. Das dauert lang, sag' ich zu mir. Wir haben hübsch was getrunken, das ist schon wahr, aber es dauert doch zu lang. So komme ich dorthin, wo Rousseau den Rasen hinaufgegangen war und steige auch über die Hecke. Himmelherrgott! sag' ich, da ist ja Rousseau mit meiner Frau! Pardon, entschuldigen, Herr Richter, aber so wie ich spreche, so ist es.«

Im Publicum wurde da und dort Gelächter laut, aber Gatelier gab darauf gar nicht acht, sondern setzte fort: »Rousseau war also dort mit meiner Frau, mit Respekt zu sagen, und er zappelte im Graben herum, nein, das war schon zu komisch anzuseh'n, wie er zappelte, der verfluchte Rousseau! Ah, der Lump! der Schmutzian! der Thunichtgut! He, Bursch, schrei' ich von oben herunter, he, Rousseau! ja hör' doch auf, du Vieh, hör' auf! Aber das war ganz umsonst. So oft ich ihm auch sagte, er soll aufhören, er zappelte immer noch stärker, der Kerl. Da steig' ich also in den Graben hinunter, packe Rousseau bei seiner Blouse und ziehe, was ich kann. Lass mich! sagt er mir. So lass' ihn doch ....sagt mir meine Frau. Ja, wenn du mich in Ruh' läßt, fängt er wieder an, so geb' ich dir einen halben Louis, hörst du, einen halben Louis!

Ich lass' jetzt seine Blouse los und sage: Einen halben Louis? Ist das wirklich wahr? – Wirklich wahr! – Du schwörst es? – Ich schwör' es! – Gib ihn gleich her! – Nein, erst nachher. – Also gut, nachher. Und ich gehe wieder auf die Landstraße zurück.«

Zum drittenmal nahm Gatelier den Rousseau zum Zeugen.

»Ist das wahr oder nicht?«

»Ja, das ist wahr,« antwortete Rousseau.

Im stolzen Bewußtsein seines Rechtes sprach Gatelier mit erhobener Stimme weiter:

»Sie verstehen mich, Herr Richter, Sie verstehen mich wohl! Es war versprochen und beschworen! Er kommt also nachher mit meinem Weib wieder auf die Landstraße, wo ich mich hingesetzt habe, um die Zwei zu erwarten. Na, und mein Geld? frage ich. – Morgen, morgen, sagt er, jetzt hab' ich nicht einmal einen Heller bei mir. – Das war natürlich erlogen, es hätte aber auch wahr sein können. Ich red' also nichts, und wir gehen unseren Weg zusammen weiter, ich und meine Frau und Rousseau. Ich sang, Rousseau machte Dummheiten mit meiner Frau, und meine Frau sagte allemal: So hör' doch auf, Rousseau! Herrgott, bist du dumm, bist du kindisch! – Wie wir auseinandergehen, sag' ich noch zu Rousseau: Also, mein Lieber, du weist wohl, du hast geschworen! – Es ist beschworen! – Er drückt mir noch die Hand, tätschelt meine Frau und geht fort ...Also, Herr Richter, seitdem hat er mir meinen halben Louis niemals bezahlen wollen! Das Stärkste aber ist das: Vorgestern, wie ich mein gutes Geld von ihm verlange, da nennt er mich einen Hahnrei! Verdammter Hahnrei, sagt er mir, du red'st mir lang gut! Ja, das hat er zu mir gesagt.«

Noch einmal drehte er sich zu Rousseau hin und fragte: »Ist das wahr oder nicht?«

Aber Rousseau machte ein komisches Gesicht, trat von einem Bein auf das andere und antwortete nicht.

Der Friedensrichter war ganz perplex geworden. Er rieb sich die Wange mit der Hand, sah den Schreiber an, dann den Amtsdiener, als wollte er sie um Rat fragen. Er hatte es da augenscheinlich mit einem recht schwierigen Fall zu tun.

»Hm, hm,« machte er, und dann dachte er einige Minuten nach.

»Nun und du, Gatelier-Bäuerin, was sagst denn du dazu?« fragte er dann ein dickes Weib, das, mit dem Marktkorb zwischen den Füßen, auf der Bank saß und dem Vortrag des Gatten mit peinlichstem Ernst zugehört hatte.

»Ich, ich sag' gar nichts,« antwortete Frau Gatelier und stand auf. »Aber was das Versprechen und den Eid anbelangt, Herr Richter, das ist gewiß und wahrhaftig wahr: Er hat den halben Louis versprochen, der Lügner, das hat er ...«

Der Richter wendete sich an Rousseau:

»Was willst du da tun, mein Lieber? Du hast es versprochen, nicht wahr? Du hast es geschworen?«

Rousseau drehte mit verlegener Miene seine Mütze zwischen den Händen.

»Wohl, wohl, ich hab's versprochen,« sagte er. »Aber, lassen Sie sich sagen, Herr Richter, ein halber Louis – das ist zu viel, das kann ich nicht zahlen – das – das – war die Sache nicht werth. Alles was recht ist!«

»Na also, man muß die Geschichte gütlich in Ordnung dringen. Ein halber Louis – das ist vielleicht wirklich ein bißchen hoch, was? Schau, Gatelier, wenn du zum Beispiel mit einem Taler zufrieden wärst, was?«

»Nein, nein, nein! Ein Taler – absolut nicht! Den halben Louis! Er hat es doch beschworen!«

»Sei gescheit, mein Lieber. Ein Taler, das ist ein schönes Stück Geld! Und als Draufgabe zahlt Rousseau eine kleine Anfeuchtung, was? Einverstanden?«

Die zwei Bauern sahen einander an und kratzten sich hinter den Ohren.

»Paßt dir das, Rousseau?« fragte Gatelier.

»Wohl, wohl,« antwortete Rousseau, »wir sind doch Freunde!«

»Na gut also! Einverstanden!«

Sie tauschten einen Händedruck.

»Der Nächste!« schrie der Richter, indes Gatelier, die Bäuerin und Rousseau im Bauerntrott, leicht vorgeneigt und mit baumelnden Armen, den Saal verließen.

Giborys Beichte

Das Pfarrhaus von *Lonné-sur-Eau* und das Häuschen des alten Gibory sind aneinander angebaut; dieses niedrig, geschwärzt und wackelig, jenes um einen Stock höher, mit schöner, gelbgestrichener Façade und weißen Fensterläden. Die beiden Gärten, durch eine schmale Dornenhecke voneinander getrennt, fallen zur Rille ab, einem kleinen, seichten Bach, dessen Wasser unter Schilf und Rohr leise dahinplätschert. Sie liegen wie zwei Zwillingsgärten da, ganz gleichartig von den Alleen durchschnitten, die eigentlich nur grasumwachsene Fußpfade sind. Ganz gleichartig ist auch die Anlage der symmetrischen Beete, um welche ein Rahmen von Erdbeer- und Stachelbeersträuchen und von zugeschnittenen Baumpyramiden läuft. Aber im Garten des Pfarrers erhebt sich gerade in der Mitte, unter einem Lorbeerbaum, eine Statue der heiligen Jungfrau aus koloriertem Gips, stellenweise von Moos überzogen und vom Regen verwaschen. Der alte Gibory seinerseits hat auch seine Statue, die er, »um den Pfarrer zu giften«, seinen »heiligen Josef« nennt.

Das ist ein Strohwisch, mit einem schäbigen, zerknitterten, röthlich schimmernden Cylinderhut auf. Er baumelt an einer langen Stange, die Arme weit ausgespreizt, mit rothen Fetzen behagen, ein furchtbarer Schrecken für die Spatzen. Rechts und links liegen kleine Obstgärten und niedrige Wohnhäuser. Gegenüber dehnt sich das Tal, breit und grünend, mit seinen Reihen schlanker Pappeln und den dichten Gruppen von Erlen, wie ein Reich der Frische und des üppigen Graswuchses, durch welches man herdenweise die Rinder aus dem Gebirge hinziehen sieht.

An einem Nachmittag war der alte Gibory eben daran, junge Zwiebeln in geharkte Erde umzusetzen, als der Pfarrer, der eben, mit dem Brevier in der Hand, aus seinem Hause getreten war, auf der andern Seite der Hecke auftauchte. Sofort warf sich der Alte auf alle Viere nieder, hielt den Rücken krumm und die Nase fast an die Erde gedrückt. Er blieb regungslos wie ein Hund, der auf eine Feldmaus lauert. Der Pfarrer ging, lateinische Worte murmelnd, an der Hecke auf und nieder, über welche nur sein wackelnder, bläulich angelaufener, von steifen weißen Haaren umstarrter Kopf hinausragte. Als der Priester mit seiner frommen Lektüre zu Ende war, blieb er stehen, legte sein schwarzgebundenes Büchlein auf den oberen Rand der Hecke und kreuzte die Hände über dem Brevier.

»He, Vater Gibory!« schrie er.

Der alte Gibory tat als hätte er nicht gehört. Er blieb unbeweglich, seine Augen glänzten boshaft, die Nasenflügel zuckten wie die eines Tieres, das vom Geruch der Beute berauscht wird. Er rührte sich nicht.

»Mein alter Gibory!« wiederholte der Priester mit etwas stärkerer Stimme. »He, Vater Gibory, hören Sie mich denn nicht?«

Langsam, mit den lautlosen Bewegungen eines lauernden Tieres, hob der Angerufene den Kopf und drehte ihn schief hinüber.

»Schschschst,« machte er und schlug mit seiner großen, knolligen Hand in die Luft, als ob er eine lästige Fliege fortjagen wollte.

Und schnell nahm er die Stellung eines Hundes auf dem Anstand wieder ein, den Körper auf die beiden Arme wie auf zwei Pfoten hingestreckt.

Ein Moment des Stillschweigens trat ein. Man hätte glauben können, eine schwere, ernste, ja furchtbare Sache vollziehe sich nun. Indessen flog in der Hecke ein erschrecktes Rothkehlchen auf, zwei Elstern begannen in weiter Ferne zu schwätzen, ein Windstoß machte die Vogelscheuche auf ihrer Stange knirschen. Der Geistliche verlor schließlich die Geduld, als er sah, daß der alte Gibory hartnäckig unbeweglich blieb und rief von neuem:

»Vater Gibory, holla, Vater Gibory, was ist denn? Schon wieder der Maulwurf?«

Der Alte richtete sich empor, machte eine zornige Bewegung und schlug mit der Faust in den Boden.

»Ah, Sakrament; ah, Sakrament!« fluchte er. »Jetzt sind Sie schuld, daß er wieder davon ist, das Luder! Nichts läßt er in Ruh', alles durchwühlt er. Ich geh' meine Falle holen.«

Er erhob sich und ging auf das Haus zu, den Körper in der Mitte abgebogen, mit den Händen in demselben klapperigen Takt schlenkernd, wie mit den Beinen. Der Pfarrer rief ihn mit einem spöttischen Lächeln zurück.

»Sagen Sie einmal, mein alter Freund Gibory, wie kommt's, daß ich Sie jedesmal, wenn ich in den Garten komme, auf der Maulwurfsjagd treffe?«

»Was weiß ich,« antwortete der Alte in einem barschen Ton. »Vielleicht, daß Sie daran schuld sind. Weiß der Teufel! Ein Maulwurf und ein Pfarrer, ist das nicht im Grund genommen ein und dasselbe? Ich geh' meine Falle holen.«

»Warten Sie doch ein wenig, Gibory! Geht's Ihnen sonst recht gut, ja?«

»Nicht zum allerbesten, Herr Pfarrer, nicht zum allerbesten. Die Beine sind so schwach und dann auch der Kopf; das dreht sich immer da drinnen. Verflucht noch einmal, das dreht sich wie in einer Mühle!«

»Also,« fuhr der Pfarrer nach einer kurzen Pause wieder fort, »also das dreht sich da bei Ihnen immer? Oh, da müssen Sie sehr gut acht geben. Gerade jetzt, wo Ostern herankommt ...«

Auf dieses Wort hin riß der alte Gibory seinen Mund weit auf, einen Mund, grinsend und quergeschnitten, wie mit einem Messer, ein schwarzes Loch, aus dem ein einziger gelblicher Stumpf ragte.

»Wie meinen Sie,« brummte er.

»Ich sage nur, daß wir bald Ostern haben werden,« wiederholte der Geistliche.

»Nun, und? Was wollen Sie damit? Wenn Ostern kommt, so wird es da sein, nicht wahr?«

»Schon recht, machen Sie noch Späße, alter Fuchs. Sie wissen recht gut, wieviel es geschlagen hat! Wollen Sie denn wiederum Ostern vorbeigehen lassen, wie in den früheren Jahren, ohne zu beichten? Schau'n Sie doch!«

»Reden Sie davon nicht, bitte, reden Sie davon nicht! Ich geh' meine Falle holen!«

Da schlug der Geistliche einen autoritativen Ton an.

»Hören Sie mich an, Freund Gibory,« sagte er sehr ernst. »Ihre Tochter ist bekümmert, tief bekümmert. Sie weint, sie verzweifelt. Und Sie machen sie so unglücklich mit Ihrer Gottlosigkeit.«

»Mélie?« gab der Mann heftig zurück. »Die geht das gar nichts an. Sie soll sich um ihre Sachen kümmern und Sie, Herr Pfarrer, desgleichen. Ich hab' den lieben Gott ganz gern, na ja, ich geh' auch jeden Sonntag zur Messe. Aber, was so die Beichte ist, und dann noch dies und jenes – das geht mir einmal nicht in den Kopf, weiß der ...«

»Sie sind alt, mein lieber Gibory, Sie haben schon ein paar Anfälle gehabt. Man kann nie wissen – heute rot, morgen tot.«

Der Pfarrer verschränkte die Arme und schüttelte den Kopf.

»Gesetzt, Sie hätten wieder so einen Anfall – heute abends – oder gleich auf der Stelle. Hm, was sagen Sie dazu?«

»Einen Anfall! Heut nacht? Ich? Oho! Geben Sie nur acht, daß Sie nicht vor mir sterben! Sie sind auch nicht mehr gar so jung und kräftig! Aber ich gehe meine Falle holen.«

»Oha! Halt!«

Der arme Pfarrer wußte nichts mehr zu sagen.

Die Antworten des alten Gibory, verstärkt durch ein boshaftes Zwinkern der kleinen Augen, dieser unerschütterliche Eigensinn des hämischen Querkopfes brachte ihn aus der Fassung, verwirrte und ängstigte ihn, als ob er dem Teufel selber gegenübergestanden wäre. Er hätte dem Bauer am liebsten ein paar Schimpfworte an den Kopf geworfen. Doch aus Furcht, ihn noch mehr kopfscheu zu machen und wohl auch in der Hoffnung, diesen verstockten alten Sünder doch noch der Reue zuzuführen, hielt er an sich.

Die Vögel flatterten in der Sonne von einem Baum zum anderen; unten rauschte leise der Bach und machte die Schilfstengel erzittern. Eine rote Katze, die über ein Beet junger Lattiche gekrochen war, sprang plötzlich fort, durchquerte in zwei Sätzen den Garten und verschwand in einer Lücke im Gebüsch.

Der Pfarrer suchte in seiner Verlegenheit nach einem geschickten Mittel, die Konversation wieder anzuknüpfen. Er zog die Tabakdose aus der Tasche seines Habits, nahm eine Prise, klopfte sich leicht auf die Hand, schnupfte und nieste laut.

»Sehen Sie, mein lieber Gibory,« sagte er dann plötzlich. »Sie sind ein braver Mann, und ich will Ihnen einen Vorschlag machen. Ja wohl, einen sehr schönen Vorschlag.«

Und er trommelte mit den Fingern auf seinem Gebetbuch, nach dem Rhythmus einer Psalmenmelodie.

Der alte Bauer spitzte die Ohren und sah den Pfarrer mit mißtrauischen Augen an. Dieser fuhr fort:

»Ich habe noch eine Flasche Wein übrig, eine einzige Flasche, sehr, sehr alten Wein, über zwanzig Jahre alt. Auf hundert Meilen findet man keinen solchen. Die Flasche hat einen Wert von … nun, von mindestens zehn, vielleicht sogar fünfzehn Franks. Unsereins weiß ja gar nicht, was eine derartige Flasche Wein kostet; so etwas ist einfach unbezahlbar. Nun also, wenn Sie beichten wollen, so bringe ich Ihnen diese Flasche mit. Sie gehört Ihnen, und Sie können dann mit Stolz behaupten, daß Sie eine köstliche Seltenheit besitzen, einen Tropfen, wie ihn nicht Seine Ehrwürden der Bischof hat, nicht der Schloßherr auf Guilbaut und überhaupt niemand«.

»Hehe, hehe,« meckerte der brave Gibory und kratzte sich hinterm Ohr. »Ist das kein Schwindel? Nur um mich dranzukriegen, was?«

»Wenn ich es Ihnen sage! Na also, mein lieber alter Gibory, paßt Ihnen das?«

»Ich sag' nicht gerade nein.«

»Also ich komme zu Ihnen, sofort!«

»Gleich mit der Flasche?«

»Ja, mit der Flasche!«

»Einverstanden.«

II

Die Mélie war eine vertrocknete alte Jungfer mit schwärmerischen Augen und beständig vom Kopf bis zu den Füßen in Schwarz gekleidet, wie eine Nonne. Die Zeit, die sie nicht in der Kirche zubrachte, widmete sie der kleinen Wohnung, deren Wände sie mit Heiligenbildern ausschmückte. Sie hatte immer Gebete auf den Lippen. Mit ihrem Vater sprach sie fast niemals. Nicht, daß sie aufeinander bös gewesen wären. Aber wie der alte Mann seine Tochter niemals in ihren Werken übertriebener Frömmigkeit störte, so hielt er es für selbstverständlich, daß sie ihm vollständige Freiheit ließ und ihm niemals die geringsten Vorstellungen bezüglich der Religion machte. Da nun aber Mélie von nichts anderem als von Gott, der Muttergottes und den Heiligen zu sprechen wußte, so sprach sie mit ihrem Vater gar nicht. So lebten beide schon seit zehn Jahren im tiefsten Schweigen nebeneinander hin.

Gibory kam nachhause und sah Mélie gar nicht an, welche, die Röcke in einem Wulst um die mageren Hüften gesteckt und die Ärmel bis zum Ellbogen aufgeschürzt, einen Kupferkessel scheuerte und dabei ihre Gebetsprüchlein hersagte. Er ging auf sein Zimmer und schloß die Türe ab.

Eine Viertelstunde darauf hörte er aus dem Vorraume ein Geflüster von Stimmen, unterdrückte Ausrufe, und als sich die Türe öffnete, erschien der Pfarrer lächelnd und strahlend, mit der Flasche in der Hand.

»Na, mein alter Gibory!« rief der Pfarrer triumphierend, »da haben wir sie! Da ist sie, die einzige, die letzte, die beste aller besten Weinflaschen! Sie haben ein Glück!«

Er hielt die Flasche an ihrem Hals hoch über seinen Kopf und zeigte sie in der ganzen Herrlichkeit ihres schwellenden Bauches und der Spinngewebe, die wie ein ehrwürdiger Bart von ihr herabhingen.

»Schon gut, schon gut,« knurrte der alte Bauer und sah die Flasche mit schiefen und leuchtenden Blicken an.

»Wie machen wir also jetzt die Geschichte?«

Der Priester musterte mit einem raschen Blick den Raum und sagte: »Das ist sehr einfach. Hier ist ein kleiner Tisch, Sie setzen sich an das eine Ende, ich an das andere ...«

»Und die Flasche in der Mitte,« ergänzte Gibory.

»Ganz richtig. Denken Sie nur, ich habe sie für das Jubiläum des heiligen Latuin aufgehoben. Nun, jetzt ist sie einmal versprochen. Also vorwärts! Sind Sie bei der Sache? Fangen wir an!«

Der Pfarrer stellte mit einer respektvollen Bewegung die Flasche auf den Tisch, nahm Platz, bekreuzte sich und murmelte mit ernster dumpfer Stimme: »Im Namen des Vaters, des Sohnes und des heiligen Geistes. Amen! ... Wiederholen Sie das, Gibory.«

Dieser verlor die Flasche nicht aus den Augen. Jetzt stieg ihm ein Verdacht auf. Er fürchtete, der Pfarrer werde ihn hineinfallen lassen, und fragte: »Was ist denn das eigentlich für ein Wein da?«

»Burgunder, alter Burgunder,« antwortete der Priester.

»Burgunder! Ich hätte eigentlich Bordeaux sozusagen lieber gehabt. Ist es wenigstens ganz sicher Burgunder? Halten Sie mich nicht zum Narren?«

»Wenn ich es Ihnen sage! Also, fangen wir von vorne an. Im Namen des Vaters, des Sohnes und des heiligen Geistes. Amen! Wiederholen Sie das mein lieber Gibory.«

Und der alte Gibory murmelte zerstreut: »Namen Vaters – Sohnes – heiligen Geistes. Amen!« Nun wandte er sich an den Priester: »Was soll ich Ihnen eigentlich sagen? Ich habe Ihnen nichts zu sagen, ganz und gar nichts. Ich habe nicht gemordet, ich habe nicht geschändet, ich habe nicht gestohlen.«

Da wurde die Türe heftig aufgerissen und Mélie stürzte herein, mit wütenden Blicken, und drohenden Bewegungen.

»Ist das menschenmöglich,« schrie sie, während sie auf den Tisch losging. »Ist es menschenmöglich, daß jemand solche Lügen sagt? Noch dazu bei der Beichte, vor Gott und vor dem Herrn Pfarrer! Ja, du hast gestohlen! Ja, Herr Pfarrer, er hat gestohlen, er hat gestohlen und nicht *einmal*, mehr als zehnmal! Ah nein, ich will nicht, daß er so spricht! Er könnte bei Nacht plötzlich sterben und käme dann in die Hölle. Ich will nicht, ich will nicht! Er hat der alten Renaud ein Kaninchen gestohlen, dem Herrn von Trépaillère ein Gartenmesser, dem Herrn Bacoup eine Klafter Holz, und zwar schönes Weißbuchenholz, ich hatte zwei Winter daran. Außerdem hat er zwei Maß Gerste dem Marchand gestohlen und dann ... ich weiß gar nicht mehr, was er alles gestohlen hat!«

Der Bauer schäumte vor Wut, er drohte seiner Tochter mit der Faust und schrie: »Schau, daß du weiterkommst, du! Wirst du gleich dein Maul halten! Wart' nur, wart'!«

Er wollte aufspringen, aber in seiner Hast stieß er so heftig an den Tisch, daß die Flasche umfiel, wegrollte und bevor noch der Pfarrer sie aufhalten konnte, klirrend auf den Fußboden fiel, wo sich alsbald das rote Naß weithin verbreitete.

Alle drei Personen blieben einen Moment lang ganz starr und regungslos mit offenem Mund und weitaufgerissenen Augen. Sie verfolgten mit ihren Blicken die kleinen, gewundenen, purpurroten Bächlein, welche dahinliefen, sich teilten, wieder zusammenflossen und in den Ritzen des Fußbodens verschwanden.

»Verdammtes Zeug!« fluchte der Pfarrer und schlug auf den Tisch.

»Heilige Mutter Gottes!« klagte Mélie, die Hände ringend.

»Ich gehe meine Falle holen,« sagte einfach der alte Gibory, stand auf und ging langsam hinaus, mit den Holzschuhen schleifend und mit den Armen schlenkernd.

Ein Kind

Motteau machte folgende Aussage: »Herr Präsident ... ! Sie haben jetzt alle diese Leute gehört, meine guten Nachbarn und meine lieben Freunde. Sie haben mich nicht geschont, und das ist ganz recht. Ah, sie haben nicht so viel Courage gehabt, so lange ich noch in Boulaie-Blanche war und noch keine Gendarmen zwischen ihnen und den Lauf meiner Flinte standen. Sie liebten mich nicht, das ist sicher, aber sie hätten sich gehütet, von ihrem Haß etwas merken zu lassen, weil sie wohl wußten, daß mit Motteau nicht zu spaßen ist. Heute steht die Sache freilich anders. Sehen Sie, das kostet mich nur ein Achselzucken, und ich lache, wenn mir auch nicht darnach ist. Maheu, der einäugige Maheu, der Ihnen jetzt gesagt hat, daß ich ein Mörder und ein Dieb bin, eben dieser Maheu war es, der voriges Jahr auf dem Markt in Gravoir den Flurwächter von Blandé ermordet hat. Leugne es nicht ab, du Schuft, wir waren miteinander ...! Léger, der bucklige Léger, der soeben vor Ihnen seine endlosen, scheinheiligen Reden geführt hat, Léger hat vor sechs Monaten die Kirche von Pontillon ausgeraubt. Er wird nicht die Frechheit haben, es in Abrede zu stellen; wir haben den Streich zusammen ausgeführt. Nicht wahr, Léger? Sie wissen nicht, Herr Präsident, wer dem alten Jaquinot den Hals umgedreht hat, als er eines Abends vom Markt in Feuillet heimging? Sie haben damals eine Menge Leute deshalb einge-sperrt und endlose Untersuchungen angestellt. Es ist Sorel, Sorel, der gerade vorhin meinen Kopf von Ihnen verlangt hat. Was, alter Kamerad, du sagst nicht nein? Das wäre nämlich nicht gut möglich, sehen Sie; während er den Alten erwürgte, habe ich seine Taschen durchsucht, ha, ha! Wundert Sie das? Aber schau'n Sie die Leute doch nur an! Ah, ihr seid nicht mehr stolz, meine Guten, nicht mehr hochnäsig, ihr zittert und werdet blaß. Ihr sagt euch wohl, daß ihr euch selbst verraten habt mit eurer Anzeige gegen Motteau, den ihr loswerden wolltet, und daß jetzt uns allen die nämliche Guillotine den Hals abschneiden wird.

Herr Präsident! Was ich Ihnen sage, ist die Wahrheit: Sie können mir ruhig glauben. Wir sind alle so in Boulaie-Blanche; und weiß Gott, das ist zu begreifen. Zwei Meilen rund um unsern Hügel giebt's keine gute Erde, nichts als Heidekraut und stachliges Gebüsch auf der einen Seite, nichts als Sand und Steine auf der anderen. Stellenweise kleine dürre Birken, oder auch Fichten, die verkümmern und nicht wachsen wollen. Nicht einmal Kohl gedeiht in unseren Gärten. Wie soll man auf so einer Erde leben? Vielleicht gar von den Unterstützungsfonds, was? Ein schöner Schwindel das! Die geben nichts, oder sie geben es den Reichen. Folglich, da man nicht weit in den Wald hat, fängt man mit dem Wildern an. Manchmal trägt das was ein, aber es gibt da auch eine tote Saison. Ganz zu schweigen von den Wächtern, die einen verfolgen, von den Prozessen und vom Arrest. Mein Gott, Arrest, das geht noch an! Man hat sein Essen, und dann kann man auch Schlingen vorbereiten für die Zeit, wo man wieder loskommt. Ich frage Sie, Herr Präsident, was täten Sie an unserer Stelle? Auswärts arbeiten? Zu den Pächtern in Dienst gehen? Aber wenn jemand sagt er ist aus Boulaie-Blanche, das ist gerade, als ob man aus der Hölle käme. Nun, da muß man wohl stehlen, weil man doch leben muß! Und hat man sich einmal entschlossen zu stehlen, so muß man sich auch entschließen zu morden. Eins geht nicht gut ohne das andere, das ist einmal so. Ich erzähle Ihnen das alles darum, daß Sie wissen, was das heißt Boulaie-Blanche, und daß die Schuld daran größtenteils die Behörden haben, die sich niemals mit uns beschäftigen, und die uns vom Leben abschneiden, als wären wir tolle Hunde oder Pestkranke.

Jetzt will ich zur Sache sprechen.

Ich habe gerade vor einem Jahr geheiratet und meine Frau war schon im ersten Monat schwanger. Ich überlegte. Ein Kind erhalten, wenn man für sich selber nichts zu essen hat, das ist unsinnig. Man muß das aus der Welt schaffen, sagte ich zu meiner Frau. Nun existiert gerade in der Nähe von uns eine alte Landstreicherin, die sich auf derartige Kniffe versteht. Ich gab ihr ein Kaninchen und zwei Hasen, und dafür brachte sie meiner Frau Kräuter und Pulver und mischte daraus wer weiß was für ein Gebräu. Es nützte nichts, gar nichts. Wir versuchten das mehr als zwanzigmal – kein Erfolg. Das alte Weib sagte uns: »Seid unbesorgt, es ist schon tot, ich versichere euch, es wird tot zur Welt kommen.« Und da sie in der Gegend den Ruf einer vielerfahrenen Hexe hatte, war ich weiter nicht beunruhigt und sagte mir: Ganz gut, es wird tot zur Welt kommen. Aber sie hatte gelogen, die alte Schwindlerin, Sie werden schon hören.

Einmal nachts, bei hellem Mondschein, erlegte ich einen Rehbock. Ich ging dann nachhause, den Rehbock auf dem Rücken, ganz zufrieden, denn nicht jede Nacht kann man einen Rehbock erlegen. Es war ungefähr drei Uhr, als ich zuhause ankam. Im Zimmer war Licht. Das nimmt mich wunder; ich klopf' an die Thüre, die immer von innen verriegelt ist, wenn ich nicht zuhause bin. Man öffnet nicht. Ich klopfe noch einmal und stärker. Da hör' ich erst eine Art leises Wimmern, dann einen Fluch, dann einen schleifenden Schritt, der über den Fußboden gleitet. Und was seh' ich? Mein Weib, halb nackt, bleich wie der Tod und ganz mit Blut befleckt. Zuerst dachte ich, man habe sie umbringen wollen, aber sie sagt mir: Nicht so laut, du Tölpel, siehst du denn nicht, daß ich geboren habe? Donnerwetter! Das war jeden Tag zu erwarten und doch, – in dem Moment hab' ich an alles andere eher gedacht. Ich trete ein, werfe den Rehbock in einen Winkel, hänge die Flinte an den Haken und frage meine Frau: »Ist es wenigstens tot?« – »Ah, freilich tot! Da schau her!« Und ich sah auf dem Bett, mitten unter blutigen Fetzen, einen nackten Körper sich winden. Ich schau meine Frau an, meine Frau schaut mich an; fünf Minuten lang blieben wir so, ohne zu reden. Indessen, es galt einen Entschluß fassen.

Hast du geschrien? fragte ich meine Frau. – »Nein.« – Hast du jemanden ums Haus schleichen gehört. – »Nein.« – Warum hast du Licht gemacht? – »Kaum zwei Minuten, bevor du gekommen bist, hab' ich die Kerze angezündet.« – Es ist gut. – Dann pack' ich das Kind bei den Füßen, und versetz' ihm schnell einen kräftigen Hieb auf den Kopf, wie man es bei den Hasen macht. Dann steck' ich es in meine Jagdtasche und nehme mein Gewehr wieder vom Nagel. Sie können mir glauben oder nicht, Herr Präsident, aber ich geb' Ihnen mein Wort, daß ich heute noch nicht weiß, ob es ein Bub oder ein Mädel gewesen ist.

Ich ging nach la Fontaine au Grand-Pierre. Ringsherum bis zum Horizont nur mageres Heidekraut, das zwischen Kieselhaufen hervorwächst, kein Baum, kein Haus in der Nähe, kein Weg, der hier durchführt. Die einzigen lebenden Wesen, die man hie und da sieht, sind weidende Schafe und Hirten. Die kommen aber nur von Zeit zu Zeit, wenn es drüben auf den Wiesen kein Gras mehr gibt. Nahe bei la Fontaine ist ein tiefer Steinbruch, seit Jahrzehnten schon unbenutzt. Buschwerk verhüllt den Blicken die gähnende Tiefe des Schachtes. Dort pflegte ich mein Gewehr zu verstecken, wenn ich glaube, daß Besuch von Gendarmen kommt. Wer traut sich denn an diesen wüsten Ort, wo sogar, wie viele Leute glauben, Gespenster umgehen sollen? Da hatte ich also nichts zu fürchten. Ich warf das Kind in den Steinbruch und hörte noch den dumpfen Ton, als es unten auffiel. Plumps! Die Morgendämmerung kam bleich hinter dem Hügel herauf.

Als ich heimging, bemerkte ich auf dem Weg nach Boulaie-Blanche hinter der Hecke eine graue Gestalt, irgend was, das war, wie der Rücken eines Mannes oder eines Wolfes. Man kann trotz der Angewöhnung im Zwielicht nicht immer deutlich unterscheiden. Die Gestalt glitt lautlos dahin, duckte sich, kroch vorwärts, blieb wieder stehen. He, schrie ich mit starker Stimme, wenn du ein Mensch bist, zeige dich oder ich schieße! »Ah, du bist's, Motteau«, sagte die Gestalt und richtete sich plötzlich auf. – Ja, ich bin's, Mahen, und merk' dir wohl, daß in meinem Flintenlauf immer eine Kugel steckt für die allzu Neugierigen. – »Oh, du mußt nichts Böses denken, ich habe blos meine Schlingen nachgesehen. Aber, weißt du, nicht nur die Rehe blöken, wenn man sie umbringt, nein, auch Feiglinge wie du, elender Lumpenhund!« – Ich legte das Gewehr an, aber, ich weiß nicht warum, ich drückte nicht ab. Ich hatte Unrecht. Am nächsten Tag ging Mahen hin und holte die Gendarmen.

Jetzt, Herr Präsident, hören Sie mir gut zu. Es gibt im Dorf von Boulaie-Blanche dreißig Wohnhäuser, das heißt also dreißig Ehepaare. Haben Sie gezählt, wieviel lebende Kinder in diesen dreißig Wohnhäusern sind? Drei im ganzen. Und die andern, die erstickt, erwürgt, begraben worden sind, die toten? Haben Sie die gezählt? Gehen Sie hin und wühlen Sie die Erde um, im Schatten der mageren Birken, am Fuß der schwachen Fichten. Durchsuchen Sie die Brunnen, heben Sie die Kieselsteine auf, streuen Sie den Sand des Steinbruchs in den Wind! Und in der

Erde, unter den Birken und Fichten, auf dem Grunde der Brunnen, zwischen Kieseln und Sand, werden Sie mehr Knochen von Neugeborenen finden, als es Gebeine von erwachsenen Männern und Frauen in den Friedhöfen großer Städte gibt! Gehen Sie in alle diese Häuser und fragen Sie die Männer, junge wie alte, fragen Sie sie, was mit den Kindern geschehen ist, die ihre Frauen im Leib getragen haben, verhören Sie einmal Mahen, Léger, Sorel und alle, alle ...! – Na, also Mahen, du siehst jetzt wohl, daß nicht nur die Rehe blöken, wenn man sie umbringt! ...«

Vor dem Begräbnis.

Herr Poivret stieg vor dem Laden seines Schwiegersohnes Pierre Gasselin von seinem Kutschierwagen, band das Pferd an einen schweren Eisenring, der in den Rand des Trottoirs eingelassen
war, und nachdem er dreimal die Festigkeit des Knotens im Leitseil geprüft hatte, trat er, mit
der Peitsche knallend, in den Fleischerladen.

»Heda! Niemand hier?« rief er.

Der Hund, der quer über die Schwelle hingestreckt schlief, erhob sich knurrend und suchte
sich einen anderen Platz. Im Laden war kein Mensch; die Fleischbank stand beinahe leer, denn
es war gerade ein Donnerstag. Auf dem Hackstock lag, schon schwarz und von summenden
Fliegen bedeckt, ein Viertel von einem Ochsen; von der Decke hing an einem beweglichen
Haken ein aufgeschnittenes Kalbsherz herunter. Ein Kupferkessel im Winkel war mit blutigen
Knochen und gelblichen Fettklumpen angefüllt, die schon in Fäulnis übergingen. Und dem
allen entströmte jener ekelhafte Leichengeruch, der einem in Spitälern und Beinhäusern den
Athem benimmt.

»Niemand da?« wiederholte Herr Poivret. »He, Gasselin, wo steckst du?«

Gasselin kam aus dem Café Gadaud, das auf der anderen Seite der Straße, der Fleischerei
gerade gegenüber, lag. Er wischte sich den Mund, zündete seine erloschene Pfeife wieder an
und lief herbei.

»Da bin ich, da bin ich,« schrie er.

Sein Gesicht war ganz rosig, voll und frisch. Er ging bloßköpfig und hatte die Hemdärmel
bis zu den Ellbogen aufgekrempelt. Seine weißleinene, mit Blutflecken gesprenkelte Schürze
bedeckte ihn vollständig, von dem blauen Tuch, das er lose um den Hals geschlungen hatte,
bis zu den Holzschuhen, in denen seine nackten Füße staken. Sein Schlächtermesser tanzte
an einer Stahlkette an seinem linken Schenkel. Er ging seinem Schwiegervater entgegen und
reichte ihm die Hand.

»Wie geht's, Alles wohl auf?«

»Es geht, mein Junge, es geht so ziemlich.«

»Soll ich dein Pferd füttern?«

»Aber nein, es hat in der Früh gefressen und getrunken. Ich komme vom Markt in Chas-
sants.«

»War's ein guter Markt?«

Poivret wiegte den Kopf und antwortete ruhig: »Na ja, nicht zu gut und nicht zu schlecht,
die Preise halten sich noch.«

Dann setzte er mit verändertem Ton hinzu: »Also, wie ist denn das? Als ich nach la Mon-
sonnière kam, hat mir der kleine Bub, der August, von dem Unglück erzählt ...«

»Jawohl, jawohl!«

»Da hab' ich also gar nicht ausgespannt, ich habe meinem Pferd nur schnell vier Liter Hafer
gegeben und dann bin ich hierher.«

Pierre Gasselin fragte:

»Willst du vielleicht eine Erfrischung nehmen?«

»Meiner Treu, da geb' ich dir keinen Korb, meine Kehle ist trocken wie ein Backofen. Also
ist's wirklich wahr und nicht erlogen? Deine Frau ist gestorben?«

Der Fleischhacker klopfte sich die Pfeife am Absatz seines Holzschuhes aus und sagte dann:
»Ja, sie ist wirklich gestorben, heute Nacht, Schlag zwei Uhr; oder vielleicht um halb Drei, so
um die Zeit etwa.«

»Heut Nacht?« sagte Poivret und schüttelte den Kopf, »ah, ah, ah, schau einmal an! Was
hat sie nur gehabt? Das kann nur eine ganz schnelle Krankheit gewesen sein, vielleicht ein
Gehirnschlag?«

Gasselin erklärte:

»Nein, es war kein Gehirnschlag, Schwiegervater. Nein, das war's gewiß nicht. Es ist vom Bauch gekommen. Der Bauch ist ihr so furchtbar angeschwollen. Und sie hat geschrien, geschrien, Herrgott, wie die geschrien hat! Und dann war sie tot. Jawohl, so ist sie gestorben. Aber es will mir nicht aus dem Kopf, daß ...«

»Was denn, mein Sohn?«

»Nun also: Vor vierzehn Tagen – vielleicht sind es zwölf, vielleicht mehr, vielleicht weniger. Also, sagen wir, vor vierzehn Tagen hat deine Tochter mit mir was geredet, ich weiß nicht mehr was. Mir scheint, sie hat mich ein Schwein und einen Trunkenbold genannt, wegen einer kleinen Unterhaltung, die ich mit dem jungen Bacoup und dem jungen Manté veranstaltet hatte. Darauf sag' ich ihr, sie soll mich in Frieden lassen. Aber in der Güte, nicht bös, ganz freundschaftlich natürlich. Aber sie schimpfte nur noch mehr und kam vom Hundertsten ins Tausendste. Da hab ich ihr eine heruntergehauen und ihr einen Tritt in den Bauch gegeben. Aber Du kannst Dir wohl denken, Vater Poivret, daß das nur ein Scherz war, ohne böse Absicht. Ich wollte ihr nicht wehe tun. Daraufhin wurden wir wieder gut. Am nächsten Tag aber klagt sie über Schmerzen und sagt: »Ich weiß nicht, was ich im Bauch habe, ich muß da was drin haben; es ist wie ein großes Tier, das mich immerfort beißt.« – Das hielt sie aber nicht ab, hin und her zu gehen und die Kunden zu bedienen. Vorgestern hat es sie stärker gepackt. Sie legte sich hin, und dann schwoll sie an und brüllte, und dann ist sie gestorben! ...Hol' mich der Teufel, wenn ich jemals geglaubt habe, daß ein einfacher Fußtritt in den Bauch, so im Scherz und ohne böse Absicht, eine Frau umbringen könnte.«

Poivret kraute sich im Nacken und sagte nur immer:

»Ah, ah, ah! Schau, schau!«

Dann setzte er mit trauriger, aber resignirter Miene hinzu:

»Was sind doch wir Menschen! So war es auch bei meiner Seligen, der Poivret, ihrer Mutter. Die ist auch ja ganz plötzlich gestorben. Ein Baum ist auf sie gefallen; Du weißt ja, der verfluchte große Nußbaum vom Hof.«

»Jawohl, jawohl!« seufzte Gasselin. »Willst Du vielleicht Deine Tochter seh'n? Sie ist da oben.«

Poivret antwortete:

»Gut, mein Sohn, geh'n wir sie anschauen!« Und beide stiegen eine finstere Treppe im Hintergrund des Ladens hinauf. Vor einer halboffenen Tür blieben sie stehen. Der Schwiegervater sagte:

»Geh' du voran!«

»Nein, du Vater Poivret!«

»Nein, nein, mein Sehn, geh' du!« Auf den Fußspitzen traten sie ins Zimmer ein.

Poivret hatte die Mütze abgenommen und hielt sie respektvoll zwischen den Händen. Seine kleinen Augen waren ganz rund und groß geworden; seine zusammengekniffenen Lippen zogen sich in zwei runden Falten vom Mund abwärts und gaben seinem Gesicht einen seltsamen Ausdruck komischen Entsetzens, gepreßter Rührung. Er sah um sich.

Auf dem Bett lag eine Frau, mit verzerrtem Gesicht, mit gräßlich entstellten Zügen und bleifarbenem Teint. Den starren Körper bedeckte ein Tuch, durch welches die hervorspringenden und die eingefallenen Teile der Leiche deutlich zu erkennen waren. Die über der Brust gefalteten Hände umschlossen ein Kruzifix. Am Bette wachte und betete ein altes Weib. Auf einem weißgedeckten Tischchen bestrahlten zwei Kerzen mit ihrem matten Schimmer ein zweites größeres Kruzifix, das zwischen ihnen stand. Ein Weihwedel aus Birkenzweiglein stak in einem rot-irdenen Topf mit Weihwasser.

Poivret bekreuzigte sich und trat an das Bett. Ein paar Minuten lang betrachtete er seine Tochter und machte eine Bewegung, als wollte er sich über sie beugen, um sie zu küssen. Dann aber richtete er sich plötzlich auf, von einer seltsamen Furcht ergriffen, die er sich selbst nicht zu erklären imstande gewesen wäre. Schließlich legte er seine schwere, knollige Hand auf die Hand der Toten, zog sie aber gleich wieder mit einer Schmerzensgrimasse zurück, wie jemand, der sich an einem heißen Eisen verbrannt hat. Er ging zu seinem Schwiegersohn zurück, der in der Mitte des Zimmers stehen geblieben war, und sagte mit leiser Stimme:

»Ja, sie ist tot! Ganz kalt ist sie. Herrgott, wie kalt!«

Sie stiegen wieder hinunter, beengt, bedrückt, betäubt von dem großen Mysterium des Todes, das sie nicht verstanden und dem sie nicht widerstehen konnten.

»Herrgott, wie kalt sie ist!« wiederholte Poivret und gab mit diesem Ausruf eine rhythmische Begleitung zu dem dumpfen Klappern seiner Holzschuhe auf den Treppenstufen.

Und Gasselin antwortete: »Und gelb, so gelb!«

Im Laden sahen sie einander eine Zeit lang an.

»Willst du vielleicht Eins zur Stärkung nehmen?« fragte der Schwiegersohn.

Der Alte nahm mit Dank an.

»Das will ich schon, ja, ja! …Denk’ Einer: Fünf Tage sind es her, da war sie so frisch und munter, wie nur irgend jemand. Ah, ah! Schau nur einmal an!«

Langsam gingen sie über die Straße. Poivret murmelte immer: »Kalt ist sie!« und Gasselin gab zurück: »Und gelb, so gelb, Vater Poivret!«

Im Café setzten sie sich zu einer Flasche Wein und blieben vorerst ganz still. Poivret füllte die Gläser, indem er den Wein von hoch herunter fließen ließ.

»Auf dein Wohl!« sagte er.

»Dein Wohl, Vater Poivret!« antwortete Gasselin.

Dann sprachen sie lange von den Fleischpreisen, von der Viehfütterung und vom Markte in Chassans. Poivret klagte, daß die jungen Kälber nicht so gut verkauft werden wie früher.

»Wenn nicht die Spanier und die Amerikaner wären, die uns unser Vieh abkaufen, wer weiß, was dann mit uns wäre!«

Nachdem sie die zweite Flasche geleert hatten, erhoben sie sich wieder ganz munter. Poivret sagte zu Gasselin:

»Ja, das ist noch nicht alles, mein Sohn. Wann werden wir sie begraben?«

»Ja, das ist ja eben das Schwierige! Morgen ist Freitag, da schlachte ich.«

Der Schwiegervater nickte zustimmend.

»Ganz richtig, ja wohl!«

»Da kann ich sie morgen nicht begraben.«

»Nein, gewiß nicht!«

»Samstag ist Markttag.«

»Jawohl, jawohl.«

»Ich kann doch mein Fleisch nicht verfaulen lassen!«

»Nein, gewiss nicht!«

»Das ist eine verflucht schwere Sache, Vater Poivret.«

Sie schwiegen ein paar Minuten. Poivret dachte nach. Dann meinte er in vertraulichem Ton:

»Ich will dir was sagen, mein Lieber. Nämlich: sie wird aber auch verfaulen, das arme Weib!«

»Gewiß, gewiß!«

»Nun, und da kann vielleicht Dein Fleisch davon anziehen!«

»Gewiß, gewiß! Ja, was soll man da tun, Vater Poivret? Sag’, was soll ich tun?«

Herr Poivret dachte noch einmal nach, sehr ernst, die Hand am Kinn, und dann sagte er mit einer breiten Geste:

»Wir wollen doch noch eine dritte Flasche nehmen!«

He, Vater Niklas!

Wir waren zwei lange Stunden querfeldein gegangen, unter der glühenden Sonne, deren Strahlen wie ein Feuerregen vom Himmel fielen. Der Schweiß rieselte über meinen Körper, und ein brennender Durst verzehrte mich. Vergebens hatte ich irgend ein Gerinnsel gesucht, dessen frisches Wasser unter den Blättern säuselt, oder eine Quelle, wie sie doch so oft in dieser Gegend vorkommen, eine kleine Quelle, die in ihrem Bett von moosiger Erde schläft, ähnlich wie die ländlichen Heiligenfiguren in ihren Nischen eingebettet sind. Ich verzweifelte; meine Zunge war vertrocknet und meine Kehle brannte.

»Gehn wir bis nach la Heurtandière, das ist die Meierei, die Sie dort drüben sehen«, sagte mir mein Begleiter. »Vater Niklas wird uns gute Milch geben.«

Wir schritten über ein weites Brachfeld, dessen Schollen unter unseren Schritten in einen roten Staub zerfielen, dann längs eines Haferfeldes, das unter der leichten Brise bläulich schimmernde Reflexe warf, und kamen in einen Obstgarten, wo buntscheckige Kühe im Schatten von Apfelbäumen schliefen. Am Ende des Obstgartens war die Meierei. Wir fanden in dem von vier ärmlichen Gebäuden umgebenen Hofe kein lebendes Wesen, außer ein paar Hennen auf einem Misthaufen, der nahe den Schafställen sich in einem Tümpel schmutziger Jauche erhob. Nachdem wir vergebens versucht hatten, die verschlossenen Thüren zu öffnen, sagte mein Begleiter: »Kein Zweifel, die Leute sind auf den Feldern.« Dennoch schrie er: »Vater Niklas! He, Vater Niklas!« Keine Antwort ließ sich hören.

»He, Vater Niklas!«

Dieser zweite Ruf hatte keinen anderen Erfolg, als daß die Hühner erschreckt aufflatterten und glucksend auseinanderstoben.

»Vater Niklas!«

In meiner Verzweiflung überlegte ich schon allen Ernstes ob ich nicht selber die Kühe im Obstgarten melken sollte, da erschien in der halbgeöffneten Tür des Heubodens das mürrische, verrunzelte und ganz gerötete Gesicht eines alten Weibes.

»Ah!« schrie die Bäuerin, »Sie sind es, Herr Josef, ich hab' Sie wahrhaftig erst gar nicht wiedererkannt. Entschuldigen Sie und Ihr Herr Begleiter auch.«

Nun trat sie ganz hervor. Eine Baumwollhaube deren Zipfel auf die Stirne heruntergezogen war, umschloß ihren Kopf; ein Teil der Schultern und der Hals, so durch und durch gebräunt von der Sonne, daß sie die Farbe gebrannter Ziegel hatten, ragten fleischlos und furchig aus den losen Falten des groben Leinenhemdes, das um die Hüften von einem kurzen, schwarz- und graugestreiften Unterrock festgehalten war. Schwere, aus dem rohen Buchenstamm herausgeschnitzte Holzschuhe bekleideten ihre nackten Füße, deren Haut bläulich und rissig war, wie ein Stück altes Leder. Die Bäuerin schloß die Tür des Heubodens und legte die Leiter an, auf der sie hinuntersteigen wollte. Bevor sie auf die erste Sproße trat, fragte sie meinen Begleiter:

»Haben Sie den Vater Niklas gerufen, meinen Mann?«

»Ja, das hab' ich.«

»Was wollen Sie vom Vater Niklas?«

»Es ist heiß, wir haben Durst und wollten ihn, um eine Schale Milch bitten.«

»Warten Sie, Herr Josef, ich komme gleich zu Ihnen.«. Sie stieg langsam, mit den Holzschuhen klappernd, die Leiter herunter.

»Ist denn Vater Niklas nicht hier?« fragte mein Begleiter.

»Entschuldigen«, antwortete die Alte »er ist schon da, weiß Gott ja; aber er kann sich halt nicht rühren, der arme Mann. Heut' früh hat man ihn in den Sarg gelegt.«

Sie war nun unten angekommen und wischte sich die dicken Schweißtropfen von der Stirne. Dann sprach sie weiter:

»Ja, Herr Josef, er ist tot, der Vater Niklas. Gestern gegen Abend hat es ihn erwischt.«

Da wir ein betrübtes Gesicht machten meinte sie:

»Ah, das macht nichts, gar nichts. Gehen Sie nur hinein, kühlen Sie sich ein wenig ab, und machen Sie sich's bequem. Inzwischen hol' ich, was Sie angeschafft haben.«

Sie öffnete die Tür des Wohnhauses, die zweimal abgesperrt war.

»Treten Sie ein meine Herren, geniren Sie sich nicht, machen Sie, als ob Sie zuhause wären. Sehen Sie, dort ist er, der Vater Niklas.«

Unter den rauchigen Balken, im Hintergrunde des großen, mit Kattun zugedeckten Betten auf zwei Sesseln ein weißer Holzsarg, der zur Hälfte von einem Stück ungebleichter Leinwand verhüllt war. Sein einziger Schmuck war ein kupfernes Kruzifix und ein Buchsbaumzweig. Zu Füßen des Sarges hatte man einen kleinen Tisch gestellt, auf dem statt einer Wachskerze, ein tropfendes Talglicht traurig verglomm. In der Nähe war ein brauner irdener Topf mit Weihwasser zu sehen, in dem als Weihwedel ein Büschel Ginster stak. Wir bekreuzigten uns, sprengten ein wenig Wasser auf den Sarg und setzten uns stumm, mit verduzten Gesichtern an den Tisch.

Mutter Niklas kam alsbald zurück. Sie brachte vorsichtig eine große Schale Milch herbei, setzte sie auf den Tisch und sagte:

»Da trinken Sie nur, soviel Sie wollen. Es gibt keine frischere und bessere Milch.«

Während sie uns kleinere Gefäße hinstellte und aus einem Korb gutes, schwarzes Brot nahm fragte mein Begleiter:

»War er lange krank, der Vater Niklas?«

»Eigentlich nicht, Herr Josef«, antwortete die Alte. »Das heißt, seit einiger Zeit war er nicht gerade besonders rüstig. Es quälte ihn etwas in der Lunge, ich glaube es war das Blut. Auf eins zwei ist er dann weiß geworden, dann blau, dann schwarz und dann war er sozusagen tot.«

»Haben Sie denn keinen Arzt geholt?«

»Aber nein, Herr Josef, ich habe keinen Arzt geholt. Denn krank, so eigentlich krank war er ja gar nicht. Er konnte dabei ganz gut gehen, nach rechts und nach links, wie ein Junger. Gestern geh' ich auf den Markt und wie ich nach Hause komm', da sitzt der Vater Niklas mit dem Kopf auf dem Tisch, die Arme schlapp herunterhängend, regungslos wie ein Stein. – Mann, sag' ich. – Er rührt sich nicht. – Vater Niklas, Mann! schrei ich ihm in's Ohr. – Keine Antwort, gar nichts. Nun rüttle ich ihn so ein wenig. Aber da fängt er zu wackeln an, dann fällt er auf den Fußboden hin und bleibt liegen, ohne nur ein Glied zu rühren. Und schwarz war er, schwarz, beinahe wie Kohle. Du lieber Himmel, sag' ich mir, der Vater Niklas ist tot. Und er war wirklich tot, Herr Josef, ganz tot... Aber Sie trinken ja gar nicht! Geniren Sie sich doch nicht! Ich habe noch Milch, gewiß! Und zum Buttern brauche ich sie jetzt gerade nicht.«

»Das ist ein großes Unglück«, sagte ich.

»Was wollen Sie«, antwortete die Bäuerin, »das ist Gottes Wille so«.

»Haben Sie niemanden, der die Totenwache hält?« unterbrach sie mein Begleiter. »Ihre Kinder?«

»Oh, wir haben keine Angst, daß er davonläuft, der arme Alte. Die Buben sind auf den Feldern und führen das Heu ein. Man kann doch die Arbeit wegen so etwas nicht ruhen lassen. Das würde ihn doch nicht wiedererwecken, da er nun einmal gestorben ist.«

Wir hatten unsere Milch ausgetrunken, und nach ein paar Worten des Dankes gingen wir von Mutter Niklas fort. Wir waren von dem Gehörten so verwirrt, daß wir nicht wußten, ob wir sie bewundern oder verfluchen sollten, diese Fühllosigkeit der Bauern dem Tod gegenüber – dem Tod, der doch auch die Hunde aufjammern läßt, wenn es in ihrem Stalle einsam wird, und der den Vögeln klagende Seufzer zu erpressen scheint, wenn sie ihre Nester verwüstet finden.

Meine Hütte

In einem fernen Departement liegt meine kleine Besitzung. Es schmückt sie keine glänzende Hügel aus Spiegelglas, kein noch so kleiner, japanischer Kiosk und nicht einmal das sonst so unvermeidliche Becken aus Muschelwerk, mit dem nackten Amor aus schmutzigem Gips und dem geräuschvollen Wasserstrahl, der auf Blumen aus Zink niederfällt. Einfach und ländlich liegt meine Hütte wie ein Wächterhaus am Eingang eines schönen Buchenwaldes, dessen Laubwerk in der Sonne tänzelt, und vor ihr dehnen sich, bis weit hin zum Horizont, grüne Felder, von hohen Hecken durchzogen.

Ein Weinberg umgibt sie mit heiteren Guirlanden und zierlichem Farbenspiel; Jasminsträucher, durch welche sich einige Rosen zwängen, breiten einen Teppich über die dunkle Ziegelfaçade. Der Garten, den geschnitzte Planken, mit Moos überzogen, einhegen, ist so klein, daß auf seinen Gängen zwischen Buchs- und Thymiansträuchern kaum zwei Schnecken, Schale an Schale, kriechen könnten. Doch was liegt mir an der Ärmlichkeit und Enge dieser Besitzung? Gehören diese Äcker nicht mir, und diese rauschenden Wälder und der Himmel, den beständig der phantastische Flug der Schwalben durchzieht? Welchen anderen Genuß soll ich von den Dingen verlangen, als den, daß sie da sind mit ihrer Schönheit und ihrem Duft?

Ganz nahe führt, in einem tiefen und steinigen Bett, ein Bach sein grünliches Wasser unter der Wölbung dichtverschlungener Erlen hin. Zwischen den seltsam geformten, stämmigen Weißbuchen hindurch kann ich die rötlichen Dächer des nächsten Pächterhofes sehen. Dort weiden die Kühe, die Mäuler tief ins Gras gesteckt, Schafherden tummeln sich längs der nahen Landstraße und steigen unter der Hut des Schäferhundes den abgegrasten Abhang empor.

Ah, wie wohl werde ich mich hier fühlen in diesem kleinen verlorenen Winkel, der ganz erfüllt ist von den balsamischen Düften der neu grünenden Erde. Keine Kämpfe mehr mit den Menschen, kein Haß mehr, der die Herzen zermalmt, nichts als Liebe, jene große Liebe, die in den friedevollen Nächten herniedersteigt und uns wiegt wie ein mütterliches Lied, wie das Lied des Windes in den Bäumen. Warum hassen? sagt das Lied. Weißt Du denn nicht, was die Menschen sind, welche Schmerzen sie zernagen und verwunden, die Reichen wie die Armen, den Landstreicher, der mit hungrigem Magen am Rand der Straße schläft, wie den Lüstling, der sich übersättigt unter parfümierten Decken wälzt? Hasse niemanden, nicht einmal den Bösewicht. Beklage ihn, denn er wird niemals die einzige Freude kennen, die über das Leben hinwegtröstet: Gutes zu tun.

Ich habe mich also in meiner Hütte eingerichtet, ein melancholischer Sommerfrischler. Als Gefährten habe ich nur einen bissigen, schmutzigen Hund, die Vögel des Waldes und einen alten Bauer. Eines Tages sah ich ihn um das Haus schleichen und verstohlene Blicke auf mich werfen. Dann ging er fort. Am nächsten Tag kam er wieder und fing sein Manöver von vorne an. Am dritten Tag fand er den Mut, in die Umzäunung einzutreten.

»Geht es Ihnen gut?« sagte er mir und zog seine Tuchkappe, die von der Sonne von mehr als zwanzig Sommern einen rötlichen Stich bekommen hatte.

»Gewiß, mein Freund,« antwortete ich.

»Nun, das ist gut, das ist gut,« und er richtete am Gitterwerk ein Jasminzweiglein, das herunterhing, empor.

»Also, man erzählt, daß Sie aus Paris kommen?«

»Allerdings.«

»Nun gut, gut.«

Er wandte sich und ging mit dem steifen Schritt und dem schweren Gang eines alten Bauern, der es nicht mehr lange machen wird.

Jeden Abend, wenn die Sonne hinter dem Hügel versinkt, kommt er und setzt sich auf die Bank vor meiner Tür; und während ich träumerisch meine Gedanken durch die melancholischen Weiten des Abendhimmels schweifen lasse, wiegt er beständig den Kopf hin und her, ohne jemals ein Wort hervorzubringen.

Seit einigen Tagen habe ich mir einen anderen Gefährten beigesellt. Es ist Vater Ravenel, der zu mir kommt, den Garten umgraben, die Bäume pflegen und Gemüse pflanzen. Vater Ravenel ist zweiundsechzig Jahre alt. Er ist von mittlerer Figur, ein wenig geduckt und geht mit den langsamen, abgemessenen Schritten eines alten Säemannes. Er hat einen prachtvollen Kopf voll scharf ausgeprägter, harter, tief eingerissener Züge, machtvoll und vierschrötig, von starken Haaren gekrönt, deren ungleiche, ergrauende Büschel ihm die Stirn bis zu den Augenbrauen bedecken. Sein Körper ist gebogen wie ein alter Eichenstamm, gegen den beständig der Sturm gewütet hat. Unter den geflickten Kleidern sieht man die Ansätze der Knochen hervorstechen und die Schwellungen der Muskeln sich wölben, als wollte dieser Körper Äste und Zweige treiben. In seinen Augen spiegelt sich nur die vorüberziehende Wolke, kein Schmerz, keine Enttäuschung, kein Gedanke wird in diesen rätselhaften Augen sichtbar, welche in ihrer stummen Resignation denen der Haustiere gleichen. Seine Bewegungen sind langsam, ernst und weit wie der Horizont, hoch wie der Himmel, fromm und geheiligt wie ein Schöpfungsmysterium.

Dieser Mensch ist ein Trunkenbold.

In seinem fast beständigen Rausch geht er doch den ganzen Tag geschäftig hin und her und arbeitet. Es ist natürlich nicht bequem, Arbeit und Trunksucht zu vereinigen. Wäre er kein Trunkenbold, er hätte heute ein kleines Gütchen und könnte sich's wohl sein lassen. Wie so viele andere, die weitaus nicht so geschickt in vielen Dingen sind wie er, hätte er sein Häuschen mit einem Garten davor und einem Stück Acker dahinter, Hennen, Enten, Kaninchen, vielleicht eine Kuh, und jedes Jahr würde er ein Schwein mästen. Nun könnte er sich ausruhen und in der Zeit, wo der Apfelwein getrunken wird, seine Nachbarn fröhlich auf den Rücken klopfen. Anstatt dessen hat er weder Haus noch Feld, noch Hühner, noch sonst etwas. Er muß im Taglohn arbeiten, bald bei dem, bald bei jenem, muß als Gärtner, Tischler, Erdarbeiter oder Maurer aushelfen, und so mühselig seine zwanzig Sous, seine Specksuppe und sein Glas Apfelwein täglich verdienen. Das alles weiß er, aber es drückt ihn nicht. Es ist übrigens nicht seine Schuld, sondern die seiner zweiten Frau. Denn der alte Ravenel fand es, als er mit achtundvierzig Jahren Witwer wurde, unerträglich, seine kleine Wirtschaft selber zu führen, und eines schönen Tages verheiratete er sich zum zweitenmale. »Ja, das ist dumm, dumm, dumm,« sagt er, wenn ihm die Erinnerung an die Vergangenheit kommt, an die Zeit seiner ersten Frau.

Alle Morgen um sechs Uhr kommt er, schon angeheitert und nach Branntwein riechend.

»Nun, Vater Ravenel, Sie sind ja schon wieder betrunken.«

»Jawohl, jawohl,« antwortete der Mann und kratzt sich den Kopf.

»Einen kleinen Stich! Jawohl, ich habe einen kleinen Stich!«

Er taumelte, seine Lippe hängt feucht und schlapp herunter. Selbst in diesen Momenten bleiben seine Augen undurchdringlich, ohne einen Schimmer innerer Erregung, ohne merkbaren Reflex der Trunkenheit.

»In Ihrem Alter, Vater Ravenel: schämen Sie sich nicht?«

»Jawohl, jawohl – ich will Ihnen sagen – es ist meine Frau, meine zweite Frau – oh, die Elende, das Luder! – Nämlich, meine erste Frau, die war eine Heilige, eine Heilige – die hätten Sie kennen sollen! – Eine Heilige sag' ich, eine Heilige Gottes!«

Und er weint und rauft sich das Haar.

»Eine Heilige, eine wahre Heilige! Sie ist gestorben wegen eines Schweines, das die hinfallende Krankheit hatte....«

»Ja, ich weiß, ich kenne die Geschichte. Legen Sie sich nieder, Sie sollten lieber schlafen gehen!«

»Nein, nein, lassen Sie sich sagen – ich habe einen kleinen Stich, das ist wahr – aber ich muß Ihnen doch sagen – ich hatte ein Schwein, ein schönes Schwein – es gedieh' gut, es fraß gut – da auf einmal – ich soll nicht athmen können, wenn ich lüge – da krepiert es an der hinfallenden Krankheit. – Wie ein Mensch, wie ein Bürger, man möchte sagen – wie ein Christ. Es wälzte sich, wand sich und schäumte; schließlich war es gar kein Schwein mehr, es war – es war – überhaupt gar nichts mehr. Dann ist es krepiert. – Meine erste Frau sagte: Ich will es essen, man braucht doch dieses Fleisch nicht zu verlieren. Ich sage: Ein Schwein, das an der hinfallenden

Krankheit krepiert, das ist giftig, ganz gewiß; man muß es tief, tief eingraben.... Das war ihr aber sehr zuwider, meiner ersten Frau, ein so schönes Fleisch einzugraben. Warum soll das giftig sein? sagt sie mir. Ich sage: Wer weiß, was das Vieh gefressen hat, und das ist ihm dann vom Bauch in den Kopf gestiegen. Es geht nicht mit rechten Dingen zu, wenn ein Schwein an der hinfallenden Krankheit krepiert. Meine erste Frau sagt: Ich will doch wenigstens die Lunge zubereiten. Ich sage: Bereite die Lunge zu, wenn du willst, aber ich esse nicht davon ....Hu, hu, hu!«

Und bei diesen schmerzlichen Erinnerungen schluchzt Vater Ravenel und geberdet sich verzweifelt. Dann fährt er fort:

»Ich soll mit einer Heugabel und Bohrer erstochen werden, wenn ich lüge. – Also meine Erste ißt die Lunge mit Erdäpfeln, und dann begraben wir das Schwein auf der Wiese des Herrn Bottereau am Fuß einer Espe.... Momentan hat ihr das gar nichts geschadet, sie befand sich so wohl, wie Sie und ich und jeder Andere.... Aber auf einmal, nach zehn Jahren auf den Tag genau, da stirbt sie an der hinfallenden Krankheit, wie das Schwein. – Sie windet sich, schäumt, brüllt und dann ist sie hin. – Kaum daß ich Zeit hatte, mich umzudrehen und ihr ein Schaff Wasser über den Kopf zu schütten. – So wahr Gott lebt und der heilige Josef und die himmlische Jungfrau! Nach zehn Jahren war ihr das Schwein vom Bauch in den Kopf gestiegen, und das hat sie umgebracht. – Hu, hu, hu!«

»Aber dann haben Sie sich wieder verheiratet, alter Spitzbub?«

»Jawohl, jawohl, ich habe eine zweite Frau genommen. – Aber das ist nicht mehr dieselbe Sache. – Ah, die Elende, das Luder! Sie ist mannstoll! – Aerger als eine Katze, eine Hündin und ein Spatzenweibchen. – Ich bin schon alt, verstehen Sie, und dann war ich auch niemals für solche Schlechtigkeiten – Aber sie muß das haben, gehe es wie es geht. – Sie sollten das einmal sehen. – Manchesmal sitz' ich ganz ruhig da und denke wahrhaftig an nichts – oder ich komme nachhause, müde von der Arbeit, da sagt sie mir: Ravenel, ich vergehe vor Sehnsucht .... Und dabei sieht sie mich mit Augen an, die glänzen wie Lichter .... Lass' mich geh'n, sag' ich, ich bin alt und denke jetzt gar nicht an so etwas .... Aber sie reizt mich, stößt mich, umarmt mich .... Lass' mich geh'n, sag' ich noch einmal .... Also trink nur einen Schluck, sagt sie mir. Ich trinke einen Schluck, noch einen, einen dritten ..... Nun? fragt sie mich. Nichts, nichts, antworte ich. Du bist ein Waschlappen! sagt sie mir. Und du ein Schwein! antworte ich..... Dann setzt es eine Ohrfeige da und eine Ohrfeige dort, immer endet das mit Prügeleien .... Dann trink ich nochmals einen Schluck, und einen zweiten und einen dritten .... Hu, hu, hu! Das bringt mich um, verstehen Sie. Diese Sachen bringen mich ins Grab.«

Den Tag nach seinem Rausch geht Ravenel wie im Traum herum. Er versteht nicht, was man mit ihm spricht. Seine Augen sind weit und rund und scheinen sich über unergründlichen Tiefen zu öffnen.

»Sagen Sie, Vater Ravenel, man sollte doch eine Stange an den Baum nageln.«

»Ja, ja, eine Stange!«

»Haben Sie mich verstanden?«

»Nein ... eine Stange, eine Stange!«

»Aber Sie wissen doch, was eine Stange ist.«

»Eine Stange, ja!«

»Also wollen Sie eine an den Baum nageln?«

»Der Baum?«

»Haben Sie mich verstanden?«

»Nein.«

Langsamen Schrittes geht er durch den Garten, nimmt seinen Spaten, kreuzt die Arme über dem Stiel, sieht dem Flug der Vögel, und dem Schaukeln der Blätter im Winde zu. Er murmelt immer:

»Ein Stange .... die Hecke ....«

Kein Gedanke dringt in seinen alten, harten Schädel. Sein Gesicht, dessen eckige Züge noch schärfer hervortreten, nimmt einen Ausdruck von unversöhnlicher Strenge an und gewinnt die plastische Schönheit einer edlen Skulptur, die einem Poeten das Wort eingeben könnte: So sieht der Gott der Erde aus!

Der alte Dugué

»Zuerst hat er's im Bauch gehabt; es ist keine acht Tage her. Gewiß; sehen Sie, das war vergangene Woche, Donnerstag, da bekam er eine Kolik, eine Kolik, das drehte ihm nur so die Gedärme zusammen. Und jeden Moment mußte er hinauslaufen. Er aß fast gar nichts, eine kleine Birne des Morgens, ein Stückchen Käse am Abend. Dann hat er sich niedergelegt und hat ein Fieber bekommen, Herr Jesus, was für ein Fieber! Er glühte nur so.«

Der Arzt griff mit ernster Miene dem Kranken an den Puls.

»Hat er sich nicht über Kopfschmerzen beklagt?« fragte er.

»O, du mein Gott, und ob er sich darüber beklagt! Stark auch noch!«

»Er deliriert nicht?«

»Wie meinen?«

»Er hat kein Delirium gehabt?«

»Ich glaube nicht. Er hat wenigstens nichts davon gesagt. Wollen Sie vielleicht sein Wasser sehen?«

Ohne zu antworten, hob der Arzt die Bettdecke empor und drückte mehreremale stark mit der Hand auf den Bauch des alten Dugué, welcher mit offenem Mund auf dem Rücken dalag, ohne sich zu rühren und nur von Zeit zu Zeit einen erstickten Seufzer hören ließ. Der Arzt schüttelte den Kopf und schrieb dann ein Rezept.

»Geben Sie ihm von dieser Medizin jede halbe Stunde einen Eßlöffel voll,« trug er der Mutter Dugué auf, die ihn bis zur Tür begleitete. Während er sein Pferd losband und den Strick sorgfältig zusammenrollte, fragte sie:

»Nun, was glauben Sie?«

»Ich fürchte, er wird die Nacht nicht überleben,« antwortete er.

»Diese Nacht noch? So, schau, schau! Ist das möglich?«

»Na, also auf Wiedersehen!« sagte der Arzt und stieg in seinen Wagen.

»Die Wege sind verflucht schlecht da bei Euch.« Und der Wagen tanzte auf der holperigen Landstraße dahin.

Mutter Dugué, die allein geblieben war, kratzte sich mit einer Hand die Nase, mit der anderen hob sie den Zipfel ihrer Schürze an die Hüfte. Sie dachte einen Moment nach. Dann faßte sie einen Entschluß und ging durch den kleinen Obstgarten, der an das Haus anstieß. An seinem äußersten Ende hinter der Hecke war zwischen den Apfelbäumen eine strohgedeckte Baracke zu sehen. Die Bäuerin rief:

»Garnier! He, Frau Garnier, he!«

Nach einiger Zeit hörte man ein schleppendes Klappern von Holzschuhen, und ein altes Weib zeigte sich zwischen den Zweigen der Hecke.

»Hast du mich gerufen?« schrie sie.

»Ja, dich. Ich bin ganz allein zuhause. Meine Tochter ist noch nicht aus der Stadt gekommen, mein Sohn ist im Wald Schwämme suchen. Du mußt das Papier da zum Apotheker tragen, und dann zum Pfarrer gehen, er soll sofort versehen kommen.«

»Ist es wegen Vater Dugué?«

»Gewiß, für ihn.«

»Und was sagt denn der Doctor?«

»O nichts, er sagt bloß, daß er die Nacht nicht überleben wird.«

»Heilige Jungfrau, das ist eine Geschichte! Ich glaub' halt immer, daß das die bösen Fieber sind, wie bei meinem Seligen. Und auch das Alter. Er ist nicht mehr gar so jung, der Vater Dugué.«

Zu den zwei Weibern waren inzwischen alle Gevatterinnen von Freulemont gekommen, und nun begannen sie zu tratschen und einander wunderliche Geschichten von Krankheiten und von Aerzten zu erzählen.

Vater Dugué war zweiundsiebzig Jahre alt, ein Alter, das selten die normannischen Bauern erreichen, die, zerbrochen von der Plage, erschöpft von der mangelhaften Nahrung, in diesem regnerischen Klima hinleben. Ich habe ihn manchmal auf der Landstraße getroffen, wenn er seinen alten Rücken in der Sonne wärmte oder auch, wenn er am Freitag in die Stadt ging um sich rasieren zu lassen und eine Flasche Schnaps zu kaufen.

Er ging mühselig, die hohe Gestalt in einem Bogen zur Erde gebückt, und stützte sich auf einen langen Stecken aus Kirschenholz, den er sich selber vor mehr als zwanzig Jahren geschnitten hatte. Unsere Gespräche waren immer dieselben. »Schönes Wetter, Vater Dugué!« – »Ho, das kann sich leicht ändern, der Wind weht aus gar keiner guten Richtung!« Oder auch: »Ein Hundewetter, Vater Dugué!« – »Ho, das kann sich leicht aufheitern, der Wind geht hoch!« Wenn er an Tagen, wo es recht lustig herging, ein wenig aufhatte, versäumte er nie, mir mit einem boshaften Zwinkern der kleinen Augen zu sagen: »Einen großen Hasen hab' ich heut' Nacht gesehen.... Da ist er aufgesprungen im Gebüsch, ganz nahe beim Haus. Sie werden ihn sicher in Pitauts Rübenacker finden.« Mit Ausnahme dieser seltenen Ausbrüche der Vertraulichkeit blieb Vater Dugué schweigsam und nachdenklich, wie es die alten Hunde und die alten Landleute sind.

In seiner Jugend machte man ihm den Antrag, er solle, ohne einen Sou Lehrgeld zu bezahlen, die Fleischhauerei lernen, ein schönes Metier, das viel einträgt. Er wies es kurzerhand ab. »Vom Vater auf den Sohn,« sagte er, »waren wir immer Bauern. Ich will auch ein Bauer werden.« Sein Ehrgeiz wäre es gewesen, eine kleine Wirtschaft zu pachten. Aber daran war nicht zu denken; denn er konnte keinerlei Garantie leisten und besaß nicht einmal so viel Geld, um sich das nötige Werkzeug anzuschaffen. So mußte er sich begnügen, ein einfacher Feldarbeiter zu sein. Fleißig, unermüdlich, sparsam, ehrlich und nüchtern, bewältigte er seine Arbeit spielend. Mit dem schweren Flegel das Getreide auf der dröhnenden Tenne der Scheunen dreschen, die Bäume ausästen, den Misthaufen abtragen, ackern, säen, das war sein ganzes Glück; er bat Gott um nichts anderes, als daß das so andauern sollte, sein ganzes Leben lang. Besonders in der schönen Schnittzeit, wenn er, die Sichel mit Stroh umwunden und seine ganz neue Sense auf der Schulter, fortging, in die »Augustarbeit«, in die Béance hinunter, von wo er dann die Taschen voller Taler und schöner Goldstücke zurückbrachte.

Nachdem er lange überlegt, gezögert, das Für und Wider erwogen hatte, verheiratete er sich. Das tat er wahrlich nicht des Vergnügens halber. Er hatte sich bis dahin der Frauen enthalten und hätte sich ihrer wohl auch noch fernerhin enthalten können. Nein, die Dinge waren ihm eher zuwider. Aber er brauchte eine Wirtschafterin, die seine Wäsche waschen, seine Kleider flicken, seine Suppe kochen sollte. Und dann, wenn eine Frau sich gut aufführt, stark und nicht ungeschickt ist, so kann sie wohl, statt daß sie was kostet, noch eher etwas eintragen. Es kommt nur darauf an, glücklich zu wählen, und nicht auf so eine Zierpuppe, so ein schwächliches Ding zu verfallen, wie es ihrer heute unzählige gibt. Er wählte also ein großes starkes Frauenzimmer, so fest wie aus Eichenholz und geschickt; mit ihr ließ er sich auf dem Hügel von Freulemont nieder, in einem kleinen Häuschen, das er mit Gemüse- und Obstgarten für siebzig Francs jährlich mietete. Das Häuschen bestand aus zwei Wohnräumen und einem Keller. Schöne Spaliere umsäumten die Façade. Im Garten gediehen Gemüse, so viel man brauchte, und die Apfel genügten in guten Jahren für den nötigen Vorrat an Apfelwein. Was konnte er Höheres erträumen? Er hatte auch zwei Kinder, einen Knaben und ein Mädchen, die er, als sie das nötige Alter hatten, in die Schule schickte; denn er begriff sehr wohl, daß es in der gegenwärtigen Zeit unerläßlich sei, Bildung zu besitzen. Während er arbeitete, ging die Frau zu den wohlhabende Leuten ins Bedienen, wusch, nähte und rieb den Fußboden, oder sie half auch, wenn viel zu tun war, in den Schänken der Stadt als Köchin aus. Mit ihrer Kochkunst hatte sie sich eine wahre Berühmtheit erworben. Es wurde bald in der ganzen Gegend keine Hochzeit vorbereitet, ohne daß man sie beauftragt hätte, ihre besten Gerichte dafür auszuwählen und zuzubereiten. Und das war ein sehr gutes Geschäft; denn an solchen Tagen erhielt sie immer vier Franks, das gute Essen nicht gerechnet und die galanten Späße, zu denen ihr einladender Busen und die feisten, lachenden Wangen die jungen Leute verlockten.

Dugué empfand wohl etwas wie Eifersucht, wenn seine Frau sich auf den Hochzeiten unterhielt, besonders aber darum, weil er wußte, daß sie sich die in Öl gebackenen Hühner und den Kalbskopf in Sauçe gut schmecken ließ, während er seine Erdäpfelsuppe und seinen Käse essen mußte. Aber den vier Franks zuliebe schwieg er.

Mann und Weib sahen sich also fast niemals, da doch jeder von ihnen anderwärts beschäftigt war. Sie empfanden darüber keinen Schmerz und keine Sehnsucht, so natürlich schien ihnen diese Situation, so sehr waren sie überzeugt davon, daß dies im Leben nun einmal so sein müßte. Sonntag waren sie manchmal beisammen; aber sobald sie einmal den Profit der Woche überschlagen hatten, sprachen sie nichts mehr miteinander. Nicht vielleicht, daß sie miteinander böse gewesen waren; aber sie hatten sich in Wirklichkeit nichts zu sagen. Dugué benützte diese Stunden der Ruhe, um seine Spaliere zu beschneiden, den Garten umzugraben, einen Ziegel auf dem Dach, ein neues Brett an der Tür zu befestigen, oder Holz zu spalten. Frau Dugué ging in's Dorf klatschen. Außer dem Sonntag hatte sie sich auch den Donnerstag frei gemacht, um für sich, ihren Mann und die Kinder die Wäsche zu waschen. Die Kinder blieben, so wie sie aus der Schule kamen, in der Obhut einer Nachbarin.

So hätte das Leben für Dugué in schöner Einförmigkeit hinfließen können, bis in ein glückliches hohes Alter, wenn nicht eine grausame Enttäuschung, ein »großes Unglück« ihn verbittert und sein Leben vergiftet hätte.

Sein Schwiegervater wohnte etwa fünfzehn Meilen von Freulemont, in einem Dorfe namens Le Jarrier. Seit seiner Verheiratung hatte ihn Dugué nicht mehr gesehen, und er kümmerte sich auch nicht um den Mann. Es ließ ihn auch gänzlich gleichgültig, als er erfuhr, daß der Alte öfters krank sei und von so schrecklichen Schlaganfällen heimgesucht werde, daß der Pfarrer schon mehrmals glaubte, ihn mit den Sterbesakramenten versehen zu müssen. Dugué sagte bei solchen Nachrichten: »Er kann ja sterben, wenn ihm das Spaß macht; ich hindere ihn nicht daran.« Er hatte auch beschlossen, daß weder er, noch seine Frau zum Leichenbegängnisse gehen würde; denn fünfzehn Meilen, das ist weit, und ein Wagen dahin kostet gar viel.

Der wahre Grund war aber, daß der Schwiegersohn die feste Überzeugung hatte, der Schwiegervater besitze nicht einen roten Heller Geld. Darum lag ihm auch so wenig daran, ob der Alte lebte oder starb.

Eines Morgens erhielt Dugué einen Brief des Notars, der ihm anzeigte, daß der Zustand seines Schwiegervaters hoffnungslos sei und ihn aufforderte, möglichst schnell zu kommen. Er war höchlich erstaunt. Wie? Hatte er sich am Ende doch in dem Punkte geirrt? Wie? Der Schwiegervater, der immer für ärmer als Hiob gegolten hatte, sollte nun auf einmal so reich sein, wie der selige Krösus? Ah, das war aber denn doch zu stark! Und doch, – es konnte kein Zweifel darüber herrschen, wenn eine so hochachtbare Persönlichkeit wie ein Notar sich herabließ, ihm zu schreiben, ihm, dem einfachen Dugué, so mußte es sich um keine Kleinigkeit handeln, und die Erbschaft war gewiß eine ganz außerordentliche. Er ließ sich den Brief nochmals und abermals vorlesen.

»Wenn nichts da wäre,« sagte er sich »also wenn nichts da wäre, würde der Notar auch nicht schreiben. Das ist doch ganz klar. Man muß also hinfahren!«

Er mietete einen Kutschierwagen und ein Pferd, denn es war dringende Eile geboten und keine Zeit zu verlieren. Auf dem Wege bestärkte er sich selber in seinen Erwartungen und zählte im Vorhinein die Taler seines Schwiegervaters.

»Es sind gewiß dreihundert Taler, oder vielleicht mehr noch« wiederholte er sich, indem er mit dem Peitschenstiel auf den Rücken des Pferdes klopfte. »Vielleicht vierhundert, sonst hätte mich doch der Notar nicht in einem Briefe aufmerksam gemacht. Vielleicht sind's fünfhundert ...«

Als er an den ersten Häusern von Le Jarrier vorbeifuhr, hätte er jeden durchgeprügelt, der ihm gesagt hätte, sein Schwiegervater hinterlasse ihm weniger als tausend Taler.

Als er vom Wagen stieg, da pochte ihm das Herz ganz laut; das Haus seines Schwiegervaters, eine elende verfallene Hütte, erschien ihm glänzender als alle Märchenpaläste. Dugué blieb einen Moment lang wie geblendet davor stehen. Ein Nußbaum, der seine gelben Blätter im Winde schüttelte, zauberte ihm das herrliche Bild einer Menge von tanzenden Goldstücken vor Augen, die in einem wundervollen Regen auf ihn herabströmten.

Er trat ein; aber auf der Schwelle wäre er beinahe zu Boden gesunken. Der Schwiegervater stand vor ihm, ganz lebendig, und schlürfte seine Suppe aus einem steinernen Topf. Überraschung und Entrüstung hielten Dugué an seine Stelle festgebannt. Er konnte nicht hinein und nicht hinaus. In seiner Erstarrung glich er dem Geizhals, dem man seinen Schatz gestohlen hat. Er stammelte: »Was? Sind Sie denn nicht tot? Sie sind nicht tot?«

»Noch nicht mein Sohn, noch gar nicht,« antwortete der Schwiegervater, ohne sich stören zu lassen, und aß seine Suppe mit einer großartigen Gemütlichkeit weiter.

»Es ist gut, adieu.« Und Dugué stieg wieder in seinen Wagen: »Hü, verfluchte Mähre! Hü, verwünschtes Aas!« und er hieb auf das Pferd ein, was er konnte, schimpfte, fluchte und wetterte.

»Ah, Verfluchtes Luder! Ah, verwünschtes Aas!«

Es war nicht zu unterscheiden, ob diese schönen Redensarten an das Pferd oder an den Schwiegervater gerichtet waren. Nach der unbändigen Wut zu schließen, in der sich Dugué befand, richteten sie sich gegen alle beide.

Das Pferd kam ganz lahm in Freulemont an und ging am nächsten Tage ein.

»Das kostet mich wiederum zehn Louisdor,« dachte Dugué.

Aber er tröstete sich damit, daß der Schwiegervater ja wohl auch bald hin sein müsse.

Dieser Zwischenfall hatte nämlich sein Vertrauen keineswegs erschüttert. Im Gegenteil, die Erbschaft wurde bei ihm jeden Tag um hundert Taler größer.

»Du bist aber dumm, Mann!« sagte Frau Dugué, »und du tust Unrecht, ja du tust Unrecht, dir solche Sachen in den Kopf zu setzen. Möglich, daß es besser ist, als ich geglaubt habe. Aber zweitausend Taler, wie du da redest ....wo sollte der alte Filz das Geld hergenommen haben?«

»Man kann nicht wissen, man kann nicht wissen,« antwortete eigensinnig Dugué.

Er hielt schon bei dreitausend Talern, als er einen zweiten Brief vom Notar bekam.

»Diesmal ist's aber richtig!« schrie der glückliche Schwiegersohn. »Na, das ist nicht schlecht, jetzt ist er endlich tot, ganz tot!«

Tatsächlich teilte der Brief mit, daß der Schwiegervater definitiv gestorben und daß kein Wiedererwachen zu befürchten sei.

Dugué mietete ein neues Pferd und einen neuen Kutschierwagen und fuhr aufs neue nach Le Jarrier. Er beeilte sich gar nicht, kehrte in allen Wirtshäusern am Wege ein und rief den Leuten, denen er begegnete, lustige Reden zu.

»Na, mein Täubchen! Oh, mein Schäfchen!« sagte er zu seinem Pferde mit zärtlicher Stimme. Dann sprach er in seinen Gedanken direkt mit seinem Schwiegervater, den er vertraulich duzte. Er fühlte eine ungeheuere Zuneigung für ihn.

»Oh, dieser Schwiegervater! Er war eigentlich gar kein so schlechter Mensch! Oh, der arme brave Mann!« In diesem Momente hätte er die Erbschaft nicht für fünftausend Taler hergegeben.

Wenn der alte Dugué diese fürchterliche Geschichte erzählte, pflegte er an dieser Stelle des Berichtes innezuhalten. Mit düsteren Augen und wutbebenden Lippen fragte er dann:

»Wissen Sie, was die Erbschaft war? Wissen Sie es? Wissen Sie's? Ah, zum Teufel! Es waren – es waren im ganzen achtundfünfzig Franks und einige Sous. Und dafür mußte ich das Begräbnis zahlen, den Notar, den Begräbnisschein und der Teufel weiß was noch alles!«

»Und was war das Ende von der Geschichte?«

»Also zwei Monate bin ich im Fieber gelegen. Dann wollte ich diesem verlogenen Notar den Prozeß machen, und schließlich und endlich habe ich die Erbschaft nicht angenommen, um dem Menschen einen Streich zu spielen. Und die ganze Geschichte hat mich mehr als dreihundert Franks gekostet! Ja, mehr als dreihundert Franks, du heiliger Gott im Himmel!«

IV.

Auch mit seinen Kindern hatte er kein Glück gehabt. Und doch, er hatte »viel Geld, viel Geld« für ihre Erziehung ausgegeben. Wie ihm das jetzt leid tat! Er hätte es doch machen sollen, wie alle die anderen, und die Kinder, statt sie in die Schule zu schicken, gleich zur harten Arbeit anhalten. Sie wären gewiß nicht daran gestorben; und besser wäre es gewesen, denn sein Sohn und sein Mädel wären dann vielleicht nicht so schlecht geraten.

Dugué hatte die Absicht, aus seinem Sohn, dem kleinen Florian, einen Landwirt zu machen; nicht einen Feldarbeiter, wie er selber war, sondern einen echten und rechten Pächter. Übrigens konnte er nicht verstehen, daß man einen anderen Beruf wählen könnte, als die Erde zu bebauen, wenn die ganze Familie, vom Vater auf den Sohn, auf dem Acker geboren war. Das war ein ehrenvolles Vermächtnis, eine vornehme Erbschaft, die zurückzuweisen Verbrechen gewesen wäre. Es waren ja genug Tagediebe für die anderen Berufe da. Sein Schmerz war auch sehr tief und seine Enttäuschung groß, als Florian den ganz entschiedenen Wunsch aussprach, als Bedienter in Stellung zu gehen, wie Herr Baptiste, der Kammerdiener vom Schloß, der mit seiner galonnierten Livré und seinen buttergelben Nankinghosen von allen bewundert wurde. Wer hatte nur seinem Sohn derartige Ideen in den Kopf gesetzt? Zuerst hielt er ihm lange Reden, versuchte, ihm auseinanderzusetzen, was das sei, »die Erde«, versprach ihm, er solle einen richtigen Wirtschaftshof bekommen, wie Herr Pitant einen hatte. Dann, als Florian unaufhörlich schrie, er wolle das werden was Herr Baptiste sei, gab er ihm schließlich eine ordentliche Tracht Schläge. Nach einem Jahr, das unter Prügeln, theoretischen Diskussionen und verstiegenen Versprechungen hinging, mußte Dugué dem inneren Beruf seines Sohnes nachgeben, der Vernunftgründen unzugänglich blieb und durch Prügel nur noch gereizter wurde. Er willigte also ein, daß sein Sohn als Groom unter der Leitung des ausgezeichneten Herrn Baptiste ins Schloß eintrat. Lakai! Sein Sohn ein Lakai! Das war das Ende einer langen Reihe von Ahnen mit schwieligen Händen und gebeugtem Rücken, die aus der Ackererde emporgewachsen waren, geachtet von den Menschen, die sie ernährt, gesegnet von Gott, dessen Schöpfungswerk sie fortgeführt hatten!

Das war eine grausame Wunde für ihn, aber sein starrsinniger Bauernstolz empörte sich, und er befahl, daß man ihm niemals von seinem Sohne spreche. Indessen, nach und nach nahm sein Ärger einen weniger dramatischen Charakter an, und seine Wut machte einer hämischen Gleichgiltigkeit Platz. Er nannte seinen Sohn spöttisch den »Marquis«, und wenn Frau Dugué einen Brief von Florian erhielt, so war das für ihn ein Thema unaufhörlicher Verhöhnungen.

Nachdem er zehn Jahre lang auf den verschiedensten Dienstplätzen herumgeworfen worden war, schien Florian endlich bei einem Bankier festen Fuß gefaßt zu haben, der sehr fette Gagen zahlte und wo es auch nebenbei hübsch was zu verdienen gab. Er hatte viel Schliff angenommen, trug die Livrée mit vornehmer Leichtigkeit und zeigte außerhalb des Dienstes die Eleganz eines Dandy. Er hielt sich sorgfältig auf dem Laufenden über die Pariser Klatschgeschichten und verkehrte nur in den allerfeinsten Domestikenkreisen. Da ihm der Name Florian zu ordinär schien für den Kammerdiener eines Bankiers, hatte er seinen Herrn gebeten, ihm den weit distinguierteren Namen Justin zu geben. Im Dienerzimmer nannte man ihn Herr Justin.

Herr Justin empfand das Bedürfniß, einige Tage in seinem Geburtsort zuzubringen, um dort mit dem Luxus seiner Anzüge, seiner Uhrketten und seiner Lackschuhe zu prunken. Er wollte sich an der Verblüffung seiner armen Landsleute weiden, an der Neugierde und an dem Respekt, den seine tadellose Haltung unfehlbar bei den bewundernden Bauern erwecken mußte. Er packte seine kostbarsten Krawatten, Gilets und Hosen in einen Koffer und reiste nach Freulemont. Der alte Dugué kam gerade, sein Werkzeug auf der Schulter, von der Arbeit, als der Wagen, der Herrn Justin vom Bahnhof brachte, vor dem Hause hielt. Justin stieg elastischen Schrittes aus und ging lächelnd auf seinen Vater zu. Aber der alte Dugué wies mit einer Handbewegung den freudigen Gruß des Heimgekehrten von sich. Mit einer Miene voll souveräner Verachtung maß er seinen Sohn von den Füßen bis zum Kopf und sagte dann kalt:

»Ich brauche hier keine Dienstboten mein Lieber, ich kann unseren Nachttopf ganz allein ausleeren.«

Er kehrte ihm den Rücken und schlug ihm die Tür vor der Nase zu.

»Ob das nicht ein Elend ist!« sagte der alte Dugué später. »Stellen Sie sich vor, er hatte spitzige Schuhe, der Marquis, spitzig wie der Schweif von unserer Sau, und einen Hut, der glänzte mehr noch als das Allerheiligste.«

Mit seiner Tochter war es wieder eine andere Geschichte. Man mußte sich wirklich schon fragen, was denn der Teufel diesen zwei mißratenen Kindern eingegeben hatte. Fanchette galt ohne Widerrede für das hübscheste Mädchen der Gegend. Sie hatte ein liebes Gesicht, rot wie ein Apfel und immer fröhlich, feste Gliedmaßen und kecke Augen. Dabei war sie frisch bei der Arbeit und unermüdlich beim Vergnügen; es gab keine Zweite, die es den jungen Burschen so aufmischen konnte. Es fehlte ihr auch nicht an Verehrern, und manche waren darunter, die ein hübsches Stück Land besaßen. Keine in Freulemont, in Boulaie-Blanche, in Patis, in Bois-Clair, in Quatre-Fétus, in Boissy-Mangis, konnte sich rühmen, so viel gierige Augen, offene Mäuler und verlangende Arme, sich huldigen zu sehen. Da war besonders der Sohn von Pitant, der Fanchette nicht von der Falte ging. Und der Sohn von Pitaut, das wäre eine famose Partie gewesen. Dugué übersah die Schwierigkeiten nicht, die sich dieser Heirat entgegensetzten, aber er rechnete auf die Geschicklichkeit seiner Tochter, sie zu überwinden. Er hoffte insgeheim, daß es ihr nötigenfalls gelingen werde, ein Kind von diesem albernen jungen Pitaut zu bekommen, und war Fanchette einmal so weit, dann stand ja alles gut, dann mußte wohl oder übel die Sache amtlich und kirchlich in Ordnung gebracht werden. Das war, alles in allem, ein ganz honetter Ideengang, da es ja doch eine Heirat und eine Ehe zwischen braven Bauersleuten galt. Gewiß, er hätte es nie zugelassen, daß Fanchette irgendeine Dummheit um ihrer selbst willen gemacht hätte. Aber da es sich hier darum handelte, eine ernste Partie zustande zu bringen, so konnte doch wohl niemand an so etwas Anstoß nehmen.

Eines Sonntags erklärte Fanchette, sie wolle sich dem François Béhu versprechen. Wenn dem alten Dugué eine Fuder Heu auf den Kopf gefallen wäre, er hätte nicht betroffener sein können.

»Ah, verfluchtes Weibsstück!« schrie er bei dieser unerwarteten Enthüllung. »Du bist ja ganz so wie der Marquis! Du schämst dich, zu uns Bauern zu gehören! Du mußt einen Stadtjungen haben! François Béhu, nein da schau her, François Béhu, ein Mensch, der nicht einmal von unserer Gegend ist. Ein Lümmel, der nicht einmal Wicken von Hanf unterscheiden kann! Ein Tunichtgut, der in der Fabrik arbeitet, der einen Schnurrbart trägt! Du wirst ihn nicht heiraten, hörst du wohl, du wirst ihn nicht heiraten!«

»Und ich sag' dir«, antwortete Fanchette, »ich sag' dir, ich werde ihn heiraten! Er gefällt mir, na also. Ich will ihn haben und ich werde ihn heiraten. Und just werde ich ihn heiraten! Und du brauchst mit mir nicht so zu schreien …überhaupt, ich pfeif' auf dich!«

»Ah, du pfeifst auf mich, Luder, du pfeifst auf mich! Na, wart', wart'!«

Dugué hatte beide Arme zum Schlag erhoben. Fanchette stand herausfordernd ihm gegenüber, die Arme in die Hüften gestemmt, und sah ihrem Vater mit wutsprühenden Augen gerade ins Gesicht.

»Schlag' nur zu, roher Kerl,« sagte sie. »Du wirst mich doch nicht daran hindern. Und wenn Du alles wissen willst – ich bin schwanger, schwanger von ihm! Jawohl, schwanger von François Béhu!« Und mit vorgestrecktem Hals ging sie auf ihn los und schleuderte ihm diesen Namen mitten ins Gesicht.

Wie von einem Keulenschlag betäubt, von diesem Namen wie von einer hundertschwänzigen Peitsche getroffen, taumelte Dugué zurück und ließ, mit einer großen Geste vollständiger Erschöpfung, die Arme am Körper herabsinken. Ihm blieb der Verstand stehen. Seine Begriffe von Gerechtigkeit, Eigentum, Ehe waren so durcheinander gerüttelt, daß er sich nicht mehr darin zurechtfand. Und doch blieb ihm in der großen Verwirrung noch eine letzte Hoffnung. Fanchette hatte sich vielleicht geirrt. Er stammelte:

»Bist Du ganz sicher, daß es von ihm ist? Denk' nach! Bist du sicher, daß es nicht vielleicht vom jungen Pitaut ist?«

Fanchette zuckte mit den Achseln.

»Hältst du mich für so Eine? Möchtest du vielleicht, daß ich mich mit Jedem abgebe?«

Nein, gewiß, das wollte er nicht. Aber der junge Pitaut war eben nicht ein Jeder, zum Satan! Da sie sich schon einmal mit einem eingelassen hatte, warum hatte sie nicht *den* gewählt, einen braven, anständigen Menschen, der Religion besaß und einen prachtvollen Hof obendrein? Niemals, nein, niemals würde er so etwas zulassen. Das also war das Ende! Keiner von den schönen Träumen, die ihm der Gedanke an die Zukunft seiner Kinder vorgespiegelt hatte, sollte Wirklichkeit werden! Beide, der Sohn und die Tochter, entehrten seinen Namen. Der eine putzte die Nachttöpfe der Vornehmen aus, die andere hatte sich gar in einen schlechten Kerl verliebt, der weiß Gott woher gekommen war und in den Fabriken, mit weiß Gott was seine Zeit zubrachte. Einen netten Herrn würde er da zum Schwiegersohn bekommen! Betrunken, lasterhaft, verschwenderisch, republikanisch, das versteht sich von selbst; so sind sie ja alle, die Fabriksarbeiter. Ah, das konnte ja recht angenehm werden! Übrigens, hatte er nicht einen Schnurrbart, dieser François Béhu? Und der Schnurrbart – das sagt Alles! Wie alle anderen Bauern seiner Rasse, welche die alten Gewohnheiten hoch halten und die hergebrachten Traditionen auf das Strengste hüten, haßte Dugué die Leute, welche einen Schnurrbart trugen, ob sie nun Ackerbauer oder Gewerbetreibende waren. Der Schnurrbart war für ihn der Inbegriff der Empörung, der Faulheit, der Aufteilung der Güter, aller umstürzlerischen Gelüste, die von den großen Städten auf das flache Land herüberwehen, kurz, einer ganzen Reihe schrecklicher und neuartiger Dinge, an die er nicht denken konnte, ohne daß sich ihm die Haare auf dem harten, eckigen Schädel vor Entsetzen sträubten. Das Laster, das Verbrechen, die Revolution, alles was ihn beunruhigte, wenn er Zeit zum Nachdenken fand, erschien ihm in der symbolischen Gestalt eines furchtbar drohend aufgestellten Schnurrbartes. Und das hatte seinen guten Grund; denn seitdem er lebte, hatte er in Freulemont und anderwärts gesehen, daß alle Unbotmäßigen, alle schlechten Kerle, gefährliche Wildschützen, Diebe und Leute, die im Konkubinat lebten, daß alle diese Menschen Schnurrbarte trugen, wie François Béhu.

Schließlich aber konnte er, so wie er den Wünschen Florians hatte nachgeben müssen, auch nichts mehr dagegen einwenden, daß Fanchette den »Schnurrbärtigen« heirate. Zu seinem Troste sagte er sich, daß er ja die Prügel nicht spüren werde, die sie von ihrem Mann erhalten würde. Die Hochzeit wurde recht lustig gefeiert. Die Musik spielte, und Frau Dugué komponierte ein üppiges Mahl, bei dem sich jeder mit Apfel- und Birnenwein volltrank.

V.

Nun war der gute Mann alt geworden. Sein rotes, von Furchen zerrissenes Gesicht war von weißen Haaren beschattet; sein großer, knorriger und magerer Leib, ehedem so robust, war gebrochen und beugte sich immer mehr zur Erde, wie die abgeästeten Baumstämme an den Flußabhängen. Die Kraft verließ seine Glieder, die unter der geringsten Last zitterten, bei der geringsten Anstrengung erschöpft waren. Er sah sich gezwungen, die Arbeit gänzlich stehen zu lassen.

An dem Abend, als er zum letztenmal von der Arbeit heimkam, ging Vater Dugué, bevor er sein Arbeitsgerät für alle Zukunft zu untätiger Ruhe in den finstersten Grund des Kellers legte, in den Garten hinaus, von wo aus man über die beschnittene Dornenhecke hinweg die weite Flucht der Felder übersehen konnte. Unter dem dämmerigen Himmel schlief das Ackerland in seiner ewigen Schönheit und Kraft. Der gährende Saft arbeitete darin, wie das Blut in den Adern junger Menschen arbeitet. Und lange betrachtete er die Erde, seine heißgeliebte stolze Erde; die Erde, die unter dem Schnee des Winters nicht erfriert, unter dem Brand der Sommersonne nicht verdorrt, die ewig erzeugt und immer in neuem Glanz wiederersteht, auf der Menschen, Gedanken und Epochen vorüberziehen, ohne eine Spur ihrer Kämpfe, ihres Mißgeschickes, ihres Unterganges zurückzulassen; die Erde, wo er selbst bald seine Arme ausruhen würde, die schon zu schwach waren, um sie festzuhalten, wo sein Leib gebettet sein würde, der zu alt war, um sie zu befruchten. Die Ähren wiegten sich leise auf den schwankenden Halmen, die Haferfelder warfen dunkle Wellen, die hin und her schaukelten wie leichter Nebel über den Wiesen, der Klee, den noch ein letzter Lichtstrahl streifte, schien stellenweise blutigrot, und in den Flammen des Sonnenunterganges schüttelten die vereinzelten Apfelbäume ihre phantastischen Kronen, die aussahen wie verzerrte Hexengesichter. Ein Weib ging vorüber und trieb ihre Kuh mit einem Stecken vor sich her. Er hörte das Trippeln einer Schafherde, die zu den Hürden heimwärts zog; dann eine Stimme, die langsam, in der Ferne verklingend, sang:

»Bauer, schneid' dein Gras im Regen,
Fürs Heu ist die Sonne der rechte Segen.«

Und zum erstenmal in seinem Leben weinte der alte Dugué!

VI.

Seine Frau und er hatten einen Sou auf den anderen gelegt und so ein kleines Vermögen erspart, das ihnen vierhundert Franks Rente brachte; dazu kamen die Einkünfte der Frau Dugué, die nach wie vor in die Arbeit ging und mehr als je als Hochzeitsköchin gesucht war. Davon konnten sie sorglos und glücklich, vor Hunger und Kälte geschützt, leben, ohne irgend was erbetteln zu müssen. Vater Dugué war jedoch nichts weniger als glücklich. Vor allem wußte er nicht, wie er die Tage verbringen sollte, die ihm furchtbar lang und leer erschienen. Planlos, fast unbewußt, lief er zwischen dem Obstgarten und den Gemüsefeldern hin und her, jätete hier, schaufelte dort; aber diese Kleinarbeit, ehedem bloß seine Sonntagszerstreuung, genügte nicht, ihn die ganze Woche ausreichend zu beschäftigen. Nein, zum Privatier war er nicht gemacht und er fühlte, er würde sich niemals daran gewöhnen können. Er verlegte sich darauf, Arbeiten zu erfinden, um sich über seine Langweile hinwegzutäuschen, zimmerte eine Leiter, ersetzte die alten Holzstangen im Garten durch neue, baute einen Schuppen aus vorrätigen alten Latten, und als er mit alledem fertig war, stand er ganz verzweifelt vor der furchtbaren Frage: »Was nun?« Er kam auf die Idee, Hühner und Kaninchen zu züchten. Die Hühnerzucht würde ihm vielleicht Spaß machen; und jeden Tag Gras zu mähen für die Kaninchen, das wäre ein ganz guter Zeitvertreib. Als braver Mensch und tüchtiger Arbeiter, der in der ganzen Gegend hohe Wertschätzung genoß, hatte er den Vorzug, daß sich auch die Schloßherrschaft um ihn kümmerte. So wurde er manchmal damit beauftragt, die Alleen zu säubern, das welke Laub zu rechen, oder er stand dem Schloßfräulein, das sich als Malerin versuchte, Modell.

Indessen, wiewohl Vater Dugué nach und nach wieder eine gewisse Regelmäßigkeit in sein Tagewerk gebracht hatte – er langweilte sich. Er hatte Heimweh nach den Feldern. Bei schönem Wetter streifte er oft in den Äckern umher, um seine Kameraden bei der Mahd oder beim Garbenbinden zu besuchen. Aber von diesen Spaziergängen kam er stets mißvergnügt zurück, mit einem nur noch heftigeren Abscheu vor seinem Müßiggange, mit schmerzlichen Gedanken, die ihn noch tiefer in seine melancholische Stimmung und in das Weh um die Vergangenheit versenkten. Das brachte auch eine merkliche Verbitterung mit sich. Alles gab ihm Anlaß zu zänkischen Ausstellungen; er wurde anspruchsvoll, reizbar, sekant, boshaft. Er, der früher die häufige Abwesenheit seiner Frau so leicht ertragen hatte, war jetzt darüber aufgebracht, daß sie immer außer Haus ging, er warf ihr vor, daß sie ihn im Stiche lasse und zu den Kindern halte, um ihn einsam sterben zu lassen. Das sei doch ein Unglück für einen Mann in seinem Alter, nach einem Leben voller Plage, nun vom Morgen bis in die Nacht allein zu bleiben, wie ein armer räudiger Hund, seine Suppe selber kochen zu müssen und niemals einen guten Brocken zu bekommen, während seine Frau sich bei Hochzeiten und in Privathäusern unterhält und sichs bei fetter Nahrung wohl sein läßt! Und manchmal, wenn der alte Mann Mittags vor seinem gewohnten steinernen Topf mit Suppe saß – einer Suppe, die oft noch vom Vortag und ganz erkaltet war – da machte ihn der Gedanke wütend, daß seine Frau mit leuchtenden Augen und geröteten Backen Kuchen und saftige Fleischbrocken lustig verspeist, und er sagte sich:

»Sie kümmert sich einen Teufel um mich! Aber das kann nicht so bleiben, nein, das kann absolut nicht so bleiben!« Da dämmerte ihm der Gedanke auf, fortzuziehen, sehr weit, alles im Stiche zu lassen, und allein ein neues Leben der Arbeit zu beginnen; ja, die Möglichkeit einer Scheidung spukte momentweise in seinem Kopfe. Ach, wozu hatte er geheiratet? Was hatte er von seiner Frau gehabt, als eine Flut von Ärger und Plagen?

An den Tagen, wo die alte Dugué sich herbeiließ, zuhause zu bleiben, ging er mit dem frühesten Morgen, eine Brotrinde in der Tasche, aus dem Hause und streifte, unter dem Vorwande, dürres Holz zu suchen, bis in die späte Nacht in den Tannenwäldern umher.

Jahre und Jahre gingen hin über den drei wichtigsten Ereignissen seines Lebens, dem Tod seines Schwiegervaters, dem Abschied seines Sohnes und der Heirat seiner Tochter. Aber die schmerzliche Erinnerung daran blieb unverwischt, und er sprach nie anders davon, als mit einer stets wachsenden Bitterkeit. Der »Marquis«, der eine glänzende Carrière machte, war nur zweimal zu kurzem Besuch in Freulemont erschienen. Madame Béhu aber kam alle Sonntage mit dem »Schnurrbärtigen« zu ihrem Vater. Doch der Alte schien ihre Gegenwart kaum zu bemerken. Meistens benützte er übrigens die Zeit dieser ihm unangenehmen Visiten dazu, durch die Felder zu spazieren oder möglichst weit von der Wohnung irgend einer rätselhaften Beschäftigung nachzugehen. Er trug es Fanchette nicht nur nach, daß sie ihn in seinen Hoffnungen getäuscht hatte, indem sie François Béhu heiratete, er konnte auch die neuen Manieren einer Stadtdame nicht leiden, die sie dort angenommen hatte. Er machte eine verächtliche Geberde, wenn er sie so sah, »herausgeputzt wie einen Wurstel« ohne Haube, mit zerflatternden Haaren, einen Chignon auf dem Scheitel und wirre Locken auf der Stirne wie die Zotten eines Schäferhundes. Und sie hatte eine schnarrende, gezierte Art zu sprechen angenommen, ein angelerntes Wiegen mit dem Hintern und andere städtische Affereien, die er nicht sehen konnte. Manchmal machte Frau Dugué, ihrer Tochter zu Ehren, ein gutes Nachtmahl; sie schlachtete ein Huhn oder kochte einen Hasen in Pfeffersauce. Das empörte den Alten. Er verbot, sein Geflügel und seine Hasen anzurühren, denn die gehörten ihm, nur ihm, er plagte sich mit ihrer Pflege und er wollte auch den Genuß haben sie zu essen, ganz allein, oder sie auf den Markt zu bringen, wenn es ihm beliebte. Ah, mit ihm würde man gewiß nicht so viel Umstände machen! Hatte seine Frau auch nur ein einzigesmal im Leben daran gedacht, ihm etwas Gutes vorzusetzen? Ah, jawohl! Wenn es was Gutes gab, war es immer für sie und für die anderen, niemals für ihn! Er war es überdrüssig, von einem Haufen Fresser, Faulenzer und Lumpen ausgebeutet zu werden! Fanchette und der »Schnurrbärtige« sollten Suppe essen, wie er, und wenn ihnen das nicht schmeckte, so konnten sie ja zuhause bleiben und sich dorten gütlich tun. Er würde sie nicht daran hindern, im Gegenteil, er wäre sie ganz gerne los. Und der alte Dugué setzte sich schimpfend an eine Ecke des Tisches vor seine Suppe hin, die er demonstrativ hinunterschlürfte, und die, schlecht und kalt wie sie war, einen erhabenen Protest gegen den Hasenbraten darstellte, den die anderen schmatzend verzehrten. Dann ging er schlafen mit der Drohung, alles hinauszuschmeißen, den Tisch und die Leute, wenn man nicht still sein und ihn schlafen lassen wollte. Er sei doch noch wenigstens Herr in seinem Hause.

Seit einiger Zeit wurde in der Gegend viel über Fanchette herumgeredet. Es war nichts sehr Schönes, und in ihrer Stadt hatte sie sogar einen abscheulichen Ruf. Bald war sie im Wald in Giroux, bald wieder in einem Weizenfeld von Nachbarinnen mit Männern überrascht worden, mit denen sie nicht gerade blinde Kuh spielte. Auch bei ihr zuhause kamen die Verehrer reihenweise, einer nach dem anderen, junge Leute, verheiratete Männer, und sogar feine Herren. Es war zu Skandalen und mehreren Prügelszenen gekommen; mit einem Wort, eine ganz gehörige Schandwirtschaft. Übrigens tat sich Fanchette gar keinen Zwang an, und wenn das so weiterging, stand zu erwarten, daß sie sich bald, schlimmer als eine Hündin, in ihrer ganzen Lasterhaftigkeit auf offener Straße zeigen werde. Der alte Dugué nahm alle diese Geschichten mit einer tiefen Genugtuung zur Kenntnis. Dennoch wollte er anfangs zweifeln und meinte, das wären nur boshafte Klatschgeschichten, Racheakte von Weibern, die auf Fanchette eifersüchtig waren; doch als man ihm unwiderlegliche Beweise des schändlichen Treibens seiner Tochter gegeben hatte, da kannte seine Befriedigung keine Grenzen. Nicht das freute ihn so, daß Fanchette sich amüsierte. O, nein! Denn vor allem hielt er doch auf Moral und hatte über Frauenehre und Religion sehr strenge Ansichten; aber da das Übel einmal existierte, konnte es ihn nur freuen, daß es fast auf das Haupt des François Béhu gefallen war. Er sagte: »Das geschieht ihm schon recht, ha, ha! Warum hat er sie geheiratet!« Und bei dem Gedanken, daß der »Schnurrbärtige« jetzt unglücklich und lächerlich sei, daß er vielleicht weine und sich nicht mehr in der Straße zu zeigen wage, glitzerten die Augen des alten Bauern, und er lächelte hart, grausam und wild.

Von dem Moment an zeigte er ein etwas freundlicheres Benehmen gegen seine Tochter, die ihn an François Béhu rächte. Er ließ sich herab mit ihr zu scherzen und vergaß sich in einer Aufwallung von Erkenntlichkeit sogar soweit, daß er sie auf beide Wangen küßte, was ihm seit zehn Jahren nicht passiert war. Sonntag, wenn sie alle beisammen saßen, blieb er zwar immer noch unbeugsam, was das Geflügel und die Hasen anlangte, aber er schwätzte, wurde lebhaft und erzählte schlüpfrige, cynische Geschichten von Gehörnten. Dabei ging sein boshafter Blick unaufhörlich zwischen der immer lustigen Fanchette und dem traurigen, bekümmerten Béhu hin und her. Die Traurigkeit seines Schwiegersohnes, die er erst bemerkt hatte, seitdem er von seinem ehelichen Unglück wußte, war ihm ein Hochgenuß, der ihn für alle Enttäuschungen der Vergangenheit entschädigte. Und er war unbarmherzig in seinen Scherzreden. Für den allerbesten Spaß hielt er es, die Stirne des »Schnurrbärtigen« zu betasten und ihm zu sagen: »Was hast du denn da, mein Sohn? Mir scheint, da wächst dir etwas.« Und der unglückliche Béhu ließ sich jedesmal mit diesem Witz seines Schwiegervaters fangen, hob mechanisch die Hände zur Stirne, wurde rot, rollte seine sanften, stumpfen Ochsenaugen, während der Alte sich vor Lachen schüttelte und immer wiederholte: »Was wächst dir denn da? Was wächst dir denn da?« Diese zeitweilige Lustigkeit änderte aber nichts an seinem Charakter, der immer zänkischer und despotischer wurde.

Eines Morgens erwachte der alte Dugué mit einem schweren Kopf und starken Schmerzen im Bauch. Er stand dennoch auf und ging, ein wenig greinend, seinem gewohnten Tagewerk nach. Aber seine schwachen, mürben Arme wollten ihm nicht gehorchen, seine Beine zitterten, wie Schilfrohr im Wind, und eine große Kälte kam über ihn. Wiewohl er sich leidend fühlte, wollte er an seinen Mahlzeiten nichts ändern, die aus nichts anderem bestanden, als aus einer Birne des Morgens, einer Suppe zu Mittag und wieder einer Suppe um sechs Uhr Abends. Vergebens bemühte sich seine Frau, ihn zu pflegen, ihm eine bessere Nahrung aufzudrängen, er wollte von nichts hören. Bei dem Worte »Arzt« bekam er einen Wutanfall. Inzwischen verschlimmerte sich das Übel, die Schmerzen im Bauch wurden heftiger, unerträglich. Sein beklemmter Athem machte ein Geräusch wie ein alter, durchlöcherter Blasebalg, sein Kopf saß ihm so schwer auf den Schultern, daß er ihn nicht mehr aufrecht tragen konnte, und es schien ihm, als müßte dieses furchtbare Gewicht seinen ganzen Körper in einem Taumel mit sich reißen. Er legte sich zu Bette.

VII.

In dem hohen mit dunklem Creton bespannten Bett lag der alte Dugué regungslos mit weitgeöffnetem Munde auf dem Rücken. Die Blässe des herannahenden Todes hatte sein sonnverbranntes Gesicht kaum merklich verfärbt. Die beiden Arme streckten sich kraftlos über das graue Linnen der Decke und seine enormen Hände mit den knotigen, beinahe schwarzen Fingern sahen aus wie Baumwurzeln, die der Sturm aus dem Boden gerissen hat. Nichts Lebendiges war in ihm, als seine Augen, die kleinen Augen, durch deren halbgeschlossene Lider die ersterbende Flamme eines harten, zornigen Blickes flackerte, wie zwischen den Brettchen einer Jalousie der letzte Rest des verlöschenden Tageslichtes durchschimmert. Obwohl er sich nicht rührte und auf die Fragen, die man an ihn richtete, keine Antwort gab, war sich der Sterbende dessen sehr wohl bewußt, was um ihn her vorging.

Er hatte soeben den Pfarrer an sein Bett herankommen gesehen, hatte gehört, wie er Gebete flüsterte, vom lieben Gott sprach und ihn ermahnte, fromm zu sterben. Nun sah er durch die offene Tür, wie das letzte Abendrot in großen Strömen von Gold und Purpur auf das Land niedersank, wie die Vögel auf den Buchenzweigen einander haschten und mit ihren hellen Trillern das Totenfeuer der Sonne grüßten, die er nun nicht mehr anschauen sollte. Er sah die Nachbarinnen auf der Schwelle stehen bleiben, den Hals vorstrecken, mit gedämpfter Stimme einige Worte murmeln und mit ihren klappernden Holzschuhen ihres Weges weiter gehen. Aber alles das interessierte ihn nicht. Florian saß da in einem karrierten Anzug, den Hut auf dem Kopf und putzte Schwämme, die er im Walde gesucht hatte. Fanchette, deren Haare zerzauster waren als jemals, strickte mit gleichgültiger Miene eine Kapuze aus schwarzer Wolle. Frau Dugué, die Ärmel bis zum Ellbogen aufgeschürzt, zerlegte sehr geschäftig und mit gewohnter Meisterschaft ein Huhn für das Nachtmahl. Ihm entging nicht die kleinste Bewegung seiner Frau und sein Blick – der letzte Blick, den sonst Sterbende dem Irdischen zu entreißen trachten, um ihn in die Weite geheimnisvoller Ewigkeiten zu tauchen – sein Blick ging beständig zwischen der Frau und dem Huhn hin und her. Das war es, was ihn in dieser erhabenen und furchtbaren Stunde gänzlich in Anspruch nahm. – Das Huhn! Das Huhn, das allen Groll seines gierigen Lebens ohne Güte nun in sich vereinigte, alle Bitterkeiten seines egoistischen und verlassenen Alters! Keine selige Erinnerung an die Vergangenheit, kein Schrecken vor der Zukunft, der er entgegenging. Keine Bewegung, keine Träne, keine Reue, noch auch das Bedürfnis, das auch der Roheste hat, in seiner eiskalten Hand die sanfte Wärme einer geliebten Hand zu spüren, oder auf seinen Lippen, die sich für immer schließen sollen, den trostreichen Hauch einer teuren Lippe. Nicht einmal für die Erde hatte er einen Gedanken, die Erde, die er verlassen hatte und nun wiederfinden sollte, die Erde, welche die einzige Leidenschaft seines Lebens gewesen war und die seine Verzeihung im Tode sein konnte. Hatte er von ihr nicht schon Abschied genommen, an jenem Abend im Garten? Und dieser Abschied hatte ihn für immer von allem losgelöst, was in seiner Seele Großes, Gutes, Menschliches war. Man sagt, daß die Engel mit ausgebreiteten Flügeln zum Bette der Sterbenden kommen, um ihre letzte Bitte zu empfangen und in den Himmel hinaufzutragen. Sein Engel war das Huhn, das gefräßige, stumpfe Huhn, das ihm die Augen auspickte, das Herz abfraß, an den Eingeweiden nagte! Er versuchte seine letzten Kräfte zusammenzuraffen, um einen Wutschrei auszustoßen. Aber der Schrei verlor sich in einer so schwachen Klage, daß man sie kaum vernahm.

»Gib doch deinem Vater einen Löffel Medizin!« sagte Mutter Dugué zu Fanchette, »inzwischen will ich das Huhn an den Spieß stecken.«

Fanchette strengte sich vergebens an, den Löffel zwischen die zusammengepreßten Zähne des alten Dugué hineinzuschieben. Die Medizin wurde verschüttet und floß zu beiden Seiten des Mundes auf den Hals und die Brust herab. Sie wischte ihn vorsichtig mit dem Zipfel der Decke ab, und betrachtete dann ihren Vater. Das Auge des Greises starrte sie mit einem so häßlichen und grauenhaften Ausdruck an, daß sie sofort schaudernd davonlief.

Es wurde Nacht. Durch die noch immer offenstehende Tür konnte man über den massigen Schattenrissen der Bäume nur mehr ein Stückchen mattglänzenden Himmels sehen, an dem bereits die Sterne strahlten. Auf ihrem Heimwege blieben die Leute vor dem Hause stehen, erkundigten sich nach dem Befinden des Kranken; auf der Straße zogen in unbestimmtem Dämmer die Profile von Menschen und Tieren vorbei. Das Zimmer war nur durch die Kaminflamme erhellt, die an den Wänden und auf der Decke große phantastische Schatten tanzen ließ und einen unruhigen rötlichen Schein auf das Bett warf. Ein gelber Hund schlich mehreremale, nach dem Huhn schnuppernd, heran. Frau Dugué mußte ihn mit dem Fetzen davonjagen.

Die Agonie begann. Erst ein stilles Röcheln, ein leiser, tiefer Ton, wie das Schnurren einer Katze, dann schwoll der Ton und wurde wie der eines Schmiedebalges; ein Pfeifen und Schluchzen ließ sich zwischendurch hören. Der alte Dugué blieb unbeweglich, immer in derselben Lage hingestreckt. Nur seine großen Hände bewegten sich, drehten sich hin und her und kratzten krampfhaft auf der Decke. Eisiger Schweiß rann über sein Gesicht, das zusammenschrumpfte und eine erdige leichenfahle Färbung annahm. Florian und Fanchette verließen das Bett nicht, während Mutter Dugué unaufhörlich zwischen dem Sterbelager und ihrem Huhn hin und herging, auf das sie prasselnde Butter aus der Bratpfanne träufte. Bald wurde das Röcheln schwächer, hörte endlich ganz auf. Die Hände blieben wieder unbeweglich. Es war zu Ende. Der alte Dugué hatte sich nicht gerührt, und sein Auge, das nicht mehr sehen konnte, doch im Tode noch seinen harten grausamen Blick behielt, war, furchtbar weit aufgerissen, auf das Huhn gerichtet, das am Spieße summend briet und über der hellen Flamme sich goldig färbte.

»Er ist tot,« sagte Mutter Dugué, welche die Hand auf die Brust ihres Mannes gelegt hatte. »Fanchette, gib mir den Spiegel her; den will ich ihm doch noch unter die Nase halten.« Der Spiegel lief nicht an.

»Er ist richtig tot«, wiederholte Mutter Dugué.

Florian und Fanchette beugten sich ein wenig zur Leiche ihres Vaters hinan und hoben nacheinander seine Arme auf, die schwer zurücksanken.

»Ja,« sagten sie, »er ist richtig tot.«

Alle drei verharrten einige Minuten in verlegenem Schweigen.

»Ich dachte nicht, daß er so schnell hinübergehen wird,« sagte Mutter Dugué kopfschüttelnd. »Na ja, er war gewiß kein sehr angenehmer Umgang, unser Vater Dugué; aber immerhin, es tut einem wehe....«

Und auf den Leichnam zeigend, fügte sie in einem beinahe respektvollen Tone hinzu: »Ich will im anderen Zimmer nachtmahlen.«

Warum Pitaut traurig war.

I.

Schnaufend, fluchend und spuckend zäumte Pitaut seine Pferde im Stalle auf und rüstete sich, um aufs Feld zu fahren. Eine Laterne in Hornfassung erhellte die Decke, zwischen deren zersprungenen Brettern zerzauste Heubüschel herunterhingen. – An den schmutzigen, mit Unrat befleckten Wänden huschten die enormen Schatten der Tiere hin. Louise, die Magd, erschien an der Tür des Stalles. »Herr!« rief sie, »Herr!«

»Was gibt's wieder?« fragte Pinaut, der eben die Schnüre des Leitseils zusammenband und zu einem breiten Knoten rollte. »Was gibt's wieder?«

»Sie müssen schnell kommen, ich weiß nicht, was unsere Caille hat, sie will nicht aufstehen. So oft ich ihr auch mit dem Fuß in den Hintern stoße, sie rührt sich nicht. Und dann schnauft sie so, Herrgott, wie die schnauft!«

»Ah, ah! Du sagst also, daß sie nicht aufstehen will, das Luder?«

»Gewiß nicht.«

»No, no! Wart' nur....«

Pinaut nahm die Laterne vom Haken und ging mit der Magd. Draußen dämmerte noch kaum der Morgen frostig und bleich herauf. Es herrschte Nebel, jener gelbe Novembernebel, in dem Erde und Himmel verschwimmen, ein Nebel, hinter welchem Bäume und Häuser nur in schwachen Umrissen erscheinen, sich verwischen und mit der dicken farblosen Atmosphäre in ein trübseliges Bild des Nichts zusammenfließen. Auf dem Hofe waren die Hühner bereits vom Hahnenschrei erwacht und machten sich auf dem Misthaufen zu schaffen. Am Rande des schmutzigen Tümpels glätteten die Enten ihre Federn. Während der Schafhirt mit seiner Herde gespenstisch im Nebel verschwand, trotteten langsam und schwerfällig die Kühe aus dem Stall zur Weide hin, brüllten mit vorgestrecktem Hals und kamen, eine nach der andern, um ihre Schulter an dem Stamm des Nußbaumes zu reiben, von dessen kahlen Zweigen der Nachttau in plätschernden Tropfen niederfiel.

Pitaut trat vor Louise durch die offene Stalltür. Drinnen war es warm wie in einem Dampfbad, scharfe und eklige Gerüche von Mist und warmer Milch erfüllten die Luft. Im Dunkel des Hintergrundes lag die Kuh auf einer Streu von schmutzigen Farrenkräutern. Ihre riesigen, ganz weißen Flanken bauschten sich auf und fielen wieder ein, wie ein Schmiedebalg in voller Tätigkeit. Ihre rot marmorierten Schenkel waren mit Unrat ganz besudelt. Und aus ihrer Schnauze, die sich auf die schmutzige Streu hinstreckte, kam das Geräusch eines kurzen, pfeifenden Atems. Louise leuchtete mit der Laterne, Pitaut beugte sich über die Kuh, prüfte sie auf das Genaueste, klopfte ihr mit seinen großen, bläulichen Händen die Glieder ab, zog die Augenlider auseinander und sah ihr in das sanfte, dumme Auge, das im Fieber glänzte.

»Na, meine Caille,« sagte er zärtlich, »na, meine schöne Caille! Was fehlt dir denn, Hühnchen? Wo tut's dir denn weh, sag', meine Prinzessin? Wo tut's dir weh?«

Er nahm aus der Krippe eine Runkelrübe, zerbrach sie und reichte die beiden Stücke, nachdem er sie vorher beschnuppert hatte, nacheinander der Kuh hin. Diese aber wandte den Kopf ab und rührte sich im übrigen nicht.

»Oh, oh,« murmelte er.

Sein Gesicht, das einem mit einer Mütze bedeckten Stück Erde glich, nahm auf einmal einen sorgenvollen Ausdruck an. Pitaut kratzte sich mehreremale den Kopf und versank in tiefes, peinliches Nachdenken, während Louise, die sich in den breiten Hüften wiegte, zerstreut den leeren Stall und das schwere Gebälk anschaute, das sich in dem schwarzen Winkel unter dem Dach verlor. Er warf die Stücke der Rübe in die Krippe zurück, kniete auf der Streu nieder, legte sein Ohr an die Brust der Kuh und schloß dabei die Augen, um mit größerer Sammlung horchen zu können. Eine scheußliche Ratte lief über einen Balken der Raufe und verschwand in einer Mauerspalte. Die Hühner kamen in den Stall hinein.

»Herrgott, wie sie schnauft!« schrie Pitaut und erhob sich. »Das brodelt nur so in der Lunge, wie junger Obstwein in einem Faß. Das Vieh ist krank, gewiß, krank ist sie, sehr, sehr krank, Himmelherrgott! Aber was hat sie nur, Louise?«

»Wie beliebt?«

»Geh', hol' aus der Hundehütte die Erdapfelsäcke und dann die alte Plache, du weißt, die alte Plache, sie liegt rechts über dem Waschtrog. Herrgott, wie sie schnauft!«

Die Magd gab die Laterne ihrem Herrn und ging fort, mit den Holzschuhen klappernd.

Beunruhigt, mit gerunzelten Brauen, begann Pitaut um die Kuh herumzulaufen, die immer stärker keuchte.

Die Furcht, sie zu verlieren, sie in kurzem da leblos, mit starren Gliedern ausgestreckt zu sehen, schnürte ihm das Herz zusammen; er spürte, wie die Angst ihn würgte, wie ein Schauder über seinen ganzen Körper lief.

Eine so schöne Kuh, die beste aus der ganzen Herde! Eine Kuh, die ihm täglich sechzehn Liter Milch lieferte und alle Jahre ein Kalb, das er um neunzig Franks auf dem Markte zu Echauffour verkaufte! Warum war sie krank? Mit welchem Rechte konnte sie ihn eines so rechtmäßigen und gesicherten Einkommens berauben? Hatte man sie vielleicht schlecht gepflegt? Hatte sie nicht immer gutes Gras, Möhren und Runkelrüben, so viel sie wollte? Er betastete ihr den Rücken, den Bauch, die Wamme, die Euter, hob ihr nochmals die geschlossenen Augenlider empor. Pinaut wußte nicht recht, sollte er auf sie wütend sein oder sie beklagen. Aber in der Angst, ihre Krankheit zu verschlimmern, wenn er sie roh behandelte, sprach er sanft zu ihr und überhäufte sie mit Zärtlichkeiten.

»Na, schöne Caille! Na, meine Prinzessin, mein Hühnchen, mein kleines!« Aber im Grunde seines Herzens hätte er sie »verfluchtes Luder« nennen, sie tüchtig bei den Hörnern schütteln und ihr die Hunde an die Beine hetzen wollen.

Louise kam zurück und brachte die Säcke und die Plache. Die beiden wickelten nun die Kuh mit zärtlichster Fürsorge schön warm ein, wie man es mit einem kleinen Kind macht.

»Na, arme Caille!« sagte Pitaut.

Und Louise antwortete jedesmal:

»Na, mein Engel, mein Hühnchen, kleines Ferkelchen, na, arme Caille!«

»Willst du wohl still sein, schlimmes Kind!« schrie Frau Pitaut, während sie, vor einem Kupferkessel kauernd, die Hemdärmel aufgeschürzt, zwischen ihren Händen Erdäpfel zerquetschte, die sie dann mit Kleie und saurer Milch vermischte. »Wart, wart, Du wirst deine Prügel bekommen! Ich will dich lehren, so zu brüllen!«

Aber das Geschrei in der Wiege aus Weidengeflecht, die zwischen den beiden Betten stand, dauerte fort und verwandelte sich plötzlich in ein heiseres Geräusch, wie das Röcheln eines Kindes, das man erwürgt.

»Ah, verfluchter Balg! Ah, verrücktes Kind!« rief die Pächterin »Willst du wohl still sein!«

Vor dem rußigen Kamin saß Riquet, der Lieblingshund, und starrte auf die verglimmenden Reste eines Holzscheites. Zwei Katzen schliefen auf die warme Asche hingestreckt.

Frau Pitaut trat an die Wiege, in der das Kind noch immer schrie. Sein kleines Gesicht, mager, bleich, verrunzelt und ganz verzerrt, war erbärmlich anzusehen. Eine schlappe Haut bedeckte seine Augen und der Spalt zwischen den halbgeschlossenen Lidern sah aus, wie eine feuchte Wunde. Das Geschrei kam gewaltsam aus seiner zusammengepreßten Kehle, und sein Körper zuckte convulsivisch unter den grauen Leinendecken.

»Wann wirst du endlich genug gegreint haben, du schlimmer Bub!« sagte die Frau. Sie beugte sich über die Wiege, hob das Kind auf und schüttelte den ganz beschmutzten Strohsack.

»So geh,« setzte sie hinzu und legte ihn wieder nieder. »Geh' doch; wenn es auf dich ankommt, so hätte man nur mit dir zu tun.«

Sie ging von der Wiege fort und kauerte sich wieder vor den Kamin, dessen fast erloschenes Feuer sie von neuem anfachte. Der Hund erhob sich, lief im Zimmer herum, beschnupperte den Fußboden. Die Katzen erwachten, reckten sich und kletterten auf einen Stuhl. In diesem Moment trat Pitaut ein, von Louise gefolgt.

»Ich glaube, die Caille ist krank,« sagte er kopfschüttelnd, »sehr krank, jawohl, sehr krank!«
Die Frau, welche eben die Flamme anblies, erhob sich heftig.

»Was schwätzt du da? Was schwätzt du?« fragte sie erbleichend.

»Ich schwätze, daß die Caille sehr krank ist, das schwätz' ich! Ja sehr, sehr krank.«

»Was hat sie denn?«

»Ich weiß nicht. In der Lunge sitzt es. Sie frißt nichts und sie ist geschwollen!«

»Und sie schnauft,« bekräftigte Louise.

»Und sie ist sehr, sehr krank.« schloß Pitaut, und warf mit einer verzweifelten Bewegung seine Mütze auf den Tisch.

Frau Pinaut schwieg bestürzt. Es schnürte ihr das Herz zusammen, so plötzlich zu erfahren, daß die Caille, ihre schöne Milchkuh, schnaufte, geschwollen war, nichts fraß und sehr krank war. Sie stand wie betäubt da. Indessen, sie kam schnell zu sich und schrie, einen wütenden Blick auf Pitaut werfend:

»Sie ist geschwollen, sie schnauft! Und du, du stehst da wie ein Trottel und kratzt dir den Kopf. Du glaubst vielleicht, der Tierarzt ist nur für die Hunde da, du dummes Aas! Unser Vieh soll nur umsteh'n, das macht ja nichts, du rührst dich so wenig, wie ein Hackstock. Hast du ihr wenigstens frisches Stroh gegeben? O, du guter Himmelvater!«

Das Kind fing wieder an zu schreien, und die Wiege knirschte unter der Anstrengung dieses armen kleinen Wesens, das sich in seinen Schmerzen wand. Seine Stimme, bald schwach klagend, bald durchbohrend und ohrenzerreißend, dann wieder dumpf wie ein Röcheln, flehte in schmerzlichen Tönen. Aber weder der Vater noch die Mutter hörten diese Rufe, die sich nur in unartikulierten Lauten vernehmbar machten. Sie stritten weiter. Frau Pitaut sagte mit wütenden Gesten:

»Wenn du dastehst und mich mit offenem Maule angaffst, wird sie das gesund machen?«
Dann wandte sie sich an die Magd und wetterte:

»Du bist schuld daran, miserable Kreatur! Du hast sie gewiß auf die Weide bei den Haselnußsträuchern geführt! Dort hat sie dann schlechtes Gras gefressen.«

Sie sank auf einen Stuhl, bedeckte das Gesicht mit der Schürze und weinte.

»Meine arme Caille ist vergiftet, hu, hu, hu!« Das Kind bekam einen furchtbaren Hustenanfall, man hätte geglaubt, daß sein Körper in einem letzten Krampf sich auflösen müsse. Pitaut hob seine Augen in der Richtung der Wiege, deren Weidengeflecht krachte und über deren Rand man zwei kleine magere Hände in heftigen Zuckungen sah.

»Ah, ist das der kleine Bub, der so heult?« fragte er. »Was heult er denn so?«

»Ah, nichts, das sind die Zähne ... Meine arme Caille! Hu, hu!«

»Also ich geh' den Tierarzt holen. Sie ist ja noch nicht tot. Du brauchst dir nicht im voraus darüber graue Haare wachsen zu lassen.«

»Meine arme Caille! Nie find' ich ihresgleichen, niemals! ... Willst du wohl still sein, verfluchtes Schwein! Wart', ich will dich durchprügeln!«

Aber Louise hatte das Kind genommen und während Pitaut seine Blouse anzog, stopfte sie, am Feuer sitzend, einen dicken, klebrigen Brei in den Mund des Kleinen, der strampelte, spie und röchelte.

Doktor Ragaine lenkte, in einen warmen Wolfspelz gehüllt, seinen Tilbury über die Landstraße. Er suchte die tiefen Wagenspuren und die großen Steine zu vermeiden, deren runde Köpfe hie und da aus dem Straßenniveau auftauchten. Trotz seiner Vorsicht und der Gelehrigkeit seines Pferdes stießen die Räder manchmal gegen die Steine oder glitten in Erdlöcher, und der Wagen tanzte in seinen Federn wie eine Barke, wenn die See hochgeht. Es nieselte. Raben flogen hoch in der Luft über den grauen Himmel hin. Scharen von Drosseln flogen aus den Heckenrosen und Stechpalmen, welche die Straße dicht umsäumten, erschreckt auf und ließen sich auf den Zweigen der nahen Apfelbäume nieder.

»Guten Tag, Herr Ragaine!« sagte ein dicker Mann, der durch eine Bresche in der Hecke geklettert war, und stellte sich mitten auf den Weg hin. Er war mit einem sehr kurzen Rock bekleidet und mit einer schmierigen Hose, die in vertretenen, kothbedeckten Stiefeln stak.

Der Doktor hielt sein Pferd an.

»Ah, Herr Thorel!« sagte er. »Guten Tag Herr Thorel! So früh am Morgen schon über Land?«

Thorel schnaufte einen Moment und nahm das Tuch aus grauem Leinen herunter, das um seinen Hals gewickelt war.

»Jawohl, Herr Ragaine. In Epine habe ich ein Stück Vieh mit einem Ausschlag zu behandeln, und da ging ich durchs Feld bis zu Pitaut, dessen Kuh an einer Lungenentzündung erkrankt ist. Seit vier Tagen behandle ich sie. Wir haben jetzt sehr viel Lungenentzündungen.«

»Ah, ich gehe auch zu Pitaut.«

»Ja, ja ich weiß wegen seines Kindes. Ich habe ihm geraten, Sie holen zu lassen. Es scheint mir sehr krank zu sein, das Kind. Aber ich will Sie nicht aufhalten, Herr Ragaine.«

»Wir wollen den Weg zusammen machen, Herr Thorel, steigen Sie nur zu mir ein.«

»Aber meine Stiefel sind sehr schmutzig, Herr Ragaine.«

»O, das macht nichts, steigen Sie ein, Herr Thorel.«

»Na also, wenn Sie so freundlich sind, mit bestem Dank, Herr Ragaine.«

Ein Bauer erschien in schnellem Gang an der Biegung des Weges.

»Schau, schau, da ist ja Pitaut selber!« schrie Thorel, der schon einen Fuß auf das Trittbrett des Wagens gesetzt hatte. »He, Herr Pitaut! Guten Tag, Herr Pitaut!«

»Guten Tag, Herr Thorel, und der andere Herr,« sagte der Pächter, der stehen geblieben war, und zog respektvoll die Mütze.

»Na also, wie geht's unserer Kuh?« fragte der Thierarzt.

»Sie sind sehr liebenswürdig, Herr Thorel, sie ist heute morgens verendet. Mein Gott ja! Es dauerte nicht länger, als wenn man eine neue Daube in ein Faß einfügt. Und dann war's vorbei! Ich wollte eben zu Ihnen gehen und Ihnen sagen, Sie möchten sich nicht mehr bemühen. Sie ist hin, jawohl!«

Er machte eine zornige Bewegung. »Hab' ich ein Unglück! Vor drei Jahren hab' ich zwei Füllen und ein Kalb verloren. Voriges Jahr ging uns eine Stute zugrunde, die eben werfen sollte. Ein andermal wieder, ich weiß heute noch nicht, wie das geschehen ist, sind mir alle Hennen umgekommen. Und jetzt ist es wieder eine Kuh, eine schöne Kuh, eine sehr gute Kuh! Es gibt keinen lieben Gott, Herr Thorel, gewiß nicht! Wir haben ein blindes Schicksal über uns, ein blindes Schicksal! Das wird man mir nicht ausreden, daß wir ein blindes Schicksal haben!«

Pitaut stampfte mit dem Fuß auf die Erde und raufte sich das Haar.

»Das geht sehr stark ins Geld, alle diese Verluste, sehr stark ins Geld! Und auch das Getreide verkauft sich nicht recht, die Äpfel werfen fast gar nichts ab. Und die Trockenheit, die jetzt herrscht, schadet auch dem Fleisch. Das macht sehr viel Geld aus! Herrgott, Herrgott, wer hat uns das alles zugefügt!«

»Und das Kind?« fragte Herr Ragaine.

Pitaut sah den Doktor an, als ob er ihn nicht verstanden hätte.

»Wie sagen Sie?« fragte er.

»Das kranke Kind, zu dem ich geholt wurde, wie geht es ihm?«

»Ist das vielleicht unser kleiner Bub, von dem Sie reden?«
»Allerdings.«
»Ach ja, der ist auch gestorben....«

Der Gutsbesitzer.

Herr Lechat erwartete mich auf dem Bahnhof. »Ah, endlich, da sind Sie!« schrie er, »Das ist recht.«

»Sie sehen,« sagte ich, »daß ich Wort halte.«

»Bravo! Ich liebe es, wenn man Wort hält. Hierher! Und Ihr Billet? Geben Sie mir Ihr Billet. Vorwärts, steigen wir rasch in den Wagen! Haben Sie Gepäck? Nein, um so besser!«

Herr Lechat faßte mich an einem Flügel meines Überziehers, lief mit mir quer durch den Bahnhof und zog mich so bis zu seiner Victoria, welche mit anderen Wagen auf einem kleinen, mit Akazien bepflanzten Platze stand.

»Steigen Sie ein, steigen Sie ein, Sapristi!« rief er mir zu.

Und zum Kutscher gewendet befahl er: »Du, fahr zu, aber tüchtig! Du weißt, wenn mir einer dieser Schwachköpfe vorfährt, so schmeiß' ich dich hinaus? Zum Schloß, schnell!«

Die Pferde stampften, tänzelten einen Moment auf ihren schlanken Beinen, schnellten die Köpfe in die Höhe und dann flog der Wagen über die Straße hin.

Herr Lechat kniete auf den Kissen und beobachtete, über den Wagenrand gebeugt, aufmerksam die anderen Wagen, welche, einer nach dem anderen, in kleinen Staubwolken hinter uns herkamen.

»Achtung!« sagte er von Zeit zu Zeit zum Kutscher, »Achtung, in Dreiteufels Namen!«

Aber wir fuhren in gestrecktem Galopp; rechts und links schien die Landschaft in tollem Lauf dahinzueilen. Nach einigen Minuten erschienen die anderen Wagen nur noch als kleine, graue Punkte auf der weißen Fläche der Landstraße und selbst die grauen Punkte verschwanden nach und nach.

Herr Lechat setzte sich beruhigt nieder und stieß einen Seufzer der Erleichterung aus.

»Ich will nicht, daß man mir vorfährt,« erklärte er und legte seine breite Hand auf mein Knie. »Ich will es nicht, verstehen Sie das?«

»Meiner Treu,« sagte ich »das versteh' ich!«

»Ah, Sie sind aufrichtig, Sie! Bravo, ich liebe es, wenn man aufrichtig ist! Freilich, da sind zwei oder drei Krautjunker, die nicht einmal zwanzigtausend Franks Rente haben, und die möchten mit meinen Rennern konkurrieren! Schau einmal – du erlaubst doch, nicht wahr? – Schau einmal meine Renner an! Achtzehntausend Franks, mein Lieber, achtzehntausend!«

Er wandte nochmals den Kopf um und da er nichts mehr auf der Landstraße bemerkte, befahl er dem Kutscher, die Pferde langsamer gehen zu lassen. Herr Lechat drückte mein Knie sehr kräftig und begann wieder:

»Hör zu, laß dir erzählen: Vorgestern – aber du bist nicht bös, daß ich dich duze?«

»Keineswegs, im Gegenteil.«

»Bravo, ich liebe es, wenn man sich duzt! Vorgestern fuhr ich von Saint-Gauburge durch den Wald zurück. Der Weg ist eng und hat nur für einen Wagen Platz. Was bemerke ich vierzig Schritte vor mir? Den Herzog von la Ferté. Ein großer Esel! Ich will nicht, daß mir jemand vorfährt, besonders nicht dieser große Esel von einem Herzog. Ich sag also zum Kutscher: Fahr vor, zum Henker! – Es ist kein Platz, antwortet der Kutscher. – So renn' ihn an, und schmeiß' mir den Herzog, den Wagen und die Pferde in den Graben! Ah, das war lustig. Der Kutscher läßt den Pferden die Zügel schießen – krach! Da liegt der Herzog auf der einen Seite, ich auf der andern und der Kutscher zehn Meter weit im Gebüsch. Das war eine Verwirrung! Aber ich verliere den Kopf nicht. Schnell spring' ich auf die Füße, mache die Pferde frei, heb' den Wagen auf und fahre fort, während der Herzog liegen bleibt, alle Viere in der Luft. Ha, ha, ha! So behandle ich sie, diese Herzoge! Na, was sagst du dazu?«

»Das ist großartig!«

»Nicht wahr? Teufel, das ist nur recht so! Ich habe fünfzehn Millionen, und was hat der Herzog? Kaum zwei armselige Millionen! Und die Schafe, du mußt sehen, wie ich die Schafe überfahre! Ich habe auch schon Rinder überfahren, Rinder von armen Leuten. Was liegt daran? Ich bezahle!«

Herr Lechat rieb sich die Hände.

»Auf diese Art,« fragte ich »müssen Sie ja recht beliebt sein, in Ihrer Gegend?«

»Und ob ich beliebt bin! Du wirst das bei den Wahlen sehen, mein Lieber. Weißt du, wie man mich nennt?« fügte er, sich brüstend, hinzu. »Man nennt mich den Tiger. Das ist fesch, was? Den Tigerrr!«

Und einige Minuten lang versuchte er mit aufgerissenen Augen und geöffneten Lippen, den schwachen Schnurrbart sträubend, eine wütende Tigerkatze auf groteske Weise zu kopieren. Dann sagte er plötzlich zu mir:

»Alles was du da siehst, rechts, links, vor dir, hinter dir, alle diese Felder, alle Häuser, alle Wiesen und drüben diese Wälder, alles das gehört mir. Und dabei siehst du noch gar nichts. Meine Besitzungen erstrecken sich über drei Kreishauptstädte und vierzehn Gemeinden. Ich habe sechshundertsiebenundsiebzig Felder. Übrigens wirst du alles das auf meinem Plan sehen, in der Halle meines Schlosses. Man braucht zweiundzwanzig Stunden, um rings um meine Besitzung herumzufahren, zweiundzwanzig Stunden! Wegen der Umwege nämlich. Du wirst das alles auf dem Plan sehen, es ist großartig! Du wirst auch meine Kühe sehen, meine siebenundfünfzig Kühe, und meine hundertundachtzig normannischen Ochsen, auch meine Fischteiche. Mit einem Wort, du wirst dir alles anschauen. Ah, du wirst dich nicht langweilen!«

Er warf sich auf die Lehne des Wagens zurück, streckte die Beine vor, verschränkte die Arme und betrachtete mit einem seligen Lächeln seine Felder, seine Wiesen, seine Wälder, seine Häuser, die nacheinander an uns vorbeiflogen. Einige Bauern, die uns vorüberfahren sahen, hoben den Kopf, hielten in der Arbeit inne und grüßten sehr devot; aber Lechat achtete gar nicht darauf.

»Sie grüßen niemals?« sagte ich.

»Diese Leute da?« antwortete er mit Verachtung und zuckte die Achseln. »Sehen Sie, *das* tue ich für sie.« Und mit einem Faustschlag trieb er seinen Hut auf dem Kopfe ein und miaute wild.

Klein, lebhaft, sehr häßlich, verschmitzte Augen und ein ordinärer Mund, – das war das Exterieur des Herrn Théodule Henri Joseph Lechat von der alten Firma Lechat und Co., »Leder und Felle«, renommiert in ganz Westfrankreich. Zur Zeit des Krieges hatte Lechat die geniale Idee gehabt, für die Armee Leder zu fabrizieren – aus Pappendeckel, Lumpen und altem Zunder. Das Resultat war, daß er sich um 1872 von den Geschäften zurückzog, mit dem Kreuz der Ehrenlegion und fünfzehn Millionen Vermögen. Er kaufte die Herrschaft Vauperdu, um sich, wie er stolz sagte, ganz der Landwirtschaft zu widmen.

Die Herrschaft Vauperdu ist eine der schönsten, die es in der Normandie gibt. Außer dem Schloß, einem imposanten Dokument der Baukunst des sechzehnten Jahrhunderts, und den beträchtlichen Flächen von Wald, Weideplätzen und Ackerland, die es umgeben, umfaßt die Besitzung zwanzig Pachthöfe, fünf Mühlen, zwei Forste und ausgedehnte Wiesen. Das ganze wirft einen jährlichen Ertrag von rund viermalhundertfünfzigtausend Franks ab. Nach dem Verkauf seiner Gerbereien und Lederfabriken machte sich Lechat mit seiner Frau in Vauperdu ansässig – mit seiner Frau, die er noch als armer Arbeiter geheiratet hatte, was ihm jetzt furchtbar leid tat. Frau Lechat fehlte es ebenso, wie ihrem Gatten, an Eleganz, Orthographie und gesellschaftlichem Schliff; aber unter der Seidenrobe und dem Modehut, die sie ziemlich ungeschickt trug, war sie die einfache, ehrliche und vernünftige Bäuerin von ehedem geblieben. Lechat, der sich so plötzlich vom Gerber in einen Landwirt verwandelt hatte, ärgerte sich, trotz seiner extrem republikanischen Alluren sehr über die soziale Minderwertigkeit seiner Frau, und es verstimmte ihn, daß sie allzusehr die niedrige Geburt und die Parvenü-Herkunft merken ließ.

Es ist nicht möglich, in irgend einer Gegend einen Grundbesitz zu haben, der viermalhundertfünfzigtausend Franks Rente abwirft, ohne dort zu einer Art Berühmtheit zu werden. Lechat war infolge dessen die bekannteste Persönlichkeit der Umgebung, weil er dort der Reichste war, und es verging wohl keine Minute, ohne daß man, auf zehn Meilen in der Runde, von ihm sprach. Man sagte: »Reich, wie Lechat.« Der Name Lechat diente zu hyperbolischen Vergleichen, zum obligaten Cliché für die Bezeichnung ungeheuerlicher Reichtümer. Lechat entthronte Krösus und nahm die Stelle des Marquis de Carrabas ein. Aber beliebt war er keineswegs, und obwohl die Bauern sich befleißten, ihn ehrerbietigst zu grüßen, machten sie sich doch hinter seinem Rücken über ihn lustig, denn er war grob, sekant, exzentrisch, prahlsüchtig und sehr arrogant; sein familiäres Benehmen und seine gemütlichen Alluren täuschten niemanden. Er hatte eine lärmende und ungeschickte Art, Wohltätigkeit zu üben, welche die Dankbarkeit verstummen ließ; seine Liebeswerke, die nicht imstande waren, den häßlichen Egoismus des Parvenüs zu verdecken, erfüllten die Seelen der Armen mit Haß statt mit Frieden, so sehr kamen sie fortgesetzten Verhöhnungen ihres Elends gleich. Er hatte übrigens dreimal bei den Wahlen kandidiert und hatte dreimal, trotz der Unsumme Geldes, die er darauf verschwendete, nur zirka dreihundert Stimmen von fünfundzwanzigtausend erhalten können. Das waren die Informationen, die ich über Herrn Lechat erhalten hatte, dessen Name in jener Gegend in allen Gesprächen unaufhörlich wiederkehrte.

Eines Tages war ich ihm zufällig begegnet. An jenem Tage ließ mich Lechat nicht mehr los und überhäufte mich mit seinen plumpen Aufmerksamkeiten. Er lud mich nach Vauperdu ein, wo er mir seine landwirtschaftlichen Erfolge zeigen wollte. Da ich Menschenscheu, Hang zur Einsamkeit, Überhäufung mit Arbeit vorschützte, sagte er, mir auf die Schulter klopfend:

»Paperlapapp! Ich sehe schon, was der eigentliche Grund ist. Sie können mir meine Gastfreundschaft nicht mit gleichem vergelten, was? Na, wenn es nichts anderes ist, was Sie stört, so können Sie sich ja einmal revanchieren, indem Sie was über mich in die Zeitung schreiben!«

Dieser Beweis delikatesten Taktes des Herrn Lechat hatte alle meine Bedenken besiegt.

Der Wagen rollte über eine breite Allee prachtvoller Buchen. An ihrem Ende sah man, von der Sonne bestrahlt, das Schloß Vauperdu mit seinen spitzen Dächern und wappengeschmückten Zinnen, mit seiner schönen Façade aus weißem Stein und rosafarbenen Ziegeln.

»Da sind wir nun, mein Lieber,« rief Herr Lechat. »Na also, was sagst du wohl, wie das aussieht, so auf den ersten Blick?«

II.

Ein alter, graubärtiger, gebeugter Mann ging hüstelnd, die Hände auf dem Rücken, auf der Zufahrtsrampe auf und ab. Er stürzte uns entgegen und half dienstfertig Herrn Lechat aus dem Wagen.

»Nun, alter la Fontenelle, hast du den Tierarzt geholt wegen der Kuh?«

»Ja, Herr Lechat.«

»Vor allem nimm deinen Hut ab! Ist das in deinen Kreisen üblich, daß man die Dienstboten lehrt, mit bedecktem Kopf zu ihrem Herrn zu sprechen? So ist's recht.... Nun, was hat der Tierarzt gesagt?«

»Er hat gesagt, daß man die Kuh vernichten muß, Herr Lechat.«

»Er ist ein Trottel, dein Tierarzt. Eine Kuh vernichten, die fünfhundert Franks gekostet hat! Du wirst so gut sein, mein lieber la Fontenelle, und wirst die Kuh selber, hörst du? selber zum Bader von Saint-Michel führen. Und zwar sofort. Vorwärts, hoppla, Herr Graf!«

Der alte Mann grüßte und entfernte sich. Da rief ihn Lechat mit einem Pfiff zurück, wie man die Hunde ruft.

»Ich erlaube dir schon,« sagte er, »daß du deinen Hut wieder aufsetzt und selbst deine Krone, wenn du sie nicht mit dem übrigen Plunder verkauft hast. Jetzt fahr' ab!«

Und dieser Spaßvogel von Lechat erklärte mir, daß der alte Mann sein Verwalter sei und eigentlich Graf von la Fontenelle heiße; er habe ihn aus dem tiefsten Elend und der bittersten Armut zu sich genommen, um ihn vor Not zu schützen.

»Ja, mein Lieber,« schloß er, »das ist ein Adeliger, ein Graf! Da siehst du, was ich aus diesen Grafen mache! Ha, der Adel kann bei mir etwas erleben! Und doch verdankt er mir seine Existenz, dieser Grandseigneur, was? ...Komm hinein.«

Das Vestibule war ungeheuer groß: Eine prächtige Treppe, geschmückt mit einer Balustrade aus Eichenholz, führte in die oberen Stockwerke hinauf. Türen öffneten sich auf weite Zimmerfluchten, in denen man Möbel, mit Schutzdecken überzogen, und Lüster, von Gazestoff umhüllt, sehen konnte. Gegenüber der Eingangstür bedeckte der Plan der Besitzung, eine riesige, in grellen Farben gezeichnete Karte, die ganze Wandfläche.

»Siehst du,« sagte mir Lechat, »das ist mein Plan. Meine Felder, meine Forste, da siehst du sie, als ob du darin spazieren gingest. Diese roten Quadrate da, das sind meine zwanzig Pachthöfe. Vertreib' dir die Zeit mit dem Anschauen, inzwischen will ich meine Frau benachrichtigen. Genier' dich nicht, weißt du, schau' dir alles an. Willst du deinen Hut ablegen? Dorten rechts ist der Kleiderständer. Genier' dich nicht! …. Hör' einmal, du mußt dir nicht einbilden, daß meine Frau so ist, wie die Pariser Damen. Ich mache dich aufmerksam, daß sie eine Bäuerin ist und nicht viel Umgang hat. Sie schadet mir sehr damit, nein, es ist schrecklich, wie sie mir schadet! Na, jetzt ist's schon einmal geschehen. Siehst du das Schwarze da? Das ist meine Brennerei. Willst du dich setzen? Genier' dich nicht!«

Ringsherum waren wenig Möbel: große Mahogonischränke, Tische, Rohrstühle, kleine Ledersessel und einige Jagdgemälde. Aber auf den Schranken, auf den Tischen, über den Bildern, überall waren ausgestopfte Vögel in theatralischen Posen angebracht. Um den Hals hatten sie kupferne Täfelchen mit eingravierten Inschriften, wie zum Beispiel:

Königs-Reiher
erlegt von
Herrn Théodule Lechat,
Besitzer der Herrschaft Vauperdu,
Auf seiner Wiese in Valdieu
Am 25. September 1880.

Ich bemerkte auch in einer marmornen Jardinière, am Fuße eines großen Spiegels, Holzschuhe, Pantoffel, Galoschen und einen ganzen Wirrwarr bizarrer und häßlicher Dinge.

Lechat kam gleich mit seiner Frau zurück. Sie war eine kleine, dicke, freundlich lächelnde Person, die schon mehr rollte, als sie ging. Ihre Augen waren nicht ohne Klugheit und Offenherzigkeit. Sie trug eine riesige Haube, mit ganzen Büscheln von Blumen, und die breiten Bänder wehten an ihren Schultern wie Flügeln. Frau Lechat machte zwei Knickse und sagte mir mit etwas heiserer Stimme:

»Sehr liebenswürdig, mein Herr, sehr liebenswürdig, daß Sie uns besucht haben. Lechat hat Ihnen wahrscheinlich einen Haufen Geschichten erzählt, nicht wahr? Aber Sie müssen nicht darauf achtgeben, was er sagt. Es gibt keinen größeren Aufschneider, keinen größeren Spaßvogel. Das schadet ihm, wenn man ihn nicht kennt, denn im Grunde ist er viel weniger schlecht, als er scheint. Es ist seine Manie, so ins Blaue hineinzureden. Mein Gott, er weiß nicht mehr, was er alles erfinden soll. Wenn es ihn packt, da legt er los und hört nicht mehr auf.«

Lechat schüttelte den Kopf, zuckte die Achseln und sah mich augenzwickernd an, ohne Zweifel, um mir anzudeuten, daß ich auf das Geschwätz seiner Frau nicht hören sollte.

»Sie haben da,« sagte ich zu Frau Lechat, um die Konversation auf ein anderes Gebiet zu lenken, »Sie haben da eine herrliche Besitzung.«

Frau Lechat seufzte.

»Das ist zu groß, wissen Sie. Ich kann mich nicht an so große Gebäude gewöhnen. Man verliert sich darin. Und dann, das kostet soviel Geld, sehen Sie. Lechat hat sich's in den Kopf gesetzt, Landwirtschaft zu treiben, aber er persönlich will nichts angreifen. Da kommen alle Tage neue Erfindungen, Dampfmaschinen, Experimente. Ah, das Geld fliegt nur so weg bei alledem, es ist gar nicht zum sagen. Ich weiß wohl, daß das Getreide nicht gut geht, die Leute wollen es nicht kaufen, und es ist gar nicht vorteilhaft, es anzubauen. Aber da bildet sich Lechat ein, anstatt dessen Reis auszusäen! Er sagt: Das wächst ganz gut in China, warum soll es nicht auch bei mir wachsen? Natürlich ist das absolut nicht gewachsen! Und mit allem ist es dieselbe Sache.«

Ein Diener trat ein.

»Na also, mein Junge, ist das Dejeuner fertig?« fragte sie.

Sie wandte sich sofort wieder zu mir und sagte: »Sie müssen Hunger haben, da Sie seit heute morgens unterwegs sind. Weiß Gott, bei uns, da ißt man, was einem Gott beschert – wie sich's gerade trifft! Wenn man reich ist, so ist das noch kein Grund, nur Trüffeln zu essen und alles aufs Essen hinauszuwerfen. Gehen wir speisen! Sag' einmal, unser Gast trinkt doch Apfelwein?«

»Gewiß trinkt er Apfelwein!« bestätigte Lechat mit Entschiedenheit und zog mich in den Speisesaal, indem er mir ganz leise ins Ohr flüsterte:

»Gieb nicht acht auf die Gute, sie hat keine Lebensart. Wie sie mir damit schadet!«

Das Dejeuner war greulich. Es setzte sich eigentlich nur aus sonderbar hergerichteten Resten zusammen. Mir fiel besonders ein Gericht auf, bestehend aus kleinen Stücken einstmals gebratenen Rindfleisches, Kalbfleisch, das früher in Sauce gewesen war, Hühnern, die aus irgend einem alten Frikassé stammen mußten. Das alles schwamm in einem Tümpel von Sauerampfersauce, die mir schon das Äußerste an unqualifizierbarem Gebräu zu sein schien. Fünf oder sechs fast schon geleerte Weinflaschen standen auf dem Tisch vor Lechat, der sie von Zeit zu Zeit in mein Glas austropfen ließ. Dabei betonte er jedesmal ausdrücklich, daß er seinen feinen Wein nur am Sonntag entkorke und an Wochentagen ausschließlich dann, wenn Gesellschaft da sei.

Betäubt von dem, was ich seit einer Stunde hörte und sah, wußte ich wahrhaftig nicht, welche Haltung ich einnehmen sollte. Vor diesen zwei armseligen Leuten, welche infolge einer aufreizenden Ironie des Schicksals sich in den Millionenreichtum verirrt hatten, ergriff mich eine große Melancholie, und gleichzeitig stieg mir der Ekel vor dem bösartigen und unreinlichen Reichtum auf. Dazu kam noch das bittere Gefühl der Sinnlosigkeit alles Strebens nach menschlicher Gerechtigkeit, der Sinnlosigkeit des Fortschrittes und der sozialen Revolutionen, die kein anderes Resultat hatten, als: Lechat, und die fünfzehn Millionen von Lechat! Also darum, daß sich Lechat stumpfsinnig in dem gestohlenen, unreinen Gold wälzen könne, darum haben die Menschen jahrhundertelang Ideen in alle Winde gestreut, darum fiel blutiger Tau von den hohen Schaffotten auf die alte, erschöpfte, unfruchtbare Erde nieder! Und durch das offene Fenster des Speisesaales, das die Fernsicht der sanft gewellten Rasen und die dunkle Masse der Wälder wie ein Bild umrahmte, glaubte ich von allen Punkten des Horizontes lange Züge von Verfluchten, Elenden und Enterbten herankommen zu sehen, die sich an den Mauern des Schlosses Vauperdu die Glieder zerbrachen und den Schädel zerschmetterten. Ich blieb schweigsam, kein Wort kam über meine Lippen.

Plötzlich schrie Lechat:

»Wenn ich Deputierter bin! …Ja, wenn ich Deputierter bin!« Er ließ diesen Gedanken ausklingen, indem er die Gabel über dem Kopfe schwang. Seine Frau sah ihn bedauernd an und zuckte wiederholt die Achseln.

»Wenn du Deputierter bist!« wiederholte sie. »Du und Deputierter! Ja freilich, Deputierter! Da bist du viel zu dumm dazu.«

Sie rief mich als Zeugen an.

»Ich frage Sie, Herr …., ist es vernünftig, solche Sachen zu reden? Wie sie ihn da sehen, hat er dreimal kandidiert. Und dreimal hat er nicht mehr als dreihundert Stimmen bekommen können. Ich würde mich an seiner Stelle schämen, gewiß! Und wissen Sie, was diese dreihundert Stimmen uns gekostet haben? Sechsmalhunderttausend Franks, lieber Herr, so wahr als diese Flasche hier steht! Oh, ich habe alles ausgerechnet! Sechsmalhunderttausend Franks und keinen Sou weniger! Das heißt also, jede Stimme kostet uns durchschnittlich zweitausend Franks. Und er will noch immer kandidieren! Sehen Sie, Sie würden gewiß nicht draufkommen, was er bei der letzten Feier des 14. Juli als sogenannte patriotische Manifestation ausgeheckt hat. Also, er ließ alle Baumstämme der Avenue in den Farben der Trikolore bemalen!«

Lechat lächelte, rieb sich die Hände, schien ganz glücklich darüber zu sein, daß man von einer seiner Großtaten erzählte, einer jener erhabenen Ideen, wie sie zeitweilig seinem Kopfe entsprangen. Er sah mich an, als wollte er in meinen Blicken begeisterte Zustimmung lesen.

»Das war ein Streich, was?« sagte er zu mir. »Aber was verstehen Frauen davon, wie man dem Volke als Beispiel vorangehen muß. Hör' einmal, mein Lieber, diesmal dringe ich durch, und das darf mich keinen Centime kosten. Ich habe einen Kriegsplan, du wirst schon sehen! Ich kandidiere als landwirtschaftlicher Sozialist, als Mann der radikalen Landwirtschaft. Keine Armee, keine Justiz, keine Steuereinnehmer, das blas' ich alles weg! Keine Armen mehr, alle sind Besitzende! Du wirst ja mein Programm sehen, später, wenn die Wahlen kommen! Das wird aber den Geistlichen in die Nase steigen! Es gibt natürlich auch keine Geistlichen mehr, das hätte ich beinahe vergessen. Denn die haben, mich verhindert, durchzudringen, weil ich ein Freidenker bin, ich, weil ich ihren lieben Gott nicht fresse! Ah, über meine Taktik werden sie nicht lachen, die Pfaffen!«

Bei diesem Wort geriet Madame Lechat in Zorn, und schrie:

»Schweig! Ich verbiete dir, die Priester so zu nennen und in meiner Gegenwart über die Religion zu schimpfen! Mein Gott, er ist ja ärger als ein kleines Kind! Glauben Sie nicht, Herr ..., daß er irreligiös ist, aber wenn er eine Gesellschaft hat, da überkommt es ihn, da muß er groß tun. Aber wenn ihm das Geringste wehtut, dann ist er gleich außer sich, und schnell, schnell muß der Priester kommen. Wenn es nach ihm ginge, wäre der arme Pfarrer fortwährend bei uns, um ihn zu versehen.«

Um die Verlegenheit über die Vorwürfe seiner Frau zu verbergen, trommelte Lechat auf den Rand seines Tellers, verfolgte eine Fliege am Plafond und pfiff nachlässig vor sich hin. Dann räusperte er sich und schlug plötzlich ein anderes Thema an.

»Schade,« sagte er mir, »daß du nicht vor vierzehn Tagen aufs Schloß gekommen bist. Da habe ich Cancan getanzt. Das hättest du sehen sollen, wie ich Cancan tanze! Wie in Paris, mein Lieber!«

Und er wackelte auf seinem Sessel hin und her, und warf seine Arme in grotesken Bewegungen nach vorne.

»Ah, du hast's notwendig, dir darauf noch was zugute zu tun!« seufzte Frau Lechat. »Denn du mit deinem Cancan bist schuld daran, daß wir unsere Hemden nicht haben. Urteilen Sie selbst, Herr ....Jeden Monat empfangen wir die Herrschaften aus der Stadt. Sehr liebenswürdige Herren und ihre Damen. Besonders Herr Gatinel, der Hypothekenamtsvorsteher, ist sehr lustig. Das muß man sagen, er weiß eine Gesellschaft zu unterhalten. Stellen Sie sich vor, er spielt Klavier mit den Füßen, mit der Nase, mit allem Möglichen, und er spielt es sehr gut. Ich amüsiere mich sehr über Gatinel, und alles, was er sagt, ist so komisch! Also vor vierzehn Tagen waren die Herren mit ihren Damen wieder da. Nach dem Diner begann man zu tanzen – das war so eine Idee, die plötzlich auftauchte. Es war sehr heiß, wenn Sie sich noch erinnern, und, weiß Gott, die Leute schwitzten, – das war schon schrecklich anzusehen, wie sie schwitzten! Man hatte zwar die Fenster aufgemacht, aber es ging ein heftiger Sturm draußen. Und dann war es auch wegen des Tanzens. Das war übrigens sehr nett. Wenn man sich gut unterhält, nicht wahr, so fliegt die Zeit nur so hin und man vergißt auf alles. Wir hatten auch richtig auf die Abfahrt des Zuges vergessen. Ich dachte mir: mein Gott, jetzt muß man allen diesen Leuten hier Nachtquartier geben, das ist keine Kleinigkeit. Wenn man auch viele Zimmer hat, so ist oft nicht genug Bettwäsche da, und Bettwäsche für sechzehn Personen, das kann einem Kopfzerbrechen machen! Aber schließlich gelang es schlecht und recht, die Leute unterzubringen. Nur, stellen Sie sich vor, das war noch nicht alles. Man brauchte auch Hemden für alle diese Menschen, denn ihre eigenen Hemden waren wirklich so naß, so naß, daß man hätte glauben können, sie kämen gerade aus der Wäsche. Lechat lieh also den Herren von den seinigen, ich den Damen von den meinigen. Die ihrigen ließ ich über Nacht in der Ofenröhre trocknen und dachte mir, sie würden sie am nächsten Tag wieder anziehen können. Am nächsten Tag waren die Hemden auch richtig trocken; aber schmutzig, das hätten Sie sehen sollen, schmutzig und ganz zerknittert, wahre Fetzen! Es war undenkbar, undenkbar ...! Also lieh Lechat den Herren wieder Taghemden, und nun reiste die Gesellschaft in bester Stimmung ab. Nun also, mein lieber Herr, seitdem sind vierzehn Tage verflossen, und sie behalten uns noch immer unsere Hemden zurück! Sagen Sie, was Sie wollen, ich für meinen Teil finde das undelikat. Wenn man auch noch so gut mit Weißwäsche versehen ist, so machen doch sechzehn Hemden etwas aus in einer Ausstattung ...«

Das Dejeuner war zu Ende, die Tafel wurde aufgehoben. Lechat ergriff meinen Arm und zog mich mit sich fort, um mir, wie er sagte, seinen landwirtschaftlichen Betrieb zu zeigen. Wir machten uns also auf den Weg.

Von der Gegenwart seiner Frau befreit, zeigte sich Lechat wieder heiter, lebhaft, geschwätzig und prahlerischer als je. Er bat mich inständigst, nicht ein Wort von dem zu glauben, was sie während des Dejeuners erzählt hatte, und versicherte mir auf Ehrenwort, daß er Freidenker sei, weder an Gott noch an den Teufel glaube, und daß ihm trotz seiner sozialistischen Gesinnung das Volk im Grunde herzlich gleichgültig sei. Er vertraute mir auch an, daß er in der Stadt eine Maitresse habe, die ihn sehr viel Geld koste, und daß alle schönen Mädchen der Gegend in ihn verrückt seien.

»Oh, die arme Frau,« schloß er »wie ich sie betrüge! Wie ich die Frauen alle betrüge!«

Wir besuchten die Hürden, die Stallungen, den Hühnerhof, er erließ mir keine Kuh und keine Henne, nannte mir den Namen jedes Tieres, seinen Preis, seine Hauptvorzüge. Als wir durch den Park gingen, hatte er die Güte, mir mitzuteilen, daß er zwölftausend hochstämmige Eichen, sechsunddreißigtausend Tannen und fünfundzwanzigtausendneunhundertzweiundsiebzig Buchen besitze. Kastanien aber hatte er so viel, daß er ihre genaue Ziffer unmöglich wissen konnte. Endlich kamen wir auf das freie Feld hinaus.

Eine große Ebene dehnte sich vor uns hin, kahl, ohne Grashalm, ohne Baum. Die Erde, so glatt wie eine Straße, war sorgfältig geeggt und mit der Walze wieder geebnet worden. Der Wind wirbelte auf ihr Staubwolken empor, die sich in gelblichen Spiralen drehten und in der Sonne zerflatterten. Ich war erstaunt, mitten im August kein Kornfeld und keinen Kleeacker zu sehen.

»Das sind meine Reservefelder,« sagte mir Lechat. »Ich will dir das erklären. Verstehst du, ich bin kein gewöhnlicher Ackerbauer, ich bin ein Agronom. Begreifst du den Unterschied? Das will sagen, ich betreibe die Landwirtschaft als intelligenter Mensch, als Denker, als Ökonom, und nicht als Bauer. Nun also: Ich habe bemerkt, daß alle Leute Getreide, Gerste, Hafer, Runkelrüben anbauen. Was für ein Verdienst ist da dabei und schließlich, unter uns, was bringt es ein? Und dann, das Getreide, die Runkelrüben, Gerste, Hafer, das ist alles ganz veraltet und abgebraucht. Man muß etwas anderes finden. Der Fortschritt ist unaufhaltsam, und wenn alle anderen zurückbleiben, so ist das noch kein Grund, daß ich, Lechat, Schloßherr von Vauperdu, Besitzer von fünfzehn Millionen, sozialistischer Agronom, auch zurückbleibe. Man muß mit seiner Zeit gehen, Donnerwetter! Da habe ich denn eine neue Art der Bebauung eingeführt; ich säe Reis, Tee, Kaffee, Zuckerrohr. Welche Umwälzung! Bist du dir auch klar über alle Konsequenzen? Mir scheint, du begreifst es nicht. Mit meinem System mache ich die Kolonien ganz überflüssig, und gleichzeitig schaffe ich den Krieg aus der Welt! Du bist starr, was? Dir wäre so etwas nie eingefallen? Man braucht nicht mehr ans Ende der Welt zu laufen, um diese Produkte zu holen. Von nun ab findet man sie bei mir. Vauperdu, das sind unsere wahren Kolonien! Da ist Indien, da ist China, Afrika, Tonking! Allerdings, das muß ich gestehen, es wächst noch nichts. Nein. Man sagt mir, das Klima taugt nicht. Geschwätz! Das Klima hat mit der Sache nichts zu tun. Der Dünger ist es, darin liegt alles! Ich brauche einen neuen Dünger und ich suche ihn. Ich habe einen Chemiker engagirt, für den ich drüben hinter dem Wald einen Pavillon und ein Laboratorium bauen ließ; der sucht nun schon seit drei Jahren. Er hat noch nichts gefunden, aber er wird finden. Also alles, was du da siehst, ist Reis, lauter Reis. Aber ich glaube eins: nämlich, daß die Vögel der Getreidekörner, die sie schon seit so langer Zeit fressen, überdrüssig sind, und sich auf den Reis geworfen und kein einziges Korn davon übrig gelassen haben. Das glaube ich. Darum lasse ich sie auch alle umbringen. Schau dich nur um, es gibt keinen Vogel mehr auf meiner Besitzung. Ich war schlau, ich zahle zwei Sous für einen getöteten Spatzen, drei Sous für einen Grünling, fünf Sous für eine Grasmücke, zehn Sous für eine Nachtigall, fünfzehn Sous für einen Finken. Im Frühjahr gebe ich zwanzig Sous für ein Nest mit den Eiern. Sie werden mir von zehn Meilen ringsum und weiter hergebracht. Wenn das sich so herumredet, werde ich in ein paar Jahren alle Vögel Frankreichs vernichtet haben. Komm' weiter, ich will dir jetzt etwas Merkwürdiges zeigen.«

Er ging, seinen Spazierstock in der Luft herumwirbelnd, mit großen Schritten, durch die Reisfelder, bückte sich manchmal, um einen Halm auszureißen, warf ihn wieder weg, nachdem er ihn besehen hatte, und sagte: »Nein, das ist Gras.«

Nach einem Marsch von einer Stunde auf der staubigen heißen Erde kamen wir vor ein großes sattgrünes Feld, das vom Rande der Landstraße her bis zum Waldessaume sanft anstieg. Ich blieb erstarrt stehen, wie die Personen in den klassischen Tragödien. Von dem Grund aus hellerem Schneckenklee hoben sich, in dnnkelvioletten Kleeblüten klar gezeichnet, alle Buchstaben ab, welche zusammen den Namen bildeten: *Théodule Lechat.* Der Name war auf der grünen Fläche nicht nur deutlich lesbar, sondern geradezu lebendig. Ein leichter Wind schaukelte die Spitzen der Pflanzen, warf sie in Wellen, wie flutendes Wasser, vergrößerte, verkleinerte die Buchstaben des Namens je nach seiner Richtung und Stärke. Lechat betrachtete strahlenden Gesichtes seinen Namen, der auf diesem Meer glänzend grüner Blüten zitterte, tanzte, hinundwiederlief. Mit Hochgenuß sah er diesen zauberhaften Namen unter freiem Himmel breit hingeschrieben, unaufhörlich den Blicken der Passanten ausgesetzt, die zweifellos vor diesem Namen stehen blieben, ihn buchstabierten und ihn mit einer Art geheimnisvoller Furcht aussprachen .... Entzückt und begeistert murmelte er, jede Silbe betonend, leise vor sich hin: »Théodule Lechat! Théodule Lechat!«

Strahlend vor Freude und Triumph wandte er sich zu mir und sagte:

»Das ist eine Idee, was? Stelle dir vor, ich ließ einen berühmten Gärtner aus Paris kommen, um das Feld so zu bebauen? denn hier bei uns, das kannst du dir ja vorstellen, ist keiner imstande, so etwas durchzuführen. Das ist schmeichelhaft, was, seinen Namen auf diese Art hingeschrieben zu sehen. Wer das anschaut, sagt sich sofort: Das kann doch wenigstens kein Lumpenkerl sein, der Mensch da. Und dann, wenn ein jeder sein Feld mit seiner Unterschrift versehen wollte, so gäbe es keine Anfechtungen des Grundbesitzes mehr. Ah, ich habe auch andere Ideen, die noch glänzender sind. Komm' einmal da her!«

Wir gingen längs des Kleefeldes hin und kamen durch einen Schlag junger Kastanienbäume in den Wald. Als wir einen breiten Weg erreichten, der wie eine Parkallee gerecht war, kam uns ein armes Weib entgegen, dessen Rücken sich unter der Last eines Reisigbündels bog. Zwei kleine Kinder, barfuß und in Lumpen, begleiteten sie. Lechat wurde purpurrot, eine Flamme der Wut sprühte aus seinen Augen, mit hocherhobenem Stock stürzte er auf die arme Frau los.

»Bettlerin, Diebin,« schrie er, »was machst du hier auf meinem Grund? Ich will nicht, daß man mein Reisig aufklaubt, ich will es nicht, elende Landstreicherin! Vorwärts, wirf das Holz weg! Willst du wohl mein Holz wegwerfen, wenn ich es befehle!«

Er packte das Reisigbündel bei dem Strang, der es zusammenhielt, und riß so heftig daran herum, daß die Frau mitsamt dem Holz auf die Straße hinrollte.

»Und wer hat dir erlaubt, meine Alleen mit deinen schmutzigen Füßen zu betreten, sag'? Glaubst du vielleicht, für dich lasse ich sie rechen, meine Alleen, was? Wirst du antworten, wenn ich zu dir spreche!«

Die Frau, die noch immer auf der Erde lag, wimmerte: »Mein guter Herr, ich tue kein Unrecht gegen Sie. Ich habe immer das Holz zusammengeklaubt. Und aus Barmherzigkeit hat niemand was dagegen gehabt. Wir sind so unglücklich!«

»Niemand hat was dagegen?« erwiderte wütend der Schloßherr und schwang seinen Stock. »Bin ich vielleicht niemand? Ich bin Herr Lechat, verstehst du, Herr Lechat von Vauperdu. Da, du Diebin! Da, du Bettlerin! Da hast du!«

Der Stock fiel ein paarmal auf die alte Holzklauberin nieder, die sich unter Tränen wehrte und um Hilfe schrie, während die kleinen Kinder in ihrem Schreck ohrenzerreißend kreischten. Unter Seufzern und Gestöhne hörte man die Alte sagen:

»Au, au! Sie haben nicht das Recht, mich zu schlagen, Sie schlechter Mensch, Sie! Au, au! Ich werde Sie vom Friedensrichter verurteilen lassen. Au! Au! Ich werde es den Gendarmen sagen ...«

Bei diesem Wort: Gendarmen, hielt Lechat plötzlich inne. Sein blutunterlaufenes Auge nahm einen Ausdruck jähen Schreckens an, sein eben noch purpurn gerötetes Gesicht erbleichte auf einmal. Er zog ein Goldstück aus seinem Portemonnaie und drückte es mit einer fast flehenden Geberde der Alten in die Hand.

»Da sind zwanzig Franks, arme Frau,« sagte er. »Du siehst wohl, zwanzig Franks. Ha, das ist ein schönes Geld, zwanzig Franks, was? Und dann, weißt du, du kannst Holz aufklauben, so viel du willst. Du hast es gesehen, nicht wahr? Es sind zwanzig Franks! Wenn du nichts mehr davon hast, komm' nur zu mir und verlange wieder. Adieu, auf Wiedersehen!«

Wir gingen ins Schloß zurück, ohne miteinander zu sprechen.

Die Stunde der Abreise kam. Als ich in den Wagen stieg, sagte mir Lechat:

»Du hast das alte Weib im Wald gesehen, was? Nun also, ihr Mann, das ist wieder eine Stimme mehr für mich bei den Wahlen. Was willst du haben? Heutzutage muß man wohl das Volk korrumpieren.«

Und mit einem widerlich grinsenden Lächeln, das seine Zähne entblößte, fügte er hinzu:

»Und es prügeln!«

Der Dieb

Letzte Nacht schlief ich fest, als mich ein starkes Geräusch pöatzlich weckte. Es war , als sei im Zimmer nebenan ein Möbel umgestürzt. Eben schlug die Penduluhr viemal, und meine Katze begann fürchterlich zu miauen. Ich sprang aus dem Bette heraus, öffnete rasch, ohne Vorsichtsmaßregeln, mit einem nur durch die Wärme meiner konservativen Überzeugungen begründeten Mute die Türe und trat in das Nebenzimmer. Es war hell erleuchtet, und was mir vor allem auffiel, war ein sehr fein gekleideter Herr im Frack, der sogar einen Orden auf der Brust hatte und wertvolle Gegenstände in einen hübschen Reisekoffer von gelbem Rindsleder stopfte. Der Koffer war nicht mein Eigentum, aber die wertvollen Gegenstände waren es wohl, und das alles erschien mir aus diesem Grunde als widerspruchsvoller und ungesunder Vorgang, gegen den ich mich zu erwehren beabsichtigte. Obzwar ich diesen Herrn gewiß nicht kannte, hatte er eines jener Gesichter, die einem bekannt vorkommen, denen man auf dem Korso, im Theater, in den Nachtcafés begegnet, eines jener tadellosen, wohlgepflegten Gesichter, bei deren Anblick man sich sagen muß: "Den muß ich von einem Klub kennen" .. Wenn ich behaupten wollte, ich sei durchaus nicht erstaunt gewesen, um vier Uhr morgens einem Herrn im Frack bei mir zu begegnen, den ich gewiss nicht eingeladen hatte, so wäre das übertrieben. Aber mein Erstaunen wurde durch kein anderes Gefühl des Schreckens oder Zornes getrübt, wie es bei solchen nächtlichen Besuchen manchmal vorzukommen pflegt. Das feine Aussehen und die ungetrübte Laune dieses Klubmannes hatte mich auf das angenehmste überrascht, denn ich muß gestehen, daß ich das nicht erwartet hatte, daß ich vielmehr befürchtete, mich einem gemeinen Einbrecher gegenüberzufinden, und das es zu meiner Verteidigung Not tun werde, mich ihm gegenüber roher Gewalt zu bedienen, wozu ich nicht die mindeste Neigung habe und wobei der Ausgang immer ungewiß ist. Bei meinem Erscheinen unterbrach der Unbekannte seine Arbeit und sprach mich mit einem wohlwollenden und spöttischen Lächeln an: "Entschuldigen Sie, verehrter Herr, daß ich Sie so unhöflich geweckt habe .. Aber es ist gewiß nicht meine ganz meine Schuld. Ihre Möbel sind sehr empfindlich, beim Ankommen mit dem zartesten Brecheisen fallen sie geräuschvoll auseinander"...

Ich bemerkte, daß das Zimmer ganz umgestürzt war. Die Laden der Schränke waren geöffnet und geleert, die Glasscheiben zerschnitten, ein kleines Empireschreibtischchen, in dem ich meine Werte und meinen Familienschmuck aufbewahrte, lag jämmerlich dahingestreckt auf dem Teppich... Mit einem Wort - eine Plünderung! Und wärend ich das alles bemerkte, sagte mein etwas zu früh aufgestandener Gast mit seiner wohlklingenden Stimme: "Ach, diese modernen Möbel! Was sind das doch für gebrechliche Seelen, meinen Sie nicht auch? Mir scheint, daß auch die von der Krankheit des Jahrhunderts erfaßt und neurasthenisch, wie alle Welt"...

Er brach in ein stilles, bescheidenes und liebenswürdiges Lachen aus, das für mich nichts verletzendes hatte und mir bewies, daß ich es hier mit einem Manne von hervorragender Erziehung zu tun hatte. Ich beschloß daher ihm zuvorzukommen. "Mit wem habe ich die Ehre?" sagte ich, un meine Blicke folgten viel beruhigter dem Tun meines nächtlichen Besuchers, während der durch die offenen Türen entstandene Luftzug mein Hemd hin und her flattern machte. "Mein Gott", erwiederte der vollkommene Gentleman mit freundlicher Betonung, "mein Name würde Sie augenblicklich vielleicht etwas allzusehr überraschen... Und meinen Sie nicht auch, daß es besser wäre, mich Ihnen bei einer weniger seltsamen Gelegenheit vorzustellen, was hoffentlich demnächst der Fall sein wird? Auch muß ich Ihnen offen gestehen, daß ich heute durchaus nicht beabsichtige, Ihnen meine Aufwartung zu machen... Ich würde, wenn Sie einverstanden sind, vorziehen, das strengste Inkognito zu bewahren." "Wie Sie wünschen, mein Herr ... Wie aber soll ich mir erklären ... daß ich zu so außergewöhnlicher Stunde und dieser Unordnung hier anwesend bin? ..."Ja, das ist es... Sie würden mich zu Dank verpflichten..." "O bitte", unterbrach mich der elegante Unbekannte. "Ihre Neugierde ist ganz berechtigt, und ich denke nicht daran, mich ihr zu entziehen... Aber Sie entschuldigen schon... Wenn Sie darauf Wert legen, mit mir ein wenig zu plaudern, dann wäre es vielleicht vorsichtiger von Ihnen, in einen Schlafrock zu schlüpfen...Ihre mangelhafte Bekleidung macht mich untröstlich...Es ist kalt hier, und man kann sich in dieser launenhaften Jahreszeit nur zu leicht eine Erkältung zuziehen"...."Sie haben recht...Wollen Sie mich einen Augenblick entschuldigen"..."Bitte sehr, mein Herr, lassen Sie sich nicht stören"...Ich trat in mein Schlfzimmer, wo ich mich rasch in einen Schlafrock hüllte, und kehrte wieder zu dem Unbekannten zurück, der während meiner kurzen Abwesenheit versucht hatte, das von seinem Einbruch durcheinandergeworfene Gemach wieder ein wenig in Ordnung zu bringen.

"O bitte, mein Herr, bemühen Sie sich nicht, bitte sehr...Mein Kammerdiener wird das alles morgen ordnen." Ich bot ihm einen Stuhl an, nahm Platz, und nachdem wir uns die Zigarren angeraucht hatten, sagte ich mit ermunternder Betonung: "Mein Herr, ich bin bereit zu hören"...

Der Klubmann hätte nun eine Kunstpause machen können, um sich zu sammeln, wie es an seiner Stelle alle Romanhelden zu machen pflegen, bevor sie ihre Lebensgeschichte erzählen. Er vermied jedoch diese Banalität und begann sofort. "Mein herr, ich bin ein Dieb..., ein gewohnheitsmäßiger Dieb..., oder nennen wir es, wenn sie wollen, beim richtigen Namen, ein Einbrecher...Das haben Sie zweifellos bereits erraten?" "Allerdings!"

"Das macht Ihrer Scharfsinnigkeit alle Ehre...Also, ich bin ein Dieb. Ich habe mir diese Lebensstellung gewählt, nicht ohne zuvor festgestellt zu haben, daß es in den trüben und unklaren Zeiten, in denen wir gegenwärtig leben, der ehrlichste, aufrichtigste und anständigste Beruf ist. Der Diebstahl - ich sage Diebstahl, so wie ich sagen würde die Advokatur, die Literatur, die Malerei, die Medizin - war bisher ein verrufenes Gewerbe, weil die, die sich damit beschäftigen, meist rohe Burschen, abscheuliche Vagabunden, Leute ohne Freiheit und Erziehung waren. Ich bin bestrebt, dieser Kunst ein besseres Ansehen zu geben und den Diebstahl zu einer ehrenwerten und beneidenswerten Profession zu machen. Wir wollen nicht leeres Stroh dreschen, mein Herr, betrachten wir das Leben, wie es ist. Der Diebstahl ist überhaupt die einzige Beschäftigung des Menschen. Man wählt einen Beruf, sei es welcher immer, nur weil er uns ermöglicht zu stehlen. Sie haben einen viel zu gebildeten Geist, Sie wissen auch nur allzu gut, was hinter dem trügerischen Aufputz unserer Tugenden und unserer Ehre, unserer Fassade in Wirklichkeit steckt, als daß es nötig sei, mein Behauptungen mit beweiskräftigten Beispielen und aneinandergereihten Schlußfolgerungen zu unterstützen." ...Diese Worte, die meiner übrigens gerechtfertigten Einbuldung auf meine psychologischen und sozialwissenschaftlichen Kenntnisse sehr schmeichelten, veranlaßten mich, ein überlegenes und entschiedenes - Ganz Richtig! - einzuwerfen. Also ermutigt, setzte der elegante Einbrecher in freundlicher und vertraulicher Weise fort: "Ich will Ihnen nur erzählen, was mich betrifft. Ich werde mich übrigens ganz kurz fassen. Ich habe mich zuerst auf den Handel verlegt. Aber die schmierigen Geschäfte, die ich notgedrungen machen mußte, die unlauteren Kniffe, die gemeinen Gaunereien, die falschen Gewichte stießen die unbewußte Zartheit meiner ehrlichen Natur zurück, die das Gepräge offener Herzlichkeit und strenger Gewissenhaftigkeit trägt. Ich verließ den Handel und wendete mich der Finanz zu. Die Finanz ekelte mich an. Mein Gott, ich vermochte es nicht länger über mich zu bringen, Geschäfte zu führen, die gar nicht existierten, falsche Papiere, falsches Geld zu emitieren , falsche Bergwerke, Landengen, Kohlengruben zu finanzieren! Unausgesetzt darauf hinarbeiten, das Geld der anderer in meine Taschen fließen zu machen, mich durch den langsamen fortschreitenden Ruin meiner Klienten mit Hilfe der glänzenden Prospekte und der Gesetzlichkeit gewisser geistreicher Kombinationen zu bereichern schien mir ein unerlaubtes Vorgehen, dem sich mein gewissenhafter und jeder Lüge abholder Geist heftig widersetzte. Ich dachte dann an den Journalismus. Ein Monat genügte mir jedoch, mich zu überzeugen, daß der Journalismus denjenigen, der sich nicht peinlicher und rücksichtsloser Erpressungen fähig zeigt, nicht zu ernähren vermag...Ich versuchte mich in der Politik"...Hier vermochte ich nicht, ein helles Lachen zurückzuhalten,das sich zu verlängern drohte. "Sehr richtig" bestätigte der einnehmende Gentleman. "Mehr können wir darüber nicht gut sagen. Kurz, ich erschöpfte alle Berufe, die das öffentliche und private Leben einem jungen, regsamen, intelligenten und feinfühligen Manne, wie ich es bin, bieten kann. Ich sah deutlich, daß der Diebstahl - unter welchem Namen immer er sich auch verbirgt - der einzige Zweck und das alleinige Ziel aller Bemühungen ist, aber verstellt, maskiert und aus diesem Grunde viel gefährlicher! Ich zog nun daraus die Schlußfolgerung: Da der Mensch nun einmal dem unvermeidlichen Naturgesetze des Diebstahls nicht zu entkommen vermag, ist es wohl das Ehrenhafteste, ihn einfach und simpel zu begehen, ihn aber nicht mit gesucht hochtrabenden Ausflüchten, deren trügerischer Glanz, deren lärmende Titel, deren beschönigender Schmuck niemand mehr zu täuschen vermag, des natürlichen Wunsches zu entkleiden, sich die Güter anderer anzueignen. Ich stahl also alle Tage; des Nachts drang ich in reiche Häuser; ich behob im Voraus ein für allemal bei den Kassen der Anderen, was ich zur Befriedigung meiner Bedrürfnisse, zur Ausgestaltung meines äußeren Menschen nötig erachtete. Das kostet mich einige Stunden jede Nacht zwischen einer Partie im Klub und einem Ballgespräch. Mit Ausnahme dieser kurzen Zeit lebe ich wie alle Welt... Ich gehöre einigen Klubs an, habe ausgezeichnete gesellschaftliche Verbindungen. Ich wurde erst kürzlich vom Minister durch eine Ordensverleihung ausgezeichnet. Und wenn mir ein guter Fang gelingt, bin ich der großmütigste Mensch auf Erden. Denn ich tue nur aufrichtig, was alle anderen Leute auf qualvollen Umwegen und auf viel schamlosere Weise tun. Mein Gewissen ist rein und wirft mir nichts vor, denn von allen Leuten, die ich kenne, bin ich der einzige, der Mut hat, sein Tun mit seinen Absichten zu vereinen, und der geradewegs dem Weg folgt, den ihm die Natur gewiesen hat"...

Die Lichter verblaßten, der Tag lugte durch die Spalten der Gardinen. Ich bot dem eleganten Unbekannten an, mein Frühstück mit ihm zu teilen, aber er lehnte das mit dem Bemerken ab, daß er im Frack sei und mir durch eine derartige Inkorrektheit nicht zu mißfallen wünsche.

Der Streik Der Wähler

Etwas kommt mir sehr seltsam vor — ich wage nicht zu sagen, dass ich darüber bestürzt bin — dass nämlich heutztage, in der Stunde, wo ich dies schreibe, nach den unzähligen Erfahrungen, nach den täglichen Scandalaffairen, in unserem »theuren Vaterland « (wie man in der Budgetcommission zu sagen pflegt) noch ein Wähler, ein einziger Wähler existiren kann, ein so unberechenbares, unorganisches, verblendetes Thier, welches darin ein willigt, sich in seinen Geschäften, Träumen und Vergnügungen stören zu lassen, um zu Gunsten irgend eines Anderen für irgend etwas zu stimmen. Ist dieses überraschende Phänomen — wenn man nur einen Moment darüber nachdenkt — nicht darnach angethan, um die scharfsinnigsten Philosphien zu zerstören und alle Raison zu beschämen ? Wo ist der Balzac, welcher uns die Physiologie des modernen Wählers gibt? Und der Charcot, welcher uns die Anatomie und den Geisteszustand dieses Unheilbaren aufdeckt ?

Ich begreife, dass ein Hochstapler noch immer Actionäre findet, ich begreife, dass die Censur noch ihre Vertheidiger findet, ich begreife, dass historische Dramen geschrieben werden. — Aber dass ein Abgeordneter oder ein Senator oder ein Minister oder wer immer unter all den sonderbaren Hanswursten, die eine gewählte Function beanspruchen, einen Wähler findet, will sagen: ein so unglaubliches Wesen, einen so unwahrscheinlichen Märtyrer, welcher ihn von seinem Brod ernährt, von seiner Wolle kleidet, von seinem Fleisch mästet, mit seinem Geld bereichert, mit der einzigen Perspective, zum Dank für diese Verschwendung späterhin ignorirt oder mit höflichen Fusstritten bedacht zu werden — wahrhaftig, das überschreitet die pessimistischesten Begriffe, die ich mir bisher über die menschliche Dummheit gemacht habe!

Wohlverstanden, ich spreche hier vom aufrichtigen, überzeugen Wähler, vom theoretischen Wähler, von dem armen Teufel, welcher sich einbildet, die That des freien Bürgers zu vollbringen, seine Souveränität zu demonstriren, seiner Meinung Ausdruck zu geben, politische Programme und sociale Forderungen — o bewunderungswürdige und betrübende Narrheit! — durchzusetzen. — Nicht vom Wähler, der in sich diesen Sachen »auskennt« und darüber moquirt. Die Souveränität dieses »Wissenden« besteht darin, auf Kosten des allgemeinen Wahlrechtes zu wohlgefüllten Taschen zu kommen. Der ist hier in seinem wahren Element, für dieses eine Moment interessirt er sich aus Geschäftsinteresse, das Uebrige ist ihm gleichgiltig. Er weiss, was er will. Aber die Anderen ?

Ach ja. die Anderen! Die Ernsthaften, die Unerbittlichen, die Herren »Souveränes Volk«, Jene, welche zu einer Art Trunkenheit kommen, wenn sie sich ansehen und sagen: »Ich bin Wähler. Nichts geschieht ohne mich. Ich bin die Grundlage der modernen Gesellschaft.« — Wieso existiren noch Leute von solcher Beschaffenheit? So eingenommen, so sicher, so paradox sind sie, wie kommt es, dass sie nicht entmuthigt werden, nicht beschämt vor ihrem Werke stehen? Wie kann es kommen, dass noch irgend ein guter Kerl, meinetwegen aus dem verstecktesten Gebirgsnest, so stupid, so unverständig, so blind und taub gegenüber den Thatsachen ist, um noch weiss oder schwarz, oder roth zu wählen, ohne bestochen, ohne betrunken worden zu sein ?

Welchem wunderlichen Gefühl, welcher mysteriösen Suggestion muss dieser denkende Zweifüssler gehorchen, der von einem starken Willen getrieben ist, von dem man etwas verlangt und der es thut, stolz auf sein Recht, überzeugt, dass er eine Pflicht erfüllt, wenn er in eine Wahlurne irgend einen Zettel legt, was immer er auch daraufschreibt?

...

Was muss er sich wohl innerlich sagen, wenn er sich diese extravagante Handlung rechtfertigt oder wenigstens klarmacht? Was erhofft er? Denn schliesslich, um einzuwilligen, dass er sich einigen geschwätzigen oder habgierigen Herren ausliefert, die ihn benützen und bedrücken, muss er sich doch irgend etwas sagen, irgend etwas erhoffen, was wir nicht vermuthen. Er muss irgend welchen cerebralen Verirrungen erliegen, der Gedanke »unser Abgeordneter« muss irgend welche Ideen von Wissen, Gerechtigkeit, Aufopferung, von Arbeit und Redlichkeit auslösen. Es muss wohl schon in den Namen von Rouvier oder Wilson, oder wie sie anderswo heissen, ein specieller Zauber liegen. Eine Fata morgana muss wohl in diesen Namen liegen, Verheissungen künftigen Glücks und baldiger Heilung. Und das ist wirklich erschreckend. Nichts dient da zur Lehre, weder die burlesken Comödien noch die finsteren Tragödien des Parlamentarismus.

Und dennoch hat, so lange die Welt besteht, die Gesellschaften sich folgen und ablösen — eine gleicht der anderen — stets nur eine Thatsache die Geschichte beherrscht: Der Schutz der Grossen, die Zerschmetterung der Kleinen. Kann der naive »Mann aus dem Volke« nicht dahin kommen, zu verstehen, dass es nur eine Raison in der Weltgeschichte gibt, das ist: Sich opfern für eine Menge von Dingen, die er niemals geniessen wird, sich opfern für politische Combinationen, die auf ihn gar nicht achten. Auch die Schafe gehen ins Schlachthaus, aber sie wählen wenigstens nicht den Schlächter, der sie tödten, den Bourgeois, der sie verzehren wird. Sie sagen nichts, sie hoffen nichts. Mehr Schaf als die Schafe, ernennt der Wähler seinen Schlächter und wählt seinen Bourgeois. Für dieses Recht hat er Revolutionen gemacht.

O Leser, unsagbarer Schwachkopf, armer Teufel, wenn Du statt den absurden Honigreden anzuhängen, welche Dir jeden Morgen für einen Sou in schwarzen oder weissen oder rothen Blättern verkauft werden, wenn Du, anstatt den eingebildeten Schmeicheleien, womit man Deine Eitelkeit verzärtelt, wo man vor Deiner jämmerlichen Souveränität auf den Füssen liegt, wenn Du Dich, statt in die unbeholfenen Betrügereien der Wahlprogramme vor Deinem Kamin in irgend einen ernsten Denker vertiefen würdest, vielleicht würdest Du da erstaunliche und nützlichere Dinge erfahren, vielleicht würdest Du dann weniger rasch Deinen schwarzen Gehrock und Deine würdevolle Miene aufsetzen, um zur verderblichen Wahlurne zu eilen, wo Du im Vorhinein — welchen Namen Du auch hineinlegst — die Dienste eines Anderen besorgst. Diese Denker würden Dir sagen, dass die Politik ein ungeheurer Schwindel ist, dass dort jede wahre Erregung verhöhnt, jede einfache Vernunft verlacht wird und dass Du dort gar nichts zu suchen hast, Du, dessen Rechnung im grossen Buch der menschlichen Geschicke besiegelt ist!

Träume danach, wenn Du willst, von lichtvollen Paradiesen, von unmöglichen Brüderlichkeiten, von unwirklichen Glückszuständen. Träumen thut wohl, es besänftigt das Leiden. Aber menge nie den Menschen in Deinen Traum, denn wo der Mensch in Action tritt, ersteht Schmerz, Hass, Mord. Erinnere Dich besonders, dass die Leute, welche um Deine Stimme ansuchen, unhonnete Leute sind, die mehr versprechen, als sie halten, als sie zu halten Macht haben. Der Mensch, den Du erhebst, repräsentirt nicht Dein Elend, nicht Deine Sehnsucht, nichts von Dir. Er repräsentirt nur seine eigenen Leidenschaften, seine eigenen Interessen, die den Deinen entgegengesezt sind. Also, kehre heim, guter Junge, und mache dem allgemeinen Wahlrecht Streik. Du hast nichts dabei zu verlieren, sage ich Dir, und vielleicht macht es Dir eine zeitlang Vergnügen. Auf der Schwelle Deines Hauses sitzend, das den politischen Hausirern verschlossen bleibt, lass das Gedränge an Dir vorbeidefiliren und rauche in Ruhe Deine Pfeife.

Und wenn in irgend einem verborgenen Winkel ein Mensch lebte, fähig, Dich zu leiten und zu lieben, lass Dir's seinetwegen nicht leid thun. Er wäre auf seine Ehre zu eifersüchtig, um sich in den schmutzigen Streit der Parteien zu mengen, zu stolz, um von Dir ein Mandat zu verlangen, welches Du sonst der cynischen Grosssprecherei, der Beschimpfung und der Lüge gewährst.

Deshalb sag' ich Dir, mein Junge, kehre heim und streike!

(Octave Mirbeau, „La grève des électeurs", Figaro, 28 November 1888
  Übersetzung: Wiener Rundschau, 1898, Bd. 2, S. 513-516)

www.ingramcontent.com/pod-product-compliance
Lightning Source LLC
LaVergne TN
LVHW020739200726
843506LV00009B/829